Liza
MARKLUND

Czerwona Wilczyca

Książki Lizy Marklund z Anniką Bengtzon w kolejności ukazywania się wydań oryginalnych:

Zamachowiec (Sprängaren, 1998)

Studio Sex (Studio Sex, 1999)

Raj (Paradiset, 2000)

Prime Time (Prime Time, 2002)

Czerwona Wilczyca (Den röda vargen, 2003)

W przygotowaniu:

Testament Nobla (Nobels testamente, 2006)

Dożywocie (Livstid, 2007)

Miejsce w słońcu (En plats i solen, 2008)

Liza

Czerwona Wilczyca

MARKLUND

Przełożyła
Elżbieta Frątczak-Nowotny

Wydawnictwo Czarna Owca
Warszawa 2011

Tytuł oryginału
Den röda vargen

Redakcja
Grażyna Mastalerz

Projekt okładki
Magda Kuc

DTP
Marcin Labus

Korekta
Małgorzata Denys
Ewa Jastrun

Wydanie I

Wydawnictwo Czarna Owca Sp. z o.o.
(dawniej Jacek Santorski & Co Agencja Wydawnicza)
ul. Alzacka 15a, 03-972 Warszawa
e-mail: wydawnictwo@czarnaowca.pl
Dział handlowy: tel. (22) 616 29 36
faks (22) 433 51 51

Zapraszamy do naszego sklepu internetowego:
www.czarnaowca.pl

Druk i oprawa
Drukarnia Naukowo-Techniczna, Oddział PAP SA

Książka została wydrukowana
na papierze Ecco Book Cream 70 g/m^2, vol. 2,0
dystrybuowanym przez:

ISBN 978-83-7554-311-7

Prolog

ZAWSZE Z TRUDEM ZNOSIŁ widok krwi. Miało to coś wspólnego z jej konsystencją. Była gęsta, pulsowała. Zdawał sobie sprawę, że to nieracjonalne, zwłaszcza w jego sytuacji. Ostatnio krew zaczęła pojawiać się w jego snach, zaskakiwała go obrazami, które wymykały się spod kontroli.

Spojrzał na swoje ręce i stwierdził, że ma na nich ciemnoczerwoną ludzką krew. Kapała mu na spodnie, jeszcze ciepła i lepka. Czuł jej zapach. Cofnął się i w panice próbował ją z siebie strząsnąć.

– Jesteśmy na miejscu.

Głos dotarł do niego przez cienką błonkę snu, krew nagle znikła. Nadal jednak było mu niedobrze. Przez otwarte drzwi autobusu wtargnęło do środka zimne powietrze. Kierowca uniósł ramiona w daremnym geście obrony przed chłodem.

– A może chce mi pan towarzyszyć do garażu?

Pozostali pasażerowie opuścili już jadący z lotniska autobus. Wstał z trudem, zgięty wpół z bólu. Sięgnął po leżący obok worek marynarski i wymamrotał:

– *Merci beaucoup*.

Dotknął stopami ziemi, poczuł uderzenie, jęknął. Oparł się na moment o oszronioną karoserię pojazdu, przeciągnął ręką po czole.

W stronę przystanku zmierzała kobieta. Na głowie miała robioną na drutach wełnianą czapkę. Mijając go, zatrzymała się, stanęła tuż obok jego marynarskiego worka. Spojrzała na niego, autentycznie zaniepokojona. Pochyliła się nad nim, jej plecy wygięły się w łuk.

– Coś się stało? Potrzebuje pan pomocy?

Zareagował gwałtownie, machnął jej ręką przed nosem.

– *Laissez moi!* – powiedział zdecydowanie za głośno. Dyszał z wysiłku.

Kobieta nie poruszyła się. Zamrugała oczami, usta wciąż miała na wpół otwarte.

– *Ětes-vous sourde? J'ai déjà dit laissez-moi!*

Kobieta posłała mu pełne urazy spojrzenie, jej twarz się skurczyła. Patrzył na jej przysadzistą, szeroką sylwetkę, kiedy z wyładowanymi plastikowymi torbami ruszyła ciężkim krokiem w stronę przystanku trójki.

Ciekawe, czy tak właśnie brzmię, przeszło mu przez myśl. Kiedy mówię po szwedzku.

Nagle uświadomił sobie, że formułuje myśli w ojczystym języku.

Indépendance, pomyślał, zmuszając mózg do powrotu do francuskiego. *Je suis mon propre maître...*

Kobieta burknęła coś gniewnie i wsiadła do autobusu.

Kolejne autobusy ruszały w drogę, opróżniając Storgatan z ludzi, a on stał w oparach spalin i wsłuchiwał się w chłodną ciszę, chłonął pozbawione cieni światło.

Nigdzie na ziemi kosmos nie wydawał mu się tak bliski jak tutaj, za kręgiem polarnym. Gdy dorastał, uważał tę pustkę za coś oczywistego. Nie pojmował, co jest takiego niesamowitego w tym, że się mieszka na dachu świata. Teraz już wiedział. Widział samotność i niekończące się przestrzenie tak wyraźnie, jakby były wyryte w tych ulicach, w blaszanych domach i zamarzniętych świerkach. Tak dobrze mu znane, a jednocześnie tak obce.

Trudno tu żyć, pomyślał, znów po szwedzku. Zamarznięte miasto, żyjące z państwa i ze stali.

I zaraz potem: Tak jak ja.

Ostrożnie przerzucił pasek worka przez ramię i pierś i ruszył w stronę Hotelu Miejskiego. Fasada budynku z przełomu wieków wyglądała dokładnie tak, jak ją pamiętał. Czy coś się zmieniło w środku, nie był w stanie ocenić. Kiedy ostatnio był w Luleå, nie miał okazji odwiedzić tej ostoi mieszczaństwa.

Recepcjonista przywitał starszego pana z roztargnioną grzecznością. Dał mu pokój na drugim piętrze, poinformował, o której podają śniadanie, wręczył plastikową kartę z paskiem magnetycznym otwierającym drzwi i natychmiast o nim zapomniał.

W morzu ludzi człowiek staje się niemal niewidoczny, pomyślał. Podziękował łamaną angielszczyzną i skierował się w stronę wind.

Pokój miał jakiś oryginalny, nieco wstydliwy urok. Lokalizacja i cena miały świadczyć o luksusie i tradycji, ale lodowato zimne kafle i kopie stylowych mebli stanowiły jedynie dekorację, zza której widać było brudne okna i wyblakłe tapety.

Usiadł na chwilę na łóżku, wpatrzony w zapadający zmrok. Czy może to już świt?

Widok na morze, którym hotel chwalił się na stronie internetowej, okazał się widokiem na szarą wodę, drewnianą budę w porcie, neon i duży dach z czarnej papy.

Zaczął go morzyć sen; otrząsnął się, żeby odzyskać jasność umysłu. I znów sobie uświadomił, że z jego wnętrza sączy się odór. Wstał i otworzył worek. Podszedł do biurka i zaczął na nim ustawiać lekarstwa, zaczął od tabletek przeciwbólowych. Potem położył się na łóżku i mdłości zaczęły powoli ustępować.

Więc nareszcie jest na miejscu.

La mort est ici.

Śmierć jest tutaj.

Wtorek, 10 listopada

ANNIKA BENGTZON zatrzymała się w progu redakcji, zamrugała oczami w ostrym białym świetle jarzeniówek. Uderzyły ją znane dźwięki: szum faksów, skanerów, lekkie uderzenia krótko obciętych paznokci o klawiaturę. Ludzie karmili maszyny tekstami, obrazami, literami, poleceniami, napełniali ich cyfrowe brzuchy bez nadziei, że kiedykolwiek się nasycą.

Zaczerpnęła tchu i ruszyła przed siebie. Przy stole redakcyjnym w dziale wiadomości pracowano w milczącym skupieniu. Gwóźdź, szef wydania, siedział z nogami skrzyżowanymi na stole i przeglądał papiery. Jego zastępca przelatywał wzrokiem migoczący tekst na monitorze komputera i miał coraz bardziej czerwone oczy. Reuters, francuska agencja AFP, Associated Press i TTA, i TTB, serwisy krajowe i zagraniczne, sport, gospodarka, niekończący się strumień informacji i telegramów z całego świata. Jeszcze nie było słychać podniecionych okrzyków, głośno obwieszczanego entuzjazmu ani jęków przerażenia, bo gdzieś na świecie stało się coś złego, ani przerzucania się argumentami za takim czy innym pomysłem.

Minęła ich, nie zauważając nikogo. Sama też pozostała niezauważona.

I nagle głos, pytanie przecinające naelektryzowaną ciszę:
– Znów gdzieś jedziesz?

Wzdrygnęła się i odruchowo zrobiła krok w bok. Rzuciła Gwoździowi niepewne spojrzenie, oślepiło ją światło energooszczędnej żarówki.

– W grafiku jest napisane, że po południu lecisz do Luleå.

Róg redakcyjnego stołu wbił jej się w udo, gdy zbyt gwałtownie skręciła w stronę swojego szklanego boksu. Zatrzymała się i zamknęła na chwilę oczy. Poczuła, jak torba ześlizguje się jej z ramienia, odwróciła się.

– Może, a co?

Ale Gwóźdź zdążył już zniknąć, zostawiając ją samą na środku redakcyjnego morza, wśród rozbieganych spojrzeń i jęków elektroniki. Oblizała wargi, podciągnęła torbę, poczuła ironiczne spojrzenia przyklejone do jej nylonowej kurtki.

Rozwinąć żagle i przeć do przodu. Szklane akwarium było coraz bliżej. Otworzyła rozsuwane drzwi i z ulgą skryła się za zmiętymi zasłonami. Zasunęła drzwi i oparła głowę o chłodne szkło.

Pokój jej zostawili.

Trwałe elementy rzeczywistości nabierały z czasem coraz większego znaczenia, czuła to wyraźnie. Zresztą nie odnosiło się to tylko do niej, ale do większości ludzi. Gdy powstawał chaos, gdy wojna zmieniała charakter, trzeba było spojrzeć w przeszłość i wyciągnąć wnioski.

Położyła torbę i kurtkę na kanapie dla gości i włączyła komputer. Dziennikarstwo informacyjne wydało jej się nagle odległe, mimo że przecież znajdowała się w samym środku jego pulsującego elektronicznego serca. Sprawy, które dzisiaj były na ustach wszystkich, jutro zostaną zapomniane. Nie miała siły śledzić informacji AP ENPS, informacyjnego monstrum epoki cyfrowej.

Przeciągnęła ręką po włosach.

Może po prostu jest zmęczona?

Oparła brodę na dłoniach i czekała spokojnie, aż programy się załadują. Potem wybrała potrzebne jej materiały. Uważała, że są interesujące; niestety redakcyjna wełniana ławica nie zawsze podzielała jej entuzjazm.

Przypomniała sobie Gwoździa, jego głos unoszący się nad redakcyjnym morzem.

Zebrała notatki i zaczęła szykować prezentację.

Klatka schodowa była pogrążona w mroku. Chłopiec zamknął za sobą drzwi i nasłuchiwał w napięciu. Na piętrze, na którym mieszkali Anderssonowie, wiatr jak zwykle zawodził w nieszczelnych oknach, gdzieś grało radio. Poza tym było cicho.

Jesteś cykor, pomyślał. Tu nic nie ma. Głupek.

Chwilę stał bez ruchu. W końcu zdecydowanym krokiem ruszył do wyjścia.

Prawdziwy wojownik nie przejmowałby się takimi pierdołami. On był w tym mistrzem. Cruel Devil był bliski przeobrażania się w Teslatron God. Wiedział, że podczas walki nigdy nie wolno się wahać.

Otworzył bramę, żałosny jęk zawiasów. Niekończące się opady śniegu sprawiły, że już po kilkudziesięciu centymetrach drzwi napotkały opór; najwyraźniej nikt jeszcze nie odśnieżał. Sam prześlizgnął się z łatwością, ale plecak utknął w drzwiach; nieoczekiwane szarpnięcie rozzłościło go tak bardzo, że omal się nie rozpłakał. Ciągnął, aż poczuł, że coś pękło. Do diabła z tym!

Ruszył i natychmiast się poślizgnął, zamachał wściekle rękami, żeby utrzymać równowagę. Wylądował na końcu schodków, spojrzał w górę przez padające płatki śniegu i zamarł.

Niebo rozjaśniło niebieskie światło. Wirowało nad czarną otchłanią, pojawiało się nad nią i znikało, pojawiało się i znikało.

Już tu są, pomyślał, i poczuł, jak coś go ściska za gardło. Są tu, naprawdę.

Wstał i podszedł do zepsutej kosiarki, niemal niewidocznej pod śniegiem. Czuł, jak mu wali serce, coraz szybciej i szybciej, łup, łup, łup. Zacisnął powieki z całych sił.

Nie chciał widzieć. Nie odważy się podejść i spojrzeć z bliska.

Stał i nasłuchiwał. Czuł, jak żel w jego włosach sztywnieje na mrozie. Płatki śniegu padały mu na nos. Dźwięki spowijała biała miękkość śniegu, huk stalowni niemal tu nie docierał.

I wtedy usłyszał głosy. Ktoś rozmawiał. Odgłos silnika, samochód, jeden, może dwa.

Otworzył oczy najszerzej, jak potrafił, i zerknął przez płot na boisko.

Policjanci, pomyślał. Policjanci nie są groźni.

Zanim odważy się wyjść na drogę, musi trochę ochłonąć. Rozejrzał się ostrożnie.

Dwa radiowozy i karetka. Mężczyźni: pewni siebie, wyprostowani, szerocy w ramionach. W mundurach, z pasami.

Broń, pomyślał chłopiec. Pistolety. Pach, pach i zostaje tylko popiół.

Stali i rozmawiali, chodzili, coś sobie pokazywali. Jeden z nich miał taśmę, właśnie zaczął ją rozwijać. Jakaś dziewczyna zamknęła drzwi karetki i usiadła na miejscu pasażera.

Spodziewał się, że zaraz usłyszy syrenę, ale nic takiego nie nastąpiło.

Nie ma sensu się spieszyć do szpitala.

Przecież on nie żyje, pomyślał chłopiec. Nie mogłem nic zrobić.

Teraz przyspieszający autobus było słychać wyraźniej. Zobaczył, jak jedynka przejeżdża za płotem, i pomyślał, że, kurczę, uciekł mu autobus, a facet od matmy zawsze się złości, kiedy ktoś się spóźnia.

Powinien się pospieszyć. Powinien biec.

Ale wciąż stał. Nogi odmawiały mu posłuszeństwa, może wiedziały, że nie powinien wychodzić na drogę, bo mogą nadjechać samochody, te duże, w kolorze złota.

Padł na kolana, ręce mu drżały, zaczął płakać. Cykor, cykor. Ale nie mógł przestać.

– Mamo – wyszeptał. – Nie chciałem na to patrzeć.

Redaktor naczelny Anders Schyman rozwinął wydruk z danymi o nakładzie gazety i położył go przed sobą na stole konferencyjnym. Był podniecony, dłonie miał lekko wilgotne. Wiedział, co za chwilę zobaczy. Znał wyniki analiz i był poruszony. Aż się zarumienił.

To naprawdę działa. Poradzili sobie.

Powoli zaczerpnął powietrza. Położył dłonie na stole, wychylił się do przodu i jeszcze raz spokojnie wszystko przemyślał.

Nowy kierunek działalności informacyjnej znalazł odzwierciedlenie zarówno we wzroście nakładu, jak i w sytuacji finansowej. Miał to przed sobą czarno na białym. Redakcja funkcjonowała, rozczarowanie po wprowadzeniu oszczędności minęło, ludzie byli zmotywowani, zespół zgrany.

Obszedł lśniący drewniany stół z orzecha, przeciągnął palcami po blacie. Ładny mebel. Ale zasłużył na niego. Jego nowa polityka personalna okazała się słuszna.

Ciekawe, czy ktoś inny by sobie z tym poradził, zastanawiał się. I wiedział, że nie. Jego kompetencje w końcu na coś się przydały.

Umowa, którą wynegocjował z drukarnią, obniżyła koszty o osiem procent. W skali roku oznaczało to dla właścicieli koncernu milionowe oszczędności. Koniunktura wpłynęła na obniżkę cen papieru, co w żadnej mierze nie było jego zasługą, ale przyczyniło się do rozwoju firmy. Zatrudnienie nowego szefa sprzedaży przyniosło wzrost liczby ogłoszeń. W ciągu ostatnich trzech kwartałów udało im się odebrać klientów zarówno prasie porannej, jak i mediom elektronicznym.

A kto przeforsował zwolnienie starego ramola, który się zachowywał tak, jakby nadal sprzedawał ogłoszenia w lokalnej gazecie w Borås?

Uśmiechnął się do siebie.

Najważniejszy jest jednak wzrost sprzedaży, między innymi wydań specjalnych. Nie chciał się cieszyć na wyrost, żeby nie zapeszyć, ale wyglądało na to, że za rok mogą przegonić „Konkurrenten". No, może jeszcze nie za rok, ale za dwa na pewno.

Redaktor naczelny przeciągnął się, rozmasował dół kręgosłupa. Po raz pierwszy od chwili, kiedy przeszedł do „Kvällspressen", był naprawdę zadowolony. Tak właśnie wyobrażał sobie swoją pracę.

Zajęło mi to prawie dziesięć lat, pomyślał. Cholera.

– Mogę wejść? – spytała Annika Bengtzon przez redakcyjny telefon.

Schyman poczuł, że nagle serce zamiera mu w piersi, magia pryska. Wziął kilka głębokich oddechów, wrócił do biurka, wcisnął czarny guzik i odpowiedział:

– Jasne.

Patrząc w stronę rosyjskiej ambasady, czekał, aż usłyszy za drzwiami nerwowe kroki reporterki. Sukces gazety przyniósł mu szacunek pracowników. Przestali go bez przerwy nachodzić w gabinecie, po części wynikało to pewnie z nowej organizacji pracy. Czterech wszechmogących kierowników wydania pracowało na zmiany, szefując wszystkim działom. Dokładnie tak, jak to sobie wymyślił. Przekazanie władzy w dół nie osłabiło go, ale paradoksalnie wzmocniło jego pozycję. Zamiast bez przerwy besztać ludzi, sprawował teraz władzę przez swoich namiestników.

Annika Bengtzon, była szefowa działu kryminalnego, dostała propozycję wejścia do czwórki. Odmówiła. Strasznie się wtedy pokłócili. Już wcześniej dał jej do zrozumienia, że ma wobec niej poważne plany. Widział ją w trójce swoich zastępców, chciał jak najszybciej włączyć ją do specjalnego projektu, który miał przynieść dalszy rozwój gazety. Stanowisko szefa wydania miało być jedynie pierwszym krokiem, ale Annika się nie zgodziła.

– Nie zmuszę cię – powiedział jej wtedy, wyraźnie niezadowolony.

– Próbować zawsze możesz – odpowiedziała, patrząc na niego swoim nieprzeniknionym wzrokiem.

Należała do tych niewielu osób, które nadal miały swobodny dostęp do jego gabinetu. Jej szczególna pozycja wiązała się z medialnym cyrkiem, który rozpętał się w Boże Narodzenie zeszłego roku. Jakiś szaleniec wziął ją za zakładniczkę i przetrzymywał w tunelu. I wtedy sprzedaż wreszcie przestała spadać, wszystkie analizy pokazywały to wyraźnie. Czytelnicy wrócili do „Kvällspressen", zwabieni historią matki dwojga dzieci, która przez całą noc była zakładniczką Zamachowca. Nic dziwnego, że po tej historii długo obchodzono się z nią bardzo delikatnie. To, jak sobie poradziła i zainteresowanie mediów jej uwolnieniem, zrobiło wrażenie nawet na zarządzie. Nie tylko sobie poradziła, ale także zażądała, żeby konferencja prasowa odbyła się w redakcji „Kvällspressen". Prezesowi zarządu Hermanowi Wennergrenowi opadła szczęka, kiedy zobaczył logo gazety w nadawanej na żywo audycji CNN. Schyman doskonale pamiętał tę scenę. Stał w świetle reflektorów, tuż za Anniką. A potem niekończące się powtórki we wszystkich kanałach.

Pamiętał, jak wpatrywał się w jej niesforną czupryne, widział jej sztywne ramiona. W telewizorze wyglądała blado, jakby jej się kręciło w głowie; na pytania odpowiadała monosylabami, poprawną szkolną angielszczyzną. Na szczęście była opanowana. Żadnych gwałtownych uczuciowych reakcji, powiedział Wennergren przez komórkę, rozmawiając z przedstawicielem właścicieli. Dzwonił z jego gabinetu.

Pamiętał też, jak się przeraził, gdy stojąc u ujścia tunelu, usłyszał strzały. Tylko nie to, nie chcę martwej reporterki, pomyślał.

Odwrócił wzrok od bunkra ambasady rosyjskiej i usiadł na krześle.

– Któregoś pięknego dnia załamie się pod tobą – powiedziała Annika Bengtzon, zasuwając za sobą drzwi.

Nie miał siły się roześmiać.

– Stać mnie na nowe. Gazeta chodzi jak w zegarku.

Annika rzuciła szybkie, nieco nieśmiałe spojrzenie na leżące na stole tabelki. Schyman odchylił się do tyłu i przyglądał się jej uważnie. Usiadła w jednym z jego obszernych foteli dla gości.

– Mam pomysł na nową serię artykułów – odezwała się po chwili, wbijając wzrok w swoje notatki. – W przyszłym tygodniu przypada rocznica zamachu na bazę F21 w Luleå. Pora podsumować to, co się wtedy stało, przedstawić znane wszystkim fakty. Prawdę mówiąc, nie ma ich wiele, ale zamierzam trochę poszperać. Minęło już co prawda trzydzieści lat, ale część z tych ludzi nadal pracuje w lotnictwie. Może ktoś się zdecyduje coś powiedzieć. Kto nie pyta, nie dostaje odpowiedzi...

Schyman pokiwał głową i skrzyżował ręce na brzuchu. Kiedy minęło największe zamieszanie, Annika jeszcze na trzy miesiące została w domu. Śmiała się, że ma urlop od komputera. Gdy w kwietniu wróciła do redakcji, uparła się, że zostanie samodzielną reporterką. Od tamtego czasu donosiła z różnych miejsc o aktach terroru. Jedenastego września nadawała z Ground Zero. Pisała o bombie podłożonej w fińskim supermarkecie, rozmawiała z ludźmi, którzy przeżyli zamach na Bali.

Właściwie nie było tego wiele. Teraz zamierzała wrócić do terroryzmu. Pytanie brzmiało: czy temat jest dostatecznie nośny i czy należy go poruszać właśnie teraz.

– Jasne – odpowiedział powoli. – To może być ciekawe. Odkurz nieco nasze narodowe traumy: porwanie samolotu na lotnisku Bulltofta, wysadzenie w powietrze zachodnioniemieckiej ambasady, dramat na Norrmalmstorg...

– I zabójstwo Palmego. Tak, wiem. Ale z tych pięciu zdarzeń zamach na F21 jest najmniej znany.

Annika pozwoliła, żeby kartka z notatkami spadła jej na kolana, i pochyliła się do przodu.

– Ministerstwo Obrony położyło na wszystkim łapę, powołują się na tajemnicę państwową i tajny charakter sprawy. W tamtych czasach sztab nie miał rzecznika prasowego i biedny szef floty powietrznej musiał osobiście pofatygować się do dziennikarzy i wykrzyczeć, że muszą mieć wzgląd na bezpieczeństwo kraju.

Schyman uznał, że może jej pozwolić mówić dalej.

– Co właściwie wiemy? – spytał.

Annika zerknęła w notatki najwyraźniej jedynie z poczucia obowiązku. Wszystkie argumenty znała na pamięć.

– W nocy z siedemnastego na osiemnasty listopada 1969 roku na lądowisku bazy F21 w Kallaxheden niedaleko Luleå doszło do eksplozji myśliwca typu Draken. Jeden mężczyzna został poparzony. Obrażenia były na tyle poważne, że zmarł – recytowała.

– Jeśli dobrze pamiętam, był to żołnierz służby zasadniczej.

– Zgadza się. Przetransportowano go śmigłowcem do Uppsali, do szpitala akademii medycznej. Spędził tam tydzień, zawieszony między życiem a śmiercią, aż w końcu umarł. Rodzinie zakneblowano usta, ale kilka lat później podniosła larum, ponieważ resort obrony nie wypłacił odszkodowania.

– I nigdy nikogo nie złapano?

– Policja przesłuchała tysiące osób, Säpo zapewne jeszcze więcej. Wzięto pod lupę wszystkie lewicowe organizacje z Norrbotten. I nic. Sytuacja nie była prosta. Lewica zwarła szeregi. Nikt nic nie wiedział, nie padły żadne nazwiska, zresztą wszyscy mieli pseudonimy.

Schyman uśmiechnął się z nostalgią. Sam przez jakiś czas występował jako Per.

– Na dłuższą metę takich rzeczy nie da się ukryć.

– Nie do końca, to prawda, ale o ile wiem, nawet dzisiaj są w Luleå ludzie, którzy nadal ukrywają się pod pseudonimami, jakich używali, kiedy w latach sześćdziesiątych działali w ruchu lewicowym.

Jej nie było wtedy na świecie, pomyślał redaktor naczelny.

– Więc kto to zrobił?

– Co?

– Kto wysadził w powietrze samolot?

– Pewnie Rosjanie. Przynajmniej resort obrony tak uważa. Pamiętaj, że wtedy wszystko wyglądało inaczej. Wyścig zbrojeń trwał w najlepsze, zimna wojna też.

Zamknął na chwilę oczy, próbował przywołać w myślach obrazy z tamtych czasów.

– Rozpętała się dyskusja na temat nadzoru nad obiektami wojskowymi – przypomniał sobie nagle.

– Właśnie. Nagle opinia publiczna, to znaczy media, zaczęła żądać, żeby każdy obiekt wojskowy w Szwecji był strzeżony lepiej niż sama żelazna kurtyna. Było to oczywiście całkowicie nierealistyczne, ale rzeczywiście zaostrzono przepisy. Po jakimś czasie na lotniskach wojskowych wprowadzono wewnętrzne strefy bezpieczeństwa, a hangary otoczono wysoką siatką i wyposażono w dodatkowe systemy alarmowe.

– I właśnie tam chcesz jechać? Z którym z szefów o tym rozmawiałaś?

Annika zerknęła na zegarek.

– Z Janssonem. Mam otwartą rezerwację na samolot, na dzisiaj. Chcę się tam spotkać z dziennikarzem z „Norrlands-Tidningen". Facet dokopał się podobno do nowych informacji, a w piątek wyjeżdża do południowo-wschodniej Azji i wróci dopiero po Bożym Narodzeniu. Stąd ten pośpiech. Muszę mieć twoją zgodę.

Schyman był coraz bardziej zirytowany. Może dlatego, że tłumaczyła się tak niezręcznie.

– Nie mogłaś poprosić Janssona?

Annika zrobiła się czerwona.

– W zasadzie mogłam – przyznała, wytrzymując jego spojrzenie. – Ale sam wiesz, jak jest. Jansson woli mieć twój podpis, żeby w razie czego nie ponosić konsekwencji.

Schyman pokiwał głową.

Annika wyszła, ostrożnie zasuwając za sobą drzwi. Patrzył za nią dłuższą chwilę. Jest nieprzewidywalna. Właściwie zawsze to wiedziałem, pomyślał. Nie uznaje żadnych granic, nie ma instynktu samozachowawczego. Naraża się w sposób dla większości ludzi niewyobrażalny. Jakby jej czegoś brakowało. Jakby coś znikło gdzieś po drodze, zostało wyrwane z korzeniami. Otwarta rana z czasem się zabliźniła, ale Annika pozostała wrażliwa na otaczający ją świat, na siebie samą. Zawsze dokładnie przestrzegała prawa, jej drogowskazem w ciemności była prawda. Nie potrafiła działać inaczej.

Niekiedy bywało to niewiarygodnie uciążliwe.

Euforia kierownika redakcji wywołana wzrostem sprzedaży podczas pamiętnego Bożego Narodzenia szybko się skończyła, kiedy się dowiedział, że Annika w areszcie przeprowadziła wywiad z mordercą. Spisała wszystko na komputerze ofiary. Schyman przeczytał tekst i uznał go za prawdziwą sensację. Ale Annika nie wyraziła zgody na publikację.

– Temu łajdakowi właśnie o to chodziło – stwierdziła. – Ponieważ to ja mam do niego prawa, mogę się nie zgodzić.

I wygrała. Gdyby puścili artykuł mimo jej sprzeciwu, zaskarżyłaby ich. Powiedziała to wyraźnie. Nawet jeśli w sądzie w końcu by wygrali, a zapewne tak by się stało, wolał nie rzucać jej wyzwania. Zwłaszcza że i tak dużo na tym wszystkim zyskali.

Nie jest głupia, pomyślał, ale możliwe, że straciła instynkt.

Wstał i wrócił do swoich tabelek.

Cóż, prędzej czy później przyjdzie czas na kolejne cięcia.

Zachodzące słońce zalewało pokład samolotu ognistą czerwienią, choć była dopiero druga po południu. Annika usiłowała wypatrzyć szparkę w kłębach bitej śmietany pod sobą, ale bez powodzenia. Siedzący obok niej tęgi mężczyzna z westchnieniem rozłożył „Norrlands-Tidningen" i wbił jej łokieć między żebra.

Annika zamknęła oczy, zapadła się w sobie. Jakby zaciągnęła firanki. Miały stłumić szum wentylacji, złagodzić ból po uderzeniu, wyciszyć głos kapitana informującego o temperaturze na zewnątrz i pogodzie w Luleå. Przemieszczała się w przestrzeni z prędkością tysiąca kilometrów na godzinę; skupiła się na ubraniu uciskającym jej ciało. Czuła się lekko oszołomiona. Zaskoczyła ją własna reakcja na wysokie dźwięki, było to dla niej nowe doświadczenie. Otwarte przestrzenie przerażały ją, małe sprawiały, że zaczynała się dusić. Zauważyła, że jej postrzeganie przestrzeni jest zakłócone. Miała kłopoty z oceną odległości; zawsze była poobijana, wpadała na meble, ściany, samochody na ulicy, potykała się o krawężniki. Czasem miała wrażenie, że brakuje jej tlenu. Inni go zużyli, nie zostawiając nic dla niej.

Ale to nie było niebezpieczne. Wiedziała o tym; wiedziała, że musi po prostu odczekać chwilę, że to minie: dźwięki i kolory powrócą. To nie było niebezpieczne.

Odsunęła od siebie ponure myśli, pozwoliła się ukołysać. Broda opadła jej na pierś i natychmiast zobaczyła anioły.

„Deszczowe włosy – śpiewały. – Światła promień i letniego wiatru powiew…".

Wzdrygnęła się i usiadła przerażona, wyprostowała się tak gwałtownie, że uderzyła o tackę. Sok pomarańczowy opryskał ścianę kabiny. Bicie serca wypełniło jej głowę, zamykając dostęp wszystkim innym dźwiękom. Tęgi mężczyzna coś powiedział, ale nie zrozumiała co.

Nic nie przerażało jej bardziej niż śpiew aniołów.

Dopóki trzymały się snów, było jej wszystko jedno. Ich głosy kołysały ją do snu, pocieszały, zawodząc cicho. Słowa bez znaczenia, ale w jakiś nieokreślony sposób piękne. Ostatnio jednak słyszała je także na jawie i to nie było przyjemne.

Otrząsnęła się, odchrząknęła, przetarła oczy.

Sprawdziła, czy sok nie zmoczył torby z komputerem.

Metalowy korpus samolotu przedzierał się przez masy chmur. Tuż przed lądowaniem otoczyły go wirujące kryształki lodu. Przez zamieć dostrzegła w oddali lodową szarość Zatoki Botnickiej, poprzetykaną gdzieniegdzie wysepkami i skałami w różnych odcieniach brązu.

Lądowaniu towarzyszyły drgania i wstrząsy, podmuchy wiatru kołysały maszyną.

Wyszła jako ostatnia. Przestępowała z nogi na nogę, czekając, aż tęgi mężczyzna zdejmie z półki bagaż i zacznie się mozolnie ubierać. Potem minęła go szybkim krokiem i z zadowoleniem zauważyła, że w kolejce do wypożyczalni samochodów stoi za nią.

Z kluczykami w ręku minęła pospiesznie stojących przy wyjściu z lotniska taksówkarzy: masa mężczyzn w ciemnych mundurach, śmiejących się głośno i bez skrępowania taksujących ewentualnych klientów.

Wyszła z terminalu i zaskoczyło ją zimno. Wciągnęła ostrożnie powietrze, poprawiła torbę na ramieniu. Rząd granatowych taksówek przywołał wspomnienie poprzedniego pobytu w tym mieście. Wtedy z Anne Snapphane jechały do Piteå. To musiało być dobre dziesięć lat temu. Boże, jak ten czas leci, pomyślała.

Parking znajdował się na dole, po prawej stronie za przystankiem autobusowym. Jej goła dłoń, w której trzymała laptop, szybko zrobiła się lodowata. Dźwięk dobiegający spod jej stóp przypominał chrzęst potłuczonego szkła i budził jej czujność.

Szła do przodu, zostawiając za sobą wątpliwości i strach. Znów była w drodze, miała cel, robiła coś sensownego.

Samochód stał na samym końcu parkingu. Musiała odgarnąć śnieg z tablicy rejestracyjnej, żeby się upewnić, że to ten.

Zmrok zapadał nieskończenie powoli, pochłaniając światło, które właściwie nie zdążyło się na dobre przebić. Padający śnieg zacierał kontury niskiego sosnowego lasu okalającego parking. Annika pochyliła się do przodu i mrużąc oczy, wyjrzała przez szybę.

Luleå, Luleå. W którą stronę skręcić?

Gdy jechała długim mostem w stronę miasta, śnieżyca nagle ustała. Gdzieś w oddali zamajaczyło ujście rzeki, białej, zamarzniętej. Przęsła mostu zdawały się lekko falować. Powoli zza śniegu zaczęło się wyłaniać miasto. Po prawej stronie wznosiły się czarne kontury fabryk.

Huta i port, w którym ładują rudę, pomyślała.

Gdy po chwili otoczyły ją zabudowania, zareagowała natychmiast. Déjà vu. Powróciły obrazy z dzieciństwa. Luleå to arktyczne Katrineholm. Zimniejsze, bardziej szare i odludne. Niskie domy w rozmytych kolorach, blacha, eternit, kamień albo cegła. Ulice szerokie, ruch niewielki.

Bez trudu znalazła Hotel Miejski. Stał przy Storgatan, głównej ulicy, tuż obok ratusza. Ze zdziwieniem zauważyła, że na parkingu przed wejściem są wolne miejsca.

Z pokoju rozciągał się widok na teatr i zatokę, dziwnie bezbarwną, jakby ołowianoszara powierzchnia wody wchłonęła całe światło. Annika odwróciła się plecami do okien. Torbę z laptopem oparła o drzwi łazienki, wyjęła szczoteczkę do zębów, położyła ubrania na łóżku, żeby nie nosić wszystkiego ze sobą.

Usiadła przy biurku i z hotelowego telefonu zadzwoniła do redakcji „Norrlands-Tidningen". Usłyszała sygnał, czekała. Już miała odłożyć słuchawkę, kiedy usłyszała znudzony kobiecy głos.

– Szukam Benny'ego Eklanda – powiedziała, wyglądając przez okno. Zdążyło się już całkiem ściemnić. Przez kilka sekund wsłuchiwała się w niemy szum w słuchawce.

– Halo? Czy zastałam Benny'ego Eklanda? Halo?

– Halo – odpowiedziała kobieta cicho.

– Mieliśmy się spotkać w tym tygodniu. Jestem Annika Bengtzon – przedstawiła się. Wstała i zaczęła szukać w torbie czegoś do pisania.

– Nie słyszała pani? – spytała kobieta.

– O czym?

Annika sięgnęła po notatki.

– Benny nie żyje. Dzisiaj rano dostaliśmy wiadomość.

W pierwszym odruchu Annika chciała się roześmiać, rzucić coś w rodzaju: takie żarty są wysoce niestosowne, ale powstrzymała się.

– Co pani mówi? – powiedziała ze złością.

– Nie wiemy, co się właściwie stało. Podobno wypadek. Wszyscy jesteśmy w szoku – odpowiedziała kobieta zduszonym głosem.

Annika zastygła. Z notatkami w jednej ręce, słuchawką i ołówkiem w drugiej przyglądała się swojemu odbiciu w szybie. Przez chwilę miała wrażenie, jakby nadal unosiła się w powietrzu.

– Halo? – usłyszała głos kobiety. – Połączyć panią z kimś?

– Ja... – zaczęła Annika. – Bardzo mi przykro – dokończyła po chwili. – Co się właściwie stało? – spytała, przełykając ślinę.

– Nie wiem – odpowiedziała kobieta przez łzy. – Przepraszam, ale muszę odebrać drugi telefon, a potem idę do domu. To był straszny dzień, straszny...

Znów słychać było tylko szum. Annika się rozłączyła. Położyła się na łóżku i usiłowała powstrzymać nagłe mdłości. Na nocnym stoliku zauważyła książkę telefoniczną. Sięgnęła po nią, znalazła numer komisariatu, wybrała go i połączyła się z Centrum Prawnym.

– Chodzi o tego dziennikarza, tak? – upewnił się dyżurny, gdy spytała o Benny'ego Eklanda. – Jakiś wypadek, w okolicach Svartöstaden. Komisarz Suup z wydziału kryminalnego będzie wiedział więcej.

Annika zakryła dłonią oczy. Czekając, aż dyżurny ją przełączy, wsłuchiwała się w odgłosy hotelu: płynącą w rurach wodę, hałasujący gdzieś na zapleczu wentylator i dochodzące z sąsiedniego pokoju odgłosy spółkowania na płatnym kanale.

Komisarz Suup z wydziału kryminalnego zdawał się być w wieku, kiedy już niewiele może człowieka zadziwić.

– Przykra historia – westchnął ciężko. – Przez ostatnie dwadzieścia lat rozmawialiśmy ze sobą niemal codziennie. Ciągle wydzwaniał, ciągle chciał coś wiedzieć. O wszystko nas wypytywał, wszystko sprawdzał, wnikał w rzeczy, które tak naprawdę nie powinny go obchodzić. Słuchaj, Suup, mówił do mnie. Coś mi się tu nie zgadza. Może byś to sprawdził? Co wy tam robicie całymi dniami? Stołki wam się do tyłków poprzyklejały? – Komisarz roześmiał się smutno.

Annika przeciągnęła dłonią po czole; zza ściany usłyszała jęk gwiazdy porno udającej orgazm.

– Będzie mi go brakować – odezwał się Suup po dłuższej chwili.

– Byłam z nim umówiona. Mieliśmy porozmawiać i porównać to, czego się dowiedzieliśmy. Co było przyczyną śmierci?

– Nie ma jeszcze raportu z sekcji. Nie chcę zgadywać, jaka była bezpośrednia przyczyna.

Ostrożność policjanta zaniepokoiła ją.

– Ale co się stało? Został zastrzelony? Cios nożem?

Komisarz westchnął ciężko.

– Cóż, wkrótce i tak wszyscy się dowiedzą. Podejrzewamy, że ktoś w niego wjechał.

– Zginął w wypadku samochodowym? Wpadł pod samochód?

– Przejechał go jadący z nadmierną prędkością pojazd, najprawdopodobniej duży samochód osobowy. W porcie znaleźliśmy skradzione volvo z uszkodzoną karoserią. Możliwe, że prowadził je sprawca.

Annika zrobiła kilka kroków, sięgnęła po torbę i wyjęła z niej bloczek.

– Kiedy będziecie wiedzieć na pewno?

– Wczoraj je tu przyholowaliśmy. Technicy już się nim zajęli. Jutro albo w środę powinienem wiedzieć coś więcej.

Annika usiadła na łóżku z bloczkiem na kolanach. Próbowała coś zapisać, ale zsunął jej się z nóg.

– Wiecie, kiedy to się stało?

– W niedzielę wieczorem albo wcześnie rano w poniedziałek. W niedzielę widziano go w pubie, pewnie wrócił do domu autobusem…

– Mieszkał w…

– W Svartöstaden. Tam się chyba urodził.

Długopis zastrajkował. Annika zaczęła kreślić koła, żeby znów zaczął pisać.

– Kto go znalazł i gdzie?

– Ciało leżało przy parkanie od strony nasypu, naprzeciwko huty żelaza. Przeleciał w powietrzu jak rękawiczka. Zawiadomił nas facet, który rano skończył zmianę.

– Sprawca zwiał i ślad po nim zaginął?

– Samochód został skradziony w Bergnäs, w sobotę…

Komisarz zamilkł. Annika znów słyszała tylko jednostajny szum. Sąsiad zmienił kanał na MTV.

– A co pan osobiście o tym sądzi? – spytała po chwili.

– Pewnie jakiś narkoman, ale proszę mnie nie cytować. Naćpali się, było ślisko, potrącili go i zwiali. Zabili człowieka. Złapiemy ich. Może pani być tego pewna.

Annika usłyszała głosy w tle. Był normalny dzień pracy, współpracownicy domagali się uwagi komisarza.

– Mam jeszcze jedno pytanie. Pracował pan w Luleå w listopadzie 1969 roku?

Roześmiał się.

– Jestem na tyle stary, że rzeczywiście mógłbym, ale wybuch w F21 mnie ominął. Mieszkałem wtedy w Sztokholmie. Przyjechałem tu w maju 1970 roku.

Kiedy Annika włożyła kurtkę i rękawiczki, zadzwoniła jej komórka. Numer zastrzeżony, wyświetliło się na ekranie. To znaczy, że albo z redakcji, albo Thomas, albo Anne Snapphane.

Zawahała się, wcisnęła odbierz i zamknęła oczy.

– Siedzę właśnie na swoim dyrektorskim krześle z Ikei i trzymam nogi na blacie biurka Priorytet. A ty gdzie jesteś? – powitała ją Anne.

Annika odprężyła się: żadnego poczucia winy, żadnych żądań.

– Tajemnica – odpowiedziała, pozwalając kurtce i rękawiczkom opaść na podłogę. – Co powiedział lekarz?

Przyjaciółka westchnęła ciężko.

– Sprawiał wrażenie bardziej zmęczonego ode mnie, ale nawet go rozumiem. Chodzę do niego już dziesięć lat, każdy byłby wykończony. Ale ja przynajmniej wiem, że jestem hipochondryczką.

– Hipochondrycy też mogą mieć raka mózgu – wtrąciła Annika.

Ciszę na linii zastąpiło przerażenie.

– Do licha! Nigdy o tym nie pomyślałam – odezwała się przyjaciółka po dłuższej chwili.

Annika roześmiała się, przepełniła ją fala radosnego ciepła.

– To co mam, do diabła, robić? Jak mam się nie stresować, skoro jutro jest konferencja prasowa, na której mam prezentację? Mam przedstawić profil właściciela, zapewnić obsługę techniczną, załatwić pozwolenie na emisję i inne takie bzdury.

– Dlaczego ty? – dopytywała się Annika. – Jesteś szefem programowym. Niech twój zastępca się tym zajmie.

– Jest w Nowym Jorku. Posłuchaj i powiedz, co o tym sądzisz: TV Scandinavia jest własnością konsorcjum, w skład którego wchodzą amerykańscy inwestorzy z wieloletnim doświadczeniem w kierowaniu stacjami telewizyjnymi. Zamierzamy nadawać w systemie cyfrowym w Finlandii, Danii, Norwegii i Szwecji. Siedziba firmy i studia będą się mieścić w Sztokholmie. Właściciele oceniają, że kraje skandynawskie i Finlandia, z łączną liczbą widzów odpowiadającą mniej więcej jednej dziesiątej liczby widzów w Stanach

Zjednoczonych, są potencjalnie interesującą widownią. Minister kultury Karina Björnlund w styczniu zaproponuje, żeby sieć cyfrowa działała na takich samych zasadach jak pozostałe podmioty na tym rynku. Rozdział koncesji znajdzie się więc w gestii Poczty Szwedzkiej. I co ty na to?

– Straciłam wątek po konsorcjum – przyznała Annika szczerze. – Nie możesz tego skrócić?

Anne Snapphane westchnęła ciężko.

– Nie masz pojęcia, jaki się zrobi szum. Rzucamy wyzwanie wielkim kanałom, to będzie rewolucja. Będziemy nadawać w sieci, co pozwoli nam dotrzeć do wszystkich gospodarstw w Skandynawii. Wszyscy nas znienawidzą.

– Nie wspominaj o tym – przestrzegła ją Annika, zerkając na zegarek. – Opowiedz o programach dla dzieci, które przygotowaliście, o tym, że stawiacie na programy oświatowe, na kulturę, na programy informacyjne i własne filmy dokumentalne o Trzecim Świecie.

– Ha, ha, ha, bardzo zabawne – skwitowała Anne kwaśno.

– Muszę lecieć.

– A ja muszę się napić – odparowała przyjaciółka.

Redakcja „Norrlands-Tidningen" zajmowała trzy piętra kamienicy stojącej między ratuszem a rezydencją wojewody. Annika spojrzała w górę na żółtą ceglaną fasadę budynku, zapewne z lat pięćdziesiątych.

Równie dobrze mogła to być redakcja „Katrineholms-Kuriren", budynki były niemal identyczne. Wrażenie to pogłębiło się, kiedy nachyliła się w stronę szklanych drzwi, zasłoniła dłońmi oczy, chroniąc je przed rażącym światłem umieszczonej nad drzwiami lampy, i zajrzała do recepcji. Wydała się jej pusta i ponura. Podświetlony napis „Wyjście awaryjne" rzucał zielony cień na stojak z gazetami i krzesła dla gości.

W głośniku nad przyciskiem „Recepcja" coś zatrzeszczało.

– Tak?

– Annika Bengtzon z redakcji „Kvällspressen". Byłam umówiona z Bennym Eklandem, ale właśnie się dowiedziałam, że nie żyje.

Cisza wypełniła zimowy mrok. Annika spojrzała na niebo. Chmury się rozproszyły, pokazały się gwiazdy. Temperatura szybko spadała, Annika potarła dłonie w rękawiczkach.

– Tak? – zatrzeszczało znów w głośniku. Podejrzliwość zagłuszyła kiepską technikę.

– Miałam mu przekazać materiały, zamierzaliśmy przedyskutować kilka spraw.

Tym razem odpowiedź padła szybko.

– W zamian za co?

– Proszę mnie wpuścić, to porozmawiamy.

Trzy sekundy wahania, cichy szum i Annika otworzyła drzwi. Uderzył ją powiew ciepłego powietrza wymieszanego z kurzem. Zaczekała, aż drzwi się za nią zamkną, a oczy przyzwyczają do zielonego światła.

Prowadzące do redakcji schody znajdowały się po lewej stronie; zniszczone szare linoleum z gumowymi listwami.

Przy kopiarce czekał na nią potężnie zbudowany mężczyzna w białej koszuli. Rozjeżdżała mu się w pasie. Miał czerwoną twarz i oczy.

– Proszę przyjąć wyrazy współczucia – powiedziała Annika, wyciągając do niego rękę. – Benny Ekland był legendą. Także u nas.

Mężczyzna skinął głową i przedstawił się: Pekkari, szef nocnej zmiany.

– Mógł dostać pracę w każdej gazecie, w Sztokholmie, gdziekolwiek, ale zawsze odmawiał, chciał pracować tutaj.

Annika usiłowała się uśmiechnąć, żeby zatuszować swoje niewinne kłamstwo sprzed chwili.

– Wiem – wymamrotała.

– Napije się pani kawy?

Poszła za nim do niewielkiej kuchenki, małego pomieszczenia bez okna z kuchenną płytą wciśniętą między sobotni dodatek a środkową stronę dziennika.

– To pani ugrzęzła w tym tunelu – nie tyle spytał, ile stwierdził.

Annika skinęła głową i zdjęła kurtkę, a mężczyzna zaczął lać gęsty jak smoła płyn do dwóch niezbyt czystych kubków.

– Jakimi materiałami mieliście się wymienić? – spytał w końcu.

Podał jej miseczkę z cukrem, Annika podziękowała gestem.

– Ostatnio sporo pisałam o terroryzmie. W zeszłym tygodniu rozmawiałam z nim o zamachu w F21. Mówił, że wpadł na jakiś trop. Miało to być coś naprawdę ważnego.

Szef nocnej zmiany postawił miseczkę z cukrem na stole i poplamionymi nikotyną palcami zaczął wyjmować kostki.

– Daliśmy to w piątek.

Annika była zdziwiona. Nie słyszała, żeby gdziekolwiek ukazał się taki materiał. Pekkari wrzucił do kubka trzy kostki cukru.

– Wiem, co pani myśli – powiedział. – Ale pani pracuje w gazecie ogólnokrajowej, nie ma pani pojęcia, jak funkcjonuje prasa lokalna. Agencje interesują się tylko Sztokholmem. Nasze artykuły są dla nich gówno warte.

Nieprawda, odezwał się głos w jej głowie. To zależy od jakości tekstu. Ale nie powiedziała tego głośno. Spuściła wzrok i wpatrywała się we własne kolana.

– Pracowałam kiedyś w „Katrineholms-Kuriren". Wiem, jak to jest – powiedziała.

Pekkari otworzył szeroko oczy.

– To może pani zna Mackego?

– Z działu sportowego? Jasne. To instytucja. – Nieznośny alkoholik. Już wtedy taki był, pomyślała, uśmiechając się do rozmówcy.

– Co miała mu pani dać? – spytał Pekkari, siorbiąc kawę.

– Głównie materiały z lat siedemdziesiątych, teksty, trochę zdjęć.

– Wszystko jest w sieci – stwierdził Pekkari.

– Tego nie ma.

– A nie chciała pani przypadkiem podebrać mu tematu?

Jego oczy przyglądały się jej bacznie znad kubka. Wytrzymała jego spojrzenie.

– Mam wiele talentów, ale w myślach nie czytam. To Benny do mnie zadzwonił. Skąd miałabym wiedzieć, nad czym pracował?

Szef nocnej zmiany wziął kolejną kostkę cukru i zaczął ją ssać. Popijał kawą i zastanawiał się.

– Ma pani rację – stwierdził po dłuższej chwili, przełykając głośno. – Czego pani potrzebuje?

– Muszę zdobyć artykuły Benny'ego o terroryzmie i przeczytać je.

– Proszę iść do archiwum i pogadać z Hansem.

*

Redakcyjne archiwa w całej Szwecji wyglądają tak samo, pomyślała. Hans Blomberg też nie odbiegał wyglądem od przeciętnego archiwisty. Mały, zakurzony mężczyzna w szarym swetrze, w okularach i resztką włosów zaczesanych na pożyczkę. Nawet tablica informacyjna na ścianie wyglądała tak, jak się spodziewała. Wisiał na niej dziecięcy rysunek przedstawiający żółtego dinozaura i cytat: „Zamiast PIĘKNY wolałbym być BOGATY". I jeszcze kalendarz, w którym ktoś odliczał dni do jakiejś bliżej nieokreślonej daty. Napisał: „WYTRZYMAJ!".

– Benny był cholernie uparty – westchnął starszy pan, siadając przed komputerem. – Nigdy się nie poddawał. Produkował niezliczoną ilość materiałów, jakby miał biegunkę. Zna pani ten typ?

Spojrzał na nią znad okularów. Annika nie mogła powstrzymać uśmiechu.

– Benny nie żyje, a o zmarłych mówi się albo dobrze, albo wcale. Czasem jednak można chyba pozwolić sobie na szczerość, prawda? – spytał, mrużąc oczy, jakby z przyzwyczajenia.

– Rozumiem, że jego śmierć jest dla redakcji dotkliwą stratą – powiedziała Annika.

Hans Blomberg westchnął.

– Był naszą gwiazdą, ulubieńcem szefów, obiektem nienawiści kolegów. To był facet, który wpadał do redakcji i wołał: „Zróbcie mi miejsce na pierwszej stronie, bo dzisiaj stanę się nieśmiertelny!".

Annika wybuchnęła śmiechem. Nie on jeden, pomyślała, a przed oczami stanął jej Carl Wennergren.

– A teraz proszę mi powiedzieć, czego właściwie pani szuka.

– Serii artykułów o terroryzmie, przede wszystkim ostatniego tekstu o F21.

Archiwista podniósł głowę, w jego oczach pojawił się błysk.

– No, proszę, kto by pomyślał, że taka miła dziewczyna interesuje się takimi niebezpiecznymi sprawami.

– Nie przesadzaj, wujku – odpowiedziała Annika. – Mam męża i dwójkę dzieci.

– Rozumiem, feministka. Wydruk czy wycinki?

– Najchętniej wycinki, jeśli to nie za duży kłopot.

Mężczyzna westchnął i znów wstał.

– Tyle się mówi o tych komputerach, że niby to takie ułatwienie, ale to nieprawda. Podwójna praca. Tak to jest z tą komputeryzacją – powiedział.

Zniknął wśród metalowych szafek, mamrocząc „t, t, terroryzm". Wyciągnął jakąś szufladkę, znów westchnął.

– Ha – odezwał się kilka sekund później, wyciągając triumfalnie brązową kopertę. Cienkie włosy spadły mu z czubka głowy, obnażając łysinę. – Terroryzm à la Ekland. Może pani tu usiąść. Nie wychodzę przed szóstą.

Annika wzięła kopertę, otworzyła ją wilgotnymi palcami i podeszła do wskazanego biurka. Wycinki miały zdecydowaną przewagę nad wydrukami. Na monitorze komputera wszystkie teksty wyglądały mniej więcej tak samo: teksty były jednakowej długości, zdjęcia małe. Na stronie gazety teksty i zdjęcia żyły, łapały oddech, tytuły krzyczały albo wdzięczyły się do czytelników. Już sam wybór czcionki wiele mówił o tym, co redaktor chciał zasygnalizować czytelnikowi.

Wielkość zdjęcia, obróbka i jakość techniczna mówiły jeszcze więcej: wskazywały, czy informacje zawarte w tekście oceniono jako istotne, czy to, co się stało, uznano za wyjątkowe, czy po prostu za jedno z wielu zdarzeń. Wszystkie te zabiegi, będące owocem zawodowego kunsztu całej masy ludzi, na monitorze komputera przestawały się liczyć.

Tutaj miała do czynienia z prawdziwym dziennikarstwem.

Wycinki były posortowane według dat, najstarsze na wierzchu. Pierwszy tekst został opublikowany pod koniec kwietnia i dotyczył pikantnych szczegółów z historii szwedzkiego terroryzmu. Opowiadał między innymi o wynalazcy i doktorze filozofii Martinie Ekenbergu z Töreboda, który miał na koncie tylko jeden wynalazek: list z bombą. Annika przetarła oczy ze zdumienia, kiedy stwierdziła, że w kilku miejscach Ekland użył dokładnie takich samych sformułowań jak ona kilka tygodni wcześniej w artykułach na ten sam temat. Najwyraźniej szukał inspiracji w tekstach kolegów, pomyślała.

Przerzuciła stos wycinków. Część była stara, ich treść była jej dobrze znana. Inne zawierały nowe informacje. Z coraz większym zainteresowaniem czytała o zamieszaniu na północy, w Norrbotten, wiosną 1987 roku, kiedy to wojsko dzień i noc poszukiwało wśród szkierów okrętów podwodnych i żołnierzy obcych armii. Plotka głosiła, że szwedzki oficer postrzelił w nogę rosyjskiego nurka. Pies oficera zaczął nagle szczekać, węszył w kierunku krzaków. Oficer oddał strzał, a potem znaleziono tam ślady krwi; prowadziły na brzeg i kończyły się w wodzie. Benny Ekland ograniczył się do opowiedzenia anegdotki, nadal żywej wśród miejscowej ludności. To, co naprawdę się wtedy wydarzyło, zdawało się mniej go interesować. Zacytował krótką wypowiedź przedstawiciela sztabu armii, który zwrócił uwagę, że ogólna atmosfera końca lat osiemdziesiątych była inna niż obecna, że wszystkim się zdarza popełniać błędy, także szwedzkiemu wojsku, i że właściwie nigdy do końca nie stwierdzono, czy na tym terenie kiedykolwiek doszło do naruszenia wód terytorialnych.

Na samym spodzie znalazła artykuł, którego szukała. To, co w nim przeczytała, było dla niej nowością.

Pod koniec lat sześćdziesiątych stare maszyny floty powietrznej stacjonującej w Norrbotten, tak zwane lanseny, zostały wymienione na nowoczesne drakeny, pisał Eklund. Wtedy właśnie baza lotnicza kilkakrotnie padła ofiarą sabotażu: ktoś włożył zapałki do rurek Pitota. Były to niewielkie rurki, przypominające nieco strzały, umieszczone z przodu maszyny, służące przede wszystkim do pomiaru prędkości.

Wszyscy uznali za oczywiste, że stoi za tym lewica. Głównymi podejrzanymi były organizacje maoistowskie. Uszkodzenia nigdy nie okazały się naprawdę poważne, nigdy też nie złapano nikogo na gorącym uczynku. Eklund cytował jednak tajne źródła z F21, potwierdzające, że te mało znaczące akty sabotażu były wstępem do późniejszego zamachu. Maoiści odkryli coś, co okazało się tragiczne w skutkach.

Po każdym locie, gdy maszyny stały już na lądowisku, na płytę za samolotem wylewano środki absorbujące lub stawiano wiadro ze stali nierdzewnej. Silniki nie spalały całego paliwa i po każdym locie trzeba było opróżnić zbiornik.

Wieczorem w dniu, kiedy doszło do zamachu, czyli osiemnastego listopada 1969 roku, cała flotylla uczestniczyła w wieczornym locie. Terroryści uderzyli, kiedy maszyny wróciły na lotnisko.

Zamiast jednak jak zwykle włożyć zapałki w rurki Pitota, wrzucono płonące zapałki do wiader z resztkami paliwa. Natychmiast doszło do potężnego wybuchu.

Mając na uwadze to, co się działo wcześniej, najprościej było przyjąć, że również za tą akcją stały ugrupowania maoistyczne. Różnica polegała na tym, że tym razem były ofiary śmiertelne, pisał Ekland.

Pisze beznadziejnie, stwierdziła Annika. Ale sprawa wydaje się cholernie interesująca.

– Mogę dostać kopię? – spytała.

Archiwista nie spuszczał wzroku z monitora, jego palce nie przestały tańczyć po klawiaturze.

– Zaciekawił panią?

– Owszem. To dla mnie coś nowego. Może warto pociągnąć ten temat.

– Kopiarka stoi przy schodach. Proszę ją ładnie poprosić i pogłaskać, to może zadziała.

Mężczyzna niemal unosił się bezgłośnie nad czarnymi ulicami. Ból został poskromiony, ciało znów miał sprawne. Jego myśli odbijały się echem od zmarzniętych ścian.

Miasto Luleå z upływem czasu się skurczyło.

Pamiętał je sprzed lat. Duże, tętniące życiem i handlem, pewne siebie, dumne.

Teraz nie czuł tej pewności. Może nigdy jej nie było? To miasto nie miało potencjału. Główna ulica została zamknięta dla ruchu kołowego i zmieniła się w długi, nudny, smagany wiatrem, okolony karłowatymi brzózkami plac rozrywki.

Tutaj ludzie odbierali nagrodę za swój trud, tutaj mogli się zająć konsumpcją i zapomnieć o strachu.

Przekleństwo wolności, pomyślał. Przeklęty człowiek renesansu obudził się pewnego ranka w XIII wieku we Florencji i wynalazł kapitalizm. Siadając na łóżku, pojął możliwości swojego ego, zrozumiał, że państwo jest organizmem, który można nie tylko kontrolować, ale którym można też manipulować.

Mężczyzna usiadł na ławce przed biblioteką, by nieco ochłonąć z morfinowego rauszu. Wiedział, że nie powinien długo siedzieć na takim mrozie, ale akurat w tej chwili chłód mu nie przeszkadzał.

Chciał siedzieć i patrzeć na swoją świątynię, na budynek, w którym założył swoją dynastię. Na tę brzydką kamienicę na rogu ulicy bez nazwy, która tu, na ziemi, była jednym z jego domów. W środku paliło się światło. Pewnie odbywało się jakieś zebranie, jak wtedy.

Ale takich spotkań jak nasze już nigdy nie będzie, pomyślał.

Z budynku wyszły dwie młode kobiety. Zatrzymały się na chwilę w holu przy tablicy i pilnie studiowały ogłoszenia.

Może jeszcze jest otwarte, pomyślał lekko zamroczony. Może wejść?

Dziewczyny rzuciły mu szybkie ukradkowe spojrzenie, kiedy minęli się kilka metrów od drzwi. Jak zwykle na prowincji, pomyślał. Nie znamy go, więc udajemy, że go nie ma. Pomyślał, że w większych miastach ludzie się nie zauważają. To mu odpowiadało.

Biblioteka rzeczywiście była otwarta. Stanął na środku holu i pozwolił wrócić wspomnieniom. Czas przestał istnieć.

Znów miał dwadzieścia lat, było lato, upał, a obok niego stała jego dziewczyna, jego ukochana Czerwona Wilczyca, której wszystko miało się powieść bardziej niż ktokolwiek przypuszczał. Przyciągnął ją do siebie, objął i poczuł zapach henny w jej miedzianoczerwonych włosach. Nie mógł powstrzymać szlochu.

Nagły przeciąg wokół nóg przywrócił mu poczucie rzeczywistości.

– Coś się stało? Potrzebuje pan pomocy?

Jakiś starszy mężczyzna przyglądał mu się z niepokojem.

Zdawkowa troska, pomyślał. Pokręcił głową i przełknął swoją francuską odpowiedź.

Hol ukazał mu się w całej swej pretensjonalnej krasie. Starszy pan ruszył dalej, wszedł tam, gdzie było ciepło, zostawiając go sam na sam z tablicą ogłoszeń: Salon Literacki, jasełka, koncert Håkana Hagegårda i festiwal feministyczny.

Wyrównał oddech i przygładził włosy. Ostrożnie zrobił krok w stronę wewnętrznych drzwi, dyskretnie zajrzał przez szklaną taflę do środka. Po chwili szedł szybkim krokiem przez hol, a potem na dół, tylnymi schodami.

Boże, pomyślał, znów tu jestem. Naprawdę tu jestem.

Spojrzał na zamknięte drzwi, przywołał w pamięci obraz tego, co się za nimi kryło. Pamiętał to dokładnie: dębowe panele, kamienne stopnie, składane stoliki, kiepskie oświetlenie. Uśmiechnął się na wspomnienie własnego cienia, obrazu młodego mężczyzny, który rezerwował lokal w imieniu Towarzystwa Wędkarskiego, a potem organizował trwające do później nocy spotkania maoistów.

Dobrze zrobił, że tu przyjechał.

Środa, 11 listopada

ANDERS SCHYMAN włożył marynarkę i wypił ostatni łyk kawy. Ciemność zmieniła szyby w lustra. Poprawił kołnierz widoczny na tle zarysu rosyjskiej ambasady. Potem stał jeszcze chwilę, wpatrując się w dziury w miejscu, gdzie powinny być jego oczy.

Nareszcie, pomyślał. Przestał być jedynie przydatnym kretynem, mógł zacząć działać. Na rozpoczynającym się za kwadrans zebraniu zarządu zostanie w końcu zaakceptowany, zyska szacunek.

Więc dlaczego nie był w euforii? Nie był zadowolony? Co się stało z nerwowym szczęściem, które odczuwał, gdy przed chwilą patrzył na leżące przed nim słupki i tabelki?

Przyglądał się swoim oczom, ale nie znalazł w nich odpowiedzi.

– Anders – zatrzeszczał głos w telefonie. – Herman Wennergren jest w drodze na górę – poinformowała go sekretarka, wyraźnie podniecona.

Czekając na prezesa zarządu, poczuł, że dzień zaczyna nabierać tempa.

– Jestem pod wrażeniem – oświadczył Wennergren z tym swoim charakterystycznym chrząknięciem, chwytając jego dłoń w obie ręce. – Czyżbyś znalazł czarodziejską różdżkę?

Przez te wszystkie lata prezes zarządu rzadko komentował pracę redakcji. Gdy wyniki okazały się o czternaście procent lepsze niż zakładano, nakład wzrastał, a dystans do „Konkurrenten" malał, zaczynał się rozglądać za czarodziejską różdżką.

Anders się roześmiał i wskazał mu miejsce na kanapie dla gości. Usiedli naprzeciwko siebie.

– Wprowadziliśmy zmiany strukturalne, które najwyraźniej zdały egzamin – stwierdził Schyman, uważając, żeby nie wymienić nazwiska Torstenssona, swojego poprzednika i dobrego znajomego Wennergrena.

– Kawa? Może lekki lunch?

Prezes uniósł dłoń w odmownym geście.

– Zebranie będzie krótkie. Muszę niedługo wyjść, mam jeszcze kilka spraw do załatwienia – powiedział, zerkając na zegarek. – Ale jest coś, o czym chciałbym z tobą porozmawiać. Sprawa jest dość pilna.

Schyman usiadł wygodniej, podparł kręgosłup poduszką i przybrał obojętny wyraz twarzy.

– Działałeś kiedyś w TU? – spytał Wennergren, przyglądając się swoim paznokciom.

Schyman drgnął. Nie miał wiele wspólnego z TU, szwedzkim Stowarzyszeniem Wydawców Prasy.

– Byłem zastępcą członka zarządu, to wszystko.

– Ale wiesz, na czym to polega? Rozmowy na korytarzach. Zakulisowe gry.

Wennergren potarł paznokciem o lewą nogawkę spodni; przyglądał mu się spod krzaczastych brwi.

– Nie mam właściwie żadnych takich doświadczeń – powiedział Schyman, czując, że stąpa po kruchym lodzie. – Mam wrażenie, że to dość skomplikowane sprawy. Oczekuje się, że właściciele koncernów prasowych, którzy na co dzień ostro ze sobą konkurują, nagle usiądą obok siebie i wspólnie zaczną rozwiązywać problemy. To nie takie proste.

Herman Wennergren pokiwał powoli głową i zaczął czyścić paznokcie.

– To prawda. Koncerny prasowe, wydawnictwa Bonniers i Schibsted, prasa lokalna, między innymi göteborski „Hjörnes", „Nerikes Allehanda" i filia w Jönköpingu, no i oczywiście my. Dużo różnych interesów do pogodzenia.

– Czasem jednak coś się udaje, jak w przypadku podatku od reklam – wtrącił Schyman.

– To prawda – zgodził się Wennergren. – W Domu Prasy działa grupa, która trzyma rękę na pulsie, ale decyzje podejmuje przewodniczący zarządu.

Schyman siedział bez ruchu i czuł, że jeżą mu się włosy na karku.

– Jak zapewne wiesz, jestem przewodniczącym komisji wyborczej Stowarzyszenia – ciągnął dalej Wennergren. – W połowie grudnia mamy przedstawić kandydatów do nowego zarządu. Pomyślałem, że na stanowisko przewodniczącego zaproponuję ciebie. Co ty na to?

W głowie Schymana huczało jak w ulu; myśli odbijały mu się od czaszki, wpadały na siebie.

– Zwykle to stanowisko przypada któremuś z dyrektorów.

– Nie zawsze. Zdarza się, że przewodniczącym zostaje redaktor naczelny. Tylko nie zrozum mnie źle. Nie chcę, żeby zapomniał o redakcji i poświęcił się wyłącznie Stowarzyszeniu, jak to się niestety zdarza. Uważam po prostu, że świetnie się na to stanowisko nadajesz.

W kłębowisku myśli rozległ się ostrzegawczy dzwonek.

– Dlaczego? – spytał Schyman. – Bo łatwo mną manipulować? O to chodzi?

Herman Wennergren westchnął głośno. Pochylił się do przodu, położył dłonie na kolanach, jakby zamierzał wstać.

– Schyman, naprawdę myślisz, że gdybym chciał umieścić tam swojego człowieka, to przyszedłbym do ciebie? – Wstał z trudem, wyraźnie poirytowany. – Nie rozumiesz, że jest dokładnie odwrotnie? Jeśli mi się uda przeforsować twoją kandydaturę, co przecież wcale nie jest pewne, to po to, żeby w kierownictwie Stowarzyszenia był ktoś, kto oprze się wszelkim naciskom. Właśnie tak cię widzę, Schyman – powiedział, kierując się do drzwi. – Nie opóźniajmy zebrania – dodał, odwracając się do Schymana plecami.

Annika minęła zjazd na autostradę w stronę lotniska i jechała dalej, w stronę Kallaxby. Krajobraz był całkowicie pozbawiony barw. Sosny jak ciemne duchy, czarno-biała ziemia, ołowianoszare niebo. Białe welony śnieżnej zadymki tańczyły nad ciemnoszarym asfaltem. Termometr w wynajętym samochodzie wskazywał jedenaście stopni w środku i cztery poniżej zera na zewnątrz.

Minęła kawałek pola i trzy miliony karłowatych sosen i w końcu dotarła do drogi skręcającej w stronę lądowiska w Norrbotten.

Pas prowadzący do bazy lotniczej wydawał się nieskończenie długi. Ziemia po obu stronach była goła, bez roślinności, poza pokrzywionymi przysadzistymi sosnami. Lekki skręt w prawo i nagle wyrosło przed nią ogrodzenie, a chwilę potem brama, budka wartownika, domy i parking po drugiej stronie ogrodzenia. Annika poczuła się nagle, jakby podglądała, jakby była szpiegiem, który dostał do wykonania wstydliwe zadanie. Tuż za bramą stały dwa myśliwce, jeden wyglądał na drakena.

Za ogrodzeniem droga wiła się dalej. Annika pochyliła się, żeby lepiej widzieć. Minęła parking dla żołnierzy służby zasadniczej i dojechała do ogromnej strzelnicy. Kilkunastu mężczyzn w mundurach polowych biegało po placu, każdy z pistoletem automatycznym w ręku i karabinem przewieszonym przez ramię. Drogowskaz pokazywał, że droga ciągnie się aż do cypla Lulnäs, ale stojący jakieś sto metrów dalej znak zakazu zmusił ją do zawrócenia. Ubranych na zielono żołnierzy nie było już widać.

Zatrzymała się przy budce wartownika; zawahała się, w końcu jednak wyłączyła silnik i wysiadła. Idąc wzdłuż ściany blaszanego baraku z lustrzanymi szybami w oknach, nie widziała nikogo, nie zauważyła żadnego dzwonka, niczego, była sama. Nagle, gdzieś po lewej, usłyszała głos z głośnika.

– Jakiś problem?

Przerażona spojrzała w stronę, skąd dochodził głos, ale widziała jedynie blachę i chrom.

– Szukam... Petterssona – powiedziała do swojego odbicia w szybie. – Oficera prasowego.

– Kapitana Petterssona, chwileczkę – odpowiedział głos, należący zapewne do młodego żołnierza.

Odwróciła się plecami do błyszczącego budynku i spróbowała coś dostrzec przez sztachety parkanu. Między drzewami spostrzegła szarozielone hangary i rząd wojskowych pojazdów. Z zewnątrz trudno jej było ocenić wielkość bazy.

– Proszę przejść przez bramę, a potem pierwsze drzwi na prawo – rozległ się znów głos z zaświatów.

Annika zrobiła, co jej kazano. Dobry obywatel i szpieg.

Oficer, który ją przyjął, wyglądał na prototyp zadowolonego z siebie żołnierza: proste plecy, szpakowaty, wysportowany.

– Jestem Annika Bengtzon – przedstawiła się. – W zeszłym tygodniu rozmawialiśmy przez telefon. O rocznicy zamachu…

Mężczyzna przytrzymał jej dłoń w swojej o sekundę za długo. Dała się uwieść jego jasnemu spojrzeniu i miłemu uśmiechowi.

– Tak jak mówiłem przez telefon, mamy tylko to, co już zostało opublikowane. Możemy pani przekazać naszą analizę sytuacji i wnioski, do których wówczas doszliśmy. Chętnie pokazalibyśmy pani nasze muzeum, ale niestety Gustaf, któremu podlega, jest dzisiaj chory. Zapraszam jutro, na pewno już będzie na nogach.

– Mogłabym obejrzeć miejsce, gdzie doszło do zamachu?

Mężczyzna uśmiechnął się jeszcze szerzej.

– Sądziłem, że ten szczegół wyjaśniliśmy sobie przez telefon. Informacje o miejscu, w którym doszło do zamachu, nie zostały podane do wiadomości publicznej.

– Czytał pan artykuł Benny'ego Eklanda w piątkowym numerze „Norrlands-Tidningen"?

Mężczyzna wskazał na krzesło przy stoliku i zaproponował, żeby usiadła. Annika zdjęła kurtkę i wyłowiła z torby notes.

– Mam tu kopię artykułu, więc jeśli pan ma ochotę…

– Wiem, o jaki artykuł chodzi – powiedział, spoglądając na żołnierza, który właśnie wszedł do pokoju. – Może pani podpisać się na liście?

Annika potwierdziła swoją obecność w bazie nieczytelnym gryzmołem i podziękowała za kawę.

– Jest w tym coś z prawdy? – spytała, wracając do artykułu.

Oficer prasowy nalał sobie hojnie do kubka z Bruce'em Springsteenem.

– Niewiele – odpowiedział.

Annika poczuła, że gaśnie ostatnia iskierka nadziei.

– Dla mnie było tam kilka nowych informacji. Możemy to razem przejrzeć? Zdanie po zdaniu. Chciałabym wiedzieć, co jest zgodne z prawdą, a co nie.

Wyciągnęła z czeluści torby kopię artykułu, papier zaszeleścił.

Kapitan Pettersson podmuchał i ostrożnie wypił łyk kawy.

– Pod koniec lat sześćdziesiątych zaczęto sukcesywnie wymieniać lanseny na myśliwce typu Draken. To się zgadza. Wersja zwiadowcza samolotu pojawiła się w 1967 roku, a myśliwce latem 1969 roku.

Annika znała artykuł na pamięć.

– Czy to prawda, że dochodziło do prób sabotażu przez wkładanie zapałek w różne otwory i rury?

– W tamtych czasach kręciło się tu wielu lewaków – przyznał oficer prasowy. – Ogrodzenie nie stanowiło poważnej przeszkody. Chłopcy z zapałkami byli zapewne przekonani, że umieszczając coś w rurce Pitota, uszkodzą maszynę, ale nie ma żadnych dowodów, że to właśnie te grupy miały cokolwiek wspólnego z zamachem z 1969 roku.

Annika notowała.

– A resztki paliwa? Czy informacja o metalowych wiadrach, do których je zlewano, jest prawdziwa?

– Owszem – potwierdził. – Ale to paliwo niskooktanowe, nie można go podpalić zapałką. Trzeba by je porządnie rozgrzać, żeby zaczęło płonąć. Tak więc i ta informacja nie jest do końca prawdziwa. W każdym razie w listopadzie w Luleå byłoby to niemożliwe – powiedział, uśmiechając się beztrosko.

– A czy tamtego wieczoru odbywały się jakieś ćwiczenia? Czy maszyny stały na zewnątrz?

– To była noc z wtorku na środę. Zawsze latamy we wtorki, wszystkie eskadry w kraju, od dziesięcioleci. Trzy zmiany, lądowanie o dwudziestej drugiej. Potem zwykle maszyny stoją jeszcze godzinę na płycie, zanim je wprowadzimy do hangarów. Do zamachu doszło o pierwszej trzydzieści pięć. O tej porze wszystkie maszyny zawsze są już w hangarach.

Annika przełknęła ślinę i pozwoliła kopii artykułu opaść na kolana.

– Miałam nadzieję, że rzuci pan nieco więcej światła na tę historię – powiedziała, uśmiechając się do niego.

Odpowiedział jej uśmiechem intensywnie niebieskich oczu. Annika pochyliła się do przodu.

– Minęło trzydzieści lat. Może mi pan chociaż powiedzieć, co spowodowało wybuch?

Zaległa cisza. Annika nie próbowała jej przerwać. Teraz jego ruch. Niestety kapitan Pettersson zdawał się w ogóle nie przejmować tym, że pokonała tysiąc kilometrów. Musiała się poddać.

– Dlaczego doszliście do wniosku, że za zamachem stali Rosjanie? – zadała ostatnie pytanie.

– Zastosowaliśmy metodę wykluczania – odpowiedział.

Odchylił się do tyłu i zaczął stukać długopisem w kubek.

– Nie byli to lewacy. Miejscowe grupy można od razu skreślić. Säpo wie, że wtedy nie działali tu żadni inni aktywiści, ani z lewej, ani z prawej strony.

– Skąd ta pewność?

Oficer po raz pierwszy spoważniał, przestał stukać.

– Po zamachu miejscowe grupy zostały poddane wnikliwej obserwacji. Dochodziły do nas różne plotki. Wiemy na pewno, kto ganiał z zapałkami, ale o zamachu nikt nic nie wspominał. Gdyby rzeczywiście za tym stali, wiedzielibyśmy o tym.

– Przesłuchania prowadziła policja czy wy?

Mężczyzna znów się roześmiał.

– Powiedzmy, że sobie pomagaliśmy.

Annika analizowała różne argumenty, wpatrywała się niewidzącym wzrokiem w notatki.

– To, czy ludzie milczą, czy nie, zależy chyba od stopnia ich fundamentalizmu. Skąd pewność, że nie było żadnego twardego jądra terrorystycznego, którego nie dostrzegliście, bo oni nie chcieli, żebyście je dostrzegli?

Mężczyzna milczał o sekundę za długo, potem znów się roześmiał.

– Co? Tutaj, w Luleå? Baader-Meinhof na Mlecznym Cyplu? To byli Rosjanie. Na pewno.

– Dlaczego zadowolili się jedną maszyną? – spytała Annika, zbierając swoje rzeczy. – Dlaczego nie wysadzili całej bazy?

Kapitan Pettersson pokręcił głową, westchnął ciężko.

– Pewnie chcieli tylko pokazać, że są w stanie to zrobić. Chcieli zburzyć nasze poczucie bezpieczeństwa. Na pewno chętnie zajrzelibyśmy do ich mózgów i poznali tok ich rozumowania. Może wtedy dowiedzielibyśmy się też, dlaczego wysyłali polskich sprzedawców obrazów do naszych oficerów. Albo dlaczego ich okręt podwodny osiadł na skałach w pobliżu Karlskrony. To też chcielibyśmy wiedzieć. A teraz proszę wybaczyć, ale za dziesięć minut mam apel.

Annika wzięła torbę, zasunęła zamek błyskawiczny, wstała i włożyła kurtkę.

– Dziękuję – powiedziała. – Proszę pozdrowić Gustafa i przekazać mu, że nie wiem, czy zdążę jutro wpaść do muzeum. Mam jeszcze kilka rzeczy do zrobienia, a po lunchu wracam do domu.

– Proszę się nie spieszyć. To bardzo ciekawa ekspozycja.

Annika spuściła wzrok i wymamrotała coś, co sama nie bardzo rozumiała.

Guzik się dowiedziałam, pomyślała, jadąc z powrotem do miasta. Nie mogę wrócić do redakcji i oświadczyć, że wyprawa okazała się niewypałem.

Czuła się bezsilna, była zawiedziona. Przycisnęła mocniej pedał gazu, zarzuciło nią, przestraszona zdjęła nogę z gazu.

W tym momencie zadzwoniła komórka, numer zastrzeżony. Zanim odebrała, wiedziała, że to Gwóźdź.

– Złapałaś zamachowca? – spytał przymilnie.

Annika zaczęła ostrożnie hamować. Włączyła prawy kierunkowskaz, wcisnęła mocniej słuchawkę w ucho.

– Dziennikarz, z którym miałam się spotkać, nie żyje. Przedwczoraj ktoś go przejechał i zbiegł z miejsca wypadku.

– Rzeczywiście – potwierdził Gwóźdź. – Agencje miały coś o tym. Śmierć dziennikarza. To on?

Annika zaczekała, aż wyprzedzi ją tir z drewnem. Pęd powietrza zakołysał jej fordem. Chwyciła mocniej kierownicę.

– Możliwe. Redakcja została poinformowana wczoraj. Byłoby dziwne, gdyby nie dali nic we własnej gazecie.

Powoli wyjechała na główną drogę.

– Znaleźli sprawcę?

– Nic mi o tym nie wiadomo – powiedziała. I nagle usłyszała, jak mówi: – Zamierzam się trochę przyjrzeć temu wypadkowi.

– Dlaczego? – chciał wiedzieć Gwóźdź. – Facet pewnie był napity, wracał późno do domu.

– Możliwe. Ale był o włos od odkrycia czegoś niezmiernie ważnego. W piątkowym numerze zamieścił szalenie kontrowersyjny artykuł.

W którym podawał nieprawdziwe dane, pomyślała i zagryzła wargę.

Gwóźdź westchnął ciężko.

– Tylko nie wymyślaj żadnych bajek – powiedział i rozłączył się.

Annika zaparkowała przed wejściem do hotelu. Poszła do swojego pokoju i padła na łóżko. Sprzątaczka zdążyła już pościelić, usuwając ślady minionej nocy. Źle spała, obudziła się zlana potem, z bólem głowy. Chór aniołów towarzyszył jej niemal do rana, jak zwykle, gdy nocowała poza domem.

Włożyła poduszkę pod głowę, sięgnęła po telefon stojący na nocnym stoliku, postawiła go sobie na brzuchu i wybrała bezpośredni numer Thomasa.

– Jest na lunchu – poinformowała ją skwaszona sekretarka.

Annika wślizgnęła się pod narzutę i zasnęła.

„Słoneczne lilie, pachnące kwiatuszki skrzące się od rosy na łące, ochchch, ochchch…".

Nie mam siły z tym walczyć, pomyślała, pozwalając słowom ukołysać się do snu.

Obudziła się nagle i przez chwilę zastanawiała się, gdzie jest. Dotknęła ręką twarzy, poczuła, że ma mokrą brodę i szyję, z obrzydzeniem zauważyła, że to jej własna ślina. Ubranie lepiło się nieprzyjemnie do ciała, w lewym uchu coś piszczało. Wstała, poszła chwiejnym krokiem do łazienki, zrobiła siku.

Kiedy wróciła do pokoju, stwierdziła, że jest już zupełnie ciemno. Spanikowana zerknęła na zegarek, kwadrans po trzeciej.

Wytarła szyję ręcznikiem, sprawdziła, czy ma w torbie wszystko, czego potrzebuje, i opuściła pokój.

W recepcji dostała plan miasta. Nie obejmował dzielnicy Svartöstaden, ale recepcjonistka zaczęła jej ochoczo wyjaśniać, a nawet rysować, jak ma tam dojechać.

– Szykuje się jakiś reportaż? – dopytywała się nieco egzaltowanie.

Annika była już w drodze do drzwi, ale zatrzymała się i spojrzała na nią skonsternowana. Dziewczyna lekko się zarumieniła.

– Zauważyłam, że rachunek mamy wysłać do redakcji „Kvällspressen" – zaczęła wyjaśniać.

Annika zrobiła krok do tyłu, przytrzymała stopą drzwi. Po chwili była na zewnątrz. Zerknęła na szybę samochodu, nie zauważyła mandatu za złe parkowanie, wsiadła do wyziębionego auta i wyjechała na południową obwodnicę. Kierownica była lodowata. Annika wyciągnęła z torby rękawiczki. Niewiele brakowało, a potrąciłaby tęgą kobietę pchającą wózek z dzieckiem. Włączyła odmrażanie i z bijącym sercem ruszyła w stronę Malmudden.

Zatrzymała się na światłach na wiadukcie, nad torami kolejowymi, i jeszcze raz zerknęła na mapę. Stwierdziła, że jest w jej dolnym prawym rogu.

Rondo, za którym ulica Hertsövägen przechodziła w reklamę zakładu recyklingu gminy Luleå, było oddalone zaledwie o kilka minut jazdy. Mogła śmiało zdać się na drogowskazy. Zmrużyła oczy i spojrzała w górę. W lewo do Skurholmen, na wprost do Hertsön, w prawo do Svartöstaden. Nagle zobaczyła przed sobą szyld „Hamburgery Frassego" i poczuła, że poziom cukru w jej krwi jest bliski zera. Kiedy światło zmieniło się na zielone, zjechała z obwodnicy, zaparkowała przed stacją benzynową Q8 i weszła do sklepu. Zamówiła hamburgera z serem, dressingiem i cebulą i zaczęła łapczywie jeść. Przyglądała się ścianom, lśniącym od oparów smażenia, i plastikowemu fikusowi w kącie sali. Zauważyła też lustro z motywem z pierwszej części *Gwiezdnych wojen* i toporne meble z lakierowanego drewna i chromu.

Tak wygląda Szwecja, pomyślała. Centrum Sztokholmu to swoisty rezerwat. Nie mamy pojęcia, co się dzieje na dalekiej prowincji.

Po hamburgerze z serem i cebulą zrobiło się jej niedobrze, ale musiała jechać dalej. W świetle reflektorów padający śnieg przypominał cukier puder i ograniczał widoczność. Na szczęście była na drodze sama. Przejechała kilometr, gdy nagle z chmury śnieżnego pyłu wyrosła przed nią huta.

Jasno oświetlona metalowa konstrukcja, która zdawała się syczeć i oddychać. Annika wydała okrzyk zdziwienia. Wygląda pięknie! Niemal jak żywa.

Przejechała wiaduktem nad stacją kolejową: kilkanaście torów krzyżowało się, łączyło i rozdzielało.

Stacja końcowa kolejki transportującej rudę. Oczywiście, pomyślała. Niezliczone wagoniki wypełnione strzaskanymi skałami zawierającymi rudę żelaza docierały na brzeg zatoki. Kiedyś widziała to w telewizji w związku z jakimś strajkiem kolejarzy.

Zdziwiona podjechała do oświetlonej tablicy ogłoszeń obok głównej bramy i zaparkowała obok czegoś, co okazało się Wartownią Wschodnią.

Stojący przed nią wielki potwór był piecem numer dwa. Pomrukujący olbrzym, w którego wnętrznościach ruda zamieniała się w stal. Nieco dalej znajdowały się walcownia, koksownia i zakład energetyczny. Nad całym kompleksem unosił się szum, dziwny zasysający syk. Raz cichszy, raz głośniejszy, czasem szept, czasem śpiew.

Co za miejsce, pomyślała. Co za spektakl.

Zamknęła na chwilę oczy, poczuła kąsający mróz. Aniołowie milczeli.

Anne Snapphane wyszła z konferencji prasowej na drżących nogach, ze spoconymi dłońmi. Chciało jej się płakać, krzyczeć. Świdrujący ból głowy sprawiał, że była jeszcze bardziej zła na szefa. Wyjechał do Stanów, zostawił ją samą z prezentacją. Nie czuła się odpowiedzialna za cały kanał, czuła się odpowiedzialna tylko za program TV Scandinavia.

Wróciła do swojego gabinetu, wybrała numer Anniki i poczuła, że ma ochotę na kieliszek czerwonego wina.

– Jestem przed hutą żelaza w Svartöstaden – wołała Annika gdzieś z jej rodzinnych stron. – To prawdziwy potwór, fantastyczny. Jak prezentacja?

– Kiepsko – przyznała Anne słabym głosem. Czuła, że wciąż drżą jej ręce. – Rozszarpali mnie na kawałki. Najgorsi byli faceci reprezentujący właścicieli twojej redakcji.

– Zaczekaj chwilę – poprosiła Annika. – Muszę przestawić samochód, zablokowałam ciężarówkę. Okej, już odjeżdżam!

Ostatnie słowa najwyraźniej skierowała do kogoś innego.

Anne usłyszała warkot silnika. Zaczęła szukać panadolu w szufladzie biurka, opakowanie okazało się puste.

– Mów – usłyszała głos Anniki w słuchawce.

Próbowała uspokoić drżenie rąk, prawą dłonią dotknęła czoła.

– Uznali, że jestem uosobieniem kapitalistycznego koncernu w amerykańskim stylu, nastawionego na wyzysk, i to na płaszczyźnie międzynarodowej – skarżyła się.

– Podstawowa zasada dramatu – stwierdziła Annika. – Złoczyńca musi mieć twarz. Twoja doskonale się nadaje. Chociaż dziwi mnie ich złość.

Anne zamknęła powoli szufladę, postawiła telefon na podłodze i położyła się obok niego.

– A mnie właściwie nie – odpowiedziała, wpatrując się w lampę na suficie. Zaczerpnęła powietrza i poczuła, że pokój zaczyna się kołysać. – Rzucamy wyzwanie najpotężniejszym kanałom, działającym na jedynym rynku ogłoszeń, który jeszcze został do zdobycia. Nie dość, że sięgamy po ich pieniądze, to jeszcze z czasem nasze gówniane, komercyjne programy, które kupujemy za grosze, odbiorą im widzów.

– I właściciele „Kvällspressen" odczują to dotkliwiej niż inni? – dopytywała się Annika.

– Tak, bo będziemy nadawać cyfrowo.

– Jak głowa?

– Bez zmian, nadal miewam lekkie zawroty – odpowiedziała Anne. Zamknęła oczy, przez powieki jarzeniówki wyglądały jak niebieskie pałeczki.

– Myślisz, że to tylko stres? Może powinnaś zwolnić tempo? – Annika była naprawdę zaniepokojona.

– Próbuję – odpowiedziała Anne z westchnieniem.

– Miranda jest w tym tygodniu u ciebie?

– Nie, u Mehmeta – powiedziała Anne, zasłaniając dłonią oczy.

– To dobrze czy źle?

– Nie wiem – wyszeptała Anne. – Nie daję już rady.

– Wszystko się ułoży, zobaczysz – zapewniła ją Annika. – Przyjdź jutro do mnie, kupię ciasteczka. Thomas gra w tenisa.

Anne roześmiała się i wytarła oczy.

Rozłączyły się, Annika ruszyła dalej. Czuła, że boli ją żołądek. Po raz pierwszy zaczęła się zastanawiać, czy Anne rzeczywiście coś nie dolega. Jej przyjaciółka od lat była pacjentką doktora Olssona. Przychodziła do niego ze wszystkimi symptomami, jakie zna medycyna, ale w ciągu tych wielu lat tylko dwa razy musiała brać antybiotyk. Raz przepisał jej lek na kaszel. Kiedy odkryła, że zawiera morfinę, zadzwoniła spanikowana do Anniki, żeby spytać, czy się nie uzależni.

Annika uśmiechnęła się na to wspomnienie.

Powoli skręciła z obwodnicy do dzielnicy mieszkaniowej. Łotewska prowincja, pomyślała. Polskie przedmieścia.

Światła reflektorów omiatały zniszczone fasady drewnianych domów, zabudowane podwórka, wiaty, spadziste dachy i nierówne płoty. Domy były małe i krzywe, niektóre wyglądały, jakby je zbudowano ze skrzynek. Z większości ścian schodziła farba, szyby z nierównego dmuchanego szkła mieniły się. Minęła sklep z ubraniami. Dochód ze sprzedaży przekazywano na wspieranie walki wyzwoleńczej, nie wiadomo tylko gdzie i jakiej.

Zatrzymała się tuż za zakładem recyklingu przy Bältesgatan, wysiadła, torbę zostawiła w samochodzie. Dudnienie huty brzmiało tu jak odległa pieśń. Szła powoli, zaglądając przez płoty na podwórza domów.

– Szuka pani kogoś?

Mężczyzna w wełnianej czapce i ciężkich butach wyszedł z domku z piernika i ruszył w jej stronę. Zerkał na jej samochód z wypożyczalni.

Annika roześmiała się.

– Przejeżdżałam tędy i musiałam się zatrzymać. Fantastyczne miejsce – powiedziała z rękami w kieszeniach.

Mężczyzna stanął, wyprostował się.

– Tak, rzeczywiście jest wyjątkowe. To stara dzielnica robotnicza z przełomu wieków. Trzymamy się razem. Mało kto się stąd wyprowadza.

Annika grzecznie pokiwała głową.

– Doskonale to rozumiem.

Mężczyzna wyjął z wewnętrznej kieszeni kurtki papierosa i jednorazową zapalniczkę i zapalił. Najwyraźniej połknął haczyk, bo zaczął opowiadać.

– Teraz mamy tu nawet przedszkola. Trzy. Villekulla, Dolina Muminków i Bullerbyn. Latami o nie walczyliśmy, aż w końcu gmina ustąpiła. Mamy podstawówkę, świetlicę i szerokopasmowy internet. Teraz walczymy o zachowanie starej willi dyrektora huty. Nie można wszystkiego burzyć.

Wydmuchnął dym i spojrzał na nią spod czapki.

– A pani co tu robi?

– Byłam umówiona na spotkanie z Bennym Eklandem, ale kiedy przyjechałam, dowiedziałam się, że przejechał go samochód.

Mężczyzna pokręcił głową. Zaczął przytupywać, żeby nie zmarznąć.

– Paskudna historia. Wracał do domu, a tu taki wypadek. Jesteśmy w szoku.

– Rozumiem, że tu wszyscy się znają? – spytała Annika, starając się, żeby nie zabrzmiało to zbyt wścibsko.

– Owszem – przytaknął mężczyzna. – Na dobre i na złe, chociaż na ogół na dobre. Czujemy się za siebie odpowiedzialni. Dzisiaj nie zdarza się to często…

– Wie pan, gdzie to się stało?

– Na Skeppargatan, przy zjeździe na obwodnicę – powiedział mężczyzna, wskazując ręką kierunek. – Niedaleko Blackisa. To ten duży budynek na skraju lasu. Dzieciaki poszły położyć kwiaty. Przykro mi, ale muszę już iść… – Wstał i ruszył w stronę wody.

Annika patrzyła za nim.

Chciałabym tak żyć, pomyślała. Chciałabym gdzieś przynależeć.

Wsiadła do samochodu i ruszyła w kierunku, który jej wskazał.

Benny Ekland zginął zaledwie kilkaset metrów od Zachodniej Wartowni, ale miejsca wypadku nie było stamtąd widać. Ten kawałek drogi widać było jedynie z okien zniszczonego domu z przylegającym do niego blaszakiem, w którym mieścił się warsztat. Budynki stały jakieś sto metrów od drogi. Rzadko rozstawione, świecące na żółto latarnie rzucały słabe światło na ogrodzenie, na śnieg i wystającą spod niego tu i ówdzie glinę.

Nasyp, pomyślała, boisko do piłki nożnej.

Wyłączyła silnik, siedziała w ciemnościach i ciszy.

Benny Ekland opublikował serię artykułów o terroryzmie. Tematem ostatniego był atak na F21. Wkrótce potem został przejechany w najbardziej odludnym miejscu w Luleå.

Nie wierzyła w takie przypadki.

Minęło kilka minut i z jednego z pobliskich bloków wyszedł chłopiec, nastolatek. Podszedł powoli do falującej na wietrze plastikowej taśmy. Miał gołą głowę, ręce trzymał w kieszeniach. Włosy miał postawione na żel. Annika się roześmiała. Kalle niedawno odkrył jego cudowne działanie.

Chłopak stał zaledwie kilka metrów od jej samochodu. Wpatrywał się pustym wzrokiem w niewielką stertę kwiatów i świeczek tuż za taśmą.

Uśmiech zniknął z twarzy Anniki, gdy zdała sobie sprawę, jak śmierć Benny'ego Eklanda musiała wpłynąć na mieszkańców Luleå. Byli pogrążeni w żałobie. Czy gdyby ona umarła, jej sąsiedzi by jej żałowali?

Wątpliwe.

Włączyła silnik i ruszyła w stronę portu przeładunkowego. Kiedy przekręciła kluczyk, chłopiec podskoczył, jakby mu wymierzono policzek. Zdziwiła ją jego gwałtowna reakcja. Z krzykiem, który wdarł się do wnętrza samochodu, rzucił się biegiem w stronę domu. Zaczekała, aż zniknie za ogrodzeniem, i ruszyła powoli w stronę portu. Tam znaleziono skradziony samochód.

Droga była śliska i czarna jak noc, kończyła się niewielkim rondem. Przed bramą wisiał szyld z napisem „LKAB, spółka akcyjna Luossavaara-Kirunavaara". Potężne dźwigi, szerokie betonowe nabrzeże.

Postanowiła obejrzeć miejsce wypadku. Jechała powoli, samochód niemal pełzł. W jednym z okien z lewej strony zobaczyła czarny zarys sylwetki chłopca z włosami postawionymi na żel.

– Nie chciałam cię przestraszyć – powiedziała sama do siebie. – Dlaczego tak się przeraziłeś?

Zatrzymała się przy taśmie i wysiadła, wzięła ze sobą torbę. Spojrzała na piec numer dwa, nadal była pod wrażeniem. Odwróciła się i popatrzyła w przeciwnym kierunku, wiatr uderzył ją w twarz. Ulica prowadziła do pobliskich zabudowań.

Wyciągnęła z torby latarkę i poświeciła, żeby się przyjrzeć terenowi za policyjną taśmą. Świeży śnieg pokrył wszystko. Na oblodzonej asfaltowej nawierzchni nie było żadnych śladów gwałtownego hamowania. Jeśli były wcześniej, już dawno zdążyły zniknąć.

Poświeciła w stronę parkanu. To tam go znaleziono. Komisarz Suup miał rację: jakby wyleciał z katapulty, powiedział.

Stała z latarką w ręku i nasłuchiwała. Z odległej huty dobiegał szum. Znów spojrzała w stronę bloków i znów zobaczyła ciemny zarys głowy chłopca, tym razem w oknie po prawej stronie.

Pomyślała, że zapuka do niego. Skoro już tu jest.

Podwórze było ciemne, poświeciła latarką, żeby się nie potknąć. Czuła się jak na złomowisku. Dom był zniszczony. Blaszany dach rdzewiał, farba łuszczyła się ze ścian.

Zgasiła latarkę i schowała do torby. Otworzyła drzwi i znalazła się w ciemnej klatce schodowej.

– Co tu robisz?

Wzdrygnęła się, szybko wyjęła latarkę. Głos dochodził gdzieś z prawej strony, należał do chłopca. Przechodził mutację.

– Jest... tu... ktoś? – spytała.

Usłyszała pstryknięcie i klatkę zalało światło. Zaskoczona zamrugała oczami. Miała wrażenie, że pomalowane na perłowo ściany walą się na nią, sufit spada na głowę. Podniosła ręce, żeby się obronić.

– Co się z tobą dzieje? Wyluzuj – odezwał się chłopak.

Miał na nogach grube wełniane skarpety, był wysoki i chudy. Stał oparty o drzwi z tabliczką, na której widniało nazwisko Gustafsson. Przyglądał się jej bystrymi ciemnymi oczami.

– Chryste, ale mnie przestraszyłeś.

– Nie jestem synem Boga – odpowiedział.

– Co? – spytała Annika i nagle usłyszała śpiew aniołów.
– Zamknijcie się! – wrzasnęła.

– Jesteś świrnięta?

Wzięła się w garść i spojrzała mu w oczy. Był zdziwiony, przestraszony. Głosy ucichły, sufit wrócił na swoje miejsce, ściany się wyprostowały.

– Czasem dzieje się ze mną coś dziwnego.

– Dlaczego tak się skradasz?

Annika sięgnęła do torby, wyjęła zmiętą papierową chusteczkę i wytarła nos.

– Nazywam się Annika Bengtzon i jestem dziennikarką – przedstawiła się. – Przyjechałam obejrzeć miejsce, gdzie zginął mój kolega.

Wyciągnęła rękę, chłopiec się zawahał. Po chwili, nieco zażenowany, podał jej swoją.

– Znałaś Benny'ego? – spytał, cofając chudą rękę.

Annika pokręciła głową.

– Nie, ale pisaliśmy o podobnych rzeczach. Miałam się z nim wczoraj spotkać.

Klatka schodowa znów utonęła w ciemnościach.

– Nie jesteś z policji? – spytał chłopiec.

– Możesz zapalić świtało? – poprosiła Annika, słysząc panikę w swoim głosie.

– Jesteś świrnięta – stwierdził chłopiec, już nieco odważniej. – A może po prostu boisz się ciemności?

– Jestem świrnięta. Włącz światło, proszę.

Chłopiec wcisnął jakiś guzik i stupięćdziesięciowatowa żarówka znów na minutę rozświetliła klatkę.

– Mogę skorzystać z twojej łazienki? – spytała Annika.

Zawahał się.

– Rozumiesz chyba, że nie wolno mi wpuszczać do domu świrów?

Annika nie mogła się powstrzymać od śmiechu.

– W porządku, zostaje mi klatka schodowa.

Chłopak przewrócił oczami i otworzył drzwi mieszkania.

– Tylko nie mów o tym mamie.

– Jasne.

Łazienkę wyłożono winylową tapetą w stylizowane różyczki, lata siedemdziesiąte. Annika opłukała twarz, umyła ręce, przeczesała włosy palcami.

– Znałeś Benny'ego? – spytała, wychodząc do przedpokoju.

Chłopiec skinął głową.

– A tak w ogóle to jak się nazywasz?

Spuścił głowę i wbił wzrok w podłogę.

– Linus – powiedział łamiącym się głosem.

– No dobrze, Linus. Sądzisz, że ktoś z mieszkańców wie, co się stało z Bennym?

Chłopak otworzył szeroko oczy i cofnął się dwa kroki.

– Jesteś z policji, tak?

– Masz coś nie tak ze słuchem? Jestem dziennikarką. Benny i ja pisaliśmy o podobnych sprawach. Policja twierdzi, że ktoś na niego najechał, a potem uciekł z miejsca wypadku. Może to prawda, a może nie. Nie wiesz, czy ktoś coś słyszał?

– Policja wszystkich przesłuchała. Mnie też o to pytali.

– I co im powiedziałeś?

– Że niczego nie widziałem – odpowiedział chłopak falsetem. – Wróciłem do domu, tak jak miałem wrócić. Nic nie wiem. Idź już!

Podszedł do niej i uniósł rękę, jakby chciał ją wypchnąć za drzwi. Nie ruszyła się.

– Rozmowa z dziennikarzem a rozmowa z policją to dwie różne rzeczy – powiedziała powoli.

– Jasne, jeśli się rozmawia z prasą, trafia się na pierwszą stronę.

– Nasi rozmówcy mają prawo do anonimowości. Nikt nie może od nas żądać podania źródła, to niezgodne z konstytucją. Wolność wypowiedzi. Benny mówił może kiedyś o tym?

Chłopiec milczał, wyraźnie nieprzekonany.

– Jeśli coś widziałeś, Linus, albo wiesz, że ktoś coś widział, to ten ktoś może przyjść do mnie i powiedzieć mi o wszystkim, a ja nikomu nie powiem, skąd wiem.

– A uwierzyłabyś takiemu komuś?

– Nie wiem. Zależy, co miałby mi do powiedzenia.

– Ale napisałabyś o tym w gazecie?

– Podałabym tylko fakty. Jeśli ten ktoś by chciał, mógłby pozostać anonimowy.

Annika przyglądała się chłopcu, pewna, że intuicja jej nie zawiodła.

– Nie wróciłeś do domu, tak jak miałeś wrócić, prawda?

Chłopak stał, przestępując z nogi na nogę. Przełknął ślinę, aż drgnęła mu grdyka.

– O której miałeś być w domu?

– Miałem wrócić ostatnim autobusem. Jedynka ma ostatni kurs o dwudziestej pierwszej trzydzieści sześć.

– A co zrobiłeś?

– Jest jeszcze autobus nocny, pięćdziesiąt jeden. Kończy kurs przy Mefos. Właściwie jeżdżą nim tylko faceci, którzy pracują w hucie. Czasem nim wracam.

– Ale wtedy musisz kawałek przejść?

– To niedaleko. Przechodzę przez kładkę nad torami i już jestem na Skeppargatan…

Chłopak odwrócił od niej wzrok i ruszył w swoich za dużych skarpetach przez korytarz do swojego pokoju. Poszła za nim. Weszła do pokoju i zobaczyła, że siedzi na łóżku. Leżała na nim narzuta i kilka poduszek, na biurku otwarte podręczniki i prehistoryczny komputer. Poza tym wszystko było ułożone w porządne sterty albo poustawiane na półkach.

– Gdzie byłeś?

Chłopak podciągnął nogi, usiadł po turecku i zaczął oglądać swoje dłonie.

– Alex ma internet szerokopasmowy, graliśmy w sieci w Teslatron.

– A twoi rodzice…

– Mam tylko mamę – przerwał jej. Siedział, zerkając na nią spod oka. – Mieszkam tylko z mamą – dodał, spuszczając wzrok. – Mama pracuje na nocną zmianę. Obiecałem, że nie wrócę późno. Zresztą sąsiedzi mnie pilnują. Jeśli wracam późno, muszę się przemykać do domu.

Annika patrzyła na siedzącego na łóżku dużego małego chłopca. Poczuła, że bezgranicznie tęskni za własnymi dziećmi. Łzy napłynęły jej do oczu. Szybko zaczerpnęła powietrza i opanowała się.

Za kilka lat Kalle będzie wyglądał tak samo, pomyślała. Czuły, przemądrzały, po szczeniacku cool.

– Więc pojechałeś tym drugim autobusem, nocnym? – spytała lekko drżącym głosem.

– Ruszał o wpół do pierwszej. Benny też nim jechał. Znali się z matką. W Svartöstaden wszyscy się znają. Dlatego schowałem się z tyłu.

– Nie widział cię?

Chłopak zrobił minę, jakby rozmawiał z kompletną kretynką.

– Był napity. Inaczej wracałby samochodem.

Jasne, pomyślała Annika, czekając na dalszy ciąg.

– Zasnął w autobusie. Kierowca musiał go obudzić, kiedy dojechaliśmy do zakładów. Wymknąłem się tylnymi drzwiami, kiedy się kłócili.

– Gdzie mieszkał?

– Przy Laxgatan, tam – powiedział chłopak, wskazując ręką w bliżej nieokreślonym kierunku.

– Widziałeś, jak ruszył z przystanku do domu?

– Tak, ale on mnie nie widział. Trzymałem się za nim. Poza tym padał śnieg.

Zamilkł. Annika poczuła, że zaczyna się pocić w swojej puchowej kurtce. W milczeniu pozwoliła jej się zsunąć, potem ją podniosła i usiadła na krześle przy biurku.

– Powiedz mi, Linus, co widziałeś.

Chłopiec jeszcze bardziej schylił głowę, zaczął kręcić palcami młynka.

– Stał tam samochód.

Annika czekała.

– Samochód?

Chłopak nerwowo pokiwał głową.

– Volvo V70, chociaż wtedy tego oczywiście nie wiedziałem.

– Gdzie stało?

Chłopak pociągnął nosem.

– Na boisku. Z daleka widać było tylko jakby pół samochodu. Przednia część wystawała spod gałęzi.

– Ale zauważyłeś go?

Chłopak nie odpowiedział, siedział i splatał nerwowo palce.

– Dlaczego zwróciłeś na niego uwagę?

Linus spojrzał na nią, broda mu drżała.

– W samochodzie ktoś siedział. Na skrzyżowaniu jest świecąca na żółto latarnia, oświetlała wnętrze. Widziałem jego rękę na kierownicy. Trzymał ją o, tak. – Uniósł jedną rękę i pozwolił jej na chwilę zawisnąć nad nieistniejącą kierownicą. Oczy miał wielkie jak spodki.

– I co zrobiłeś?

– Czekałem. Nie wiedziałem, kto to jest.

– Ale zauważyłeś, że to V70?

Znów gwałtownie pokręcił głową.

– Z początku nie. Dopiero później, kiedy już odjechało. Wtedy zobaczyłem tylne światła.

– Co z nimi?

– Sięgają prawie do dachu, są fajne. Jestem prawie pewien, że to było V70. Złote...

– Kierowca przekręcił kluczyk i ruszył?

Linus skinął głową, otrząsnął się i wziął się w garść.

– Ruszył, lekko skręcił, a potem nagle dodał gazu.

Annika czekała.

– Benny był pijany, ale usłyszał samochód i zszedł trochę na bok. Ale samochód jechał za nim. Benny odskoczył, przeszedł na drugą stronę, samochód za nim. Był mniej więcej w połowie drogi, kiedy... – przerwał i zaczerpnął powietrza.

– Co się stało?

– Usłyszałem takie bum-bum i zobaczyłem, jak Benny leci w powietrzu.

– Wyrzuciło go w powietrze? I wylądował obok ogrodzenia boiska?

Linus milczał chwilę, schylił głowę. Annika musiała się powstrzymać, żeby go nie objąć.

– Nie wylądował obok ogrodzenia?

Chłopak pokręcił powoli głową, wytarł nos wierzchem dłoni.

– Wylądował na środku drogi – powiedział niemal bezgłośnie. – Samochód zahamował, zapaliły mu się wszystkie tylne światła. Wtedy właśnie zobaczyłem, że to V70. Potem zaczął się powoli cofać. Benny leżał na ziemi, a ten samochód znów po nim przejechał, jakby specjalnie celował w głowę. A potem jeszcze raz przejechał mu po twarzy.

Annika poczuła, jak wszystko się w niej wywraca. Zaczęła oddychać przez otwarte usta.

– Jesteś pewien? – wyszeptała.

Chłopiec skinął głową, zobaczyła posklejane żelem kosmyki włosów.

– Potem facet, który siedział za kierownicą, wyszedł, chwycił Benny'ego za nogi i zaczął ciągnąć w stronę nasypu. Tam go porzucił i wrócił do samochodu. Wsiadł i skręcił w Sjöfartsgatan, w stronę portu...

Annika spojrzała na niego inaczej, z cieniem niedowierzania, obrzydzenia i współczucia. Naprawdę tak było? Okropne! Biedny chłopak.

– I co zrobiłeś?

Linus zaczął się trząść, drżały mu ręce i nogi.

– Podszedłem do niego. Leżał pod tym wysokim ogrodzeniem, był martwy.

Objął się rękami i zaczął się lekko kołysać.

– Części głowy i twarzy nie było. Na ziemi, na śniegu była plama. A plecy miał dziwnie skręcone, więc się domyśliłem. Potem poszedłem do domu, ale nie mogłem zasnąć.

– Nie powiedziałeś nic policji?

Chłopak znów pokręcił głową i drżącą ręką otarł łzę.

– Powiedziałem mamie, że wróciłem za kwadrans dziesiąta.

Annika pochyliła się do przodu, położyła mu dłoń na kolanie.

– Linus, widziałeś coś strasznego. To musiało być okropne. Uważam, że powinieneś opowiedzieć o tym komuś dorosłemu. Niedobrze jest nosić w sobie taką tajemnicę.

Chłopak odtrącił jej dłoń, cofnął się pod ścianę.

– Obiecałaś! Mówiłaś, że mogę pozostać anonimowy.

Annika uniosła ręce w geście bezradności.

– Nie zamierzam nikomu nic mówić, ale martwię się o ciebie. To straszna historia. – Opuściła ręce, wstała. – To, co widziałeś, byłoby dla policji bardzo ważne. Jesteś mądrym chłopcem. Benny zginął w wypadku, którego jesteś jedynym świadkiem. Uważasz, że mordercy powinno to ujść płazem?

Chłopak znów spuścił wzrok, wpatrywał się w swoje kolana.

Nagle Annice przyszło coś do głowy.

– Znałeś tego kierowcę?

Chłopiec zawahał się, znów zaczął splatać palce.

– Może – powiedział cicho. – Która godzina? – spytał nagle, patrząc na nią.

– Za pięć szósta.

– Cholera – powiedział, zrywając się z łóżka.

– Co się stało? – spytała Annika, kiedy przebiegł obok niej. – Nie jesteś pewien, czy znałeś…

– Miałem dzisiaj ugotować obiad, a jeszcze nie zacząłem. Lada chwila może wrócić mama. Idź już! – powiedział, otwierając drzwi.

Annika włożyła kurtkę i zrobiła krok w jego stronę.

– Zastanów się nad tym, co ci powiedziałam.

Wyszła, zostawiając chłopca w poczuciu absolutnej bezradności.

Thomas wciskał kolejną kombinację cyfr przy bramie przedszkola i był coraz bardziej zirytowany.

– Pamiętasz kod? – spytał stojącego obok syna.

Chłopiec pokręcił głową.

– Mama to zawsze robi – odpowiedział.

Sekundę później brama się otworzyła. Czterdziestoletnia kobieta wyszła na ulicę, prowadząc za rękę dwójkę zasmarkanych trzylatków. Thomas wymamrotał dzień dobry, przytrzymał Kallemu drzwi i wszedł do klatki.

– W przedszkolu jest fajnie – oznajmił synek.

Thomas z roztargnieniem pokiwał głową i wziął się w garść. Za każdym razem, kiedy przekraczał próg przedszkola, czuł się niemal jak kosmita. Jego płaszcz, teczka i krawat nie pasowały do wygodnych butów i luźnych strojów pracowników. Między maleńkimi dziecięcymi bucikami czuł się jak niezdarny olbrzym, spocony, całkowicie nie na miejscu. A może problemem była komunikacja, kontakt, który pracownicy mieli z jego dziećmi, a którego on nie miał? Nigdy nie był w stanie siedzieć i przez dziesięć minut podziwiać jeden rysunek. Już po kilku sekundach zaczynał się denerwować. Tak, jest śliczny. Co to jest, Ellen? Krasnoludek?, pytał i wstawał. Myślami był już gdzie indziej.

Kiedy wszedł do sali, córeczka była zajęta wycinanką. Z zaaferowaniem zaczęła mu pokazywać rybki i roślinki, które umieściła w swoim morzu.

– Pomóc ci włożyć kombinezon? – spytał.

Spojrzała na niego zdziwiona.

– Przecież umiem się sama ubrać – odpowiedziała.

Odłożyła nożyczki i papier na miejsce i podeszła do wieszaka z ubraniami. Mała, wyprostowana, machająca rączkami osóbka na chudych nóżkach.

Podjechali autobusem do Fleminggatan, ale zanim wsiedli, Thomas zrozumiał, że popełnił błąd.

– Chcę grać w hokeja – oświadczył Kalle, gdy Thomas próbował nie dopuścić, żeby staruszka z balkonikiem staranowała Ellen.

Na samą myśl o tym, że mieliby go kilka razy w tygodniu wozić na zajęcia przez całe miasto, dostał gęsiej skórki.

– Nie uważasz, że to trochę za wcześnie?

– William gra w Djurgården. Powiedzieli mu, że właściwie to już trochę za późno.

Boże drogi, pomyślał Thomas.

– Siedź spokojnie, kochanie. Zaraz będziemy w domu.

– Kocę się – żaliła się córeczka.

– Mówi się: pocę – poprawił ją brat z pogardą. – Nigdy się nie nauczysz?

– Przestańcie – uspokajał ich Thomas.

Pokonanie pięciusetmetrowego odcinka do domu przy Hantverkargatan zajęło im kwadrans. Kalle przewrócił się dwa razy, kiedy kierowca autobusu gwałtownie przyspieszył, żeby pokonać zakorkowane skrzyżowanie przy Scheelgatan.

Thomas czuł, że pot cieknie mu po plecach, a powietrze gęstnieje od dwutlenku węgla i zarazków wydychanych przez kaszlących pasażerów. Obiecał sobie w duchu, że podczas następnych wyborów samorządowych nie będzie się kierował polityką partyjną, tylko zagłosuje na tego, kto obieca najsensowniejsze rozwiązanie problemów komunikacyjnych w śródmieściu.

– Mama jest w domu? – spytała Ellen, kiedy w końcu dotarli na drugie piętro.

– Przecież jest w Norrlandii – odezwał się Kalle. – Mówiła wczoraj.

– Mama jest w domu? – powtórzyła dziewczynka, tym razem zwracając się do Thomasa. W jej głosie nadal słychać było nadzieję.

Thomas spojrzał na córeczkę: duże, niewinne oczy, okrągłe czerwone policzki, plecak. Zakręciło mu się w głowie. Boże, co my zrobiliśmy? Jaką wzięliśmy na siebie odpowiedzialność? Jak sobie z tym poradzimy? Jak nasze dzieci przeżyją w tym przeklętym świecie?

Przełknął ślinę, pochylił się nad dziewczynką, zdjął jej przepoconą czapeczkę.

– Nie, kochanie, mamusia pracuje. Wróci jutro. Weź czapkę, a ja otworzę drzwi.

– Co będzie na obiad? – dopytywał się Kalle.

– Kotlety z łosia z czosnkiem i pieczone ziemniaki.

– Mniam, mniam – powiedziała Ellen.

– Pycha – rzucił Kalle.

Thomas otworzył drzwi; uderzyło ich nieco wilgotne, zimne powietrze. Latarnie rzucały rozedrgane niebieskie światło na sztukaterię.

– Włączysz światło, Kalle?

Dzieci musiały same się rozebrać. Thomas poszedł do kuchni, włączył światło i piekarnik. Annika zostawiła im mrożone dania w plastikowych pojemniczkach do odgrzania w mikrofali, ale Thomas wolał odgrzewać w piekarniku.

– Możemy pograć na komputerze?

– Jeśli potraficie go włączyć.

– Hura! – zawołał Kalle i pędem ruszył do biblioteki.

Thomas usiadł przy stole i rozłożył poranną gazetę. Jeszcze nie zdążył jej przeczytać. Kolejne akty terroryzmu na Bliskim Wschodzie, spadki na giełdzie, zwiększone obroty na rynku farmaceutycznym. Nagle poczuł, że nieprzyjemny zapach się nasilił.

Odłożył gazetę, wstał i rozejrzał się po kuchni. Otworzył szafkę pod zlewem, smród uderzył go w nozdrza.

Resztki ryby.

Annika przypominała mu przed wyjazdem, żeby wyrzucił śmieci.

Schylił się z odrazą i nagle usłyszał, że w holu dzwoni jego komórka. Szybko zamknął szafkę, dopchnął drzwiczki i poszedł odebrać.

Dzwoniła znajoma ze Związku Samorządów, Sophia Grenborg.

– Przyszły broszurki z drukarni. – Usłyszał jej głos. – Wiem, że już wyszedłeś, ale pomyślałam, że pewnie chciałbyś je zobaczyć.

Poczuł się tak, jakby bąbelki szampana uderzyły mu do głowy.

– Boże, dobrze, że zadzwoniłaś – powiedział. – Tak, oczywiście, że chcę. Możesz załatwić, żeby ktoś mi je podrzucił? Na Hantverkargatan.

Wrócił do kuchni i uchylił okno, żeby wywietrzyć zapach gnijącej ryby.

– To na Kungsholmen? – spytała Sophia nieco nieobecnym tonem. Najwyraźniej zapisywała adres.

Podał jej kod do bramy i poprosił, żeby go podała posłańcowi.

– Przed chwilą dzwonili z ministerstwa. Cramne pytał, czy możemy przełożyć nasze wieczorne spotkanie na jutro.

Thomas stał i wyglądał przez okno na podwórze. Nie będę mógł iść na tenisa, pomyślał.

– Sam nie wiem. Żona wyjechała i wraca dopiero jutro. Następny poniedziałek byłby lepszy.

– Wyraźnie dał do zrozumienia, że poniedziałek nie wchodzi w grę. Mamy się spotkać bez ciebie?

Thomas zamarł. Kiedy pomyślał, że spotkanie miałoby się odbyć bez jego udziału, poczuł się urażony.

– Nie – powiedział szybko. – Annika wraca po piątej, umówmy się na siódmą.

– Dobrze, przekażę mu. Więc widzimy się jutro wieczorem...

Thomas usiadł z komórką w ręku. Zza uchylonego okna dobiegał cichy szum wychodzącego na podwórze wentylatora.

Ministerstwo jest zainteresowane. Nowy projekt okazał się strzałem w dziesiątkę. Po złożeniu sprawozdania w sprawie regionów, które zostało świetnie ocenione, mógł właściwie przebierać w nowych projektach.

To Annika przekonała go, żeby się zajął groźbami pod adresem polityków. Mógł się zaangażować w inne, bardziej prestiżowe sprawy, ale dzięki Annice spojrzał na to z szerszej perspektywy.

– Chcesz iść dalej? – spytała w ten swój bezpośredni sposób. – Po co masz się zagłębiać w jakieś lokalne sprawy? Ten projekt pozwoli ci nawiązać wiele cennych kontaktów.

Zajął się więc społeczeństwem otwartym i kwestią dostępu obywateli do polityków, co oczywiście musiało się wiązać z pewnymi zagrożeniami.

Poczuł, że mu zimno w nogi. Wstał i zamknął okno.

Punktem wyjścia miała być ankieta, której wyniki pokazywały, że co czwarty przewodniczący zarządu gminy i co piąty przewodniczący komisji zetknął się z przemocą. Groziły im głównie pojedyncze osoby, ale coraz częściej również grupy przeciwne obcokrajowcom czy wręcz rasistowskie.

Po ogłoszeniu wyników ankiety powstała specjalna grupa robocza, która miała się zająć sprawą. Poza przedstawicielami Szwedzkiego Związku Gmin znaleźli się w niej też reprezentanci Związku Samorządów, Rady do spraw Przeciwdziałania Przestępczości, Ministerstwa Sprawiedliwości, zarządu policji, prokuratury, Säpo oraz delegaci władz samorządowych na poziomie gmin i województw.

Thomas opadł ciężko na krzesło. Zastanawiał się, czy nie sięgnąć po gazetę, ale w końcu zrezygnował.

Projekt nie był priorytetowy i wiele osób było zdziwionych, kiedy go wybrał.

Zadaniem grupy roboczej było wspieranie rozwoju społeczeństwa demokratycznego oraz przedstawienie konkretnych propozycji działania w sytuacjach zagrożenia. Mieli organizować szkolenia i konferencje we współpracy z Urzędem do spraw Integracji i Komitetem Żywej Historii.

Zebrania zwoływali on i Sophia i chociaż projekt trwał zaledwie kilka miesięcy, wiedział, że dokonał właściwego wyboru. Ministerstwo Sprawiedliwości bardzo się zaangażowało.

Jego marzenie, żeby przed czterdziestką pracować dla rządu, mogło się spełnić.

Komórka znów zaczęła mu wibrować w ręku. Odebrał, zanim usłyszał sygnał.

– Szkoda, że cię tu nie ma – powiedziała Annika. – Właśnie mijam Wschodnią Wartownię przy hucie w Svartöstaden, pod samym Luleå. Jest niewiarygodnie pięknie. Opuszczę szybę, żebyś mógł posłuchać tego szumu.

Thomas odchylił się do tyłu i zamknął oczy, ale usłyszał tylko zakłócenia na linii.

– Tato! – zawołał Kalle. – Komputer się zawiesił.

Synek stał w drzwiach, miał szeroko otwarte oczy i wyglądał na przestraszonego.

– Zaczekaj chwilę – powiedział Thomas do Anniki. Odłożył telefon i odwrócił się do chłopca.

– Powiedziałem, że sami musicie sobie radzić. Wciśnij klawisz, potrzymaj dwadzieścia sekund, poczekaj aż zgaśnie światełko. Potem policz do dziesięciu i włącz jeszcze raz.

Kalle wybiegł.

– Jesteś w stalowni? – spytał Thomas zdziwiony. – Miałaś być w bazie lotniczej.

– Właśnie stamtąd wracam. Spotkałam tam chłopaka, który…

– Ale zdążysz?

– Na co?

Pytanie pozostało bez odpowiedzi. Nagle w ciszy doszedł go z oddali jakiś szum, a raczej huk. Poczuł ucisk w żołądku.

– Brakuje mi ciebie – odezwał się cicho.

– Co powiedziałeś?

Thomas zaczerpnął powietrza, cicho, szybko.

– Jak się czujesz? – spytał.

– Świetnie – odpowiedziała. Za szybko i za ostro. – Jedliście już?

– Klopsiki są w piekarniku.

– Dlaczego nie wstawiłeś ich do mikrofali? Przecież…

– Wiem – przerwał jej. – Mogę zadzwonić później? Właśnie jestem w trakcie…

Siedział z komórką w ręku i znów ogarnął go dziwny, całkowicie irracjonalny, graniczący ze złością niepokój.

Nie lubił, kiedy wyjeżdżała. Trudno, tak było. Czuł, że ona też nie jest zachwycona, ale kiedy próbował z nią o tym rozmawiać, natychmiast stawała się zimna i odtrącała go. Chciał ją mieć przy sobie, mieć pewność, że wszystko jest w porządku, że jest bezpieczna i szczęśliwa.

Kiedy po tym okropnym Bożym Narodzeniu emocje trochę opadły, przez jakiś czas wszystko było w porządku. Annika była milcząca, blada, ale opanowana. Dużo bawiła się z dziećmi, śpiewała im, tańczyła z nimi, rysowała, wycinała. Sporo czasu poświęcała nowo powstałej wspólnocie mieszkaniowej i niewielkiemu remontowi kuchni, na który się zdecydowali, gdy postanowili wykupić mieszkanie. Na samą myśl o tym, ile zarobią, wykupując prawo do mieszkania za połowę ceny rynkowej, Annika cieszyła się jak dziecko. On podchodził do tego spokojniej: wiedział, że z pieniędzmi jest różnie, raz są, raz ich nie ma. Annika nie pozwoliła mu zapomnieć, ile stracił, lokując resztki oszczędności w akcjach Ericssona.

Rzucił okiem na piekarnik. Zastanawiał się, czy klopsiki są już wystarczająco gorące.

Kiedy Annika wróciła do pracy, coraz częściej miał wrażenie, że mu się wymyka, staje się obca. Potrafiła urwać w pół zdania i zacząć się wpatrywać w sufit z otwartymi ustami i przerażonymi oczami. Kiedy pytał, co się dzieje, patrzyła na niego niewidzącym wzrokiem. Ciarki przechodziły mu po plecach.

– Tato, nie potrafię.

– Spróbuj jeszcze raz. Zaraz do ciebie przyjdę.

Nagle poczuł się bezsilny. Rzucił okiem na poranną gazetę i zrozumiał, że po raz kolejny dziennikarski trud wyląduje w koszu.

Z nogami jak z ołowiu schylił się, wrzucił poplamione błotem kombinezony dzieci do pralki, przygotował sałatę i pokazał Kallemu, jak uruchomić komputer.

Kiedy zasiedli do kolacji, przyszedł goniec z broszurkami, które miały być tematem jutrzejszego spotkania.

Dzieci jadły i rozmawiały, a on przeczytał szybko zwięzłą notatkę o sposobach postępowania w przypadku zagrożenia. Raz, a potem drugi.

A potem pomyślał o Sophii.

Annika podjechała pod redakcję „Norrlands-Tidningen", zatrzymała się i wyłączyła silnik. Żółte światło latarni padało na deskę rozdzielczą.

Kiedy była w domu z dziećmi, Thomas zyskał czas i swobodę. W ciągu trzech miesięcy przyzwyczaił się do pełnej obsługi, dzieci służyły za ozdobę. Wieczory miał dla siebie: mógł grać w tenisa, chodzić na mecze hokeja, a w weekendy jeździć na polowania. Kiedy wróciła do pracy, nic się nie zmieniło. Wyrzucał jej, że pracuje, przekonywał, że powinna jeszcze odpocząć.

Pewnie nawet mu się nie chce porządnie odgrzać jedzenia, które przygotowałam, pomyślała nagle, dziwiąc się własnej złości.

Otworzyła drzwi, wysiadła. Pochyliła się i sięgnęła na tylne siedzenie po torbę z laptopem.

– Pekkari? – powiedziała do domofonu. – To ja, Annika Bengtzon. Muszę z panem o czymś porozmawiać.

Drzwi ustąpiły, ruszyła po omacku ciemnym korytarzem.

U szczytu schodów czekał na nią szef nocnej zmiany.

– O co chodzi?

Uderzył ją zapach nieprzetrawionego alkoholu. Cofnęła się nieco i zaczęła opowiadać.

– Benny wpadł na jakiś trop – powiedziała.

Mężczyzna otworzył szeroko oczy, widziała popękane naczynka.

– Chodzi o F21?

Wzruszyła ramionami.

– Tego jeszcze nie wiem. Muszę porozmawiać z Suupem.

– Zawsze wychodzi do domu punktualnie o piątej.

– Mam tylko nadzieję, że nie będzie kolejną ofiarą – skwitowała Annika.

Wskazano jej miejsce przy biurku. Wyjęła laptop i zrobiła dla niego miejsce wśród stert papierów i odręcznych notatek. Włączyła go, wybierając jednocześnie numer do Centrum Prawnego. Komisarz Suup wyszedł do domu punkt piąta.

– Jak komisarz ma na imię? – spytała Annika.

– Prawdę mówiąc, nie wiem – odpowiedział dyżurny, szczerze zdziwiony własną odpowiedzią.

Po chwili Annika usłyszała, jak woła do kogoś w głębi pokoju.

– Czy ktoś wie, jak Suup ma na imię?

Szepty, cichy gwar.

– Mam tylko inicjały: L.G.

Z aparatu stojącego na biurku zadzwoniła na 118 118 i odkryła, że linia jest zablokowana. Jak w „Katrineholms-Kuriren", pomyślała. Korzystanie z usług biura numerów było po prostu za drogie. Szybkim ruchem wyciągnęła z aparatu kabel i podłączyła go do swojego laptopa. Musiała zmienić konfigurację, żeby móc się połączyć z serwerem „Kvällspressen".

Wchodząc na stronę Telii, stwierdziła, że w książce telefonicznej nie figuruje żaden Suup z inicjałami L.G. Ani w Luleå, ani w Råneå, ani w Piteå, ani w Boden, ani w Kalix, ani w Älvsbyen. Dalej nie sprawdzała. Uznała, że komisarz musi mieszkać gdzieś w pobliżu, skoro codziennie dojeżdża do pracy. Zalogowała się do Dafa, komputerowego rejestru danych.

Był jakiś Suup, Lars Gunnar. Urodzony w 1941 roku, zamieszkały w Luleå, przy Kronvägen.

Wróciła na stronę Telii, w rubryczkę adres wpisała Kronvägen – i proszę! Niejaki Aino Suup pod numerem dziewiętnastym miał dwa numery telefonu. Wyłączyła komputer, wyciągnęła kabel i podłączyła go z powrotem do telefonu.

I wtedy zadzwoniła jej komórka.

– Jestem kretynką – powiedziała do Anne Snapphane. – Dlaczego nie zadzwoniłam z komórki?

– *Que?* – spytała Anne.

Dobiegający gdzieś z tyłu hałas zdawał się świadczyć o tym, że była gdzieś, gdzie spożywano alkohol.

– Gdzie jesteś? – spytała Annika.

Na linii zaczęło trzeszczeć.

– Co? Halo? – wołała Anne. – Coś robisz?

Annika starała się mówić wyraźnie i powoli:

– Mamy tu morderstwo dziennikarza. Zadzwoń koło północy, jeśli nie będziesz jeszcze spać.

Rozłączyła się i od razu zadzwoniła na jeden z numerów komisarza. Odpowiedział jej faks. Wybrała drugi. Ktoś odebrał, usłyszała w słuchawce sygnał telewizyjnych wiadomości.

– Należy pani do tych, którzy przeszkadzają ludziom w domu – powitał ją komisarz, ale nie sprawiał wrażenia szczególnie oburzonego.

Jak Benny Ekland, pomyślała Annika.

– Czy volvo, które znaleźliście w porcie, to V70? Złote? – spytała.

Spokojny głos lektora wiadomości wypełnił ciszę, potem nagle ucichł.

– Zaintrygowała mnie pani – powiedział komisarz, pozostawiając jej pytanie bez odpowiedzi.

– Nie było żadnego przecieku. Rozmawiałam z kimś, kto prawdopodobnie był świadkiem. Czy to się zgadza?

– Nie mogę nic powiedzieć.

– A *off the record*?

– Mogę zmienić aparat?

Komisarz odłożył słuchawkę. Annika miała wrażenie, że minęła wieczność, zanim znów ją podniósł. Tym razem w tle nie było słychać telewizora.

– Mogła pani poprosić dyżurnego o odczytanie zgłoszeń kradzieży z sobotniej nocy – powiedział.

– Więc wszystko się zgadza?

Jego milczenie mówiło samo za siebie.

– A teraz proszę mi powiedzieć, co pani wie.

Annika zawahała się, ale właściwie jedynie dla pozoru. Bez komentarza komisarza i tak nie będzie mogła nic napisać.

– Rozmawiałam z kimś, kto twierdzi, że widział, jak ktoś przejechał Benny'ego Eklanda na Skeppargatan w Svartöstaden, między Mefos a Sandgatan. Przy wjeździe na boisko stało złote volvo V70, przodem do drogi, z mężczyzną za kierownicą. Kiedy Benny Ekland, zataczając się, przeszedł obok samochodu, kierowca włączył silnik, samochód skręcił i na pełnym gazie ruszył za nim. Świadek twierdzi, że Ekland próbował uciekać, ale samochód cały czas jechał za nim. Wjechał w niego mniej więcej na środku boiska.

– Boże drogi – wymamrotał komisarz.

– To jeszcze nie wszystko – ciągnęła dalej Annika. – Samochód uderzył Eklanda dwa razy. Ekland został wyrzucony w powietrze, poleciał łukiem i wylądował na drodze. Samochód zahamował, cofnął się i przejechał najpierw przez jego ciało, a potem przez głowę. Wtedy kierowca się zatrzymał, wysiadł i zaciągnął ciało na skraj boiska. Tam je zostawił, wsiadł do samochodu i ruszył w stronę... Jak się nazywa ta ulica? Sjöfartsgatan? Ta, która prowadzi do portu, w którym przeładowują rudę. Samochód był uszkodzony?

– Miał uszkodzony przód i szybę – odpowiedział komisarz bez wahania.

– Chyba się domyśliliście, że to nie był zwykły wypadek? Facet miał roztrzaskaną czaszkę, złamany kręgosłup i zmiażdżone organy wewnętrzne.

– Zgadza się. Dzisiaj po południu dostaliśmy raport z obdukcji. A więc jest ktoś, kto to wszystko widział?

– Świadek chce pozostać anonimowy.

– Nie może pani go namówić, żeby się z nami skontaktował?

– Robiłam, co mogłam. Spróbuję jeszcze raz. Co pan o tym wszystkim sądzi?

– Jeśli zeznania świadka są prawdziwe, a na to wygląda, to mamy do czynienia z morderstwem z premedytacją.

Annika zapisała jego słowa w komputerze.

– Przypomina pan sobie coś, o czym Benny Ekland ostatnio pisał, a czym mógł się komuś narazić?

– Ekland zawsze był kontrowersyjny. Pisał o rzeczach nieprzyjemnych, więc bardzo możliwe, że tak było. Ale w tej sytuacji nie mogę się wdawać w spekulacje. Jeśli zeznania świadka są prawdziwe, powtarzam: jeśli, to będziemy oczywiście musieli rozważyć różne motywy.

– Pan prowadzi dochodzenie?

– Nie. Ja odpowiadam za kontakty z prasą. Może pani ze wszystkim się do mnie zwracać. Dochodzenie wstępne zostało zlecone bodajże prokurator Andersson. Dzisiaj cały dzień była w sądzie, więc pewnie nie ma jeszcze najświeższych informacji.

Annika się pożegnała i wróciła do redakcji. W ciasnym pokoju powietrze było naładowane elektrycznością. Dziennikarze wyglądali jak sparaliżowani: bladzi, z rozbieganymi oczami.

– Muszę z panem porozmawiać – zwróciła się do szefa nocnej zmiany.

Potężny mężczyzna podniósł się z zadziwiającą lekkością. Przeszedł przez redakcję, minął dział sportowy i pchnął drzwi do schowka, który służył za palarnię. Annika zatrzymała się w drzwiach. Mimo hałasującego w kącie wentylatora smród był okropny. Pekkari zapalił papierosa i zaniósł się kaszlem.

– Dziesięć lat temu rzuciłem, ale wczoraj znów zacząłem. Proszę zamknąć drzwi.

Annika przekroczyła próg, zerknęła na sufit i zostawiła drzwi uchylone. Czuła, że ściany zaczynają się nad nią pochylać, brakowało jej powietrza.

– O co chodzi? – spytał Pekkari, wydmuchując smutny kłąb dymu w stronę wentylatora.

– Benny został zamordowany – powiedziała Annika. Czuła, że serce zaraz jej wyskoczy z piersi. – Mam świadka, który wszystko widział. Policja potwierdza, że jego zeznania zgadzają się z tym, co już udało im się ustalić. Możemy stąd wyjść?

Szef nocnej zmiany spojrzał na nią, jakby była duchem. Ręka z papierosem zastygła w pół drogi do ust.

– Proszę – powtórzyła Annika i nie czekając, pchnęła drzwi i wyszła.

Stanęła w drugim kącie niemal pustej redakcji sportowej. Zza dużego monitora przyglądał się jej samotny redaktor.

– Cześć – powiedziała Annika.

– Cześć – odpowiedział mężczyzna, schylając głowę.

– Zamordowany? – wyszeptał Pekkari. – Żartuje pani?

– Nie, jestem w trakcie pisania artykułu. Możecie go opublikować w całości, tylko nie wolno wam go przekazać Agencji Informacyjnej. To możemy zrobić tylko my.

– Dlaczego oddaje nam pani taki temat?

– Odpowiedzialność zbiorowa – stwierdziła Annika, skupiając się na swoim pulsie. – Poza tym mamy różnych czytelników. Nie konkurujemy ze sobą, tylko się uzupełniamy.

– Przydzielę sprawę naszemu wieczornemu reporterowi.

– Nie. Artykuł pójdzie pod moim nazwiskiem. Temat jest mój, dostaniecie go ode mnie.

Pekkari przyglądał się jej w zamyśleniu.

– W porządku.

– Dobrze – skwitowała Annika, wracając do komputera.

Czwartek, 12 listopada

ANNE SNAPPHANE obudziła się z tępym bólem głowy i białymi plamkami przed oczami. W ustach miała smak kocich szczyn, gdzieś spod łóżka dobiegał przeraźliwy hałas. Po dłuższej chwili błądzenia po omacku jej mózg w końcu pojął, że dzwoni telefon. Pomacała ręką przy łóżku i w końcu udało się jej trafić na spiralny kabel słuchawki, podniosła ją z głębokim westchnieniem.

– Widziałaś dzisiejszą gazetę? – Usłyszała głos Anniki. – Chyba powariowali. Gdyby nie kredyt, złożyłabym wymówienie. Dzisiaj. Może nawet wczoraj. – Jej głos odbijał się dziwnym echem, jakby uderzał o szklaną taflę gdzieś między jej uchem środkowym a ośrodkiem słuchu.

– Co? – spytała Anne schrypniętym głosem, który poszybował do góry i otarł się o sufit.

– „Paula z Fabryki Popu zmuszana do seksu oralnego" – czytała Annika swoim dziwnym, odbijającym się echem głosem.

Anne spróbowała usiąść.

– Kto?

– Nie wiem, czy to w ogóle ma jakiś sens – ciągnęła Annika. – Wpadłam na trop morderstwa, w grę może nawet wchodzić terroryzm, podaję im wszystko na tacy i co?

„Echo" i telewizyjne wiadomości od rana mówią tylko o tym, powołując się na nas jako na źródło, a my pykamy na pierwszym biegu. Szlag człowieka trafia.

Anne się poddała. Znów wylądowała na poduszkach, zasłoniła oczy dłonią. Serce waliło jej jak młotem, czuła, że się poci. Jakiś nieokreślony strach wykręcał jej żołądek.

Chyba przesadziłam, pomyślała niejasno.

– Anne?

Odchrząknęła.

– Która godzina?

– Pewnie dziesiąta. Byłam znowu w tym cholernym muzeum przy bazie lotniczej. Myślisz, że facet, który się nim opiekuje, już wyzdrowiał? Skądże, więc tkwię tu jak głupia.

Anne nawet nie próbowała zrozumieć. Wiedziała, że się pogubiła. Znów.

– To przykre – powiedziała tylko.

– Wpadniesz wieczorem?

Anne przeciągnęła kilka razy ręką po czole. Próbowała sobie przypomnieć, jak się umawiały, ale nie była w stanie.

– Zdzwonimy się później, dobrze? Ja właśnie...

– Będę w domu po piątej.

Anne pozwoliła słuchawce opaść, nie rozłączyła się. Ostrożnie otworzyła oczy i spojrzała na puste miejsce obok siebie. Musiała się do tego zmusić.

Nie ma go. I już nie będzie.

Spojrzała w sufit, a potem znów na puste miejsce w łóżku od strony okna. Przypomniała sobie jego zapach, jego śmiech i gniewnie zmarszczone czoło.

Świadomość, że go przy niej nie ma, paraliżowała ją. Leżała sztywna, zimna, niema.

Zawarli umowę. Tak postanowili.

Mają cudowne dziecko. Dzielą ze sobą życie, dając sobie swobodę, która jednak nie zwalnia żadnej ze stron z odpowiedzialności. Mają Mirandę i mają siebie, ale nie na własność. Żadnego poczucia winy, żadnych żądań, tylko wzajemna troska. Każde ma własne mieszkanie, dziecko mieszka tydzień z jednym rodzicem, tydzień z drugim, ale wiele wieczorów spędzają razem, no i święta, i urodziny.

Ona wywiązywała się z umowy. Właściwie nigdy na serio nie rozważała związania się z innym mężczyzną.

A on nagle zamieszkał z inną, z jakąś radykałką z telewizji, wierzącą w życie we dwoje i prawdziwą miłość.

Gdyby to chociaż był ktoś inny, pomyślała Anne, nadal nieco niejasno. Jakaś słodka, niepozorna blondynka. Gdyby wybrał kobietę, która ma to, czego ja nie mam, czego mi brakuje. Ale jesteśmy niemal identyczne! Nie tylko z wyglądu, nawet pracę mamy podobną.

Odczuwała tę zdradę jakby podwójnie.

Na pozór nie brakowało jej niczego. Chodziło o nią jako człowieka, o jej stosunek do życia, oddanie, lojalność.

Zrobiło jej się żal samej siebie, z trudem powstrzymywała łzy.

Nie był ich wart.

Annika zagryzła zęby tak mocno, że rozbolały ją szczęki.

Nie może się rozpłakać, nie z powodu błędnych decyzji nocnej zmiany. Znów czuła się jak stażystka. Tyle że wtedy, dziesięć lat temu, nie rozumiała, o co chodzi, i decyzje kierownictwa mogła sobie tłumaczyć własną niekompetencją.

Pewnie czegoś nie zrozumiała, musi uważniej słuchać. Za wszelką cenę chciała się uczyć, była otwarta, niezadufana w sobie i krytyczna, jak to często bywa z młodymi ludźmi.

Teraz mogła już krytykować. Nadal jednak zdarzało się, że czuła się bezradna, i to ją paraliżowało.

Czasem dochodziła do wniosku, że wszystko kręci się wokół pieniędzy.

Gdyby narkotyki były równie lukratywnym interesem, właściciele pewnie sprzedawaliby narkotyki.

Ale bywały też lepsze dni. Wtedy widziała wszystko w innym świetle. Zdawała się rozumieć, że komercja gwarantuje swobodę wypowiedzi i demokrację, że gazeta odpowiada na potrzeby czytelników, a dochody mają zapewnić dalsze istnienie redakcji.

Przestała tak mocno ściskać kierownicę, odprężyła się. Baza zniknęła gdzieś za nią. Wjechała na prosty odcinek prowadzący do głównej drogi. Wybrała numer Centrum Prawnego. Komisarz Suup rozmawiał, musiała poczekać w kolejce.

Nieważne, czy jestem dobra, czy nie, pomyślała wciąż z goryczą. Myśl o tym ciągle wracała, dręczyła ją. Prawda nie jest ciekawa. Ciekawa jest tylko ułuda, pomyślała.

Żeby nie zacząć się nad sobą rozczulać i nie pozwolić, żeby telefonistka ją rozłączyła, zaczęła jej zadawać pytania, jakby prowadziła teleturniej na temat sposobu działania organizacji Centrum Prawnego. Biedna kobieta była coraz bardziej zestresowana. Wszystko po to, żeby utrzymać połączenie do czasu, aż numer będzie wolny.

– Jest pani na liście oczekujących – poinformowała w końcu Annikę, kiedy Suup skończył kolejną z wielu rozmów.

Została przełączona do próżni w cyfrowym kosmosie. Dzięki Bogu panowała tam cisza. Gdyby usłyszała elektroniczną wersję *Dla Elizy*, zjechałaby z drogi.

Zdążyła minąć rondo w Bergnäset, kiedy usłyszała w słuchawce trzask. Doczekała się.

– Kłaniam się pięknie i dziękuję – doszedł ją głos komisarza. – Matka Linusa Gustafssona zadzwoniła dzisiaj o siódmej rano i powiedziała, że to jej syn jest tym tajemniczym świadkiem. Mówiła też, że namawiała go pani, żeby poszedł na policję i porozmawiał o tym, co widział, z kimś dorosłym. Jest pani za to bardzo wdzięczna. Od niedzieli chłopak podobno nie był sobą. Źle spał, nie chciał chodzić do szkoły...

Annika poczuła, jak powoli zaczyna ją ogarniać spokój.

– Miło mi to słyszeć – powiedziała. – A co pan o tym wszystkim sądzi?

– Osobiście jeszcze z nim nie rozmawiałem. Od wpół do szóstej, kiedy Agencja Informacyjna wypuściła tę wiadomość, bez przerwy odbieram telefony. Ale śledczy zabrali chłopca na miejsce zdarzenia i oceniają jego zeznania jako wiarygodne.

– Szybko działacie – powiedziała Annika. Starała się, żeby w jej głosie słychać było podziw.

– Chcieli to zrobić, dopóki jest ciemno, żeby warunki były jak najbardziej zbliżone do nocnych i żeby zdążyć przed mediami. Chyba im się udało.

– I co teraz? – drążyła Annika, zatrzymując się na czerwonym świetle tuż przed mostem w Bergnäs.

– Zmieniliśmy kwalifikację z ucieczki z miejsca wypadku na zabójstwo z premedytacją.

– Skontaktujecie się z centralą?

Odpowiedź zawisła w powietrzu.

– Zobaczymy, do czego dojdziemy pierwszego dnia śledztwa...

Światło zmieniło się na zielone. Annika ruszyła powoli przez skrzyżowanie i dalej prosto, ulicą Granuddsvägen.

– Benny w ostatnich miesiącach sporo pisał o terroryzmie. Wracam właśnie z bazy. Myśli pan, że jego śmierć mogła mieć coś wspólnego z zamachem sprzed lat albo w ogóle z czymś, o czym pisał?

– Nie chcę spekulować. Przepraszam panią na chwilę. – Nie czekając na odpowiedź, najwyraźniej odłożył słuchawkę; usłyszała stuk, a zaraz potem odgłos kroków i głuche uderzenie. Pewnie zamknął drzwi pokoju.

– Jest jeszcze jedna kwestia, która dotyczy pani – odezwał się po chwili. – Rozmawiałem o tym dzisiaj rano z kapitanem Petterssonem.

Annika aż zwolniła.

– Ale to nie jest sprawa na telefon – ciągnął dalej komisarz. – Może pani do nas wpaść dzisiaj po południu?

Annika potrząsnęła ręką, żeby spojrzeć na ukryty pod rękawem kurtki zegarek.

– Chyba nie – zaczęła. – Mam samolot o czternastej pięćdziesiąt pięć, a muszę jeszcze zajrzeć do redakcji „Norrlands-Tidningen".

– Tam się spotkamy. Mamy tam swoich ludzi. Obiecałem prowadzącemu śledztwo, że zajrzę do nich i poinformuję, co robimy.

*

Kobieta siedząca w recepcji redakcji była zapłakana i zapuchnięta. Annika ostrożnie podeszła bliżej. Wiedziała, że przeszkadza.

– Nie przyjmujemy interesantów – warknęła kobieta. – Proszę przyjść jutro.

– Nazywam się Annika Bengtzon. To ja…

– Ma pani kłopoty ze słuchem? – spytała roztrzęsiona kobieta, wstając. – Dzisiaj mamy żałobę. Jeden z naszych redaktorów… odszedł. Dlatego zamknęliśmy. Na cały dzień. Proszę iść.

Czerwona chmura unosząca się nad czołem Anniki wdarła się do jej mózgu, wywołując spięcie.

– Niech was diabli! Czy wszyscy tu powariowali? Przepraszam, że żyję.

Odwróciła się do recepcjonistki plecami i ruszyła na górę.

– Halo! – zawołała za nią recepcjonistka. – To prywatna firma. Proszę wrócić.

Annika nie zatrzymała się, spojrzała na nią przez ramię.

– Niech mnie pani zastrzeli – powiedziała. Nie chciała się poddać.

Już po kilku krokach domyśliła się, że w redakcji odbywa się uroczystość ku czci zmarłego. W niewielkim holu przed głównym pomieszczeniem redakcyjnym stali ludzie: bezbarwny tłum, siwe włosy, granatowe marynarki, brązowe koszulki polo. Zgarbione plecy, spocone karki i bezsilna złość, taka, która sprawia, że człowiek milknie i ma wrażenie, jakby uszła z niego cała krew. Ludzkie westchnienia pochłaniały powietrze, wysysały z niego tlen.

Annika wzięła kilka głębokich oddechów, wślizgnęła się do środka i stanęła z tyłu. Próbowała nie rzucać się w oczy, a jednocześnie stawała na palcach, żeby dojrzeć przemawiającego mężczyznę.

– Benny Ekland nie miał rodziny – mówił mężczyzna w średnim wieku, najwyraźniej szef, w ciemnym garniturze i błyszczących butach. – Jego rodziną byliśmy my. Miał nas i „Norrlands-Tidningen".

Ludzie nie reagowali na jego słowa, byli skupieni na własnym niedowierzaniu, na niedorzeczności śmierci. Poruszali rękami, jakby błądzili po omacku, wpatrzeni w podłogę, szukali punktu zaczepienia. Samotne wyspy na morzu.

Wzdłuż ścian stali reporterzy i kilku fotografów z innych mediów. Wyróżniali się z tłumu, wyglądali na zaciekawionych. Nie obchodziła ich śmierć, tylko przemawiający mężczyzna i pogrążeni w żałobie koledzy zmarłego.

– Benny należał do tego rodzaju dziennikarzy, którego dzisiaj już nie ma – mówił mężczyzna w błyszczących butach. – Był reporterem, który nigdy się nie poddawał, który zawsze, za wszelką cenę docierał do prawdy. Ci z nas, którzy mieli przywilej pracowania z nim, mogą się czuć wybrańcami, bo dane nam było poznać tak oddanego i odpowiedzialnego dziennikarza. Dla Benny'ego nie istniał problem nadgodzin, on traktował swoją pracę poważnie...

– I w ten sposób rzeczywiście zbliżamy się do prawdy – wyszeptał jej ktoś do ucha.

Annika odwróciła głowę i zobaczyła Hansa Blomberga, archiwistę. Stał tuż za nią, kiwał głową i uśmiechał się nieśmiało. Nachylił się do niej i ciągnął:

– Benny cieszył się sympatią szefów, bo nigdy się nie domagał podwyżek. A ponieważ kiepsko zarabiał, dawał im do ręki argument nie do odparcia: skoro gwiazda tyle zarabia, to inni też nie powinni żądać więcej.

Annika słuchała zdumiona.

– Rozwalał zespół? Dlaczego? – wyszeptała.

– Co roku pięć tygodni płatnego urlopu wśród tajskich dziwek i otwarty rachunek w Pubie Miejskim. Czego więcej trzeba mężczyźnie?

Stojące przed nimi dwie starsze kobiety w niemal identycznych wełnianych swetrach odwróciły się i zaczęły ich uciszać.

Uroczystość zakończyła się minutą ciszy, potem rozbłysły flesze.

– Gdzie Benny miał biurko? – wyszeptała Annika do archiwisty.

– Chodź – powiedział i pociągnął ją za sobą.

Opuścili szare, pozbawione powietrza ludzkie morze, weszli piętro wyżej i znaleźli się na strychu.

– Tylko on, nie licząc wydawcy, miał własny pokój – powiedział Hans Blomberg, wskazując na koniec niewielkiego korytarzyka.

Annika weszła w ciasne przejście i natychmiast poczuła, że ściany na nią napierają. Zatrzymała się, uspokoiła oddech i ściany wróciły na miejsce.

Znieruchomiały.

Farba odchodziła wielkimi płatami z paździerzowych płyt. Wybrzuszyły się i wyglądały okropnie.

Annika podeszła do pomalowanych na brązowo drzwi pokoju Benny'ego i głośno zapukała. Ku jej zdumieniu drzwi niemal natychmiast się otworzyły.

– O co chodzi? – spytał ubrany po cywilnemu funkcjonariusz. Odgarnął włosy z oczu i spojrzał na nią poirytowany. Lustrował ją od stóp do głów.

Za nim, z szaf i znad szuflad, wyłoniły się głowy kolejnych funkcjonariuszy. Annika zrobiła krok w tył, czuła, że się czerwieni aż po nasadę włosów.

– Przepraszam – powiedziała. – Szukam... to znaczy...

– To pokój Benny'ego Eklanda – powiedział ubrany po cywilnemu funkcjonariusz. – Pani jest Annika Bengtzon. To pani była w tunelu z Zamachowcem – dodał już nieco łagodniejszym tonem.

Annika przyglądała mu się kilka sekund. Zastanawiała się, czy nie uciec, ale w końcu skinęła głową. Gdzieś w oddali usłyszała rozbrzmiewający coraz głośniej śpiew aniołów. Nie teraz, pomyślała. Nie w tej chwili.

– Suup dzwonił i mówił, że ma tu się z panią spotkać, ale jeszcze go nie ma – ciągnął dalej mężczyzna. Wstał i podał jej rękę. – Forsberg – przedstawił się, uśmiechając się szeroko zza opadających mu na twarz jasnych włosów.

Annika spuściła wzrok, zmieszana i zawstydzona. Zauważyła, że ma spocone, zimne dłonie.

– Jak idzie? – spytała, żeby coś powiedzieć.

Uderzyła się lekko w głowę, próbując uciszyć głosy.

– Suup mówił, że to pani znalazła tego małego Gustafssona – powiedział płowowłosy Forsberg, odkładając na półkę stertę papierów.

– To nie było trudne. Aż się palił, żeby komuś o tym opowiedzieć. Znaleźliście coś?

Funkcjonariusz westchnął.

– Straszny tu bałagan.

– Dostał dzisiaj parę listów. Przejrzeliście je? – spytał Blomberg zza pleców Anniki.

Funkcjonariusze spojrzeli po sobie i pokręcili głowami.

– Gdzie są? – zapytał Forsberg.

– Włożyłem je do jego przegródki, jak zwykle. Mam przynieść?

Annika podążyła za Blombergiem. Nie chciała przeszkadzać policjantom.

– Najwyraźniej nie należy pan do klaki Eklanda – zwróciła się do archiwisty, który już zaczął szukać listów zmarłego.

– Nie muszę – odpowiedział. – Jest wystarczająco dużo chętnych. Mój obraz gwiazdy jest nieco bardziej zniuansowany.

Znów ruszył w stronę schodów. Annika poszła za jego sfilcowanym swetrem.

– Jaki to obraz?

Mężczyzna stęknął, przeniósł ciężar z jednej nogi na drugą i wszedł na kolejny stopień.

– Nie miało znaczenia, kto dostał cynk. Jeśli sprawa była naprawdę ważna, zajmował się nią Big Ben. Zawsze zostawał wieczorem w redakcji, żeby przejrzeć artykuły kolegów, dopisać zdanie albo dodać do nazwiska autora swoje.

– Miał ksywkę Big Ben?

– Chociaż przyznaję, że miał nosa, szczwany lis – powiedział Blomberg, zatrzymując się w pół kroku.

– Annika Bengtzon – doszedł ich czyjś głos z drugiego piętra.

Annika cofnęła się, wychyliła głowę za róg i zaczęła się rozglądać.

– Suup – przedstawił się chudy mężczyzna z burzą siwych włosów. – Możemy chwilę porozmawiać?

Annika podeszła do niego, podał jej rękę. Wzięła jego dłoń i spojrzała w jasne, prawie przezroczyste oczy. Niemal jak oczy dziecka, pomyślała.

– Musiałem porozmawiać z pracownikami, ale nie zajęło mi to dużo czasu – powiedział. Zmarszczki na twarzy nadawały mu wygląd człowieka zrównoważonego i prawego.

– Bardzo mnie pan zaciekawił – oświadczyła Annika, wchodząc do pokoju, w którym wczoraj pisała artykuł.

Nie jest zgorzkniały, pomyślała. Służy ludziom tak, jak powinien, więc cieszy się szacunkiem. To człowiek, któremu można zaufać.

Podstawiła komisarzowi krzesło, sama usiadła na krawędzi biurka.

– Doceniam, że przekazała nam pani wczoraj, czego się pani dowiedziała – powiedział spokojnie. – Prawdę mówiąc, zdziwiliśmy się, że oddała pani temat lokalnej prasie. „Norrlands-Tidningen" wychodzi przed „Kvällspressen".

Annika się uśmiechnęła i zauważyła, że aniołowie ucichli.

– Słyszę, że ma pan do czynienia z prasą.

– Dlatego porozumiałem się z Peterssonem z F21 w sprawie czegoś, co wiemy już od jakiegoś czasu i co teraz postanowiliśmy upublicznić.

Annika poczuła przypływ adrenaliny, która powoli zaczęła ogarniać jej ciało.

– Policja od lat ma pewne podejrzenia co do tego zamachu – ciągnął dalej cicho. – Pod koniec lat sześćdziesiątych przyjechał do Luleå młody mężczyzna. Przybył gdzieś z południa kraju, chociaż pochodził z okolic Tornedalen. Działał w kilku lewicowych ugrupowaniach, używał pseudonimu

Ragnwald. Mamy pewne domysły, jeśli chodzi o jego tożsamość, ale nie jesteśmy do końca pewni.

Annika siedziała i przyglądała mu się w milczeniu. To, o czym mówił, było tak sensacyjne, że czuła, jak włosy jeżą jej się na karku.

– Mogę notować?

– Jak najbardziej.

Wzięła notes i ołówek i drżącą ręką zapisała słowa komisarza, niemal nieczytelnie.

– Dlaczego podejrzewacie właśnie jego?

– Ragnwald zniknął – powiedział Suup. – Mamy powody podejrzewać, że przeniósł się do Hiszpanii i wstąpił do ETA. Został pełnoetatowym terrorystą, zamach na F21 był jego egzaminem czeladniczym.

Usłyszeli pukanie. Forsberg wsunął głowę do pokoju.

– Przepraszam, ale znaleźliśmy coś cholernie dziwnego.

– Co takiego?

– List bez nadawcy. Dość patetyczna treść, nie do końca jasna. – Rzucił okiem na Annikę i zamilkł.

Annika zaczęła się gorączkowo zastanawiać. Próbowała zachować obojętny wyraz twarzy.

– Pewnie od jakiegoś idioty – powiedziała. – Mam osiemnaście worków takich wynurzeń.

– Czytaj – zarządził komisarz.

Forsberg zawahał się. W końcu wyjął wydartą z notesu i złożoną na cztery kartkę; trzymał ją ostrożnie w ręce w rękawiczce.

– „Nie ma budowania bez burzenia – zaczął. – Burzenie oznacza krytykę i potępienie, oznacza rewolucję. Rozmowy i dyskusje to budowanie. Kto zaczyna od burzenia, musi myśleć o budowaniu".

Annika notowała nerwowo, ledwie nadążała. Kątem oka zauważyła, że Forsberg pozwolił, żeby kartka opadła mu na kolana.

– Coś to komuś mówi?

Annika zobaczyła, że komisarz Suup kręci głową. Mechanicznie powtórzyła ten ruch.

– Jesteśmy tam, na górze – oznajmił Forsberg i zniknął.

– Mogę napisać o Ragnwaldzie? – spytała Annika.

Komisarz skinął głową.

– Nie zaszkodzę w ten sposób dochodzeniu?

– Przeciwnie – powiedział.

Annika przyglądała mu się w milczeniu. Wiedziała, że jego prostolinijność czasami pozwala mu uznać, że cel uświęca środki. Jeśli jest taka potrzeba, zamienia się w szczwanego lisa. Czasem po prostu nie ma wyjścia.

– Proszę mi powiedzieć, dlaczego pan mi o tym wszystkim mówi.

Komisarz podniósł się zadziwiająco sprężyście.

– Wszystko to jest prawdą w tym sensie, że zgadza się z ustaleniami policji. Czy rzeczywiście on to zrobił, nie wiemy, ale jesteśmy przekonani, że maczał w tym palce. Pewnie ktoś mu pomagał. Wie pani, że na płycie lotniska znaleziono odciski butów? Mało który mężczyzna nosi rozmiar trzydzieści sześć.

To też była dla niej nowość.

Komisarz zostawił ją wśród stosów listów od czytelników – dotyczących odbioru śmieci i psich kup – z wyraźnym poczuciem, że dowiedziała się czegoś ważnego.

Powoli uzupełniała notatki.

„Nie ma budowania bez burzenia".

To prawda, pomyślała.

„Kto zaczyna od burzenia, musi myśleć o budowaniu".

Diabli wiedzą.

Głosy stojących przed terminalem taksówkarzy towarzyszyły jej, gdy szła przez płytę niewielkiego lotniska. Jakby ją ścigały. Czy oni nigdy nie pracują? Czy zawsze stoją tak w przeciągu, w tych swoich granatowych mundurach ze złotymi guzikami, uodpornieni na arktyczne mrozy?

Znalazła miejsce z tyłu samolotu, obok kobiety z dwójką małych dzieci. Jedno trzymała na kolanach, drugie cały czas się wierciło.

Annika czuła, jak ze wszystkich stron atakuje ją stres. To była jedyna wolna chwila, teraz mogła pisać.

– Przepraszam – powiedziała do stewardesy, kiedy samolot wzbił się w powietrze. – Muszę popracować. Mogę usiąść gdzieś z przodu?

Wstała i kiwnęła głową w stronę na pół pustej kabiny. Jak na zawołanie niemowlę siedzące na kolanach matki zaczęło się drzeć.

– To niemożliwe. Pani miejsce jest tutaj. Powinna pani zarezerwować miejsce w klasie biznes – oznajmiła stewardesa krótko, odwracając się w stronę wózka z drinkami.

– Przepraszam, ale miałam tam rezerwację. Mogę przejść?

Udało jej się ominąć kobietę z dziećmi, stanęła w przejściu. Stewardesa musiała drobnymi kroczkami okrążyć wózek.

– Chyba pani słyszała, co powiedziałam? Od jedenastego września nie wolno tak po prostu zmieniać miejsc.

Annika zrobiła kolejny krok w jej stronę, niemal czuła na sobie jej oddech.

– Więc proszę mnie wyrzucić – wyszeptała. Zdjęła laptop z półki i ruszyła do przodu.

Czuła, jak stres pulsuje jej w żyłach, ale kiedy koła samolotu dotknęły płyty lotniska Arlanda, miała gotowe trzy artykuły: „Luleå dzień po morderstwie", „Koledzy w żałobie" i „Wizja lokalna z udziałem świadka". Sprawdzenie danych zostawiła nocnej zmianie. To, czego się dowiedziała o Ragnwaldzie i zamachu w bazie, postanowiła wykorzystać później.

Z bijącym sercem przeszła szybko po klinkierowej podłodze czwartego terminalu i zjechała pod ziemię. Z szybkiej kolejki jadącej do centrum zadzwoniła do Gwoździa, przekazała mu najnowsze informacje i poprosiła, żeby ją przełączył do fotografa. Omówiła z nim układ zdjęć. Niedawno nawiązana współpraca z „Norrlands-Tidningen" dawała redakcji „Kvällspressen" pełen dostęp do jej materiałów zdjęciowych, nowych i archiwalnych, co znaczyło, że nie trzeba już było wysyłać na północ reporterów ani angażować współpracowników.

– Zdjęcia roku tu nie znajdziesz – powiedział fotograf. Annika słyszała, jak przegląda przesłany materiał na swoim macu. – Ale do jutrzejszego wydania coś da się wybrać. Zdjęcia są ostre i mają dobre światło.

Postanowiła pójść piechotą z Dworca Centralnego po Kallego. Nie zapięła kurtki. W powietrzu unosiła się wilgoć i zapach ziemi, liści i spalin. Trawa była zielona, gdzieniegdzie na gałęziach wisiały jeszcze liście. Zerknęła na niebo, szaro-czerwone, matowe. Światło milionów lamp pokonało jesienny skandynawski wieczór, pozwalając ludziom się łudzić, że rzeczywistość można kształtować i kontrolować.

W mieście nigdy nie ma gwiazd, pomyślała.

Synek rzucił się na nią, jakby jej nie było pół roku. Przylgnął lepkim policzkiem do jej policzka i wsunął rączkę w jej włosy.

– Tęskniłem za tobą, mamo – wyszeptał jej do ucha.

Kołysała go w ramionach. Gładziła małe twarde plecki, całowała włosy.

Trzymając się za ręce, ruszyli w stronę przedszkola Ellen. Dziesięć metrów przed bramą wyrwał się jej i ruszył biegiem. Z błyszczącymi oczami przywitał się z Lennartem i Heleną, którzy właśnie szli do domu.

Ellen była zmęczona i wyraźnie nie miała ochoty na towarzystwo. Nie chciała iść do domu, nie chciała się przywitać. Chciała zostać, wycinać i czekać, aż przyjdzie po nią tata.

Annika zagryzła wargi, żeby nie wybuchnąć. Czuła, że jest na granicy wytrzymałości.

– Ellen – powiedziała głośno. – Ja i Kalle idziemy.

Dziewczynka zastygła, wykrzywiła buzię. Otworzyła szeroko oczy i wydała jęk rozpaczy.

– Korbinezon! – zawołała. – Nie mam korbinezonu!

Puściła nożyczki i pobiegła do wieszaka, na którym pod zdjęciem letniego domku dziadków na Gällnö wisiało jej ubranie. Zrozpaczona zdjęła z wieszaka kombinezon i próbowała go włożyć tył na przód.

Annika czuła na sobie pełne wyrzutu spojrzenia innych matek.

– Chodź, pomogę ci, tylko przestań marudzić.

– A w ogóle to mówi się kombinezon – wtrącił Kalle.

W drodze do domu drobnym ciałkiem Ellen od czasu do czasu wstrząsał szloch.

– Z tatą zawsze wracamy autobusem – odezwał się Kalle, kiedy stali stłoczeni przed przejściem przy Kungsholmsgatan.

– W autobusach jest ciasno i duszno – powiedziała Annika i na samą myśl o tym poczuła, jak coś ściska ją za gardło.

Wzięła Ellen na ręce i niosła całą drogę. Kiedy weszli do domu, szybko rozpaliła ogień w kaflowym piecu, żeby przegnać chłód wciskający się przez nieszczelne okna. Potem szybko zbiegła wyrzucić cuchnące śmieci. Jej ręce i nogi poruszały się jakby bez udziału świadomości. Wróciła do kuchni, nastawiła wodę na ryż, wyjmując jednocześnie z torby laptop. Włączyła go, wyciągając równocześnie z kontaktu kabel telefoniczny i wkładając do mikrofali kostki mrożonego dorsza.

– Możemy pograć na komputerze?

– To komputer taty.

– On nam pozwala. Wiem, jak się go włącza.

– Obejrzyjcie program dla dzieci w telewizji, za chwilę się zaczyna – powiedziała Annika, podłączając się do serwera redakcji.

Kalle zniknął za drzwiami ze zwieszoną główką. Annika pokroiła mrożonego dorsza w plasterki dwucentymetrowej grubości, sprawdziła, czy komputer się loguje; obtoczyła kostki dorsza w mące i soli i włożyła do garnka z grubym dnem, w którym już zdążyła stopić trochę masła. Przysłuchując się, jak ryba się smaży, wysłała trzy artykuły do puszki; potem skropiła dorsza sokiem z cytryny, posypała garścią mrożonej pietruszki, dodała śmietanę, wodę, kostkę rybnego bulionu i wrzuciła mrożone krewetki.

– Co będzie na obiad, mamo? – spytała Ellen, zerkając na nią spod grzywki.

– Chodź do mnie, kochanie – powiedziała Annika i schyliła się, żeby wziąć córeczkę na ręce.

Ellen wdrapała się jej na kolana i zarzuciła rączki na szyję.

– Skarbie – wyszeptała Annika, kołysząc ją. Dmuchnęła jej we włosy. – Jesteś głodna?

Dziewczynka skinęła główką.

– Będzie ryba w sosie śmietanowym z ryżem i krewetkami. Dobre, prawda?

Dziecko znów skinęło główką.

– Pomożesz mi przygotować sałatę?

Kolejne skinienie.

– Świetnie – odpowiedziała Annika.

Postawiła córeczkę na podłodze i przysunęła krzesło do blatu.

– Umyłaś rączki?

Dziewczynka pobiegła do łazienki i odkręciła wodę. Annika poczuła, że kręci się jej w głowie.

Wzięła mały fartuszek i nożyk do owoców. Włożyła fartuszek Ellen, zawiązała go z tyłu i pokazała córeczce, jak trzymać nożyk. Poprosiła, żeby pokroiła ogórka w plasterki, a sama przygotowała sałatę lodową i pokroiła pomidory. Polała wszystko oliwą i octem balsamicznym i dodała włoskich ziół. Pozwoliła Ellen wszystko wymieszać.

– Ładnie wygląda, prawda? – powiedziała, stawiając miskę z sałatą na stole. – Podasz sztućce? Wiesz, jak je położyć?

– Zaraz zaczyna się program! – zawołał Kalle z pokoju, gdzie stał telewizor. Ellen puściła sztućce i wybiegła. Annika zdążyła zauważyć, że ma brudne skarpetki.

Drzwi się otworzyły, rozległy się radosne okrzyki dzieci i stuk teczki Thomasa o ławkę w przedpokoju.

– Cześć – powiedział, wchodząc do kuchni. Pocałował ją w czoło. – Z kim rozmawiałaś?

Annika stanęła na palcach i pocałowała go w usta; zarzuciła mu ręce na szyję i przytuliła się do niego. Nie bardzo wiedziała dlaczego, ale przed oczami stanął jej Forsberg, policjant z Luleå.

– Z nikim nie rozmawiałam – odpowiedziała z twarzą wtuloną w jego szyję.

– Od pół godziny bez przerwy jest zajęte.

Puściła go nagle.

– Niech to szlag!

Podeszła szybko do komputera, wyjęła kabel i podłączyła telefon.

– Możemy już jeść.

– Dla mnie nie szykuj. Spotykamy się dzisiaj z ludźmi z ministerstwa, pewnie zjemy coś razem.

Annika stanęła z garnkiem w ręku.

– Myślałam, że grasz w tenisa – powiedziała zdziwiona.

Uchwyt garnka parzył jej palce przez ścierkę, cofnęła się i postawiła garnek na podkładce.

– Facet z Ministerstwa Sprawiedliwości chce się zapoznać z sytuacją.

– To przynajmniej usiądź i porozmawiaj z nami chwilę – powiedziała Annika, wysuwając krzesło dla Ellen.

Zerknęła na męża. Zauważyła, że westchnął bezgłośnie. Podała ryż.

– Kalle! – zawołała. – Obiad!

– Chcę obejrzeć do końca!

Nałożyła Ellen ryż i rybę, obok talerza postawiła miseczkę z sałatą.

– Ellen zrobiła dzisiaj sałatę – rzuciła w powietrze.

Poszła do pokoju i wyłączyła telewizor. Kalle głośno zaprotestował.

– Przestań – skarciła go. – Najpierw obiad, potem telewizja. Chodź jeść.

– Co jest na obiad?

– Ryba z ryżem i krewetkami.

Skrzywił się.

– Krewetki, fuj.

– Nie musisz ich jeść. Pospiesz się, zanim wszystko wystygnie.

Kiedy wróciła do kuchni, Thomas siedział przy stole i jadł z apetytem.

– Smakuje ci? – spytała, siadając naprzeciwko niego.

– Krewetki są trochę za twarde. Zawsze za wcześnie wrzucasz je do garnka.

Annika nie odpowiedziała. Nałożyła sobie jedzenie i nagle zdała sobie sprawę, że nie będzie w stanie przełknąć nawet kęsa.

Thomas wyszedł na ulicę i od razu naciągnął czapkę na uszy. Napełnił płuca wieczornym powietrzem. Czuł się syty, właściwie zjadł nawet za dużo i wcale nie czuł się dobrze.

Moje życie jest w porządku, pomyślał. Bez większych problemów, pełne miłości.

Wyprostował się, spokojny, zadowolony.

Dobrze, że Annika wróciła. Kiedy jest w domu, od razu robi się przyjemniej. No i świetnie radzi sobie z dziećmi.

Dobrze im razem.

Stał chwilę przed bramą z teczką w ręku; zastanawiał się, czy nie pojechać samochodem. Mieli się spotkać przy Hornsgatan, na Södermalm, w restauracji z kilkoma mniejszymi salkami. Pewnie zamówią butelkę wina. Będzie musiał się wymówić albo zaryzykuje i wróci samochodem na lekkim rauszu. Z drugiej strony jest czwartek, dzień, kiedy sprzątają ich ulicę. Więc i tak musiałby przestawić samochód.

Skręcił w prawo, potem jeszcze raz, też w prawo, w Anegatan.

Mam nadzieję, że grat ruszy, pomyślał, otwierając ostrym szarpnięciem drzwi toyoty.

Miał dosyć tego samochodu. Był stary, już kiedy poznał Annikę. Ale ona się nie zgadzała na kredyt na nowy.

– Ja korzystam z komunikacji miejskiej. Ty też możesz. Tylko kretyni jeżdżą samochodami po mieście.

Miała rację, chociaż to nie wina właścicieli samochodów, tylko polityków.

Pojechał Hantverkargatan; właściwie była zamknięta dla samochodów, ale postanowił się tym nie przejmować.

Oczywiście także ulice wokół Zinkensdamm z powodu cotygodniowego sprzątania były zamknięte. Z coraz mniejszą nadzieją objeżdżał kolejne ulice, szukając wolnego miejsca. Nie znalazł.

W końcu zaparkował pod samą restauracją. Wiedział, że Annika się wścieknie, jeśli dostanie mandat. Zostanie ściągnięty z ich wspólnego konta. Musi pamiętać, żeby w razie czego zapłacić gotówką w kasie straży.

Wyszedł z samochodu i zaczął się przyglądać lokalowi, w którym mieli się spotkać.

Nora, pomyślał. Piwna knajpa.

Westchnął, zdjął czapkę i włożył do kieszeni palta. Chwycił teczkę i wszedł do środka.

Lokal był zadymiony i głośny. Z kiepskich głośników leciał trudny do zidentyfikowania mainstreamowy rock. Na ścianach wisiały tarcze do strzałek. Stare plakaty nachalnie reklamowały różne gatunki piwa. Gdzieś w rogu błyskała cicho szafa grająca.

– Thomas! Tutaj!

Sophia Grenborg siedziała w boksie po prawej stronie baru, posłał jej pełne wdzięczności spojrzenie. Przywitał się z nią serdecznie, ale z lekkim poczuciem winy. Trzy lata temu starali się o tę samą posadę w Związku Gmin. W końcu przypadła jemu, choć to ona miała większe doświadczenie. Kiedy później się spotykali, poczucie winy kazało mu zachowywać się wobec niej z nadmierną uprzejmością.

– Gdzie jest Cramne? – spytał, zdejmując płaszcz.

– Jeszcze go nie ma – odpowiedziała. Przesunęła się na kanapie, robiąc mu miejsce. – Cały czas się zastanawiam, dlaczego wybrał właśnie to miejsce.

Thomas wybuchnął śmiechem. Dokładnie o tym samym pomyślał. Usiadł obok niej, zauważył, że zamówiła piwo. Najwyraźniej poczuła na sobie jego spojrzenie, bo wzruszyła ramionami i roześmiała się.

– Tutaj tak chyba trzeba.

Thomas uniósł dłoń i zatrzymał jednego z młodych kelnerów. Zamówił duże mocne piwo.

– Jak ci się podoba broszura? – spytała Sophia.

Thomas położył teczkę na kolanach, otworzył ją, wyjął cienki plik papierów i położył go na stoliku.

– Właściwie jest w porządku – powiedział, stawiając teczkę na podłodze. – Pewne rzeczy są jednak niejasne. Nasze rady dla zagrożonych polityków muszą być jednoznaczne, mają skłaniać do namysłu, a nie budzić strach. Może warto dodać nieco statystyki, podać konkretne dane na temat przestępstw.

Właściwie powtarzał uwagi, które zgłosiła Annika, kiedy pobieżnie przejrzała broszury. Sophia Grenborg zamrugała oczami, była pod wrażeniem.

– Bardzo słusznie. Mogę zanotować?

Thomas skinął głową. Rozglądał się za przedstawicielem ministerstwa, a przy okazji za swoim piwem.

– Miałam podobne spostrzeżenia – ciągnęła dalej Sophia, notując coś w bloczku. – A może zlecimy badania opinii? Żeby sprawdzić, jak społeczeństwo ocenia akty przemocy wobec swoich przedstawicieli.

Spojrzał na nią i uświadomił sobie, że jej nie słuchał.

– To znaczy?

Sophia schowała bloczek i pióro do torebki.

– Jak ludzie oceniają próby zamknięcia ust politykowi? Nie sądzisz, że należałoby to zbadać?

Thomas zmarszczył czoło, próbował ukryć entuzjazm.

– To znaczy sprawdzić, jak ludzie reagują na samo zjawisko?

– Tak – odpowiedziała Sophia, nachylając się do niego. – A jednocześnie zbadać, co należy zrobić, żeby ewentualnie zmienić ich nastawienie.

Thomas powoli pokiwał głową.

– Może powinniśmy się zwrócić do prasy, rozpocząć debatę na ten temat. To dobry sposób wpływania na opinię publiczną, stary jak świat.

– Właśnie! – zawołała Sophia z entuzjazmem. – Musimy zmobilizować wydział informacji. Niech informują prasę, mogliby też opracować specjalny raport.

– Albo zainspirować w mediach serię artykułów o naszych bohaterach – ciągnął Thomas, widząc już oczyma wyobraźni tytuły. – Lokalny polityk podejmuje walkę z prawicową ekstremą i anarchistami w swoim mieście.

– Ale bez przesadnego straszenia, żeby nie zrazić ludzi wchodzących do polityki – dodała Sophia.

– To wy tu macie debatę na temat demokracji? – spytał młody kelner, stawiając szklanki z piwem na teczkach z dokumentami.

Thomas natychmiast je podniósł, ale i tak zostały mokre obwódki.

– Dzwonił Cramne – mówił dalej chłopak. – Prosił, żeby przekazać, że go dzisiaj nie będzie. Należą się trzydzieści dwie korony – dodał.

Stał i czekał, aż uregulują rachunek.

Thomas poczuł, jak ze wszystkich stron zalewa go złość. Jak piana z piwa, która lała mu się po rękach i spodniach.

– Co, do diabła? Co to ma znaczyć?

Sophia Grenborg wyprostowała się i pochyliła w stronę kelnera.

– Powiedział dlaczego?

Chłopak wzruszył ramionami. W oczekiwaniu na pieniądze przestępował niecierpliwie z nogi na nogę.

– Powiedział, że nie może przyjść, i prosił, żeby wam to powtórzyć. Powiedział też, żebyście zjedli kolację, a on potem ureguluje rachunek.

Thomas i Sophia wymienili spojrzenia.

– Per Cramne mieszka tu, w tej kamienicy – dodał chłopak, celując ołówkiem w sufit. – Na piątym piętrze. Bywa u nas kilka razy w tygodniu. Nakryliśmy do stołu, tam, za schodami.

Thomas wyjął z portfela trzydzieści dwie korony, po czym schował portfel i dokumenty do teczki.

– Nie mam czasu na takie zabawy – oświadczył, podnosząc się.

Kelner zniknął.

– Moglibyśmy się zastanowić, jak taka analiza miałaby wyglądać – powiedziała Sophia. – Skoro już tu jesteśmy. Dobrze byłoby przedyskutować zagrożenia. W zasadzie to jest najważniejsze. Dać politykom poczucie bezpieczeństwa, pokazać, jak mają sobie radzić w sytuacji zagrożenia.

– Odwołałem tenisa – powiedział Thomas. Słyszał, że mówi to tonem obrażonego dziecka.

Sophia uśmiechnęła się do niego.

– A ja zrezygnowałam z lekcji salsy. Może w ramach rekompensaty pozwolimy rządowi zaprosić się na kolację?

Thomas odprężył się i odwzajemnił jej uśmiech.

Anne Snapphane wchodziła po schodach, dysząc ciężko. Powiodła wzrokiem po krętej klatce schodowej. Drugie piętro było wysoko, a ona nie czuła się pewnie.

Zatrzymała się na podeście, wyjrzała przez kolorowe szybki na podwórko. W oknach dawnego mieszkania Anniki paliło się światło.

Malowniczy widok. Ale brakowało jej przestrzeni. Nie potrafiłaby mieszkać w mieście, czuła to. Wiedziała też, że jej kac nie oznacza niczego dobrego.

Drzwi do mieszkania Anniki były wysokie jak kościelne wrota i ciężkie jak skała. Zapukała ostrożnie, wiedziała, że dzieci pewnie niedawno zasnęły.

– Wejdź – odpowiedziała Annika cicho, cofając się w głąb mieszkania. – Powiem Kallemu dobranoc i zaraz przyjdę.

Anne opadła na ławę w przedpokoju i zdjęła stawiające opór buty. Usłyszała śmiech Anniki i chichot chłopca. Siedziała, nie zdejmując ubrania, aż poczuła, że pod wełnianą opaską zaczyna ją swędzić głowa.

Weszła do salonu z ogromnymi sztukateriami, opadła na kanapę i odchyliła głowę do tyłu.

– Napijesz się kawy? – spytała Annika, wchodząc z talerzem herbatników.

Na samą myśl o tym Anne poczuła, że skręca ją w żołądku.

– Masz wino?

Annika odstawiła talerz.

– Thomas ma, ale jest bardzo czuły na tym punkcie. Nie wybierz najlepszego – powiedziała, wskazując na witrynkę.

Anne wstała bez żadnego problemu, niemal unosiła się nad podłogą. Dotarła do barku. Brała do ręki butelki i czytała etykietki.

– Villa Puccini. Kosztuje osiemdziesiąt dwie korony i jest fantastyczne. Mogę?

– Otwieraj – rzuciła Annika z przedpokoju.

Anne kilkoma szybkimi ruchami zerwała zabezpieczenie i wbiła korkociąg w miękki korek. Pociągnęła tak gwałtownie, że wino prysnęło jej na bluzkę. Kiedy sięgnęła po kryształowy kieliszek stojący niżej, na półce, poczuła, że drżą jej ręce. Nalała do kieliszka ciemnoczerwonego płynu.

Wypiła kilka łyków. Boski smak, pełny, a jednocześnie świeży. Napełniła kieliszek jeszcze raz i odstawiła butelkę do barku. Usiadła w rogu kanapy, przyciągnęła jeden ze stojących obok małych stoliczków i postawiła na nim kieliszek. Nagle życie stało się o wiele łatwiejsze.

Annika weszła do pokoju i odetchnęła z ulgą. Położyła dzieci spać i poczuła, jak kamień spada jej z serca. Nie musiała już biegać jak szalona, mogła zwolnić. Myśli powróciły, ale powróciła też pustka. Mieszkanie zmieniło się w pustynię. Krążyła po niej, nie mogąc sobie znaleźć miejsca. W więzieniu ze sztukateriami i boazerią.

Usiadła w drugim kącie kanapy, lekkie ciało, pustka w głowie. Nagle dotarło do niej, że marznie. Podciągnęła kolana, skuliła się i spojrzała na przyjaciółkę. Zwróciła uwagę na jej nerwowość, na ściągnięte rysy twarzy, jakby cały czas szukała guzika, którego naciśnięcie miałoby sprawić, że świat wróci na swoje miejsce. Annika wiedziała już, że taki magiczny guzik nie istnieje, że jedynym sposobem jest rezygnacja: trzeba się wyłączyć i spokojnie czekać, aż wszystko wróci do równowagi.

Anne wlewała w siebie wino Thomasa.

– Rozumiem, że jesteś sfrustrowana – powiedziała. Zerknęła na Annikę i odstawiła kieliszek. – Nawet ja nie przypominam sobie żadnej Pauli z Fabryki Popu.

Annika dotknęła herbatników, wzięła palcami kilka okruszków, zastanawiając się, czy jest w stanie cokolwiek przełknąć. W końcu się poddała. Oparła się o kanapę i zamknęła oczy.

– Muszę przestać toczyć tyle wojen, inaczej nie dam rady. Kłótnie z Schymanem to strzelanie sobie w stopę. Bardzo dziękuję, ale nie.

Anne pokiwała głową. Obróciła kieliszek w ręku, przyglądając się kolorowi szkła.

– To się nazywa ustalanie priorytetów.

– Nie mogę robić wszystkiego – powiedziała Annika, rozkładając ręce. – Zajmować się domem, dziećmi, prać, gotować, sprzątać to żadna sztuka. Pracować osiemnaście godzin na dobę też mogę, ale nie potrafię robić jednego i drugiego jednocześnie. W tym problem.

– Na pewno nie chciałabyś się zamienić ze mną – zapewniła ją Anne.

Siedziały chwilę w ciszy, przysłuchiwały się odgłosom dobiegającym zza okna. Ulicą przejechał autobus, trójka. W kącie pokoju pojawiły się cienie, falowały na ścianie.

– Zerknę tylko na wiadomości – powiedziała Annika i rzuciła się po pilota. Cienie znikły.

Pokazał się obraz, Anne zamarła.

– Nowa kobieta Mehmeta jest redaktorką w wiadomościach.

Annika skinęła głową, nie odrywając wzroku od ekranu.

– Tak, mówiłaś. Daj mi posłuchać.

Zrobiła głośniej. Na tle pulsującej muzyki prowadzący program podawał skrót najnowszych wiadomości: zabójstwo dziennikarza w Luleå, zakłady Ericssona zapowiadają zwolnienie czterech tysięcy pracowników, biblioteki zagrożone cięciami. Zaczynamy od Bliskiego Wschodu. Terrorysta samobójca zabił dzisiaj wieczorem dziewięcioro młodych ludzi przed kawiarnią w Tel Awiwie.

Annika ściszyła głos do niewyraźnego szeptu.

– Myślisz, że to coś poważnego? Ta historia z Mehmetem i tą kobietą?

Anne wypiła kolejny łyk, przełknęła głośno ślinę.

– Zaczęła odbierać Mirandę z przedszkola – powiedziała dziwnie zduszonym głosem.

Annika zamyśliła się. Zastanawiała się, co czułaby w takiej sytuacji.

– Nie zniosłabym, gdyby inna kobieta zabrała mi męża i dzieci.

Twarz przyjaciółki wykrzywił grymas.

– Nie bardzo mam wybór.

– Chcesz mieć więcej dzieci?

Annika zdała sobie sprawę, jaki ładunek emocjonalny ma jej pytanie. Anne spojrzała na nią zdziwiona i pokręciła głową.

– Chcę być istotą ludzką. Nie funkcją czegoś.

Annika uniosła brwi.

– Właśnie o to chodzi. Żeby się angażować. Nie myśleć tylko o sobie, ale stać się częścią większej całości. Dobrowolnie poświęcić swoją wolność dla drugiego człowieka. W naszym społeczeństwie takie rzeczy właściwie się nie zdarzają.

– Nigdy tak o tym nie myślałam – odpowiedziała Anne, wypijając kolejny łyk wina. – Ale teraz przyznaję, że między innymi dlatego nie chciałam zamieszkać z Mehmetem. Dla mnie najważniejsze jest móc spokojnie myśleć, inaczej oszalałabym.

Anne wiedziała, że Annika nigdy nie była w stanie pojąć istoty jej związku z Mehmetem. A on wydawał się funkcjonować znakomicie do chwili, kiedy nagle wszystko się rozsypało.

– Człowiek nie staje się prawdziwszy dlatego, że jest egoistą – powiedziała Annika, zdziwiona ostrością swoich słów. – Jest mnóstwo różnych spraw, które są ważniejsze niż my. Nie tylko dzieci, ale i praca, sport, cokolwiek. Kto może sobie pozwolić na zachowanie indywidualności w miejscu pracy? I co zostałoby ze mnie, gdybym była środkowym w Trzech Koronach?

– Pewnie dlatego nigdy nie lubiłam gier zespołowych – wymamrotała Anne.

– Mówiąc poważnie, to właśnie bycie częścią czegoś jest najważniejsze – ciągnęła dalej Annika, nachylając się do przyjaciółki. – Jak myślisz, dlaczego ludzie wstępują do sekt czy innych kretyńskich organizacji? Co w nich jest, co nas tak pociąga?

– Sekty też nigdy mnie nie pociągały – stwierdziła Anne, upijając kolejny łyk.

Słowa się skończyły, został tylko cichy szum telewizora. Annika oparła się o kanapę, cisza mroziła powietrze.

– Co się działo po konferencji prasowej? – spytała, żeby roztopić lód.

Anne postawiła kieliszek na stoliku, czubkami palców dotknęła skroni.

– Szefowie z Nowego Jorku mają gdzieś miejscową krytykę, jak to nazywają, więc ja też postanowiłam się nią nie przejmować. Pozwalam ludziom ujadać, nikt nie będzie nas uciszał.

Obraz Svartöstaden wypełnił ekran, Annika włączyła głos.

– Policja potwierdziła, że istnieje podejrzenie, że śmierć dziennikarza Benny'ego Eklanda była zabójstwem. Narzędziem zbrodni było skradzione volvo.

– Nie mają nic nowego – stwierdziła Annika i znów ściszyła głos.

– Zamordowało go volvo? – spytała Anne. Przestała masować skronie.

– Nie czytałaś mojego artykułu?

– Tyle rzeczy się wydarzyło – roześmiała się przyjaciółka.

– Nie rozumiem, dlaczego wszyscy są tak poruszeni sprawą twojego kanału. Dlaczego inni też nie mogą się przestawić na emisję cyfrową?

– Mogą, oczywiście, tylko zainwestowali już miliardy w telewizję satelitarną i sieci kablowe. Staliśmy się dla nich zagrożeniem. Zrobią wszystko, żeby nas zmiażdżyć.

Annika pokręciła głową, wstała i poszła do kuchni.

– Chcesz wody?

– Nie, naleję sobie jeszcze wina – zawołała Anne.

Korytarz prowadzący do kuchni był ciemny i wypełniony cichymi dźwiękami. W kuchni żarówka migotała w okapie niczym płomień ogniska. Na dnie zlewu skrzyły się krople wody, stalowe ścianki błyszczały.

Annika nalała wody do dwóch dużych szklanek, chociaż Anne powiedziała, że nie chce wody. Kiedy wróciła, przyjaciółka siedziała na kanapie z pustym kieliszkiem w dłoni. Alkohol sprawił, że jej twarz się odprężyła.

– Myślę, że się mylisz – powiedziała Annika, stawiając szklanki na stoliku. – Właściciele koncernu są znani z tego, że bronią wolności słowa. Zajmują się publicystyką od stu lat.

– Z dobrego serca? – spytała Anne lekko bełkotliwie. – W końcu zbili na tym fortunę, prawda? Ale rodzina z każdym rokiem się powiększa, więc potrzebują nowych źródeł dochodu.

– Mają mnóstwo innych firm. Dlaczego uważasz, że właśnie stacje telewizyjne są dla nich takie ważne?

– Przyjrzyj się ich wydawnictwom. Wydają tysiące tytułów, ale nie ma ich na listach bestsellerów. Wszystkie gazety z wyjątkiem „Kvällspressen" przynoszą ogromne straty. Sprzedają wszystkie stacje radiowe. Albo je likwidują.

Wzrok Anne padł na milczący telewizor. Annika podążyła za jej spojrzeniem i zobaczyła, jak ekran wypełnia szeroka sylwetka minister kultury. Włączyła głos.

– Od pierwszego lipca wszystkie gminy będą musiały mieć na swoim terenie co najmniej jedną bibliotekę – oznajmiła minister kultury Karina Björnlund. – Nowe prawo to duży krok w kierunku wyrównywania szans. – Pani minister pokiwała głową, jakby na potwierdzenie swoich słów. Niewidzialny reporter najwyraźniej czekał na dalszy ciąg. Karina Björnlund odchrząknęła, nachyliła się do mikrofonu i powiedziała: – W kierunku wiedzy. Równości. Tworzenia nowych możliwości.

Reporter przysunął mikrofon do siebie.

– Czy nie jest to aby zbyt poważna ingerencja w samorządność gmin? – spytał.

Na ekranie znów pokazał się mikrofon, Karina Björnlund zagryzła wargi.

– Ta dyskusja toczy się od lat. Równocześnie proponujemy dodatkowe dwadzieścia pięć milionów koron na zakup literatury do bibliotek publicznych i szkolnych.

– Świrnięta baba – stwierdziła Annika i znów ściszyła.

Anne uniosła brwi, czuła, jak ją ogarnia przyjemna apatia.

– Nie rozumiem, skąd twoja niechęć do niej? To właśnie pozwoli przetrwać mojemu kanałowi.

– Nie powinna była zostać ministrem – upierała się Annika. – Po historii ze Studiem 6 coś się wydarzyło. Była sekretarzem do spraw prasy w Ministerstwie Handlu Zagranicznego, u Christera Lundgrena, pamiętasz go?

Anne zmarszczyła brwi, zastanawiała się gorączkowo.

– Nie bardzo sobie z tym radziła, a po wyborach nagle została ministrem kultury.

– Już wiem! – wykrzyknęła Anne. – Christer Lundgren, ten, którego wszyscy podejrzewali o zamordowanie striptizerki!

– Josefin Liljeberg. Ale on był niewinny.

Znów zapadła cisza. Karina Björnlund mówiła dalej przy wyłączonej fonii. Annika domyślała się, dlaczego dostała tak wysokie stanowisko. Niewykluczone, że ona sama nieświadomie też się do tego przyczyniła.

– Mogę wyłączyć? – spytała.

Anne wzruszyła ramionami. Annika zastanawiała się chwilę, czy nie wstać i nie przynieść czegoś do picia albo do jedzenia, czegokolwiek. Powstrzymała się, pozwalając, by nagle ogarnął ją szary strach.

– Dostałam informację od policjanta z Luleå o niezwykle delikatnej sprawie. Chodzi o faceta z Tornedalen, który prawdopodobnie wysadził samolot w F21, a potem został terrorystą. Dlaczego ktoś wraca do tego po trzydziestu latach?

Anne potrzebowała czasu, żeby przetrawić słowa przyjaciółki.

– To zależy, co ten policjant ci powiedział – odezwała się w końcu. – Na pewno nie jest głupi, więc podejrzewam, że miał w tym jakiś cel. Domyślasz się jaki?

Annika obracała w dłoni szklankę, czekała, aż szarość ustąpi.

– Cały dzień się nad tym zastanawiałam. Podejrzewam, że terrorysta wrócił i policja chce, żeby się dowiedział, że oni o tym wiedzą.

Anne zmarszczyła czoło. Patrzyła jaśniej, jakby nagle wytrzeźwiała.

– Nie przesadzasz? Pewnie chcą postraszyć kogoś z jego otoczenia. Jego dawnych kumpli. Ostrzec różne siły polityczne z lewej i z prawej Bóg jeden wie przed czym. Nie masz pojęcia, czym policja czasem się kieruje.

Annika wypiła trochę wody. Zmusiła się do przełknięcia kolejnego łyka i odstawiła szklankę. Postanowiła, że sama rozproszy szarość.

– Facet z policji powiedział, że uzgodnił wszystko z oficerem prasowym z bazy, co znaczy, że w resorcie obrony rozmawia się o sprawie. Najwyraźniej planowali to od dłuższego czasu. Ale dlaczego wychodzą z tym właśnie teraz? I dlaczego wybrali mnie?

– Na pierwsze pytanie nie znam odpowiedzi, natomiast odpowiedź na drugie wydaje się oczywista. Ilu jest w Szwecji znanych dziennikarzy śledczych?

Annika milczała chwilę, ulicą przejechał wóz straży pożarnej.

– A może to ma coś wspólnego z zabójstwem dziennikarza? To by pasowało.

– Na pewno nie jest to wykluczone – orzekła Anne. – Wykorzystasz te informacje?

Westchnienie Anniki wtopiło się w echo wozu strażackiego.

– Pewnie tak, ale decyzja należy do Schymana. A on chyba zaczyna mieć mnie dosyć.

– Może to raczej ty powinnaś zacząć mieć dosyć jego – powiedziała Anne, sięgając po herbatnika.

Annika podciągnęła kolana pod brodę, objęła nogi rękami, znów zamknęła się w sobie.

– Chcę tylko móc spokojnie pracować.

Młody kelner postawił na stole dżin z tonikiem, zabrał filiżanki po kawie i kieliszki po koniaku, wymienił niemal wypalone świece, opróżnił popielniczkę.

– Kuchnię zamykamy o dziesiątej, ale bar jest otwarty do pierwszej. Dajcie znać, jeśli będziecie czegoś chcieli – powiedział chłopak i ruszył bezgłośnie na górę.

– Kto by przypuszczał? – roześmiała się Sophia, rozkładając ręce.

Thomas nie mógł się powstrzymać, wybuchnął perlistym śmiechem. Atmosfera w piwnicy piwiarni była orientalnie surrealistyczna. Ściany i podłogi pokryto warstwami grubych, zakurzonych dywanów, w narożnikach stały błyszczące misy z brązu, a na niskich kamiennych stolikach – lampki oliwne. Byli sami, siedzieli naprzeciwko siebie na ciężkich, obitych skórą krzesłach, przy dużym stole z czarnego dębu. Sufit był z cegły, dobrze zachowane stare łuki wyglądały na siedemnasty wiek.

– Okoliczne domy skrywają niejedną tajemnicę – odezwał się Thomas.

– Mieszkacie na Kungsholmen? – spytała Sophia, przyglądając się mu znad szklanki z dżinem.

Thomas skinął głową, wypił łyk.

– Kaflowe piece, sztukaterie, skrzypiący parkiet.

– Wykupiliście mieszkanie na własność?

– Tak. Już rok temu. A ty gdzie mieszkasz?

Sophia zapaliła mentolowego papierosa, zaciągnęła się i wydmuchiwała kółeczka dymu.

– Na Östermalmie. Moja rodzina ma tam kamienicę.

Thomas spojrzał na nią, był pod wrażeniem. Sophia spuściła wzrok i roześmiała się.

– Jest w naszej rodzinie od pokoleń – zaczęła się tłumaczyć. – Mam tam skromne trzy pokoje. Apartamenty przypadły innym, bardziej potrzebującym.

Thomas wziął garść orzeszków ziemnych. Podano im je do drinków.

– Mieszkasz sama?

– Z Socksem, kotem. Dostał imię po rodzinie Clintonów, jeśli sobie przypominasz...

Thomas znów się roześmiał. Rzeczywiście, w Białym Domu też był Socks.

– Masz rodzinę? – spytała Sophia, gasząc papierosa.

Thomas odsunął się nieco z krzesłem.

– Tak – powiedział zadowolony, krzyżując ręce na brzuchu. – Żona, dwójka dzieci. Kota brak...

Roześmiali się.

– Twoja żona pracuje? – spytała Sophia, cedząc drinka.

– Aż za dużo – westchnął Thomas ciężko.

Sophia roześmiała się i zapaliła kolejnego papierosa. Cisza, która wyrosła między nimi, była niczym bujne drzewo z liśćmi drżącymi w ciepłych promieniach słońca. W ich orientalnej piwnicy panowało lato, było ciepło, spokojnie.

– Zimą była jakiś czas w domu – powiedział ciszej. – To był najlepszy czas. Dzieciom to służyło, mnie też. Wyremontowaliśmy kuchnię, mieszkanie było wysprzątane.

Sophia odsunęła się nieco, siedziała ze skrzyżowanymi rękami. Thomas zauważył jej czujne spojrzenie i zrozumiał, że to reakcja na to, co powiedział.

– Nie uważam, żeby kobiety musiały się zajmować wyłącznie domem, gotować i rodzić dzieci – powiedział, pociągając dżin. – Oczywiście powinny mieć takie same możliwości zdobycia wykształcenia jak mężczyźni, takie same możliwości robienia kariery. Ale jest tyle tematów, o których dziennikarz może pisać. Nie rozumiem, dlaczego się upiera, żeby się zajmować przemocą i rynsztokiem.

Nagle usłyszał w głowie głos swojej matki, słowa, których co prawda nigdy nie wypowiedziała, ale które zawsze miała na końcu języka. „Tak właśnie jest. Ona cię ściąga w dół, przynosi nieszczęście. Jesteś dla niej za dobry, Thomasie".

– To mądra kobieta – powiedział głośno. – Inteligentna, chociaż nie intelektualistka.

Sophia przekrzywiła nieco głowę.

– To nie zawsze idzie w parze. Można być zdolnym, choć nieoczytanym.

– Właśnie – potwierdził Thomas, biorąc kolejny łyk. – Zgadza się. Annika jest bardzo mądra. Problem w tym, że jest też strasznie nieokrzesana. Czasem prze do przodu jak buldożer.

Sophia zasłoniła dłonią usta i zachichotała. Thomas spojrzał na nią zdziwiony, ale po chwili też zaczął się śmiać.

– To prawda – powiedział już poważnie. – Jest wyjątkowa. Jeśli coś postanowi, będzie do tego dążyć za wszelką cenę.

Sophia przełknęła śmiech i spojrzała na niego ze współczuciem.

– Pewnie trudno jest żyć z kimś tak upartym.

Thomas pokręcił powoli głową, wypijając resztę dżinu.

– Moja matka jej nie lubi – powiedział, odstawiając szklankę. – Uważa, że się zdegradowałem, że powinienem zostać z Eleonor.

Sophia spojrzała na niego pytającym wzrokiem.

– Z moją pierwszą żoną – wyjaśnił. – Eleonor była dyrektorem banku. To znaczy nadal jest. Wyszła ponownie za mąż, za guru IT, któremu się powiodło. Ostatnia wiadomość jest taka, że kupili wyspę w pobliżu Vaxholmu.

Drzewo milczenia rozpostarło nad nimi gałęzie. Siedzieli w ciszy i patrzyli na siebie. Jej papieros powoli zamieniał się w popiół.

– Zamówimy razem taksówkę? – zaproponowała Sophia. – Jedziemy w tym samym kierunku.

Chłopiec stanął w drzwiach autobusu i głośno przełknął ślinę. Wychylił się, żeby się przyjrzeć drodze. Powiał wiatr. Niósł ze sobą ostre kawałki lodu. Pachniało spalinami i żelazem.

– Wysiadasz, czy jak?

Zerknął zawstydzony na kierowcę, wziął szybki wdech, zeskoczył z dwóch stopni i wylądował na chodniku. Drzwi zamknęły się za nim z lekkim sykiem, autobus odjechał, dudniąc głucho, jak zwykle, gdy jest zimno i pada śnieg.

Zniknął w dali, dźwięki utonęły za drewnianymi sztachetami i zwałami śniegu. Chłopiec nadal stał na chodniku, rozglądając się bacznie dookoła, nasłuchując w skupieniu. Nawet odgłosy huty gdzieś znikły.

Oddychał, próbował się odprężyć. Nie miał powodu się bać.

Splunął na śnieg.

Niech to szlag. Jeśli tak dalej pójdzie, zrobi się równie nerwowy jak ta reporterka ze Sztokholmu. Ta dopiero była roztrzęsiona. Czytał jej artykuł w „Norrlands-Tidningen", a potem opowiedział Alexowi, jak się zachowywała na klatce schodowej.

– To ona – oświadczył Alex. – To ona była zakładniczką Zamachowca. Pewnie potem jej odbiło.

Kiepsko dzisiaj grał, nie był w formie. A przecież tak naprawdę był mistrzem, był nawet lepszy od Alexa. Ale dzisiaj został starty na proch. Był zły, że popsuł sobie opinię. Kopnął bryłę lodu, zabolała go stopa. Lepiej wybrać sobie innego bohatera. Cruel Devil nigdy nie zamieni się w Teslatron God, jeśli będzie miał tak kiepskie wyniki. Może najwyżej w Ninja Master, ale on przecież mierzył znacznie wyżej.

Powoli wyszedł z żółtego kręgu światła latarni i ruszył w stronę domu. U Anderssonów paliło się światło. Z okna sączyła się niebieska poświata, stary pewnie oglądał wiadomości sportowe.

Nagle nad domem przemknął cień, spieszący się gdzieś demon westchnął i zniknął. Chłopiec zaczerpnął powietrza tak gwałtownie, że mróz ścisnął mu gardło. Poczuł, jak napinają mu się mięśnie, nogi przygotowały się do ucieczki. Oczy miał szeroko otwarte, uszy nastawione, wyczulone na każdy drżący w ciemności dźwięk.

Nic nie było słychać. Niebieskie światło z okna Anderssonów. Ciągnący z ziemi lodowaty chłód powoli przenikał przez podeszwy jego butów.

Nic. Żadnego cienia w oknie.

Siłą woli opuścił ramiona. Zdał sobie sprawę, że przez minutę nie oddychał. Wziął płytki wdech, coś zarzęziło mu w płucach, poczuł łzy w oczach.

Cholera, pomyślał. Co za cholerne gówno.

Nagle się wystraszył i ruszył pędem, na oślep, w stronę klatki schodowej. Na podwórzu jak zwykle było ciemno, ale wiedział, gdzie Andersson zwykle stawia swój złom. Lawirował zręcznie w ciemnościach.

Pociągnął i otworzył drzwi. Dłonią w mokrej rękawiczce dokręcił żarówkę. Drżąc, szukał kluczy w kieszeni kurtki.

Otworzył drzwi w chwili, kiedy poczuł, że zaraz się zsika. Z cichym jękiem wbiegł do łazienki i podniósł deskę.

Zamknął oczy i pozwolił, by łzy poleciały mu z oczu. Ciepły strumień uderzył o ściankę sedesu. Potem podciągnął kalesony i siedział tak jeszcze chwilę z opuszczonymi spodniami; zwijały mu się na butach. Z błyszczącej tapety uśmiechały się do niego słoneczniki.

Że też tak się przestraszył, jak dzieciak. Prychnął niezadowolony. Przecież nigdy się nie bał ciemności.

Wstał powoli, spuścił wodę, opłukał ręce i usta, nie miał siły szczotkować zębów. Skopał spodnie, podniósł ubranie i poszedł do swojego pokoju.

Na jego łóżku ktoś siedział.

Widział go wyraźnie, ale i tak nie uwierzył.

Ręce mu opadły, ubranie wylądowało na podłodze. Próbował krzyczeć, ale pewnie nie było go słychać, bo cień się poruszył, wstał i powoli zaczął się do niego zbliżać, wypełniając pokój aż po sufit.

I wtedy usłyszał ryk. Odbił się echem od ścian. Chłopiec odwrócił się i próbował biec. Odgłosy umilkły, kolory zniknęły, grube ziarno zdjęcia. Błyskawicznie przeniósł wzrok na oślepiające światło w holu, zobaczył własną dłoń obok swojej twarzy, przeniósł ciężar ciała z jednej nogi na drugą, zabrakło mu powietrza. Drzwi były coraz bliżej, uderzył o nie. Brudna rękawica na jego czole, druga chwyciła go za lewe ramię. I światło lampy odbite w czymś błyszczącym.

Chaos, wycie w mózgu, gorący płyn na piersi.

I jeszcze myśl, ostatnia, jasna i wyraźna.

Mama.

Piątek, 13 listopada

POCIĄG DUDNIŁ, pędząc przez noc; trząsł się jak w gorączce, zawodził monotonnie, hipnotycznie. Mężczyzna leżał w wagonie sypialnym pierwszej klasy i wyglądał przez okno. Próbował się skupić na linii drzew na tle ciemnego rozgwieżdżonego nieba. Ból był silniejszy od morfiny, z trudem łapał powietrze.

Mozolnie wyjął kolejną tabletkę z neseseru, który schował pod poduszką. Przełknął ją, nie popijając. Poczuł, że działa, jeszcze zanim proszek dotarł do żołądka. I w końcu się uspokoił.

Nagle znalazł się na wielogodzinnym spotkaniu w namiocie niedaleko Pajala. Tysiące ludzi na twardych, drewnianych ławkach, zapach mokrej wełny i wiórów. Mężczyźni stojący na mównicy wygłaszali mowy, najpierw po fińsku, potem ktoś tłumaczył wszystko na szwedzki. Trwało to w nieskończoność, głosy przybierały na sile, cichły.

W pewnej chwili pociąg szarpnął i zatrzymał się na stacji. Mężczyzna wyjrzał na peron. Långsele.

Långsele?

Poczuł, że wpada w panikę. Ostrą, bezwzględną. Boże, jedzie nie tam, gdzie trzeba! Rozłożył ręce, głowa sama uniosła się znad uszytej z syntetycznego materiału poduszki. Oddychał z trudem.

Dans quelle direction est Långsele?

Na południu, pomyślał. Na południu, nieco powyżej Ånge.

Znów opadł na łóżko, wzdrygnął się, poczuwszy własny zapach. Sprawdził, czy worek marynarski nadal leży w nogach, zakasłał. Usłyszał zamykanie drzwi i lekkie szarpnięcie, pociąg ruszył dalej. Zerknął na zegarek: piąta szesnaście.

Nie miał powodu do niepokoju. Wszystko szło tak, jak powinno. Był w drodze, niewidzialny i nieuchwytny, jak trzepoczący cień. W zniewolonym świecie jego myśli były wolne, mógł do nich wrócić albo wyprzeć je z pamięci.

Dokonał wyboru.

Wrócił na zebranie w namiocie. Zakurzone i zardzewiałe obrazy były wyblakle, czekały na niego.

Kolejna para kaznodziei, wyreżyserowane w każdym szczególe przedstawienie. Zawsze zaczynało się cytatem z Biblii. Pół strony po fińsku, potem po szwedzku, potem różne interpretacje, wariacje, czasem też osobiste zwierzenia: Byłem młody, przeżywałem trudne chwile, poszukiwałem, w moim życiu brakowało czegoś, wybrałem grzech, kobiety, alkohol, ukradłem przyjacielowi zegarek i nagle w wojsku spotkałem brata w wierze, i w moje życie wkroczył Jezus Chrystus i wniósł światło. Mój brat zasiał ziarno wiary w moim sercu.

Roześmiał się. Wsłuchiwał się w opowieści, bolesne i przepełnione strachem, radosne i przepełnione wdzięcznością.

Nigdy jednak nie pozwalali sobie na euforię. Nagle odepchnął wspomnienia. Żadnych krzyków, podniesionych głosów. Żadnej ekstazy.

Przypomniał sobie nudę młodości.

Często pozwalał, żeby głosy ucichły, uleciały przez otwór w namiocie razem z myślami, nadziejami i niepokojem. Miasteczko namiotów na łące kusiło i przyciągało niczym ocean możliwości ukryty między wozami konnymi i volvo. Spojrzenia rzucane ukradkiem dziewczynom siedzącym w rzędzie przed nim, w chustkach na głowach i długich spódnicach, świadomość ich ciepła, ich błyszczące włosy czy raczej niesforne, zabłąkane kosmyki.

Świadomość, że jego myśli i jego twardy członek to grzech.

Ukołysał się do snu z zapachem końskiego łajna w nozdrzach.

Annika szła przez park Kronoberg, z ust leciała jej para, podeszwy trzeszczały. Było chłodno, nadciągający wyż obiecywał polarne powietrze. Asfalt był śliski, pokryty lodem, drzewa przystroiły się w kryształki lodu. Trawniki, jeszcze wczoraj wilgotne i zielone, były zamarznięte, srebrzyste. Powiewy wiatru nie docierały do niej, zatrzymywały je drzewa. Wzdłuż ścieżek unosiły się welony spalin.

Wiedziała, że jaśniej już nie będzie. Wilgoć była matowa i pozbawiona cieni. Zmrużyła oczy i podniosła twarz do nieba. Było jak z pastelowej porcelany, odcienie błękitu przechodzące w szarość, w biel i róż, pojedyncze chmury gnane wiatrem, gdzieś wysoko.

Ominęła psią toaletę, źdźbła trawy trzeszczały jej pod stopami. Dotarła do żydowskiego cmentarza na tyłach parku, podeszła do miejsca, gdzie znaleziono Josefin. Zatrzymała się przy żeliwnym parkanie, dłonią w rękawiczce przeciągnęła po gwiazdach i łukach, na jej buty poleciały perełki mrozu.

Kilka lat temu cmentarz został odnowiony. Leżące na ziemi i niszczejące kawałki piaskowca wróciły na swoje miejsca na kolumnach. Dziko rosnące krzaki zostały usunięte, gałęzie drzew przycięte. Niestety zniknęła też magia tego miejsca. Przestało być luką w czasie; dźwięki miasta się przybliżyły, duchy, które wcześniej tu rządziły, znikły.

Tylko duch Josefin pozostał.

Annika uklękła i zaczęła się przyglądać prętom ogrodzenia, tak jak wtedy, wiele lat temu, tego upalnego lata, gdy komary biły wszelkie rekordy, a kampania wyborcza zdawała się nie mieć końca. Josefin leżała tu, z ustami otwartymi w bezgłośnym krzyku, z zamglonymi oczami. Młoda dziewczyna ze swoimi martwymi marzeniami. Pokryta lodem gałąź zatrzeszczała, policyjna syrena odbiła się echem od domów przy Hantverkargatan.

W końcu poniósł karę, pomyślała Annika. Co prawda nie za to, co ci zrobił, ale nie uszło mu to na sucho.

A Karina Björnlund dostała dość amunicji, żeby zostać ministrem.

Annika wstała, sprawdziła, która godzina. Zostawiła Josefin za parkanem i szybkim krokiem ruszyła w stronę Fridhemsplan. Przechodząc przez Rålambshovsparken, poczuła na twarzy silny powiew wiatru. Wchodząc do budynku redakcji, miała czerwone policzki.

Bez przeszkód dotarła do swojego akwarium, ubranie rzuciła gdzieś w kąt.

Ragnwald, pomyślała, włączając komputer. Odłożyła na bok przeszłość i próbowała pokonać niepokój, skupiając się na teraźniejszości.

Co o tobie wiem? Kim jesteś?

Wyświetliła się ikonka Windows Explorera. Zaczęła szukać w google, pokazały się wyniki.

Krótka informacja: Folke Ragnwald, zmarł w 1963 roku, strona jednej gałęzi rodziny założona na Malcie, kandydat chrześcijańskiej demokracji, ale na jakie stanowisko – nie wiadomo.

Szybko przebiegła tekst wzrokiem i przeszła do następnych informacji.

Ród we Francji, informacja o duńskiej gwieździe popu.

Wpisała ragnwald.com. Pokazało się mnóstwo amatorskich zdjęć z targów informatycznych i reklam Jolt Coli.

Zamknęła stronę i zadzwoniła do Luleå, do komisarza Suupa.

– Wszyscy trochę się martwimy – powitał ją, wyraźnie poruszony.

– Coś się stało? – Annika odruchowo sięgnęła po ołówek, natychmiast poczuła się winna.

– Jeszcze nie wiemy. Może pani zadzwonić po lunchu? – poprosił komisarz.

Jego głos sprawił, że wszystkie jej mięśnie nagle się spięły.

– To Ragnwald – powiedziała. – To ma jakiś związek z terroryzmem.

Komisarz zaprzeczył, szczerze zdziwiony.

– Nie – powiedział. – Proszę zadzwonić po czternastej. Teraz nic pani ze mnie nie wyciągnie.

Zerknęła na zegarek. Uznała, że nie ma sensu nalegać na komisarza osiemnaście godzin przed ostatecznym terminem oddania tekstu. Podziękowała, odłożyła słuchawkę i rozłożyła na biurku notatki z ich ostatniego spotkania. Pomyślała, że zanim zacznie, musi się napić kawy.

Z pochyloną głową ruszyła wzdłuż ściany do automatu za działem sportowym. Unikała spojrzeń kolegów. Wzięła od razu dwie kawy. Postawiła plastikowe kubki przy klawiaturze i próbowała uporządkować materiał, stworzyć portret terrorysty.

Młody mężczyzna z Tornedalen wyjeżdża na południe kraju, ale po jakimś czasie wraca do Luleå.

Opuściła ręce, napiła się kawy.

Dlaczego młody mężczyzna w latach sześćdziesiątych opuścił rodzinne strony?

Wyjechał do pracy albo na studia, pomyślała.

Dlaczego wrócił?

Bo załatwił to, co miał do załatwienia.

Dlaczego do Luleå?

Jeśli rodzinne miasto wydaje się za małe, wybiera się jakieś większe w okolicy.

Ale dlaczego największe?

Musiał przez jakiś czas mieszkać w innym dużym mieście. Może uniwersyteckim. Sztokholm, Uppsala, Göteborg albo Lund.

Zapisała nazwy i zrozumiała, że popełniła błąd.

Młody człowiek wcale nie musiał przebywać w Szwecji, mógł się uczyć albo pracować gdziekolwiek.

Chociaż to wszystko działo się na długo przed Unią.

Porzuciła wątek, zajęła się następnym.

Dokąd udał się potem?

ETA? Hiszpania? Dlaczego?

Przekonania polityczne, pomyślała, ale wątpliwości kładły się grubą warstwą na monitorze jej komputera.

Baskijscy terroryści byli właściwie jedynymi, którym udało się przeforsować szereg swoich żądań, łącznie z żądaniem demokracji i daleko idącej samodzielności. Gdyby w grudniu 1973 roku ETA nie wysadziła w powietrze następcy Franco, demokratycznych zmian nie wprowadzono by w Hiszpanii tak łatwo. Jeśli dobrze pamięta, Kraj Basków ma obecnie zarówno własną policję, jak i własne instytucje podatkowe i jest na najlepszej drodze do stania się rajem podatkowym dla firm.

Ale właśnie ETA, bardziej chyba niż inne organizacje, zaczęła szybko odczuwać dość nieoczekiwane skutki swoich poczynań. Po wolnych wyborach w 1977 roku okazało się, że istnieje całe pokolenie ludzi w średnim wieku, którzy swoje dorosłe życie poświęcili działalności terrorystycznej przeciwko hiszpańskiemu państwu. Nagle poczuli się znudzeni spokojną codziennością i doszli do wniosku, że rządy demokratyczne są równie okropne jak rządy dyktatorskie. Wrócili więc do mordowania. Hiszpański rząd zemścił się, tworząc Antyterrorystyczne Grupy Wyzwoleńcze, w skrócie GAL...

Annika miała świadomość, że nie wie wystarczająco dużo. Wiedziała jednak, że ETA, uznawana za jedną z najbardziej zatwardziałych grup terrorystycznych na świecie, mordowała dla samego mordowania. Jej członkowie uważali się za przedstawicieli kraju, który nigdy nie istniał, i żądali zadośćuczynienia za krzywdy, których nigdy nie doznali.

Zapisała: „Dowiedzieć się więcej o Björnie Kummie". I szukała dalej.

Dlaczego Ragnwald? Czy ten pseudonim ma jakieś ukryte znaczenie?

Czy symbolizuje coś, o czym powinna wiedzieć?

Sprawdziła w encyklopedii. Dowiedziała się, że to połączenie staroislandzkiego *ragn*, oznaczającego władzę bogów, i *vald*, władcy.

Władca bogów, nieźle. Czy kryje się za tym coś więcej niż tylko mania wielkości?

Ale czy terroryzm nie jest właśnie jej przejawem?

Westchnęła, walczyła ze zmęczeniem. Kawa ostygła i smakowała paskudnie. Wstała i wylała prawie nietkniętą zawartość kubków do umywalki. Wyprostowała się, oślepiło ją ostre jarzeniowe światło.

Zerknęła na krzesło Berit, jeszcze jej nie było.

Zamknęła drzwi swojego akwarium i wróciła do pracy.

Buty. Wiadomo, że sprawcy zostawili na płycie lądowiska odciski butów, ale numer buta nie był dotąd znany.

Trzydzieści sześć. To mogła być tylko drobna kobieta albo młody chłopak, może nawet dziecko. Co jest bardziej prawdopodobne? Zanotowała pytanie w bloczku i zaczęła się zastanawiać.

Jakie kobiety, historycznie rzecz ujmując, zostawały terrorystkami?

Gudrun Ensslin mieszkała z Andreasem Baaderem. Ulrike Meinhof stała się sławna, kiedy go uwolniła. Francesca Mambro została skazana za wysadzenie dworca kolejowego w Bolonii razem ze swoim mężem Valerio Fioravantim.

Dziewczyna Ragnwalda, zapisała i zrobiła krótkie podsumowanie:

Młody mężczyzna opuszcza Tornedalen, pracuje albo uczy się w jakimś dużym mieście na południu kraju. Wraca na północ, do Norrbotten, zostaje członkiem jakiejś lewicowej grupy i przybiera pseudonim Ragnwald. Władca bogów. Mania wielkości. Poznaje dziewczynę, namawia ją, żeby wysadziła w powietrze myśliwiec. Potem ucieka za granicę i nawiązuje współpracę, powiedzmy, z ETA. Morduje dla przyjemności.

Westchnęła i jeszcze raz przeczytała swoje notatki.

Jeśli chce coś z tego opublikować, musi zdobyć więcej konkretów. Zerknęła na zegarek. Za wcześnie, żeby dzwonić do Suupa.

Miranda jak zwykle mocno wcisnęła dzwonek. Anne zbiegła ze schodów. Nie chciała, żeby choleryk z parteru znów się wściekł. Jedną ręką przytrzymywała duży kąpielowy ręcznik, drugą mniejszy, owinięty wokół głowy.

Drzwi trochę się zacinały. Zdarzało się to często, kiedy temperatura spadała poniżej zera.

Córeczka rzuciła się jej w objęcia. Schyliła się i przytuliła ją. Kątem oka zauważyła idącego od samochodu Mehmeta, w ręku niósł torbę małej. Był skupiony, obojętny.

– W kuchni są muffinki – wyszeptała córeczce do ucha. Dziecko wydało okrzyk radości i ruszyło biegiem po schodach.

W przypływie buntu i pychy, nie zastanawiając się, co się stanie, jeśli ktoś z sąsiadów otworzy drzwi, wstała, pozwalając, by ręcznik opadł na podłogę. Stała naga na schodach i było jej wszystko jedno. Patrząc Mehmetowi w oczy, wzięła od niego niewielką torbę. Mehmet spuścił wzrok.

– Anne, nie musisz…

– Chciałeś ze mną rozmawiać – powiedziała, zmuszając się do spokoju. – Zakładam, że chodzi o Mirandę.

Odwróciła się do niego gołymi pośladkami i ruszyła na górę. Kiedy weszli do mieszkania, poszła do łazienki i włożyła szlafrok. Stanęła przed lustrem, próbowała spojrzeć na siebie jego oczami.

– Chcesz kawy? – zawołała.

– Nie, dziękuję – odpowiedział. – Śpieszę się do pracy.

Przełknęła ślinę. Zrozumiała, że ta rozmowa nie będzie przyjemna. Chciał sobie zapewnić możliwość szybkiego odwrotu, gorący kubek w ręku byłby dodatkową przeszkodą.

– A ja się napiję – oznajmiła, zdejmując ręcznik z głowy. Przeciągnęła palcami przez mokre włosy, wyszła do kuchni i nalała sobie kawę do dużego kubka.

Mehmet stał w pokoju i spoglądał przez okno na ogród sąsiada.

– O co chodzi? – spytała, siadając na kanapie.

– Bierzemy ślub – oznajmił Mehmet, odwracając się do niej.

Strzała ugodziła ją, a ona nie mogła nic zrobić.

– To nie ma chyba nic wspólnego ani ze mną, ani z Mirandą – powiedziała, dmuchając w kawę.

Usiadł przed nią, pochylił się lekko, ręce oparł na udach.

– Będziemy mieli dziecko. Miranda będzie miała rodzeństwo.

Anne poczuła, że kręci jej się w głowie, i wbrew swojej woli spuściła wzrok.

– Ach tak – powiedziała, trzymając kurczowo kubek. – Gratuluję.

Mehmet westchnął.

– Anne, rozumiem, że to dla ciebie trudne…

– Nie chcę twojego współczucia. Powiedz mi tylko, jakie to będzie miało konsekwencje dla Mirandy.

Mehmet zacisnął usta w ten swój charakterystyczny, tak dobrze jej znany sposób. Nagle zalała ją fala gorącej tęsknoty za siedzącym przed nią mężczyzną. Bolało ją serce i łono. Zawstydzona usłyszała, że szlocha.

Mehmet wyciągnął rękę i dotknął jej policzka. Zamknęła oczy, pozwalając mu na to.

– Chcielibyśmy, żeby zamieszkała z nami na stałe. Ale jeśli się nie zgodzisz, nie będę z tobą walczył.

Zmusiła się do śmiechu.

– Wszystko możesz mi zabrać, ale nie nasze dziecko. Idź stąd.

– Anne…

– Wyjdź! – Jej głos drżał z wściekłości.

Dziewczynka stanęła w drzwiach i patrzyła zdziwiona to na matkę, to na ojca.

– Gniewacie się na siebie? – spytała z nadgryzioną muffinką w ręku.

– Widzimy się w przyszły piątek, skarbie.

– Dlaczego mama jest smutna? Byłeś dla niej niedobry?

Anne zamknęła oczy. Słyszała, jak jego kroki cichną na schodach. Zaczekała, aż drzwi się zamkną, podbiegła do okna i patrzyła za nim.

Podszedł do samochodu i nie oglądając się, wyjął z kieszeni komórkę i wybrał numer.

Do niej, pomyślała Anne. Dzwoni do narzeczonej, żeby jej przekazać, jak sprawy się mają. Że powiedział jej o wszystkim, że rozmowa była cholernie nieprzyjemna, że była wzburzona i agresywna. I chyba nie odda dziecka.

*

Berit Hamrin zapukała w szklane drzwi Anniki, przesunęła je trochę i wsunęła głowę do środka.

– Głodna?

Annika opuściła dłonie na klawiaturę, chwilę się zastanawiała.

– Nie bardzo.

Berit odsunęła drzwi i weszła.

– Musisz jeść – powiedziała. – Boże, co tu się dzieje? Możesz pracować w takim bałaganie?

– Co takiego? – spytała Annika zdziwiona. Rozejrzała się i natychmiast się zawstydziła. – O co ci chodzi?

– Przecież masz wieszak – powiedziała Berit, podnosząc jej ubranie. – Od razu lepiej. W stołówce dają dzisiaj lasagne. Zamówiłam dwie porcje.

Annika wylogowała się. Nie chciała, żeby ktoś podszedł i zaczął czytać jej notatki albo wysłał maila z jej skrzynki pocztowej.

– Co dzisiaj robisz? – spytała, chcąc odwrócić uwagę przyjaciółki od bałaganu.

Dział polityczny wypożyczył ją na jakiś czas z redakcji kryminalnej w związku ze zbliżającymi się wyborami do Parlamentu Europejskiego.

– Znaczę teren – westchnęła. – Nic się nie dzieje. Trwają dyskusje ponad granicami partyjnymi. Mające na celu znalezienie różnic, których nie ma.

Annika roześmiała się i podążyła za przyjaciółką.

– Już widzę tytuł: „Tajemnicze gry unijne". I niewyraźne zdjęcie rozświetlonego okna w Rosenbad.

– Za długo tu pracujesz – skwitowała Berit.

Annika zasunęła drzwi i ruszyły do stołówki. Zza pleców Berit świat wydawał się bezpieczny, podłoga stabilna. Nie musiała się nad niczym zastanawiać.

W stołówce było pustawo. Głównym źródłem skąpego światła był rząd okien na drugim końcu pomieszczenia. Trudno było rozróżnić gości, ciemne zarysy sylwetek w mroku pod porcelanowym niebem.

Usiadły pod oknem nad parkingiem, każda z porcją parującej lasagne.

– O czym piszesz? – spytała Berit, kiedy dotarła do dna plastikowego pojemnika.

Annika nieufnie kroiła plastry makaronu.

– O zabójstwie dziennikarza. I o zamachu na samolot w bazie F21. Policja ma podejrzanego, i to od wielu lat.

Berit ze zdziwieniem uniosła brwi. Usiłowała złapać kawałek mięsa, który jej wypadł z ust.

– Nazywa się Ragnwald, pochodzi z Tornedalen. Wyjechał na południe Szwecji, potem wrócił, został terrorystą, wyjechał do Hiszpanii i wstąpił do ETA.

Berit patrzyła na nią z niedowierzaniem.

– Kiedy to się działo?

Annika odchyliła się do tyłu, skrzyżowała ręce.

– Gdzieś pod koniec lat sześćdziesiątych.

– Wspaniałe czasy rewolucji. Byli wtedy tacy, którzy wierzyli w wyzwolenie mas przez terror, chociaż akurat nie w naszych kręgach.

– A twoje kręgi to jakie?

– Środowisko „Biuletynu Wietnamskiego" – powiedziała Berit, zbierając resztki oliwy z dna. – Tak się zaczęła moja dziennikarska kariera. Nie opowiadałam ci?

Annika próbowała odświeżyć pamięć.

– A jakie kręgi opowiadały się za terroryzmem?

Berit przyglądała się jej niedokończonej lasagne.

– Naprawdę nie zjesz więcej?

Annika pokręciła głową. Berit westchnęła i odłożyła sztućce.

– Przyniosę kawę – oświadczyła i wstała.

Annika się nie ruszyła. Widziała, jak Berit staje w kolejce do kawy. Patrzyła na jej krótkie niesforne włosy. Podziwiała cierpliwość, którą promieniowała. Uśmiechnęła się, kiedy wróciła z dwiema filiżankami kawy i dwoma pierniczkami.

– Rozpieszczasz mnie.

– Opowiedz mi o swoim terroryście – poprosiła Berit.

– Opowiedz mi o latach sześćdziesiątych – zrewanżowała się Annika.

Berit ostrożnie postawiła filiżanki na stole i uważnie spojrzała na Annikę.

– Dobrze – powiedziała. Wrzuciła do filiżanki dwie kostki cukru i zamieszała. – A więc było tak: W 1963 roku nastąpił oficjalny rozłam między Komunistyczną Partią Związku Radzieckiego a Komunistyczną Partią Chin. Miało to wpływ na wszystkie organizacje komunistyczne na świecie, także w naszym kraju. Szwedzka Partia Komunistyczna podzieliła się na trzy. – Pomachała lewym palcem wskazującym. – Na grupę prawicową pod przywództwem C.H. Hermanssona. Odcięli się zarówno od stalinistów, jak i od maoistów i poszli w stronę rewizjonizmu. W końcu zbliżyli się do socjaldemokratów. To dzisiejsza partia lewicowa z niemal dziesięcioprocentową reprezentacją w Riksdagu. – Wypiła łyk kawy i znów podniosła palec. – Grupa centrowa, umiarkowana. Na jej czele stał redaktor naczelny „Norrskensflamman" Alf Lövenborg. Opowiadali się za Związkiem Radzieckim. – Zmieniła palec. – I wreszcie grupa lewicowa, pod przywództwem Nilsa Holmberga, skłaniająca się ku Chinom.

– I co dalej?

– Szwedzka Partia Komunistyczna rozpadła się po XXI kongresie, w maju 1967 roku. Zmieniła wtedy nazwę na Lewica Komuniści. Odłam lewicowy wyłamał się i utworzył Komunistyczny Związek Marksistowsko-Leninowski, KFML. Potem wszystko potoczyło się bardzo szybko. Powstał ruch solidarności z Wietnamem, grupa skupiona wokół pisma „Clarté" i cały szereg innych. Wiosną 1968 roku nastąpiła kulminacja i doszło do okupacji Domu Studenta w Uppsali. Wtedy też powstał ruch rebeliantów. Ci byli najgorsi ze wszystkich. Rebelianci z Uppsali. Cały czas nam grozili. – Znów uniosła palec. – Jeśli się nie stawicie na manifestacji, żeby wysłuchać krytyki mas, to nasi towarzysze przyjdą po was.

– Fajnie – skwitowała Annika. – Byli maoistami?

– Może to zabrzmi dziwnie, ale prawdziwi maoiści nie stanowili problemu. Zawsze zadawali sobie pytanie: „Co by zrobił Mistrz? Czy zrobiłby to w imię rewolucji?". Jeśli odpowiedź brzmiała: nie, odstępowali od swoich planów. Najgorszy był ogon, który usiłował kręcić psem, różne męty, który przychodziły dla adrenaliny, psychoza tłumu. – Zerknęła na zegarek. – Muszę iść. – Westchnęła. – O trzynastej Partia Ochrony Środowiska obiecała przesłać dane dotyczące kwot połowowych na Bałtyku.

Annika ziewnęła teatralnie.

– Tak, tak, moja droga – powiedziała Berit, wstając. Wzięła plastikową tackę, żeby wyrzucić ją do kosza. – Pisz o swoich martwych dziennikarzach. Ja zajmuję się prawdziwym życiem, czyli martwymi dorszami...

Annika roześmiała się i nagle poczuła, że jej zimno. Uderzył ją mdły zapach zimnej lasagne, odsunęła tackę. Nagle spostrzegła siedzących wokół kolegów. Niektórzy rozmawiali cicho, ale większość siedziała samotnie. Pochylali się nad gazetami, z plastikowymi sztućcami w rękach. Gdzieś w głębi rozległ się dzwonek mikrofalówki, dwóch redaktorów sportowych kupiło osiem ciastek.

Powoli dopiła kawę. Jedna z wielu ciemnych sylwetek w zimnym świetle stołówki, jedna z wielu robotnic w fabryce gazet.

Funkcja. Nie człowiek.

Thomas nie lubił spotkań w siedzibie Związku Samorządów. Był otwarty na współpracę związków, ale zawsze czuł się nieswojo, kiedy spotykali się w miejscu pracy Sophii Grenborg. Chodziło o drobiazgi. Błądził po korytarzach, wjeżdżał niewłaściwą windą, nie znał imion pracowników.

Ale imion pracowników Związku Gmin też nie znał. Uprzytomnił to sobie nagle.

Wziął głęboki wdech i pchnął drzwi od strony Hornsgatan. Natychmiast poczuł, że marzną mu uszy. Zauważył, że zrobiły się ostatnio bardzo wrażliwe. Pewnie niezliczone mecze hokeja rozgrywane w młodości na przenikliwym mrozie zostawiły swój ślad. Siedziba Związku znajdowała się dokładnie naprzeciwko, po drugiej stronie ulicy. Głupio byłoby wkładać czapkę na tak krótką chwilę.

Trochę zestresowany znalazł w końcu w labiryncie piątego piętra właściwy pokój. Sophia wyszła mu naprzeciw. Jej proste blond włosy błyszczały, miała rozpiętą marynarkę, obcasy stukały o parkiet.

– Witaj – powiedziała, podając mu rękę. Drobna, miękka dłoń, ciepła i sucha. – Wszyscy już są.

Thomas zdjął palto, zaniepokojony, że na niego czekają.

Sophia podeszła bliżej, poczuł zapach jej perfum. Lekki, świeży, sportowy.

– Nie spóźniłeś się – wyszeptała. – Piją kawę w sali konferencyjnej.

Odetchnął z ulgą. Uśmiechnął się zdziwiony, że czyta w jego myślach.

– To dobrze – wyszeptał, patrząc jej w oczy. Niebieskie.

– Jak się czujesz? Masz lekkiego kaca?

Roześmiał się.

– Ty na pewno nie masz. Wyglądasz cudownie.

Sophia spuściła wzrok. Mógłby się założyć, że się zaczerwieniła. Nagle usłyszał w myślach echo swoich słów. Dotarło do niego, co powiedział, i poczuł, że się czerwieni.

– To znaczy, chciałem powiedzieć, że... – zaczął i zrobił krok w tył.

– W porządku – wyszeptała tak blisko, że poczuł na twarzy jej oddech.

Chwilę patrzył w jej źrenice. Potem się odwrócił, położył teczkę na ławce, otworzył ją i schował do niej szalik. Zastanawiał się, czy uszy nadal ma purpurowe.

– Rozdałam broszurki. Nie masz chyba nic przeciwko temu?

Zastygł. Spojrzał na broszurki, które miał w teczce. Zamierzał je osobiście wszystkim wręczyć. A teraz projekt, który był jego pomysłem, zostanie przypisany jej i Związkowi Samorządów.

Zamknął teczkę.

– Nie – rzucił. Uśmiech zniknął z jego ust. – Poproś, żeby redaktor waszej strony skontaktował się z nami. Umieściliśmy wszystko w sieci, też powinniście to zrobić.

Sophia splotła dłonie, nieco nerwowo.

– Tak, wiem.

Per Cramne z Ministerstwa Sprawiedliwości wstał, kiedy Thomas wszedł do sali. Podszedł do niego i serdecznie się przywitał.

– Przepraszam za wczoraj. To przez te wybory do Parlamentu Europejskiego...

Thomas położył teczkę na stole i uniósł obie dłonie.

– Nic się nie stało – zapewnił. – Mieliśmy kilka spraw do przedyskutowania. Wiosną nasze związki mają swoje kongresy, planujemy się połączyć, jestem członkiem grupy...

Za późno zrozumiał swój błąd. W spojrzeniu Cramnego dostrzegł chłód. Co go obchodzą takie sprawy, jakiś Związek Gmin...

– Wszyscy są? – zaczął, odwracając się do Thomasa plecami. – To zaczynamy, jest piątek, do licha.

Thomas wyjął dokumenty. Nie zamierzał sprawdzać, czy ktoś zwrócił uwagę na krępujący incydent.

Zaczął Cramne, oczywiście. Urzędnicy ministerstwa zawsze stali wyżej w hierarchii. Przedstawiciel policji nie miał nic do powiedzenia, podobnie jak przedstawiciele prokuratury i Säpo, więc już po chwili Thomas przejął inicjatywę.

Zaprezentował broszurę, doprecyzował argumenty, wyjaśnił, dlaczego groźby pod adresem ludzi wybranych przez społeczeństwo są zagrożeniem także dla samej demokracji, omówił proponowane działania. Poinformował o swoich kontaktach z Radą do spraw Przeciwdziałania Przestępczości, skinął głową siedzącemu nieco dalej delegatowi tej organizacji, przedstawił wspólne uzgodnienia.

– Uważam, że powinniśmy głębiej przeanalizować problem – zakończył. – Bo sprawa dotyczy wszystkich. Nie tylko polityków, ale wszystkich obywateli. I tak należy ją przedstawiać. Musimy się dowiedzieć, jakie jest stanowisko społeczeństwa wobec zagrożeń, na jakie mogą być narażeni wybrani przez nie ludzi. Jak społeczeństwo reaguje na próby uciszenia polityków? Czy w ogóle jest świadome problemu? – Odwrócił kartkę, zauważył, że udało mu się przyciągnąć uwagę wszystkich obecnych. – Uważam, że powinniśmy zainicjować debatę. W ten sposób poznamy różne opinie. Pokazujmy lokalnych polityków jako bohaterów naszych czasów, podejmujących walkę z prawicowymi ekstremistami i anarchistami, ale róbmy to tak, żeby nie wyolbrzymiać zagrożeń i nie odstraszać ludzi wchodzących do polityki.

Szybko podjęto decyzję, że taka analiza jest potrzebna i że to on ma się tym zająć. Sekretariat prasowy Związku Gmin został zobowiązany do rozesłania materiałów z ostatniego zebrania Związku.

Thomas zakończył anegdotką o radnym z Jämtlandii, która zawsze wywoływała salwy śmiechu, a potem szybko spakował swoje rzeczy. Spotkanie się skończyło i w ciągu minuty wszyscy się rozeszli.

Było przecież piątkowe popołudnie.

Sophia zaczęła zbierać porozrzucane tu i ówdzie materiały, Thomas przeglądał notatki. Nie bardzo wiedział, co powinien zrobić. Zdawał sobie sprawę, że ją przyćmił, przejął całą inicjatywę, mimo że broszura był owocem ich wspólnej pracy. Podobnie jak propozycje, które przedstawił.

– Muszę przyznać, że byłeś dzisiaj fantastyczny – powiedziała Sophia, stając obok niego.

Spojrzał na nią zdziwiony, czuł krople potu na czole.

Nie wyglądała na zagniewaną. Oczy jej błyszczały.

– Dziękuję.

– Robisz świetne prezentacje – ciągnęła, robiąc kolejny krok w jego stronę. – Udało ci się wszystkich przekonać, nawet faceta z ministerstwa.

Zawstydzony spuścił wzrok.

– To ważny projekt.

– Wiem, dałeś to wyraźnie do zrozumienia. Widać, że naprawdę wierzysz w to, co robisz. Bardzo dobrze mi się z tobą pracuje...

Thomas zaczerpnął powietrza. Od zapachu jej perfum zakręciło mu się w głowie.

– Miłego weekendu – powiedział. Wziął teczkę i ruszył do drzwi.

Annice udało się w końcu zdobyć bezpośredni numer do komisarza Suupa. Z lekkim bólem brzucha czekała na połączenie. Doszła do wniosku, że podczas porannej rozmowy komisarz mówił dziwnie tajemniczo. Może żałował, że jej powiedział o Ragnwaldzie? Może się bał, że natychmiast o nim napisze? Może był zawiedziony?

Trzymała słuchawkę w wilgotnej dłoni.

– Co się stało? – spytała ostrożnie, kiedy odebrał.

– Mam smutną wiadomość. Linus Gustafsson nie żyje.

Imię i nazwisko nic jej nie mówiły, ulżyło jej.

– Kto to?

– Świadek – powiedział Suup.

I wtedy to do niej dotarło. Jakby ktoś poraził jej mózg białym światłem laserowym. Coś się w niej załamało, poczucie winy zawładnęło wszystkimi jej myślami. Jęknęła.

– Jak?

– Ktoś poderżnął mu gardło. W jego pokoju. Kiedy matka rano wróciła z pracy, znalazła go w kałuży krwi.

Annika zaczęła gwałtownie kręcić głową.

– To niemożliwe – wyszeptała.

– Podejrzewamy, że te zabójstwa są jakoś ze sobą powiązane, tylko nie mamy pojęcia jak. Jedyne, co wiemy na pewno, to to, że chłopak był świadkiem pierwszego morderstwa. Ale teraz morderca działał inaczej.

Annika zakryła dłonią oczy. Czuła coraz większy ciężar w piersi, z trudem łapała powietrze.

– To moja wina? – wyszeptała ledwie słyszalnie.

– Co pani powiedziała?

Annika odkaszlnęła.

– Linus powiedział, że rozpoznał mordercę. Zdradził wam coś więcej?

– To coś nowego. Jest pani tego pewna? – spytał komisarz, wyraźnie zdziwiony.

Annika próbowała się zmusić do logicznego myślenia.

– Muszę chronić źródło. A co, jeśli źródło nie żyje?

– To już nie ma znaczenia. Chłopak zgłosił się do nas z własnej woli. To panią zwalnia z obowiązku zachowania milczenia – zapewnił ją komisarz.

Annika wiedziała, że ma rację. Odetchnęła z ulgą.

– Kiedy z nim rozmawiałam, powiedział, że być może rozpoznał mordercę. Nie napisałam tego w artykule, bo uznałam, że na razie lepiej tego nie rozgłaszać.

– Bardzo słusznie – pochwalił ją komisarz. – Niestety nic to nie dało.

– Czy to możliwe, że powiedział o tym jeszcze komuś?

– Nikogo o to nie pytaliśmy.

Zapadła ciężka cisza.

– Czuję się winna.

– Doskonale to rozumiem, ale naprawdę nie ma pani powodu. Ktoś inny powinien mieć wyrzuty sumienia. Musimy go znaleźć. I zrobimy to.

Annika zamyśliła się, przeciągnęła dłonią po oczach.

– Co zamierzacie? Chodzić od drzwi do drzwi? Szukać odcisków palców? Śladów stóp, opon?

– Tak, plus wiele innych rzeczy.

– Przesłuchacie jego kolegów, nauczycieli, sąsiadów?

– Od tego zaczniemy.

Annika notowała. Drżała.

– Coś już macie?

– Musimy być bardzo ostrożni.

Znów zapadła cisza.

– Był przeciek. Ktoś zdradził tożsamość chłopca.

Głębokie westchnienie po drugiej stronie.

– Wiele osób mogło to zrobić, między innymi on sam. Nie wypowiadał się w mediach, ale przynajmniej dwóch jego kolegów wiedziało, że jest świadkiem w sprawie. Jego matka powiedziała o tym swojemu szefowi. A pani?

– Nikomu nic nie mówiłam. Jestem tego pewna.

I znów cisza, pełna wahania i niedomówień. Była dla niego obca, nie znał jej, nie wiedział, czy może jej zaufać. Dziennikarka ze stolicy, której pewnie już nigdy nie spotka.

– Możecie mi ufać – powiedziała stłumionym głosem. – Chcę, żebyście to wiedzieli. Co mogę napisać?

– Proszę nie pisać, co zamierzamy. Może mnie pani zacytować: morderstwo było wyjątkowo brutalne, policja jest w szoku.

– Mogę napisać o matce? Że to ona go znalazła?

– Tak, to dość oczywiste. Ale proszę się z nią nie kontaktować. Zresztą pewnie nie ma jej w domu. Chyba odwieźli ją na dyżur psychiatryczny. Jest samotna, miała tylko syna. Ojciec nie poczuwa się do niczego, siedzi i pije przed centrami handlowymi. Należy do gangu terroryzującego sklepikarzy na Storgatan.

– Może to on to zrobił?

– Wczoraj o siedemnastej trafił do izby wytrzeźwień.

– No to rzeczywiście ma alibi – przyznała Annika. – Mogę jakoś pomóc? Chcecie, żebym podała jakieś konkretne szczegóły?

– Wiemy na pewno, że jedną z ostatnich osób, które go widziały, był kierowca autobusu. Był to jego ostatni wieczorny kurs do Svartöstaden. Tuż po dziesiątej dotarł na końcowy przystanek. Według wstępnych ustaleń niedługo potem chłopiec zmarł. Jeśli ktoś go widział mniej więcej w tym czasie, powinien się z nami skontaktować.

– Rozmawialiście z kierowcą autobusu?

Suup westchnął ciężko.

– Z nim i ze wszystkimi pasażerami. Na pewno dopadniemy drania.

Nagle Annika zaczęła się zastanawiać.

– Powiedział pan, że to się stało w domu, w jego pokoju. Jak morderca się tam dostał?

– Nie było żadnych śladów włamania.

Annika znów się zamyśliła. Usiłowała uciec od poczucia winy, wyprzeć je na zawsze, chociaż w głębi duszy wiedziała, że to niemożliwe. Adrenalina i siła woli nie pomagały.

– Możliwe, że sam go wpuścił. Może go znał.

– Sprawca mógł wejść niezauważony albo czekać na niego w ciemności. Zamek w drzwiach nie jest żadną przeszkodą, wystarczyło mocniej szarpnąć.

Annika próbowała ocenić sytuację. Zmusiła się, żeby znów trzeźwo myśleć.

– Co mogę napisać? Mogę podać te informacje?

– Niech pani pisze, co pani uważa – odpowiedział komisarz zmęczonym głosem i odłożył słuchawkę.

Annika pozostała ze swoimi pytaniami i wątpliwościami na temat Ragnwalda. Ledwie zdążyła odłożyć słuchawkę, kiedy telefon znów zadzwonił. Podskoczyła.

– Możesz do mnie zajrzeć? – spytał Anders Schyman.

Siedziała dalej bez ruchu, jak sparaliżowana. Rozpaczliwie próbowała wrócić do rzeczywistości Omiotła spojrzeniem bałagan na biurku, widok notesów, ołówków, gazet i czasopism podziałał na nią uspokajająco. Ale poczucie winy nie minęło, chwyciła się blatu biurka i mocno przytrzymała.

To jej wina. Boże, to ona namówiła chłopca, żeby zaczął mówić. Jej ambicja zdecydowała o jego losie.

Tak mi przykro, przepraszam, wyszeptała w duchu.

Powoli odzyskała spokój. Ucisk w płucach zelżał, skurcz rąk zaczął odpuszczać, poczuła, że bolą ją palce.

Musi porozmawiać z jego matką, ale nie teraz, później.

Przyszłość istnieje, zawsze jest jakieś jutro, jakieś później.

Kto wystarczająco długo siedzi nad brzegiem rzeki, ujrzy w jej nurcie wszystkich swoich wrogów.

Pociągnęła nosem i uśmiechnęła się na wspomnienie chińskiego przysłowia, które zwykle cytowała jej przyjaciółka Anne.

Nie umieram, pomyślała. Tylko tak się czuję.

Zebrała papiery.

Szef redakcji stał w oknie, trzymał w ręku kartkę i wpatrywał się w budynek rosyjskiej ambasady. Annika rzuciła okiem na stół konferencyjny i stwierdziła, że przynajmniej uprzątnął już tabelki z danymi dotyczącymi sprzedaży i wysokości nakładów.

– Usiądź – powiedział. Oderwał wzrok od okna i wskazał jej głową fotel dla gości.

Usiadła, ale nadal czuła się skrępowana.

– Przeczytałem twój szkic artykułu o Ragnwaldzie. Rozumiem, co miałaś na myśli, mówiąc, że to raczej pomysł niż artykuł.

Annika przybrała pozycję obronną: skrzyżowała ręce i nogi, zamknęła się. Zdała sobie z tego sprawę i natychmiast się rozluźniła.

– Mam też wątpliwości co do artykułu o zabójstwie Eklanda. To głównie spekulacje – ciągnął dalej.

Annika nie była w stanie się powstrzymać i znów skrzyżowała ręce na piersi.

– Co masz na myśli?

Schyman odchylił się do tyłu, koszula rozchyliła mu się na brzuchu.

– Mam wrażenie, że przesadzasz z tym terroryzmem. Nie wszyscy przestępcy są terrorystami, nie każda przemoc jest aktem terroru. Jako dziennikarze musimy zachować dystans, nie możemy pozwolić, żeby słowa się zdewaluowały. Słowa mają wielką wagę, zachowajmy je na odpowiednie okazje, może nam się przydadzą wcześniej, niż myślimy…

Annika usłyszała swoje ironiczne westchnienie. Rozłożyła ręce.

– Proszę, nie praw mi morałów i nie ucz etyki zawodowej.

Schyman zagryzł wargi, aż nabrzmiała mu żyła na szyi.

– Nie prawię ci morałów, chciałem tylko zaznaczyć, że…

Annika pochyliła się do przodu, poczuła, jak krew uderza jej do głowy.

– Myślałam, że mnie wspierasz, że masz zaufanie do mojej oceny sytuacji. Wiesz, że potrafię odróżnić rzeczy istotne od nieistotnych.

– I tak jest, wierz mi, ale…

– Jestem przekonana, że coś się za tym kryje. Facet wpadł na jakiś trop, dowiedział się czegoś, o czym nie powinien wiedzieć…

– Pozwól mi dokończyć. Zapewniam cię, że masz moje wsparcie, ale pamiętaj, to ja jestem redaktorem odpowiedzialnym i to ja decyduję o tym, czy nazwiemy kogoś terrorystą, czy nie. Mówię ci to, bo nie chcę, żebyś się niepotrzebnie angażowała.

Annika zamarła. Stała pochylona nad jego biurkiem, z otwartymi ustami i czerwoną twarzą. W ciszy, która zapadła po jego słowach, różne myśli przelatywały jej przez głowę. Próbowała zrozumieć, co się stało.

– Gwóźdź – odezwała się po chwili. – Skarżył się, że tak sobie podróżuję?

Schyman westchnął i wstał.

– Nie. Chciałem ci tylko zwrócić uwagę, że sprawa może się okazać bardzo czasochłonna.

– Mam wrażenie, że w ostatnim roku tego typu spraw było sporo.

Annika usiadła. Schyman obszedł ją dookoła i podszedł do stołu.

– Dobrze by było, gdybyś się zastanowiła, jakie motywy tobą kierują.

– Co chcesz przez to powiedzieć?

Schyman znów westchnął, przeciągnął palcami po dokumentach.

– Że się identyfikuję z terrorystami, tak? To chciałeś powiedzieć? Skoro raz zabiłam człowieka, to teraz mój mózg bombarduje mnie obrazami, które nie są prawdziwe? Tunel, dynamit, zamachowiec. Chcesz powiedzieć, że zwariowałam i widzę go za każdym krzakiem, tak?

Schyman uniósł ręce w przepraszającym geście.

– Nie wiem. Stwierdzam tylko, że cała ta historia wydaje się bardzo dziwna. Nie możemy dać artykułu o jakimś cholernym Ragnwaldzie, który może żyje, a może już dawno leży w ziemi albo uprawia czarną porzeczkę w Moskosel, albo jest nurkiem Ratownictwa Morskiego. To poważna sprawa, poważne oskarżenie.

– Ragnwald to ksywka, nikogo nie sypiemy.

– Możliwe, że jest bardziej znany jako Ragnwald niż pod prawdziwym nazwiskiem. Tego nie wiemy, prawda?

Annika nie odpowiedziała. Bezgłośnie poruszała szczękami. Wpatrywała się w firankę, za którą krył się budynek ambasady rosyjskiej.

– Poza tym zdrowy rozsądek podpowiada mi, że to raczej mało prawdopodobne. Szwedzka prowincja raczej nie słynie z produkowania terrorystów.

Annika spojrzała na niego zdziwiona.

– Żartujesz? Czy po prostu o niczym nie masz pojęcia? List z bombą wymyślił facet z Töreboda. W sierpniu 1941 roku taka bomba wybuchła w rękach dyrektora Lundina przy Hamngatan.

– Posłuchaj – powiedział jej szef takim tonem, jakby chciał, żeby się pogodzili. – Gazeta świetnie się rozwija. Nie możemy sobie pozwolić na to, żeby ktoś podważył naszą wiarygodność, którą tak niedawno udało nam się odzyskać.

Annika wstała. Czuła, jak buzuje w niej adrenalina.

– Wiarygodność? Naprawdę wierzysz, że ludzie kupują naszą gazetę dla poważnej, wyważonej publicystyki? – Wybuchła wymuszonym śmiechem. – Trzy dni z rzędu artykuły o gwiazdeczce pop, w sobotę artykuł o facecie, który onanizował się w reality show, w niedzielę zdjęcie księżniczki całującej swojego chłopaka. Co to ma być? Co ty zrobiłeś z tą gazetą? A może siebie też oszukujesz? – Czuła, że za chwilę eksploduje. W końcu się opanowała.

– Sądziłem, że cieszy cię powodzenie gazety – powiedział Schyman zduszonym głosem.

– Mieć przed oczami wyniki sprzedaży i przeć do przodu. Tak to kiedyś określiłeś? A wiesz, jak ja to nazywam? Postawić na rynsztok!

– Jesteśmy popołudniówką. Musimy dawać newsy, które przebiją poranne wydania. Nie chcesz, żebyśmy sobie radzili?

– Nie za wszelką cenę. Ubolewam, że jakość materiałów w ogóle przestała cię interesować – powiedziała Annika.

Zdziwiła się, widząc jego oburzenie.

– To nieprawda – zaprzeczył. Starał się nad sobą zapanować. – Dobrze wiesz, że zależy nam na dociekliwym i rzetelnym dziennikarstwie. Sądziłem, że potrafisz spojrzeć na to szerzej niż nasi prostaccy krytycy, że jesteś w stanie się zdobyć na sprawiedliwszą ocenę.

– Widzę, w jakim kierunku zmierzamy. Granice między rzeczywistością a fikcją się zacierają. Piszemy o reality show, jakby były czymś niezwykle ważnym. Tak chyba jednak nie powinno być.

– Zapominasz, jak to było z Kainem i Ablem – przerwał jej szef, próbując się uśmiechnąć.

– To znaczy? – spytała Annika, krzyżując ręce na piersi.

– Najważniejsze dla każdego człowieka jest zostać zauważonym. Tak kiedyś mówiłaś. W telewizji. Uczestnictwo w reality show, kiedy kamera rejestruje każdy ruch, oznacza, że Bóg obserwuje nas dwadzieścia cztery godziny na dobę.

– Bóg, czyli kto? Obiektyw kamery?

– Nie. Publiczność. Kto z nas miał ostatnio okazję być Bogiem?

– Ty jesteś nim codziennie. Przynajmniej tu, w redakcji – stwierdziła Annika. – Równie władczy, niesprawiedliwy i omylny jak prawdziwy Bóg wobec Kaina i Abla.

Tym razem to Schyman nie wiedział, co odpowiedzieć. Annika słyszała, jak jej oskarżenia odbijają się echem w ciszy, i żałowała, że to powiedziała.

– Poczułam się cholernie urażona w swojej dziennikarskiej dumie, że nie dałeś mojego morderstwa na pierwszą stronę – zaczęła się tłumaczyć.

Schyman parsknął, pokręcił głową i podszedł do okna.

– Twój dziennikarz nie był nikim znanym. Poza tym powiązanie tej sprawy z terroryzmem jest dość wątpliwe.

– A jak bardzo znana jest twoja gwiazda popu?

– Była druga w ubiegłorocznym konkursie, jej singiel jest na siódmym miejscu listy przebojów. Poszła na policję i opowiedziała o wszystkim ze łzami w oczach – ciągnął Schyman niewzruszony.

Annika zrobiła dwa kroki w stronę jego pleców.

– O czym opowiedziała? Co się stało? Wypadła z listy przebojów? Uważam, że powinniśmy się chwilę zastanowić, zanim zaczniemy bronić tego rodzaju pożal się Boże sławy. Kogo oskarżyła?

– Gdybyś raz złamała swoje zasady i przeczytała coś o pożal się Boże aktoreczkach, to wiedziałabyś, o co chodzi – powiedział, odwracając się do niej. W jego oczach pojawił się żartobliwy błysk.

– Zastanawiałam się, czy zamieścimy zdjęcie faceta przy jego danych – powiedziała drżącym głosem. – Ciekawa jestem, jak nisko upadliśmy.

Twarz Schymana skurczyła się w zapadającym zmierzchu.

– Highlander z TV Plus systematycznie wykorzystuje kandydatki zgłaszające się do reality show – powiedział bezdźwięcznym głosem. – Jeszcze o tym nie pisaliśmy, ale przymierzamy się.

Nagle zakrył oczy dłońmi.

– Posłuchaj, nie mam siły się z tobą kłócić. Nie muszę ci się tłumaczyć ze swoich decyzji, które zresztą uratowały gazetę przed likwidacją.

– Dlaczego to robisz?

– Co?

Annika zebrała papiery. Czuła, że zbiera jej się na płacz.

– Zamierzam dalej się tym zajmować, jeśli nie masz nic przeciwko temu. Oczywiście rozumiem, że masz swoje priorytety. Wiem, że jeśli Ozzy Osbourne znów wrzuci kość za płot sąsiada, to mój materiał nie będzie miał szans się ukazać.

Wyszła. Nie chciała, żeby widział, że ze złości chce jej się płakać.

Siedzieli przed telewizorem, każde z kieliszkiem wina. Annika wpatrywała się w ekran, nic nie widząc. Dzieci spały. W kuchni hałasowała zmywarka, w przedpokoju czekał na nią odkurzacz. Czuła się jak sparaliżowana. Patrzyła na mężczyznę przemierzającego w tę i z powrotem hotelowy hol, a w głowie miała cały miniony tydzień. Ból rozsadzał jej czaszkę, czuła ucisk w piersi.

Linus. Sympatyczny, miły, ze sterczącymi na wszystkie strony włosami, wrażliwy, ostrożny. Widziała jego oczy, inteligentne, czujne. I jednocześnie słyszała oschły głos Schymana. Odbijał się echem w jej głowie: twój dziennikarz nie był nikim znanym, nie muszę ci się tłumaczyć.

Nagle Thomas się roześmiał, głośno i serdecznie. Annika podskoczyła.

– Co się stało?

– Jest piekielnie zabawny.

– Kto?

Spojrzał na nią, jakby była niedorozwinięta.

– John Cleese oczywiście – powiedział, wskazując w stronę telewizora. – *Hotel Zacisze.*

Odwrócił od niej wzrok i znów skupił się na filmie. Nachylił się, wypił łyk wina.

– A właśnie – odezwał się. – Wypiłaś moje Villa Puccini?

Annika zamknęła na chwilę oczy, otworzyła je i zerknęła na niego.

– Jak to: twoje?

Thomas spojrzał na nią zdziwiony.

– Co się z tobą dzieje? Spytałem tylko, czy wypiłaś moje wino.

Annika wstała.

– Pójdę się położyć.

– O co ci chodzi?

Thomas rozłożył ręce. Annika odwróciła się od niego i wypłynęła z pokoju.

– Annika, do diabła! Wróć! Kocham cię. Usiądź przy mnie.

Zatrzymała się w drzwiach, Thomas wstał i podszedł do niej. Objął ją, położył dłonie na jej ramionach. Czuła ich ciężar, a potem jego dłonie na swoich piersiach.

– Annika – wyszeptał. – Chodź do mnie, wróć. Nawet nie tknęłaś wina.

Nie mogła się powstrzymać od głębokiego, pełnego łez westchnienia.

– Wiesz, co dzisiaj robiłem w pracy? – spytał z entuzjazmem.

Poprowadził ją w stronę kanapy, przytulił i usiadł obok niej, przyciągnął do siebie. Wtuliła nos w jego pachę, poczuła zapach dezodorantu i płynu do płukania prania.

– Co? – wymamrotała w jego żebra.

– Przedstawiłem świetne podsumowanie naszego projektu.

Annika siedziała cicho, czekała na dalszy ciąg.

– A co u ciebie? – spytał w końcu.

– Nic szczególnego – powiedziała cicho.

Sobota, 14 listopada

MĘŻCZYZNA SZEDŁ NIEPEWNIE ulicą Linnégatan w stronę rzeki Fyrisån. Był zdyszany. Lewą ręką trzymał się za brzuch, prawą uniósł do ucha, jakby chciał je chronić. Na jego twarzy pokazał się grymas, ale nie bólu. Wywołały go wspomnienia. Pojawiły się jeszcze w pociągu. Był wobec nich bezbronny. Atakowały go, ogłuszały, zalewały mu mózg, wzruszały szlam, który kiedyś zaległ na dnie i leżał tak długo, że zdążył zapomnieć, że w ogóle coś tam jest. Wszystko wróciło: obrazy, zapachy i dźwięki. Niegroźne, dopóki tkwiły nieporuszone wśród innych starych wspomnień. Teraz się odezwały. Dźwięki, które śpiewały, szemrały, wieściły. Już nawet nie słyszał własnych myśli.

Nagle spostrzegł, że stoi i wpatruje się w okno na drugim piętrze, tuż obok akademika Fjellsted: rozświetlone bożonarodzeniową gwiazdą, z kwiatkiem na parapecie. Znów do niego wróciły. Dziewczęta, które bywały tam, za tym oknem, ponad trzydzieści lat temu. Jego pierwsze kobiety. Znów czuł ich piwne oddechy i czerwienił się na wspomnienie własnego skrępowania.

Pamiętał, jaki był zdziwiony, jaki obcy wydał mu się nagle świat. Był szczerze zaskoczony jego ogromem i możliwościami, a potem okrutnie zawiedziony, kiedy poznał jego ograniczenia. Stanęły mu na drodze niczym żelazna brama.

Samotne zawodzenie, chłód ciągnący od podłogi i szczur przyglądający mu się z parapetu w tamten lodowaty poranek. Z tego właśnie parapetu. Szron na wewnętrznej stronie szyb, szmaciany dywan, który pozwolono mu wziąć jako pamiątkę po matce, ten najładniejszy, ten, do którego wykorzystała jego chłopięcy fartuszek i resztki swojej wysłużonej halki.

– Kupiłam ją w Kexholm – powiedziała, pozwalając mu dotknąć materiału, lnu tak gładkiego, że mógłby być jedwabiem.

Len z Karelii jest najlepszy na świecie. Czuł, jak szeleści pod jego chłopięcymi palcami, i zrozumiał, na czym polega siła tego kraju, rodzinnego kraju matki. Zrozumiał, jak wielką poniosła stratę.

Zabrakło mu tchu, nagle wszystko wydało mu się bardzo trudne. Czy da radę?

Miał do wykonania zadanie. Nigdy jeszcze nie zawiódł i teraz też nie zamierzał, chociaż tym razem chodziło o jego rodzinę, jedyną, jaka mu pozostała.

Odwrócił się plecami do akademika, ale kątem oka nadal widział okno. W końcu pozwolił mu odpłynąć gdzieś w dal. Wiedział, że już nigdy go nie zobaczy.

Zrobił kilka chwiejnych kroków. Szedł Svartbäcksgatan. Po chwili poczuł, że hałas cichnie, zaczął oddychać lżej. Powoli wszystko wokół niego się uspokajało. Z tym miejscem nie łączyły się żadne szczególne wspomnienia. Handel wyglądał teraz inaczej niż pod koniec lat sześćdziesiątych. Wyprostował plecy, pozwolił opaść ręce, którą trzymał przy uchu. Chłonął rzeczywistość z całym jej zakłamaniem, otworzył zmysły na jej kakofonię, na obłudne wystawy sklepowe, kuszące i mamiące, na nagie plastikowe kobiety bez głów, podskakujące zabawki na baterie *made in China*, na migoczące świetlne łańcuchy pokrywające szlafroki i jedwabne krawaty, na urządzenia elektryczne z ładowarkami.

Podniósł głowę, żeby uciec od ich widoku, i jego spojrzenie wplątało się w girlandę, w kawałek zielonego plastiku z żółtymi lampkami. Imitował świerk i ciągnął się przez całą ulicę. Skręcił w prawo, przeszedł przez rzekę, kierował się w stronę uniwersytetu. Po lewej zamek, a na samym końcu Carolina Rediviva ze swym niepojętym skarbem, Codex Argenteus, Srebrną Biblią.

Zatrzymał się, zaczerpnął powietrza. Z dala dochodziły odgłosy konsumpcyjnego potwora.

Było bardzo zimno. Nie pamiętał, żeby kiedykolwiek widział aż tak zmarzniętą ziemię. Dziwił się, że mroźne powietrze tak wzmacnia kolory i światło, zaostrza wszystkie doznania. Spojrzał w górę na podwójną kopułę katedry, tam, w górze, ciężką i pełną cieni na tle przezroczystego nieba. Zamknął oczy. To było tak dawno, tak dawno temu, że niemal zapomniał, jak to jest, kiedy się wdycha szklane powietrze, takie, jakie jest tylko w Uppsali. Czuł, jak to szkło go wypełnia, jak mrozi tchawicę i sprawia, że stopy zamieniają się w lód. Zaczął zgrzytać zębami, jakoś dziwnie, nie potrafił nad tym zapanować.

Z trudem szedł dalej. Zatrzymał się przed wystawną fasadą głównego budynku uniwersytetu, z cegły i wapienia, spojrzał na długie schody, przyjrzał się czterem posągom nad wejściem, symbolizującym cztery fakultety. Założono je, gdy powstał uniwersytet: teologia, prawo, medycyna i filozofia. Jego wzrok powędrował w stronę pierwszego posągu, kobiety niosącej krzyż. Jego fakultet.

Zdradziłaś, pomyślał. Miałaś być dziełem mojego życia, a stałaś się jego zaprzeczeniem.

Ruszył schodami w górę ze wzrokiem utkwionym w ciężkich dębowych drzwiach, w wielkich żeliwnych klamkach. Dobrze naoliwione zawiasy sprawiły, że drzwi otworzyły się zaskakująco lekko. Ostrożnie wszedł do holu. Przypominające katedrę pomieszczenie otworzyło się przed nim, ukazując trzy oświetlone kopuły. Jego kroki odbijały się echem od mozaikowej podłogi, uderzały o gładkie granitowe kolumny, o sztukaterie i malowidła na suficie, ocierały się o schody prowadzące do auli, wymijając mądre złocone słowa Thorilda: „Wolna myśl to rzecz wielka, ważniejsza jednak jest myśl słuszna".

Wolność, pomyślał, tyran naszych czasów. Zdrada wobec człowieka średniowiecza, który żył w swojej niewinności, zajmując wyznaczone mu miejsce w społeczeństwie. Jego życie miało swoją treść, niepozostawiającą żadnych wątpliwości. Wobec człowieka, który stawiał zbawienie duszy ponad wszystko, ponad zysk, wolność osobistą i strukturę społeczną.

Odwrócił się plecami do holu. Renesans doprowadzał go do płaczu. Chciało mu się płakać z wściekłości. Ewa zdradza Adama. Dziwka, która oszukała ludzkość, sięgając po jabłko z drzewa wiedzy, gwałt na niewinności. Oślepiający wschód słońca chciwości, który miał trwać całe wieki, który swoimi ambicjami, chęcią zysku i sławy zatruwał stosunki międzyludzkie aż do pojawienia się Lutra, upadłego anioła, strażnika, który doczepił ostatnie ogniwo do kuli ciążącej u nogi klasy robotniczej. Niewolnictwo, człowieku, stanie się twoim losem, kapitalizm, przyjemność i wolność.

Szybko pożegnał ciężkie akademickie powietrze i wypłowiałe kolory. Wyszedł na ulicę, skręcił w prawo i nagle znalazł się przed dobrze sobie znanym budynkiem przy Slottsgatan, surowym, z patyną wieku. Po chwili znów był w środku. Tylko wówczas budynek był nowy. Właściwie nigdy jeszcze nie widział tak nowoczesnej architektury, jakiej przykładem był Dom Studenta, w którym się spotykali.

To tu znalazł dom, duchowy dom. Tu znalazł to coś niedopowiedzianego i nieuchwytnego, czego mu brakowało podczas zgromadzeń lestadian i ich niekończących się modłów. Tu właśnie po raz pierwszy dotarły do niego słowa Mistrza: „Narody świata, łączcie się! Razem pokonajcie amerykańskich agresorów i ich lokajów. Nie bójcie się, odważcie się walczyć, stawić czoło trudnościom. Idźcie do przodu, fala za falą. Wówczas cały świat będzie wasz. Bestie wszelkiej maści zostaną unicestwione".

Zamknął oczy i nagle ogarnęła go ciemność, wdarła się do jego wnętrza. Znów była noc, jak wtedy, wietrzna i zimna, a on był samotną wyspą na nocnym morzu. Stał i czekał, a zza uchylonego, zaparowanego okna zaczęły dochodzić brawa. Słowa Mao stały się płomieniem w ciemności. Cytowane drżącymi młodzieńczymi głosami, przyjmowane z euforią, bez żadnych wątpliwości.

„Narody Chin i Japonii muszą się połączyć, narody różnych części Azji muszą się połączyć, wszystkie uciemiężone kraje muszą się połączyć, wszystkie miłujące pokój kraje muszą się połączyć, wszystkie kraje i wszystkie ludy cierpiące z powodu amerykańskiego imperializmu, amerykańskiej agresji, interwencjonizmu i tyranii muszą się połączyć w szerokim froncie, zniweczyć amerykańskie plany agresji i wojny i stanąć w obronie światowego pokoju".

Zaraz potem zaczęli wychodzić: spoceni, wyczerpani, szczęśliwi, radośni, a on podszedł do nich, i wtedy go zobaczyli. Dostrzegli go, pytali, czy jest prawdziwym rewolucjonistą, a on odpowiadał, że jest. Narody świata, łączcie się, pokonajcie amerykańskich agresorów i ich lokajów, mówił. A oni klepali go po plecach, mówiąc: Jutro, towarzyszu, w Laboreus, o siódmej. A on kiwał głową i czuł żar w duszy. Lądowisko życia zostało rozświetlone, a on dał znać, że pora lądować.

Westchnął, otworzył oczy. Zapadł zmierzch, był zmęczony. Niedługo znów będzie musiał wziąć lekarstwo. Do motelu przy szosie, w którym się zatrzymał, był spory kawałek drogi. Postanowił pojechać autobusem. Anonimowe pomieszczenia, duże kompleksy, nigdy taksówki.

Znów ruszył w stronę dworca, z jedną ręką na brzuchu, drugą zwisającą wzdłuż ciała.

Wiedział, że stał się niemal niewidzialny.

Poniedziałek, 16 listopada

W NOCY na niebie zebrały się chmury. Annika wyszła na ulicę z dzieckiem pod każdą pachą i ugięła się pod ciężarem ołowianego nieba wiszącego nad dachami. Mimowolnie wzdrygnęła się i podciągnęła ramiona w obronnym geście.

– Musimy iść na piechotę, mamo? Nie możemy pojechać autobusem? Z tatą zawsze jeździmy autobusem.

Na Scheelegatan wsiedli do autobusu numer czterdzieści i przejechali dwa przystanki do Fleminggatan. Po – tym razem – bezbolesnym rozstaniu Annika wyszła na ulicę, czując pustkę w piersi i w głowie. Zamierzała przespacerować się do redakcji, ale poczuła się tak, jakby uszło z niej całe powietrze. Nie miała siły brnąć przez śnieżną breję aż do Marieberg. Wskoczyła do jedynki, nowego, długiego autobusu, co oczywiście było błędem. W śródmieściu autobusy zwykle jeździły wolniej niż siedem kilometrów na godzinę, więc właściwie zawsze szybciej można było dojść na piechotę. Znalazła miejsce z tyłu, przy brudnym od deszczu oknie. Autobus trząsł, miała wrażenie, jakby się przeniosła do średniowiecza i jechała wózkiem ciągniętym przez osła. Ale w końcu dotarła na miejsce, do swojej fabryki prasy.

W redakcji jak zwykle nalała sobie dwa kubki kawy i ruszyła do pokoju. Zamknęła za sobą drzwi, zaciągnęła zasłony i odkryła, że automat musiał być zepsuty, bo kawa była ledwo letnia. Gorzki smak na wargach odebrała jak zniewagę. Poczuła, że robi jej się gorąco. Nie miała siły pójść i wylać kawy do zlewu. Postawiła kubki na blacie w rogu, niech tam zapleśnieją i zgniją.

Bez większego trudu napisała artykuł o wybuchu w bazie F21. Podała znane od dawna fakty i nowe informacje, dotyczące podejrzanego zamachowca, być może terrorysty, ukrywającego się pod pseudonimem Ragnwald, i jego wyjątkowo niskiego kompana.

Przeczytała tekst; brak kofeiny wywoływał tępe pulsowanie w skroniach. Musiała przyznać, że wygląda to kiepsko. Schyman oczekiwał twardych dowodów, nie poetyckiego opisu dawno minionych czasów.

Z nogami jak z ołowiu wstała, żeby poszukać działającego automatu. Usłyszała, że dzwoni jej komórka. Thomas. Zatrzymała się niezdecydowana, komórka dzwoniła dalej.

– Będę dzisiaj późno – usłyszała dobrze sobie znane słowa. Właściwie spodziewała się tego, tylko miała wrażenie, że tym razem zabrzmiało to nieco mniej nonszalancko niż zwykle, jakby wypowiadał wcześniej przygotowaną kwestię.

– Dlaczego? – spytała, patrząc przed siebie niewidzącym wzrokiem.

– Spotkanie grupy roboczej. To znaczy nie całej, będą tylko najważniejsze osoby. Wiem, że obiecałem odebrać dzieci, ale... mogłabyś?

Annika usiadła. Położyła nogi na biurku i przez szpary w żaluzjach zaczęła się przyglądać pozbawionej połysku podłodze. Kończyła się gdzieś przy dyżurce.

– W porządku, odbiorę. Coś się stało?

Odpowiedź padła nieco za późno i odrobinę za głośno.

– Nie, dlaczego tak myślisz?

Wsłuchiwała się w ciszę.

– Powiedz, proszę, co się stało.

Thomas zaczął mówić. Głos wydobywał się gdzieś z głębi jego ściśniętych płuc.

– Godzinę temu zadzwoniła do mnie kobieta. Wiosną ona i jej mąż wypełnili moją ankietę. Oboje działali aktywnie w gminnej sekcji Partii Centrum, a teraz nagle jej mąż zmarł. Wiszę na telefonie i próbuję zorganizować ludzi...

Annika słuchała w milczeniu, jego oddech pulsował w słuchawce.

– Dlaczego zadzwoniła właśnie do ciebie?

– Chodzi o nasz projekt. Wysyłaliśmy im materiały dotyczące gróźb wobec polityków. Ta kobieta podejrzewa, że jej mąż został zamordowany.

Annika opuściła nogi na podłogę.

– Dlaczego tak uważa? – spytała.

Thomas westchnął.

– Annika, nie wiem, czy mam siłę o tym mówić.

– Powiedz po prostu, co się stało – powiedziała tonem, którego używała wobec dzieci, gdy wpadały w histerię.

Thomas wyraźnie szukał słów, wahał się.

– Nie wiem, czy mogę.

– Jeśli naprawdę coś się stało, i tak się dowiem.

Kolejne westchnienie.

– No dobrze. Facet dostał strzał w głowę z własnej broni. Należał do obrony cywilnej. Siedział w fotelu i to zwróciło uwagę jego żony, bo to był jej fotel, on nigdy w nim nie siadał. Ona twierdzi, że gdyby chciał się zastrzelić, na pewno usiadłby w swoim fotelu.

– Gdzie mieszkają? – spytała Annika, szukając ołówka.

Thomas zamilkł. Czuła, że nie jest zadowolony.

– Bo co?

Zaczęła gryźć ołówek, uderzała nim o zęby.

– To wszystko brzmi trochę dziecinnie. Jakiś facet ginie, a ty zaczynasz się martwić o pracę.

Tym razem odpowiedź padła od razu, wyraźna i jasna:

– A co ty robisz w takiej sytuacji? Narzekasz na szefów i niezadowolonych kolegów.

Ołówek zastygł w jej ręku. Upuściła go na blat biurka, usłyszała lekko gwiżdżący odgłos. Pomyślała, że Thomas pewnie się rozłączył, ale po chwili znów usłyszała jego głos.

– Koło Östhammar, w północnej Upplandii. To rolnicy. Nie wiem, kiedy wrócę. To zależy od tego, co ustalimy. No i od policji.

Annika puściła przytyk mimo uszu.

– Rozmawiałeś ze śledczym?

– Początkowo uznano to za samobójstwo, ale po tym, co powiedziała żona, postanowiono przyjrzeć się sprawie bliżej.

Annika znów położyła nogi na stole.

– Nawet jeśli został zamordowany, to niekoniecznie dlatego, że był politykiem. Mógł mieć długi, mógł być nałogowcem... a może odtrącone przez niego dziecko chciało się zemścić albo szalony sąsiad, ktokolwiek.

– Jasne – skwitował Thomas krótko. – Nie czekaj na mnie.

– Jak ona ma na imię? – spytała Annika, nadal wpatrzona w żaluzje.

Chwila milczenia.

– Kto?

– Ta kobieta, która do ciebie zadzwoniła.

– Nie chcę, żebyś w to wchodziła.

Przez chwilę każde z nich próbowało wyczuć natężenie niechęci drugiej strony. W końcu Annika skapitulowała.

– Twoje stanowisko nie jest zagrożone, przeciwnie. Jeśli facet rzeczywiście został zamordowany, to twoja praca zyska na znaczeniu. Jeśli ktoś dostanie burę, to politycy, za to, że wcześniej o tym nie pomyśleli. Wszyscy będą mieć nadzieję, że właśnie wasz projekt w przyszłości pozwoli zapobiec podobnym historiom.

– Tak myślisz?

– Tym razem gromy nie polecą na was. Ale pewnie byłoby dobrze, gdybym to ja napisała ten artykuł.

Cztery sekundy ciszy. Annika słyszała jego oddech.

– Gunnel Sandström – powiedział w końcu. – Jej mąż miał na imię Kurt.

Thomas odłożył słuchawkę i poczuł, że się spocił. Niewiele brakowało, a byłby się zdradził.

Kiedy Annika spytała, jak ona ma na imię, pomyślał o Sophii Grenborg. Miał przed oczami jej błyszczące włosy, słyszał stukanie jej szpilek, czuł zapach jej perfum.

Niewiele brakowało. Do czego? Nie wiedział. Był jednak pewien, że coś się stało, coś się zaczęło. Nie potrafił powiedzieć, czy sobie z tym poradzi, ale wiedział na pewno, że tego chce.

Sophia Grenborg, z mieszkaniem w należącej do rodziny kamienicy na ekskluzywnym Östermalmie.

Matce się spodoba, pomyślał nagle. Właściwie Sophia przypomina trochę Eleonor. Nie z wyglądu, Eleonor jest wysoka, umięśniona, Sophia niska i okrągła. Ale miały coś wspólnego, jakąś powagę, sposób bycia, coś szalenie atrakcyjnego, coś, czego Annika nie miała.

To ktoś, kto pasuje do pięknego wnętrza – usłyszał, jak kiedyś Annika opisywała komuś Eleonor przez telefon. Rzeczywiście, coś w tym było. Obie, Eleonor i Sophia, świetnie się czuły w ministerialnych gabinetach i salach konferencyjnych, w pięknych salonach i w hotelowych barach. Annika w takich miejscach czuła się niezręcznie, ubranie zaczynało ją uwierać, jakby chciała wyjść ze skóry. Kiedy gdzieś wyjeżdżali, Annika rozmawiała tylko z miejscowymi, jadała wyłącznie w małych knajpkach, nie interesowały jej zabytki ani hotelowe baseny.

Thomas odkaszlnął, wziął słuchawkę i wystukał numer Sophii.

– W porządku – powiedział. – Po zebraniu możemy iść do klubu, posłuchać jazzu.

Annika dostała służbowy samochód z oponami z kolcami. Na północy drogi mogły być śliskie. Radio nastawiono na stacje komercyjne. Zostawiła je włączone, niech gra, dopóki nie zaczną się reklamy.

Kwadrans zajęło jej pokonanie zatłoczonej Essingeleden. Poirytowana wyłączyła dudniącą muzykę i zmieniła stację. Wiadomości po serbsku zastąpiły po chwili wiadomości po arabsku. Wsłuchiwała się w obcą melodię zdań, próbując wychwycić jakieś zrozumiałe słowa, nazwisko prezydenta, nazwę państwa.

Minęła Järvę i ruch zrobił się bardziej płynny, za zjazdem na lotnisko Arlanda droga niemal opustoszała. Przyspieszyła, w Uppsali skręciła w prawo, na Östhammar.

Wokół niej ciągnęły się pola Roslagen. Zaorana, zamarznięta ciemnobrązowa ziemia, gdzieniegdzie zabudowania, czerwone drewniane domy, białe stodoły. Osady, których istnienia nie była świadoma, migały jej przed oczami: domy, szkoły, sklepy, przychodnie. Miejsca, w których ludzie przeżywali całe swoje życie. Bary z firankami z Ikei w abstrakcyjne wzory, gdzieniegdzie pierwsze świąteczne dekoracje. Szare światło sprawiało, że wszystko robiło się zamazane, nieostre, włączyła wycieraczki.

Im dalej na północ, tym droga stawała się węższa i bardziej kręta. Jechała za autobusem, który pędził z prędkością sześćdziesięciu kilometrów na godzinę. Dopiero po dłuższym czasie udało jej się go wyprzedzić. Cieszyła się, że mogła opuścić redakcję. Sięgnęła do torby po instrukcję, którą podała jej Gunnel Sandström.

Prosto przez rondo, na Gävle, potem też prosto, jakieś siedem kilometrów. Czerwony dom po prawej stronie drogi, na podjeździe stoi stary wóz konny, a na werandzie pień drzewa. Wszystko jej dokładnie opisano, a jednak minęła wjazd i musiała gwałtownie zahamować. Poczuła, jak jest ślisko. Podjechała do wozu, zatrzymała się i stała chwilę z włączonym silnikiem. Przyglądała się gospodarstwu.

Po prawej duży budynek gospodarczy, dodatkowo izolowany, ale stolarka okienna wymagała malowania. Weranda była stosunkowo nowa, z impregnowanego drewna. Przez kuchenne okno widać było niewielką lampę z białym abażurem i doniczki z fiołkami afrykańskimi. Z lewej strony silos, stajnia i warsztat, obok pojemnik na obornik i kilka najwyraźniej nieużywanych już maszyn.

Całkiem spore gospodarstwo, pomyślała. Zadbane, dobrze prowadzone, tradycyjne, ale bez sentymentalizmu.

Wyłączyła silnik, dostrzegła cień kobiety w kuchni. Wzięła torbę i ruszyła w stronę domu.

– Proszę wejść – przywitała ją Gunnel Sandström. Miała zapuchnięte oczy, głos jej się łamał. Wyciągnęła do Anniki suchą dłoń.

Liczyła sobie koło pięćdziesiątki, była niska, dość pulchna, promieniowała pewnością siebie. Miała krótkie siwe włosy, bordowy sweter z paskiem.

– Bardzo pani współczuję – powiedziała Annika.

Słowa były banalne, ale ramiona kobiety nieco się rozluźniły. Najwyraźniej ich potrzebowała.

– Proszę się rozebrać. Może kawy?

Annika miała jeszcze w ustach kwaśny smak kawy z automatu, ale skinęła głową. Zdjęła kurtkę i buty. Zauważyła, że kobieta jest opanowana, zachowuje się tak, jak ją nauczono. W tym domu gościom zawsze proponuje się kawę, niezależnie od okoliczności.

Gunnel podeszła do kuchenki, przestawiła pokrętło na szóstkę. Wzięła dzbanek, odmierzyła cztery filiżanki wody, wlała do dzbanka. Odmierzyła cztery miarki mielonej kawy z zielono-różowej puszki stojącej obok słoiczków z przyprawami, chwyciła rączkę dzbanka, gotowa go zdjąć, jak tylko woda się zagotuje.

Annika usiadła przy rozkładanym stole, torbę postawiła obok. Dyskretnie przyglądała się mechanicznym ruchom kobiety, próbując zgłębić jej stan. Czuła zapach kawy, chleba, obory i jeszcze czegoś, chyba wilgoci. Powiodła wzrokiem po kuchence, po polakierowanych sosnowych szafkach, belkach pod sufitem i po wyłożonej linoleum w zielone wzorki podłodze.

– Nieczęsto zdarza mi się czytać „Kvällspressen" – powiedziała Gunnel. Woda się zagotowała, zalała kawę wrzątkiem. – Tyle bezsensownych rzeczy się tam pisze. Nie mają nic wspólnego z rzeczywistością, z tym, co naprawdę jest ważne dla ludzi takich jak my. – Postawiła dzbanek na stole, na podkładce, i usiadła zgarbiona.

– Thomas, mój mąż, mówił mi, że oboje bardzo aktywnie działaliście w samorządzie.

Gunnel wyjrzała przez okno, Annika podążyła za jej wzrokiem. W karmniku za oknem tłoczyły się ptaki, wydziobywały ziarno.

– Kurt był członkiem rady, ja przewodniczę związkowi kobiet, jestem zastępcą.

– Jakiej partii? – spytała Annika.

Kobieta spojrzała na nią zdziwiona.

– Partii Centrum, oczywiście. Sprawy wsi leżą nam bardzo na sercu. Kurt zawsze interesował się polityką. Tak się poznaliśmy.

Annika uśmiechnęła się i wstała.

– Podać filiżanki? – spytała, sięgając do suszarki przy zlewie.

Gunnel Sandström poderwała się z krzesła.

– Strasznie przepraszam, zaraz podam, siedź, kochanie.

Przez chwilę słychać było stukanie filiżanek, talerzyków, łyżeczek. Gunnel podała cukier, mleko i nie do końca rozmrożone cynamonowe bułeczki posypane płatkami migdałów.

– Jak się poznaliście? W młodzieżówce Partii Centrum? – spytała Annika, kiedy Gunnel w końcu znów usiadła.

– Nie. Kurt w młodości był bardzo radykalny, jak wielu w tamtych czasach. Zjawił się tu na początku lat siedemdziesiątych i zamieszkał w komunie. Działał wtedy na rzecz ekologii, zielona fala. Spotkaliśmy się na zebraniu poświęconym budowie drogi. Kurt uważał, że koszty powinny być rozłożone bardziej sprawiedliwie. W gminie doszło niemal do buntu.

Annika wyjęła notes i długopis, zaczęła notować.

– A więc pani mąż nie pochodził stąd?

– Urodził się w Nyland, niedaleko Kramfors. Studiował biologię w Uppsali. Po obronie pracy przyjechał tu razem z przyjaciółmi ze studiów założyć gospodarstwo ekologiczne, chociaż w tamtych czasach to się jeszcze tak nie nazywało.

Znów zaczęła się przyglądać ptakom za oknem, uciekła w przeszłość. Annika czekała cierpliwie.

– Nie bardzo im to wychodziło – odezwała się Gunnel po chwili. – Nie potrafili się dogadać. Kurt chciał zainwestować pieniądze w silos i traktor, inni chcieli kupić konia i nauczyć się ekologicznie suszyć siano. Wtedy już się spotykaliśmy, po jakimś czasie Kurt zaczął u nas pracować.

– Była pani wtedy bardzo młoda.

Gunnel spojrzała na Annikę.

– Gospodarstwo należało do moich rodziców. Przejęliśmy je po ślubie, jesienią 1975 roku. Moja matka wciąż żyje, mieszka w domu opieki w Östhammar.

Annika skinęła głową. Nagle dotarło do niej monotonne tykanie zegara i uświadomiła sobie, że dźwięk ten zapewne towarzyszył życiu wielu pokoleń. W jednej krótkiej sekundzie zawierały się wszystkie wcześniejsze, ukazując kawałek wieczności.

– Przynależeć gdzieś – usłyszała Annika własny głos. – Czuć się u siebie, właśnie tak.

– Kurt czuł się tu u siebie. Kochał takie życie. Nigdy nie zaświtała mu w głowie myśl o samobójstwie, jestem tego pewna.

Patrzyła na Annikę, w jej oczach znów było widać życie; zmieniły się w dwie niebieskie, iskrzące się szparki. Annika czuła, że kobieta jest pewna tego, co mówi, że może jej wierzyć.

– Gdzie umarł?

– W pokoju – powiedziała Gunnel. Wstała i ruszyła w stronę podwójnych drzwi.

Annika weszła do dużego pokoju. Było tu chłodniej niż w kuchni i czuć było wilgoć. Podłogę pokryto niebieskozieloną wykładziną, leżały na niej dywaniki z resztek materiałów. W jednym kącie stał piec, w drugim telewizor, w głębi dwie kanapy, zwrócone do siebie siedzeniami, a jeszcze dalej w głębi – brązowy skórzany fotel do czytania, obok niego lampa i niewielki stoliczek.

– Tam zawsze siadywał – wskazała Gunnel drżącą ręką. – Ja siadałam po drugiej stronie stolika. Po obiedzie siedzieliśmy tu i czytaliśmy: dokumenty, miejscową gazetę, czasopisma. Porządkowaliśmy sprawy związane z gospodarstwem.

– Gdzie jest pani fotel?– spytała Annika, domyślając się odpowiedzi.

– Zabrali go. Policja chce wszystko dokładnie sprawdzić. Siedział w nim. Broń trzymał w prawej ręce.

– Pani go znalazła?

Gunnel wpatrywała się w puste miejsce po swoim fotelu. Annika niemal widziała obrazy kłębiące się w jej głowie.

– W sobotę po południu byłam na organizowanym przez skautów jesiennym jarmarku – odezwała się po dłuższej chwili. Wbiła wzrok w cztery niewielkie kwadraciki, ślady po nogach fotela na miękkiej wykładzinie. – Nasza córka jest drużynową. Zostałam trochę dłużej i pomogłam jej sprzątać. Kiedy wróciłam do domu... on siedział... w moim fotelu.

Odwróciła głowę, łzy leciały jej po policzkach. Chwiejnym krokiem wróciła do kuchni. Annika pospieszyła za nią. Musiała się powstrzymać, żeby jej nie chwycić w ramiona.

– Gdzie trafił strzał? – spytała cicho, siadając obok niej.

– W oko – wyszeptała Gunnel. Jej głos niczym powiew wiatru odbił się słabym echem od ścian kuchni. Zegar nadal tykał, łzy spływały po niewyrażającej żadnych uczuć twarzy.

Nagle temperatura się zmieniła. Annika pomyślała, że może martwy mężczyzna nadal jest tam, obok, w pokoju. Miała wrażenie, że czuje jego zimny oddech, słyszy daleki śpiew anielskiego chóru.

Gunnel spojrzała na nią.

– Dlaczego ktoś, kto postanowił się zastrzelić, celuje sobie w oczy? Dlaczego wpatruje się w lufę? Co spodziewa się zobaczyć? – Zamknęła oczy. – To mi się nie zgadza. On nigdy by nie zrobił czegoś takiego. I na pewno nie w moim fotelu. Nigdy w nim nie siadał. Ktoś go do tego zmusił, jakby chciał mi w ten sposób coś przekazać. To musi mieć coś wspólnego z tym telefonem.

Gunnel otworzyła oczy. Annika widziała, jak jej źrenice się rozszerzają, żeby zaraz potem znów się zwęzić.

– Ktoś zadzwonił w piątek wieczorem, późno, było już po wpół do dziesiątej. Właśnie skończyliśmy oglądać wiadomości i mieliśmy iść spać. Rano wcześnie wstajemy, do krów. Po tym telefonie Kurt wyszedł. Nie powiedział, kto dzwonił, tylko ubrał się i wyszedł. Długo go nie było. Położyłam się, ale nie mogłam zasnąć, czekałam na niego. Wrócił po jedenastej. Oczywiście spytałam, co się stało, z kim się spotkał, ale zbył mnie. Powiedział, że jest zmęczony i że porozmawiamy rano. Ale rano musieliśmy się zająć gospodarstwem. Potem pojechałam na spotkanie skautów, a kiedy wróciłam, on już…

Zasłoniła twarz rękami. Tym razem Annika się nie zawahała: objęła ją.

– Powiedziała pani o tym policji?

Gunnel natychmiast się opanowała. Sięgnęła po serwetkę, wytarła nos i pokiwała głową. Annika puściła ją.

– Nie wiem, czy zwrócili na to uwagę, ale na pewno to zapisali. W sobotę byłam bardzo roztrzęsiona, ale wczoraj zadzwoniłam i powiedziałam, że mogą przyjechać po fotel i zdjąć odciski palców z drzwi, z mebli.

– A co z bronią?

– Zabrali ją już w sobotę. Podobno takie są procedury.

– Kurt należał do obrony cywilnej?

Gunnel skinęła głową.

– Od lat. Został przeszkolony w szkole wojskowej obrony cywilnej w Vällinge.

– Gdzie trzymał broń?

– W specjalnej szafce. Zawsze pilnował, żeby była zamknięta na klucz. Nikt nie wiedział, gdzie ją trzyma, nawet ja.

– Więc musiał sam ją przynieść?

Gunnel znów skinęła głową i jakby zapadła się w sobie.

– Żadnych innych tajemniczych rozmów, listów?

Gunnel zaczęła się zastanawiać, przekrzywiła głowę.

– Prawdę mówiąc, dostałam dzisiaj dziwny list, jakieś bzdury. Wyrzuciłam go do śmieci.

– List? Od kogo?

– Nie wiem, nie było nadawcy.

– Opróżniła pani już kosz?

Gunnel się zamyśliła.

– Chyba nie – powiedziała. Wstała i otworzyła szafkę pod zlewem. Wyjęła wiadro i zaczęła szukać wśród obierek i resztek chleba.

Spojrzała na Annikę.

– Nie ma go, chyba jednak musiałam opróżnić.

– A może położyła pani list gdzie indziej?

Gunnel wstawiła wiadro do szafki.

– Sądzi pani, że to ważne?

– Nie wiem. Co w nim było?

– Coś o ruchu chłopskim, dokładnic nie pamiętam. Pomyślałam, że chodzi o sprawy związane z ubezpieczeniami dla rolników.

– To była broszurka? Folder?

– Nie, odręcznie napisany list.

– Proszę się zastanowić, gdzie mogła go pani położyć.

– Mogłam go wrzucić do kominka.

Jednym szybkim krokiem Annika znalazła się przy kominku. Rzeczywiście, zobaczyła zmięte kule papieru. Wzięła kawałek drewna i zaczęła grzebać w palenisku.

Gunnel podeszła bliżej.

– Często wrzucam tu różne papiery, służą za rozpałkę.

– Chwileczkę. Ma pani rękawiczki?

Gunnel zatrzymała się i spojrzała na nią zdziwiona. Wyszła na korytarz. Annika schyliła się i zaczęła się dokładnie przyglądać zmiętym kulom papieru. Trzy na pewno były ulotkami, poza tym była jeszcze zielona kartka z czarnym drukiem i kartka w linie, z zeszytu.

Gunnel wróciła, na rękach miała skórzane rękawiczki.

– Niech pani wyjmie tę – poprosiła Annika, wskazując kartkę w linię.

Gunnel schyliła się, jęknęła cicho i wyciągnęła papier. Wstała i rozwinęła go.

– Tak, to ten list.

Annika stanęła obok niej, Gunnel zaczęła powoli czytać.

– „Obecny rozkwit ruchu chłopskiego jest niezwykle ważny – czytała jakby z niedowierzaniem. – W krótkim czasie miliony chłopów z różnych prowincji Chin, z południa i północy, powstaną niczym burza, niczym orkan, tak potężny i gwałtowny, że nic, żadna siła, go nie powstrzyma".

Opuściła ręce.

– Co to może znaczyć?

Annika pokręciła głową.

– Nie wiem. Ma pani kopertę?

– Pewnie też gdzieś tu jest.

Po chwili pod ulotkami znalazły kopertę. Zwykła szwedzka koperta, znaczek z hokeistą, zaadresowana do rodziny Sandström, nadana w Uppsali poprzedniego dnia.

– Może pani położyć list na stole, żebym mogła przepisać?

– Sądzi pani, że to rzeczywiście ważne?

Annika spojrzała na nią: na kosmyki żółtych włosów, na robiony na drutach sweter, na okrągłe policzki i zgarbione plecy, i poczuła, że współczuje jej tak bardzo, że niemal brakuje jej tchu.

– Nie – powiedziała, próbując się uśmiechnąć. – Nie sądzę, ale uważam, że mimo wszystko powinna pani powiedzieć o tym policji.

Usiadła przy stole i przepisała treść listu. Litery były równe, lekko zaokrąglone, wyrazy symetrycznie rozłożone w wierszu, odstępy między linijkami duże, żeby łatwiej było czytać. Zauważyła postrzępiony brzeg, kartka została wyrwana z zeszytu. Chciała ją wziąć do ręki, ale powstrzymała się.

– Napisze pani coś o Kurcie? – spytała Gunnel. Zdążyła już wstać od stołu.

– Nie wiem, możliwe. Na pewno zadzwonię i poinformuję panią.

Podała jej rękę.

– Czy ktoś się panią zaopiekuje?

Gunnel skinęła głową.

– Mamy syna i dwie córki. Przyjadą tu dzisiaj z rodzinami.

Nagle Annika poczuła, że kuchnia znów zaczyna wirować. W tym domu było coś niezwykłego. Czuło się tu wyjątkowe poczucie wspólnoty, które przetrwało wieki.

Może człowiek nie powinien się odrywać od korzeni, pomyślała. Może dążenie do rozwoju zakłóca coś, co czyni nas istotami kochającymi?

– Na pewno pani sobie poradzi – powiedziała z przekonaniem, które ją samą zdziwiło.

Gunnel spojrzała na nią pustym wzrokiem.

– Będę dochodzić sprawiedliwości – oświadczyła. Odwróciła się, wyszła do przedpokoju i skrzypiącymi schodami ruszyła na piętro.

Annika szybko się ubrała i stanęła przy schodach, zawahała się.

– Dziękuję! – zawołała w końcu.

Nie usłyszała odpowiedzi.

Berit Hamrin wpadła na Annikę tuż przy recepcji, obok wind.

– Pójdziemy coś zjeść? – spytała.

Annika położyła kluczyki na blacie i spojrzała na zegarek.

– Nie dzisiaj. Muszę sprawdzić kilka rzeczy, a potem odebrać dzieci. Umierasz z głodu czy dasz radę jeszcze na coś spojrzeć?

– Umieram z głodu. A o co chodzi?

– Chodź – powiedziała Annika i pociągnęła ją za sobą do pokoju. Szybko zdjęła kurtkę, rzuciła ją jak zwykle w kąt, wysypała zawartość torby na biurko i znalazła notes. Otworzyła go na ostatniej stronie. Obeszła biurko, otworzyła szufladę i wyjęła nowy bloczek.

– Masz, przeczytaj – powiedziała, podając Berit dwie zapisane kartki.

Berit wzięła pierwszy bloczek i przeczytała górny wiersz.

– „Obecny rozkwit ruchu chłopskiego jest niezwykle ważny" – powiedziała głośno, opuszczając kartkę. – To niemal klasyka.

– To znaczy? – spytała Annika. Patrzyła w napięciu na przyjaciółkę, która teraz cytowała już z pamięci.

– „Obecny rozkwit ruchu chłopskiego jest niezwykle ważny. W krótkim czasie miliony chłopów z różnych prowincji Chin, z południa i północy, powstaną niczym burza, niczym orkan, tak potężny i gwałtowny, że nic, żadna siła, go nie powstrzyma".

Annice opadła szczęka. W milczeniu wpatrywała się w Berit.

– To raport na temat ruchu chłopskiego w Huan – powiedziała Berit. – Powstał w 1949 roku, jeśli dobrze pamiętam. Jeden z klasycznych tekstów Mao Tse-Tunga. Wszyscy znaliśmy je na pamięć.

Annika zaczęła nerwowo grzebać w szufladzie. Wyciągnęła kolejny notes, zaczęła go kartkować. W końcu znalazła to, czego szukała.

– A to? – spytała, podając Berit bloczek z notatkami z Luleå.

– „Nie ma budowania bez burzenia" – zaczęła Berit. – „Burzenie oznacza krytykę i potępienie, oznacza rewolucję. Rozmowy i dyskusje to budowanie. Kto zaczyna od burzenia, musi myśleć o budowaniu".

– I co? – dopytywała się Annika.

– Kolejny cytat z Mao. Dlaczego je zapisałaś?

Annika poczuła, że musi usiąść.

– To listy. Anonimowe listy do ofiar. Ten o burzeniu przyszedł do redakcji, w której pracował Benny Ekland, kilka dni po morderstwie. Ten o ruchu chłopskim wysłano do działacza samorządowego z Östhammar, dzień po jego rzekomym samobójstwie.

Berit usiadła na jej biurku, zbladła.

– Co ty mówisz...

Annika pokręciła głową i przyłożyła dłonie do skroni.

– Muszę porozmawiać z mamą Linusa Gustafssona.

Sygnał telefonu przewędrował tysiąc kilometrów przez pustą, zamarzniętą przestrzeń. Annika czuła, że jej dłoń lepi się do słuchawki.

– Mam wyjść? – spytała Berit, poruszając bezdźwięcznie wargami i wskazując palcem na szklane drzwi za swoimi plecami.

Annika pokręciła głową, zamknęła oczy.

Po kolejnym sygnale ktoś podniósł słuchawkę.

– Nazywam się Annika Bengtzon i dzwonię z redakcji „Kvällspressen" – przedstawiła się powoli i wyraźnie. Nauczyła się tego, pracując na nocnej zmianie. Często jej się wtedy zdarzało rozmawiać z ludźmi wyrwanymi z głębokiego snu.

– Kto? – spytała kobieta po drugiej stronie.

– To ja pisałam o Linusie w gazecie – powiedziała Annika ze łzami w oczach. – Dzwonię, żeby powiedzieć, że jest mi strasznie przykro.

Znów miała go przed oczami: sterczące włosy, ostrożne ruchy i niepewny głos. Nie była w stanie powstrzymać szlochu.

– Przepraszam...

Zakryła usta dłonią, wstyd jej było przed Berit. Przyjaciółka zaszyła się w kącie pokoju.

– To nie pani wina – zapewniła ją kobieta zaspanym, nieco schrypniętym głosem.

– Pani jest jego matką?

– Tak, to ja, Viveka.

Z akcentem na „e".

– Czuję się okropnie winna – przyznała Annika.

Zdała sobie sprawę, że nie powiedziała jeszcze, po co dzwoni.

– Nie powinnam była pisać tego artykułu. Może Linus by żył.

– Tego nigdy się nie dowiemy – odpowiedziała kobieta bezdźwięcznym głosem. – Nie mogłam pojąć, co się z nim dzieje. Był jak odmieniony, ale nie chciał mi nic powiedzieć.

– Tak, ale jeśli...

Kobieta przerwała jej:

– Wierzysz w Boga, Anniko?

Annika próbowała opanować szloch.

– Nie do końca – wykrztusiła w końcu.

– A ja wierzę – powiedziała kobieta, może nieco zbyt stanowczo. – Moja wiara niejeden raz mi pomogła. Pan wezwał Linusa do siebie. Nie wiem, dlaczego to zrobił, ale pogodziłam się z tym.

Żal w jej głosie był niczym zimny powiew północnego wiatru. Annika poczuła chłód i wzdrygnęła się. Nagle zobaczyła czarną jak sadza pustkę. Zrozumiała, że gdy człowiek ponosi stratę, która może go unicestwić, miłość Boga może się okazać płomieniem, który nie pozwoli mu do końca pogrążyć się w lodowej otchłani.

– Moja babcia nie żyje – powiedziała. – Umarła siedem lat temu, a ja nadal codziennie o niej myślę. Ale pani straty nie jestem w stanie sobie wyobrazić.

– Muszę kontynuować swoją ziemską wędrówkę bez Linusa. W tej chwili nie wiem, jak temu podołam, ale jestem pewna, że Pan chce dla mnie jak najlepiej i że będzie mnie chronić.

Umilkła. Annika słyszała, że płacze. Zaczęła się zastanawiać, czy nie powinna się pożegnać.

– Kiedy przyjdzie czas, pewnie to zrozumiem – odezwała się Viveka, nagle jasnym, spokojnym głosem. – Kiedyś znów zobaczę Linusa. W domu Ojca. Jestem tego pewna. To pozwala mi żyć dalej.

– Chciałabym mieć takiego Boga.

– On jest także dla ciebie – odpowiedziała. – Musisz tylko chcieć go przyjąć.

Zapadła cisza. Nie ciężka, przygniatająca. Ciepła, dobra cisza.

– Jest jeszcze coś, o co chciałam panią spytać – powiedziała w końcu Annika. – Dostała pani może po śmierci Linusa dziwny list?

Viveka zawahała się.

– Chodzi o ten o młodzieży?

Annika spojrzała na Berit.

– O młodzieży? – powtórzyła.

– Wczoraj przyszedł list, bez nadawcy, bez podpisu. Prawdę mówiąc, pomyślałam, że ktoś z sąsiadów chciał złożyć kondolencje, ale nie miał odwagi zapukać.

– Zachowała go pani?

Viveka westchnęła ciężko, jakby nie widziała powodu, żeby robić coś, co należało do świata żywych. Codzienność, która kiedyś zapewniała ciepło i poczucie wspólnoty, nagle straciła wszelki sens.

– Chyba położyłam go na gazetach, zaraz sprawdzę.

W słuchawce rozległ się trzask, kiedy dotknęła blatu drewnianego stolika w mieszkaniu w Svartöstaden. Coś zaszumiało, zatrzeszczało, słychać było kroki, oddalające się, potem zbliżające.

– Przepraszam, że musiałaś czekać – powiedziała Viveka zmęczonym głosem. – Znalazłam go. Brzmi tak: „Jak możemy ocenić, czy młody człowiek jest rewolucjonistą? Jak się o tym przekonać? Jest tylko jeden sposób. Musimy zadać pytanie, czy jest gotów połączyć się z robotnikami i szerokimi masami chłopskimi".

Annika otworzyła szeroko oczy i chwyciła ołówek.

– Może pani powtórzyć? Powoli. Chcę to zapisać. „Jak możemy ocenić, czy młody człowiek jest rewolucjonistą?".

– „Jak się o tym przekonać? Jest tylko jeden sposób. Musimy zadać pytanie, czy jest gotów połączyć się z robotnikami i szerokimi masami chłopskimi. Czy ma chęć to zrobić..."

– „Jak się o tym przekonać? Jest tylko jeden sposób...".

Berit pokiwała głową. Otwierała usta, powtarzając bezgłośnie słowa Mao, które Viveka Gustafsson dyktowała Annice.

– „Musimy zadać pytanie, czy jest gotów połączyć się z robotnikami i szerokimi masami chłopskimi. Czy ma chęć to zrobić. A może już to robi? Jeśli tak, to jest rewolucjonistą, jeśli nie, to nim nie jest. Może jest wręcz kontrrewolucjonistą".

– Powiedziała pani o tym policji?

– Nie.

Annika po raz pierwszy usłyszała w jej głosie trochę wigoru, lekkie zdziwienie, które dawało nadzieję, że pewnego dnia odzyska radość życia.

– A powinnam?

– Jak ten list wygląda?

– Zwykła kartka, wydarta z zeszytu.

– A4, w linię?

– W niebieskie linie. To ważne?

– Zachowała pani kopertę?

– Tak, mam ją tutaj.

– Jak wygląda?

– Jak wygląda? Zwykła biała koperta. Zaadresowana do nas, do rodziny Gustafsson. Zwykły znaczek, stempel pocztowy z… z Luleå, data nieczytelna.

– Co jest na znaczku?

Kilka sekund ciszy.

– Jakiś hokeista.

Annika zamknęła oczy, próbowała opanować bicie serca.

– Uważam, że powinna pani się skontaktować z policją i powiedzieć o liście. Może napiszę o tym w gazecie. Mogę?

Viveka była nie tylko zdziwiona. Wydawała się całkowicie zdezorientowana.

– Ale po co?

Annika zawahała się. Wiedziała, że nie może powiedzieć prawdy.

– Nie jestem pewna, czy to ważne... – zaczęła wymijająco.

Viveka zaczęła się zastanawiać. W pewnej chwili Annika pomyślała, że pewnie skinęła głową.

– Jeśli się nic nie wie, nie należy nic mówić – powiedziała. – Obiecuję porozmawiać z komisarzem – dodała po chwili.

– Proszę mi dać znać, jeśli będę mogła coś dla pani zrobić – powiedziała Annika. Puste słowa odbijające się echem w czarnej czeluści smutku.

– Co za dziwna rozmowa. Magiczna – powiedziała Berit. – Przez chwilę miałam wrażenie, że on tu jest z nami.

Annika przyłożyła dłonie do policzków. Czuła, że drżą jej ręce.

– Zamordował ich ten sam człowiek. Nie może być inaczej.

– Gdzie to się stało?

– Dwa morderstwa miały miejsce w Luleå, jedno w Upsali.

– Zadzwoń do komisarza. Jeśli dotychczas się tym nie zainteresowali, to po twoim telefonie na pewno to zrobią.

– Jesteś pewna, że wszystkie trzy cytaty to Mao?

Berit wstała, otarła oczy i ruszyła do drzwi.

– Obrażasz starą rewolucjonistkę. Jeśli natychmiast czegoś nie zjem, to za chwilę będę martwą rewolucjonistką.

Zasunęła za sobą drzwi.

Annika siedziała przy biurku, wsłuchując się w bicie własnego serca.

Czy może istnieć inne wytłumaczenie? Czy to możliwe, żeby różni ludzie, niezależnie od siebie, wysyłali cytaty z Mao rodzinom osób, które niedawno poniosły śmierć? Na takich samych kartkach, z takim samym znaczkiem na kopercie?

Wstała i podeszła do szklanej ściany oddzielającej ją od redakcji. Spojrzała w okno, ponad głowami pracujących kolegów, próbowała coś zobaczyć w śnieżnej zamieci. Z czwartego piętra widać było jedynie horyzont i wszechobecną szarość. Widziała też pojedyncze wirujące płatki śniegu, białe oddechy i drżące na wietrze gałęzie dużej brzozy.

Żyjemy w kraju, w którym znikąd pociechy, pomyślała. Dlaczego ktoś zdecydował się zamieszkać w takim miejscu? I dlaczego nadal tu tkwimy? Co sprawia, że mamy na to siłę?

Zacisnęła mocno powieki. Zostajemy tam, gdzie są nasi bliscy, żyjemy dla tych, których kochamy, dla dzieci, pomyślała.

I nagle zjawia się ktoś. Przychodzi, zabija je i odbiera naszemu życiu sens.

Niewybaczalne.

Szybko wróciła do biurka i wybrała numer Q.

Metaliczny głos poinformował ją, że komisarz będzie zajęty do wieczora, prosi o niezostawianie wiadomości i ponowny kontakt jutro.

Wybrała bezpośredni numer komendy. Przełączano ją kilka razy, w końcu odezwał się sekretarz komisarza.

– Jest na spotkaniu. A zaraz potem ma następne.

– Wiem – powiedziała Annika, zerkając na zegarek. Była piętnasta trzydzieści dwie. – Umawialiśmy się, że spotkamy się na chwilę między zebraniami, około czwartej.

Sekretarz wyraźnie jej nie wierzył.

– Szef nic mi o tym nie wspominał.

– Nie zajmę mu dużo czasu.

– O czwartej ma być w Ministerstwie Sprawiedliwości. Za kwadrans czwarta przyjeżdża po niego samochód.

Annika zanotowała: Rosenbad, czwarta. Ministerstwo Sprawiedliwości zajmowało czwarte i piąte piętro siedziby rządu, ale część departamentów mieściła się gdzie indziej.

– Racja – powiedziała Annika do słuchawki. – Pewnie chodzi o tę komisję…

Usłyszała, jak sekretarz przewraca kartki w notesie.

– JU 2002:13, ma być dyskutowana nowa ustawa.

Annika przekreśliła Rosenbad i zapisała: Regeringsgatan.

– Musiałam coś źle zrozumieć. Zadzwonię jutro.

Wrzuciła do torby wszystkie swoje notatki, czapkę, rękawiczki i szalik. W bałaganie panującym na biurku próbowała znaleźć komórkę, bez powodzenia. Uznała, że pewnie jest gdzieś w torbie, odsunęła drzwi i ruszyła w stronę działu wiadomości.

Jansson właśnie przejął zmianę. Siedział nieuczesany, z czerwonymi oczami i przeglądał lokalną prasę.

– Automat do kawy się zepsuł – powiedział, wskazując na swój kubek.

– Nie masz ochoty zapalić? – spytała Annika, a on natychmiast sięgnął po papierosy.

Weszli do pustej szklanej klatki dla palaczy, stojącej samotnie pośrodku sali.

– Możliwe, że trafiłam na ślad seryjnego mordercy – zaczęła, kiedy Jansson zapalał dwudziestego tego dnia papierosa.

Powoli wydmuchał dym, wpatrując się w kratkę wentylatora.

– Możliwe?

– Nie wiem, czy policja o tym wie. A jeśli wie, to co. Mam nadzieję, że uda mi się złapać Q między jednym posiedzeniem a drugim.

– Mów, co wiesz.

– Trzy przypadki śmierci. Jeden przejechany dziennikarz, jeden zamordowany chłopiec w Luleå i jeden zastrzelony lokalny polityk w Östhammar. Dzień po zabójstwie wszystkie rodziny dostały anonimowe listy z ręcznie przepisanymi cytatami z Mao. Zwykła kartka w linię, wydarta z zeszytu, wszystkie wysłane ze Szwecji, na kopercie znaczek z hokeistą.

Jansson wbił w nią swoje wiecznie niewyspane oczy. Osiemnaście lat pracy na nocnej zmianie, czwarta żona i piąte dziecko zrobiły swoje.

– Wszystko jasne. Policja musi się tylko do tego odnieść.

Szef wydania spojrzał na zegarek.

– Idź na dół, zaraz każę podstawić samochód – powiedział, gasząc na wpół wypalonego papierosa.

Annika wyszła. Natychmiast skręciła w prawo i ruszyła do wind, żadna nie przyjeżdżała, więc zbiegła schodami.

Przed wejściem stała taksówka.

– Nazwisko?

– Torstensson – powiedziała, siadając na tylnym siedzeniu.

Stara sztuczka, jeszcze z czasów dawnego redaktora naczelnego. Annika, Jansson i jeszcze parę innych osób zawsze zamawiali taksówkę na nazwisko szefa. A potem wskakiwali do tej, która podjechała pierwsza. Czasem zdarzało się, że kierowca właściwej taksówki, nie mogąc się doczekać pasażera, wchodził zły do holu i próbował wywołać Torstenssona, co czasem prowadziło do zabawnych sytuacji. Po śmierci Michelle Carlsson Torstensson został wykolegowany przez Schymana, ale dawna tradycja wciąż była żywa.

Śnieg z deszczem uderzał o boczną szybę. Annika zamrugała oczami. Samochody stały, światła zmieniły się z czerwonych na zielone, a potem znów na czerwone, a taksówka nie ruszyła.

Annika czuła, jak adrenalina uderza jej do głowy. Aż swędziały ją palce.

– To bardzo pilna sprawa. Nic się nie da zrobić?

Kierowca spojrzał na nią przez ramię z pogardą.

– Zamawiała pani taksówkę, nie czołg.

Spojrzała na zegarek. Pocieszała się, że Q pewnie też tkwi w takim korku.

– Zaraz za skrzyżowaniem zaczyna się buspas – rzucił kierowca na pocieszenie.

Za trzy czwarta zahamował z piskiem opon na rogu Hamngatan i Regeringsgatan. Annika nabazgrała swoje nazwisko na fakturze i wyskoczyła z taksówki z torbą w ręku, czując, jak stres pulsuje jej w piersi.

Samochody pędziły, ochlapując jej spodnie wodą i błotem. Niektóre banki i sklepy wystawiły już świąteczne dekoracje. Uderzyły ją żółto-czerwone migoczące światła, zmrużyła oczy.

Czyżby się spóźniła? Zdążył już wejść?

Granatowe volvo z ciemnymi szybami zahamowało przed bramą przy Regeringsgatan 30-32. Właściwie nie wyróżniało się niczym szczególnym. Właśnie dlatego zwróciła na nie uwagę. Wiedziała, że Q w nim siedzi, zanim mózg zdążył jej to podpowiedzieć. Przyspieszyła i stanęła przed bramą, żeby musiał ją minąć.

– Mój sekretarz mówił, że dzwoniłaś i go wypytywałaś – powiedział, trzaskając tylnymi drzwiami. Volvo niemal natychmiast odjechało, wtopiło się bezszelestnie w uliczny ruch i pochłonęła je śnieżyca.

– Co wiecie o seryjnym mordercy? – spytała Annika, wpatrując się w niego. Strużki wody płynęły jej po skroniach.

Komisarz wszedł obiema stopami w kałużę. Zatrzymała się, spojrzał na nią uważnie.

– Którego masz na myśli? – spytał.

– Bardzo zabawne – odpowiedziała, czując, jak topniejący śnieg spływa jej po karku. – Tego, który rozsyła ofiarom cytaty z Mao.

Q patrzył na nią kilka sekund. Płatki śniegu na jego włosach zaczęły topnieć i spływać strużkami na brwi. Jego żółty płaszcz przeciwdeszczowy przemókł na ramionach. Dłoń, w której trzymał teczkę, drgnęła, zacisnął ją mocniej.

– Nie wiem, o co chodzi – powiedział.

Annika poczuła bijący od niego chłód.

– Dziennikarz z Luleå. Chłopiec, mimowolny świadek. I działacz partyjny z Östhammar. Coś musi ich łączyć.

Komisarz zrobił krok w jej stronę. Patrzył na nią ciemnymi, czujnymi oczami, jakby próbował ją ominąć wzrokiem.

– Nie mogę teraz rozmawiać – powiedział przez zaciśnięte usta.

Annika szybko przesunęła się trochę w lewo i zagrodziła mu drogę.

– To Ragnwald – powiedziała cicho, gdy znaleźli się obok siebie. – Wrócił, prawda?

Komisarz patrzył na nią dłuższą chwilę, ich oddechy mieszały się, by w końcu dać się porwać wiatrowi.

– Pewnego pięknego dnia przesadzisz i źle skończysz.

– Taka już jestem.

– Odezwę się wieczorem – powiedział, mijając ją. Usłyszała, jak rzuca coś do domofonu, a potem cicho zaszumiał otwierany zamek.

Anne Snapphane miała wrażenie, że w którąkolwiek stronę się odwróci, zawsze będzie jej wiało w twarz. Jakby śnieżyca szła za nią krok w krok. Jak zwykle przeklinała swoją uległość wobec Mehmeta. Dlaczego się zgodziła, kiedy zaproponował, żeby Miranda chodziła do przedszkola blisko jego domu, a nie jej. W przeciwieństwie do niej miał stały adres, tak jej to tłumaczył.

Wtedy brzmiało to nawet logicznie, ale nie teraz, cztery lata później i osiemnaście tysięcy godzin straconych na dojazdy.

Przedszkole mieściło się w niezwykle idyllicznym podwórzu przy jednej z najbardziej eleganckich ulic na Östermalm. Nazwiska prawie wszystkich koleżanek zaczynały się od von. Albo były nowobogacko udziwnione, jak Silfverbielke.

No dobrze, były bliźniaczki Andersson, ale ich matka była jedną z najbardziej popularnych szwedzkich aktorek.

Anne skręciła za róg i poczuła na twarzy ukłucia lodowych igiełek, jęknęła i prawie się poddała. Zatrzymała się na chwilę, żeby zaczerpnąć powietrza. Zmrużyła oczy, stwierdziła, że brama jest już niedaleko, i oparła się na chwilę o fasadę domu.

Wiedziała, że to nie wiatr i nie śnieżyca tak ją przygnębiają. Ani żadna nieodkryta jeszcze choroba, która kiedyś mogłaby zostać nazwana jej imieniem.

Chodziło o pracę, a raczej walkę o władzę, która rozgorzała, gdy jej firma wystartowała z TV Scandinavia.

Właściciele, kontrolujący największego skandynawskiego dystrybutora filmowego, a także posiadający gównianą gazetę, w której pracowała Annika, zaczęli sabotować wszystkie rokowania z zagranicznymi i szwedzkimi spółkami. Złamano wszelkie ustne ustalenia, stanowiące podstawę promocji nowej stacji. Wszystko zaczęło się o wpół do dziewiątej rano. Właściciele pilnie pracowali cały weekend i rzeczywiście udało im się skutecznie nastraszyć wszystkie niezależne spółki na północ od równika.

Ciekawe, jak się sprawy teraz potoczą, zastanawiała się Anne, brnąc w ciemnościach przez śnieżycę. Wkrótce się okaże, czy przedsięwzięcie ma solidne podstawy, czy też chodzimy po lotnych piaskach.

Marzyła o kieliszku alkoholu, o porządnej szklaneczce wódki z cytryną i z lodem. W mózgu miała watę, jej ciało słabło coraz bardziej.

Nie przy Mirandzie, pomyślała, przypominając sobie twarz Anniki, kiedy opowiadała jej o alkoholizmie ojca. O tym, jak robił z siebie błazna, przewracał się, krzyczał, a potem nieprzytomny padał w zaspę sto metrów od huty, gdzie po jakimś czasie znajdowała go rodzina.

To się nigdy nie zdarzy, postanowiła w duchu. Zaparła się i ruszyła w stronę bramy.

Otworzyła drzwi i uderzył ją zapach małych dzieci i mokrych ubrań. Przedpokój zamienił się w morze błota, mimo kolorowego plakatu przypominającego o konieczności zdejmowania butów: „Hej hop! Buciki zostawiamy tutaj!", głosił napis.

Anne wytarła buty, ale kiedy spojrzała na wycieraczkę, zrozumiała, że niewiele to da. Weszła więc na palcach do holu. Małe niebieskie półeczki i szafki pełne dziecięcych ubrań, pluszowych maskotek, rysunków i zdjęć z wakacji, urodzin i świąt.

Zaczerpnęła powietrza i już miała zawołać córeczkę, gdy nagle spostrzegła stojącą w progu kuchni kobietę.

Wysoka, szczupła, lekko rude włosy łagodnie opadające na ramiona. I chusta, arafatka.

Zamrugała oczami.

Kto jeszcze takie nosi? To prehistoria.

Kobieta zobaczyła Anne i zastygła w bezruchu. Anne dostrzegła w jej oczach panikę.

– Ja... – zaczęła, kiedy trochę doszła do siebie. – Jestem Sylvia – dokończyła.

Zrobiła kilka kroków w jej stronę i wyciągnęła rękę.

Anne patrzyła na nią i czuła, jak robi jej się niedobrze. Zaraz zwymiotuję, pomyślała. Nie była w stanie unieść ręki.

– Co tu robisz? – spytała głosem, który brzmiał, jakby się wydobywał z zamkniętej puszki.

Nowa kobieta Mehmeta, jego narzeczona, przyszła żona, kobieta, która nosiła jego dziecko, stała teraz przed nią, zmieszana i chyba też przerażona.

– Ja... Przyszłam po Mirandę, ale powiedziała mi, że...

– To mój tydzień – oznajmiła Anne, nie rozumiejąc, dlaczego jej głos dobiega gdzieś z daleka. – Co ty tu robisz?

Sylvia Ciężarna Narzeczona oblizała wargi. Anne zauważyła, że ma zmysłowe usta i w ogóle jest ładna. Ładniejsza ode mnie, pomyślała i poczuła ukłucie zazdrości. Jakby ktoś jej wbijał noże w oczy. Była wściekła, czuła się upokorzona. Zrozumiała, że przegrała. Ale jeśli teraz to okaże, straci szacunek do samej siebie.

– Ja... musiałam się pomylić – powiedziała Sylvia. – Ja... myślałam, że mam ją dzisiaj odebrać, że to mój dzień. Ja...

– Każde zdanie zaczynasz od ja? – spytała Anne, odzyskując władzę nad ciałem. Wyminęła Sylvię, Piękną Ciężarną Narzeczoną, i weszła do kuchni.

– Mamaaa!

Miranda rzuciła się jej w ramiona. W rączce ściskała kawałek jabłka.

– Kochanie – wyszeptała Anne. – Nie dałaś się porwać wiatrowi?

Dziewczynka cofnęła się trochę i zrobiła wielkie oczy.

– Musieli mnie przywiązać, a potem poszybowałam w powietrzu jak latawiec, aż na Lidingö.

Anne roześmiała się. Miranda wyswobodziła się z jej objęć, minęła Sylvię Urodziwą, jakby jej w ogóle nie było.

– Zrobimy placuszki na obiad? Będę mogła wbić jajka? – rzuciła przez ramię do matki.

Anne podeszła do Sylwii, która nadal stała w drzwiach i blokowała przejście.

– Pozwolisz?

– Źle się czuję – powiedziała Sylvia ze łzami w oczach. – Nie pojmuję, jak mogłam się tak pomylić. Przepraszam. To pewnie dlatego, że bez przerwy źle się czuję. Cały czas mam mdłości.

– To idź i zrób sobie skrobankę – powiedziała Anne.

Sylvia Urodziwa wzdrygnęła się, jakby ktoś jej dał w twarz, i zaczerwieniła się.

– Co?

Anne zrobiła krok w jej stronę. Stała tak i niemal chuchała jej w twarz.

– Nie znoszę rozpieszczonych bab, które ciągle się nad sobą użalają. Mam ci współczuć?

Brzemienna Czarująca Sylvia zrobiła krok w tył i uderzyła głową o framugę.

Anne wyminęła ją. Czuła, jak palą ją policzki. Podeszła do córeczki, która już zaczęła się ubierać i głośno opowiadała wszystkim o naleśnikach. Wzięła ją za rączkę i wyszła, zostawiając oniemiałą, urażoną Sylvię.

Annika wrzuciła paluszki rybne na patelnię i zaczęła przygotowywać purée ziemniaczane z proszku. Nigdy tego nie robiła, jeśli Thomas był w domu. Thomas cenił sobie prawdziwe jedzenie. Jego matka zawsze przywiązywała dużą wagę do tego, co je. W czym problem?, dziwiła się. Rodzice Thomasa mieli sklep spożywczy, ale jeśli kochaną teściową bolał kręgosłup, to nie z powodu pracy w sklepie. Prowadziła księgowość, miała więc czas na zajmowanie się domem.

Dla Thomasa półprodukty były zjawiskiem nieznanym, do chwili kiedy Annika przyniosła ze sklepu puszkę ravioli.

Jego dzieci natomiast zajadały z apetytem i paluszki rybne, i purée z proszku.

– To czerwone też musimy zjeść? – spytał Kalle.

Z poczucia obowiązku Annika położyła na talerzu kawałki papryki. Dzieci dyskretnie odsunęły je na bok.

Annika miała wrażenie, że krzesło, na którym siedzi, zaczyna ją palić. Wiedziała, że ma przed sobą jeszcze co najmniej cztery godziny pracy.

– Nie – powiedziała ugodowo. – A po obiedzie możecie obejrzeć film.

– Hura! – zwołała Ellen. Wymachiwała rękami tak, że niewiele brakowało, a jej talerz wylądowałby na podłodze.

– Co chcecie obejrzeć?

– *Piękną i Bestię* – oznajmił Kalle, zeskakując z krzesła.

– Nie! – zaoponowała Annika i nagle zdała sobie sprawę, że krzyczy.

Dzieci patrzyły na nią zdziwione.

– To film od babci. Nie podoba ci się Piękna? – spytał Kalle.

Annika przełknęła stres i kucnęła, żeby być bliżej dzieci.

– *Piękna i Bestia* to zły film. Okłamuje nas. Bestia więzi Piękną i jej ojca, porywa ich i dręczy. Uważacie, że wolno tak postępować?

Dzieci w milczeniu pokręciły głowami.

– No właśnie. A Piękna musi pokochać Bestię, bo tylko wtedy będzie mogła go uratować.

– Ale to chyba dobrze – wtrącił Kalle. – Że go uratuje.

– A dlaczego ma go ratować? Dlaczego ma ratować Bestię? Przecież on ją dręczył, był dla niej niedobry.

– Ale jeśli się zmieni i będzie już dobry? – spytał Kalle. Dolna warga zaczęła mu drżeć.

Był wyraźnie zdezorientowany. Ellen patrzyła na nich, nie rozumiejąc, o co chodzi. Annika wstała i objęła synka.

– Jesteś dobry. Nie rozumiesz, jak niektórzy ludzie mogą się tak okropnie zachowywać. Niestety na świecie są źli ludzi, tacy, których nawet miłość nie uleczy.

Pogładziła go po główce, pocałowała w policzek.

– Możecie obejrzeć *Mio, mój Mio.*

– Jest okropnie smutny. Chyba że obejrzysz z nami – oświadczyła Ellen.

– A *Pippi*?

– Taaak!

Trzydzieści sekund później, kiedy wciskała guzik w magnetowidzie, usłyszała z torby dzwonek komórki. Pobiegła do sypialni, zamknęła za sobą drzwi i wysypała zawartość torby na nieposłane łóżko. Kabel ładowarki zaplątał się w spiralę notatnika.

Dzwonił Q.

– Sprawdziłem cytaty.

Annika sięgnęła po notes i ołówek, usiadła na podłodze, opierając się o łóżko.

– I co? – spytała.

– Cholernie dziwny zbieg okoliczności. Powiedziałbym, że trochę zbyt dziwny, żeby to uznać za czysty przypadek.

– Jest może jeszcze coś, co łączy te trzy zabójstwa?

W słuchawce dało się słyszeć głębokie westchnienie.

– Na razie jeszcze za mało wiemy. Na pierwszy rzut oka wydają się nie mieć ze sobą nic wspólnego. Trzy zupełnie różne zbrodnie. Na ciele ofiar znaleźliśmy różne kawałki włókien, ale żadnych odcisków palców.

– Tylko listy?

– Tylko listy.

– Jakie z tego wnioski?

Kolejne westchnienie.

– Mężczyzna z Östhammar został zamordowany, to wiemy na pewno. Strzał padł z odległości metra. Trudno strzelić do siebie z takiej odległości, trzymając w ręku AK4a. Ale nie wiemy, co może łączyć to morderstwo z dwoma poprzednimi, zabójstwem chłopca i śmiercią dziennikarza. Te ostatnie są wyraźnie ze sobą powiązane: chłopak widział, jak dziennikarz został zamordowany, może był w stanie rozpoznać mordercę.

– Mógł go nawet znać – wtrąciła Annika.

Komisarz zamilkł zdziwiony.

– Dlaczego tak sądzisz?

Annika wpatrywała się w tapetę.

– Nie wiem – powiedziała, kręcąc głową. – Po prostu odniosłam takie wrażenie. Kiedy go o to spytałam, przestraszył się i kazał mi iść.

– Czytałem protokół z przesłuchania w Luleå. Nie mówił, że się boi.

– To chyba oczywiste. Chciał się chronić.

Po drugiej stronie zapadła cisza, jakby Q nie był do końca przekonany.

– Nie wierzycie, że znał mordercę, bo podejrzewacie, że dziennikarza zabił Ragnwald.

Nagle drzwi się otworzyły i do sypialni wpadła Ellen.

– Mamo, on mi zabiera pilota!

– Zaczekaj chwilę – rzuciła Annika do słuchawki. Odłożyła komórkę i poszła za Ellen do salonu.

Kalle siedział w rogu kanapy, przyciskając do piersi oba piloty: do telewizora i do magnetowidu.

– Daj Ellen jeden – poprosiła Annika.

– Nie. Ona ciągle wciska różne guziki.

– Dobrze, to ja wezmę oba.

– Nie! – wrzasnęła Ellen. – Ja też chcę!

– Dosyć tego, do diabła! – krzyczała Annika. – Dajcie mi te piloty! Albo usiądziecie i będziecie spokojnie oglądać film, albo marsz do łóżek!

Wzięła oba piloty i wyszła z pokoju. Głośny krzyk Kallego dźwięczał jej w uszach.

– To twoja wina! Teraz nie mamy żadnego, głupia krowo!

Zamknęła za sobą drzwi, sięgnęła po komórkę.

– Ragnwald – odezwał się Q.

– Suup puścił parę, żeby dać znać Ragnwaldowi, że policja wie, że wrócił. Miałeś coś wspólnego z tym przeciekiem?

Q zarechotał.

– Nie widziałem jeszcze żadnego artykułu.

– Ukaże się jutro. Dosyć cienka historia. Suup niewiele mi powiedział.

Komisarz milczał.

– Co wiecie? – nie ustępowała Annika. – Domyślacie się, kto to jest?

– Ustalmy różne rzeczy – odezwał się w końcu Q. – Możesz napisać o listach, ale nie podawaj, że zawierają cytaty z Mao.

Annika notowała.

– A co z Ragnwaldem?

– Jesteśmy pewni, że wrócił.

– Po co? Żeby mordować?

– Nie było go blisko trzydzieści lat. Jeśli zdecydował się wrócić, musi mieć cholernie ważny powód. Jaki, nie wiemy.

– Morduje w imieniu Mao?

– Dobry tytuł, ale nie wolno ci tego napisać. To niewykluczone, ale głowy nie dam.

– To on wysadził samolot w Luleå?

– Na pewno był w to zamieszany, ale nie mamy pewności, czy osobiście doprowadził do wybuchu.

– Jak on się nazywa? Tak naprawdę.

Komisarz zawahał się.

– Dałam ci seryjnego mordercę, chyba możesz mi dać terrorystę.

– Ale nie możesz tego wykorzystać. Trzydzieści lat udawało nam się zachować tajemnicę i niech tak jeszcze jakiś czas zostanie. Tak więc mówię to wyłącznie do twojej wiadomości. Żadnych notatek w komputerze, żadnych luźnych kartek fruwających po redakcji.

Annika przełknęła ślinę. Usiadła wygodniej, czuła pulsujące tętno. Zaczerpnęła powietrza i tym momencie drzwi się otworzyły i do sypialni wpadł Kalle.

– Mamo, ona mi zabiera Tygryska! Powiedz jej coś!

Spięcie w mózgu. Czuła, jak zmienia się kolor jej twarzy, spojrzała na synka, wydawała się nieobliczalna.

– Wyjdź – wyszeptała. – Już!

Kalle spojrzał na nią przerażony, odwrócił się i wyszedł, zostawiając drzwi szeroko otwarte.

– Mama mówi, że masz mi oddać Tygryska! – wrzasnął do siostry. – Już!

– Nilsson – powiedział Q. – Nazywa się Göran Nilsson. Syn lestadiańskiego kaznodziei z Sattajärvi, z Norrbotten. Urodzony w październiku 1948 roku. Jesienią 1967 roku wyjechał do Uppsali na studia teologiczne. Po kilku latach wrócił do Luleå. Pracował w biurze zarządu katedry. Zniknął osiemnastego listopada 1969 roku. Od tamtej pory nikt go nie widział.

Annika pisała. Przyciskała ołówek tak mocno, że rozbolała ją ręka. Miała nadzieję, że uda jej się potem odczytać te bazgroły.

– Lestadianie?

– To ruch religijny z północy, bardzo surowy. Żadnych firanek, telewizji, środków antykoncepcyjnych.

– Wiesz, dlaczego przyjął pseudonim Ragnwald?

– To był jego pseudonim, kiedy pod koniec lat sześćdziesiątych działał w ruchu maoistycznym w Luleå. Zachował go, kiedy został zawodowym mordercą, chociaż w ETA występuje prawdopodobnie pod jakimś francuskim. Przypuszczamy, że mieszkał gdzieś w Pirenejach, po francuskiej stronie, i dość swobodnie przechodził przez granicę.

Zza ściany dobiegały odgłosy regularnej bójki.

– Naprawdę był zawodowym mordercą? Takim jak Leon?

– Tacy istnieją tylko w filmach Luca Bessona. Ale wiemy, że podejmował się mokrej roboty za pieniądze. No, muszę kończyć. Ty też chyba powinnaś.

– Biją się o pluszowego tygryska.

– Przemoc jest wpisana w ludzką naturę – westchnął Q.

Annika obejrzała *Pippi* z dziećmi na kolanach. Potem umyła im zęby i przeczytała na głos dwa rozdziały *Dzieci z Bullerbyn*. Potem wszyscy razem zaśpiewali trzy piosenki ze *Śpiewnika szwedzkiego* i dzieci zasnęły jak kamienie. Kiedy w końcu zasiadła do pisania, była nieprzytomna ze zmęczenia. Litery płynęły po ekranie, nie była w stanie się skupić, uznała, że nie da rady nic napisać.

Wstała i poszła do łazienki. Ochlapała twarz zimną wodą i poszła do kuchni. Odmierzyła cztery miarki kawy, wsypała do filtra, zalała wrzątkiem i gwałtownie wcisnęła guzik. Wzięła ze sobą do pokoju dzbanek i kubek z logo Związku Samorządów. Usiadła przed monitorem. Pustka.

Podniosła słuchawkę i zadzwoniła do Janssona.

– Nie idzie mi.

– Pójdzie – zapewnił ją. W jego głosie słychać było adrenalinę nocnej zmiany. – Muszę mieć ten artykuł. Pomogę ci. Na czym utknęłaś?

– W ogóle nie zaczęłam.

– Pisz po kolei. Punkt pierwszy: seryjny morderca, to damy na pierwszą stronę. Opisz zabójstwa w Luleå, podsumuj, podaj cytaty z listów.

Seryjny morderca, podsumowanie zdarzeń. Zapisała.

– O cytatach nie mogę napisać.

– To sprawa czysto techniczna. Napisz tyle, ile możesz. Punkt drugi: śmierć faceta z Östhammar. To świeża wiadomość, będziemy pierwsi. Opowieść żony, działania policji. To było morderstwo?

– Tak.

– Dobrze. Musisz połączyć Östhammar z Luleå. Opisz desperacką pogoń policji za mordercą. To wystarczy. Dodamy jeszcze sylwetkę twojego terrorysty, ale ją mamy już gotową.

Annika nie odpowiadała. Przysłuchiwała się w milczeniu odległym odgłosom redakcji. Z włączonego telewizora dobiegał głos lektora. Wiadomości po angielsku, śmiech kolegów. Zadzwonił czyjś telefon. Stukanie w klawiaturę, symfonia skuteczności i cynizmu, demokracja.

Zobaczyła Gunnel Sandström: okrągła twarz, bordowy sweter, i poczuła się bezgranicznie bezradna.

– Okej – wyszeptała.

– O zdjęcia się nie martw – ciągnął dalej Jansson. – Sami je załatwimy. Poprzednia zmiana miała ci za złe, że pojechałaś do Östhammar bez fotografa. Tłumaczyłem im, że jechałaś tam trochę w ciemno, nie do końca wiedząc, czego się spodziewać. Zdobyliśmy zdjęcie domu. Kobieta nie chciała, żeby ją fotografować, ale mamy zdjęcie matki chłopaka i redaktora naczelnego „Norrlands-Tidningen". O ile zdążyłem się zorientować, dziennikarz nie był człowiekiem szczególnie rodzinnym.

– To prawda – potwierdziła Annika cicho.

– Myślisz, że można sfotografować te listy?

– Dzisiaj wieczorem? Raczej nie, ale można coś wykombinować. To zwykłe listy.

– Pelle! – zawołał Jansson do fotografa. – Przygotuj zdjęcie listu. Jak najszybciej.

– Zwykła koperta, znaczek z hokeistą, w środku zwykła kartka w linie, wyrwana z zeszytu. Poszarpany brzeg, tekst napisany ręcznie, długopisem, w co drugiej linijce. Pół stroniczki.

– Jeszcze coś?

– Napiszcie, że zdjęcie zostało zaaranżowane.

– Jasne. Kiedy będziesz miała tekst?

Annika spojrzała na zegarek.

– A kiedy musisz go mieć? – spytała, czując, że odzyskuje grunt pod nogami.

Thomas wyszedł z ciemnego klubu i znalazł się na jasno oświetlonej ulicy. Nogi miał miękkie po piwie, w głowie dźwięczała mu muzyka. Właściwie nie przepadał za jazzem, wolał Beatlesów, ale koncert mu się podobał. Muzyka była i melodyjna, i mocna.

Usłyszał za sobą śmiech Sophii. Śmiała się z czegoś, co powiedział chłopak z szatni. Znała tu wszystkich, była stałą bywalczynią. Pewnie dlatego dostali najlepszy stolik. Zamknął drzwi, zapiął palto, odwrócił się plecami do wiatru i czekał na nią. Po miękkich, łagodnych tonach muzyki dźwięki miasta wydały mu się jazgotem. Zerknął na neon nad głową. Zauważył, że jego skóra zrobiła się nagle fioletowoniebieska, a po chwili zielononiebieska, poczuł, że włosy nasiąkły mu zapachem spalin.

Sophia była radosna, otwarta, jej śmiech brzmiał jak srebrny wiosenny potok. Płynął po ciemnej podłodze klubu albo wił się wśród ciężkich konferencyjnych stołów. Była ambitna, obowiązkowa, spokojna, wdzięczna za to, co życie jej daje. Dobrze się z nią czuł. Szanowała go, słuchała, traktowała poważnie. Nie musiał się jej z niczego tłumaczyć, nie narzekała, nie kłóciła się z nim. Kiedy opowiadał jej o swoich rodzicach i latach spędzonych w Vaxholmie, wydawała się szczerze zainteresowana. Poza tym żeglowała, jej rodzina miała nawet własne stałe miejsce w marinie w Möja.

Usłyszał, że idzie, odwrócił się i zobaczył, jak wynurza się z ciemności i ostrożnie schodzi ze schodów w botkach i wąskiej spódnicy.

– W piątek będą improwizować – oznajmiła. – Wtedy grają przez całą noc. Raz grali do wpół do siódmej rano. To było niesamowite.

Thomas patrzył z uśmiechem w jej ciepłe oczy. Pozwolił, żeby wchłonął go ich błękit. Sophia stanęła przed nim, uniosła ramiona, wbiła palce w poły jego palta i roześmiała się. Jej twarz przy jego twarzy.

– Zimno ci? – spytał, czując, że ma sucho w ustach.

– Nic a nic. Jest mi wręcz gorąco.

Przyciągnął ją do siebie. Czubek jej głowy znalazł się dokładnie pod jego nosem. Była wyższa od Anniki, jej włosy pachniały jabłkami. Objęła go i mocno przytuliła. Jego ciało ogarnęła fala gorąca tak silna, że zabrakło mu tchu. Jęknął.

– Thomas – wyszeptała wtulona w jego pierś. – Gdybyś wiedział, jak bardzo czekałam na tę chwilę.

Przełknął głośno ślinę, zamknął oczy i objął ją jeszcze mocniej. Poczuł w nozdrzach jej zapach, woń perfum, zapach jej wełnianego płaszcza. Oddychał z otwartymi ustami. Spojrzał jej w oczy i zauważył, że jej źrenice się zwęziły, że z trudem łapie oddech.

Jeśli to zrobię, nie będzie odwrotu, pomyślał.

Jeśli teraz ulegnę, będę stracony.

Schylił się i pocałował ją, bardzo delikatnie, ostrożnie. Wargi miała zimne, smakowały dżinem i mentolowymi papierosami. Poczuł ciarki na plecach. Sophia zrobiła krok w jego stronę, niemal niezauważalny, ale jego zęby nagle dotknęły jej zębów, ciepło jej ust połączyło się z ciepłem jego ust. Pomyślał, że za chwilę eksploduje. Boże, musi mieć tę kobietę, musi ją mieć teraz.

– Pójdziemy do mnie? – wyszeptała mu w brodę.

Mógł tylko skinąć głową.

Puściła go i gestem przywołała taksówkę. Stali obok siebie. Sophia przybrała profesjonalny wyraz twarzy, ten, który tak dobrze znał ze służbowych spotkań w siedzibie Związku. Przygładziła włosy, posyłając mu gorące spojrzenie nad dachem taksówki. Wsiedli, każde po swojej stronie. Podała kierowcy adres na Östermalmie. Siedzieli na tylnym siedzeniu, każde w swoim kącie, ale dłonie spletli w mocnym uścisku pod jej torebką. Taksówka ruszyła przez miasto, w stronę Karlaplan.

Thomas zapłacił za kurs służbową kartą, podpisał fakturę drżącymi palcami.

Mieszkanie znajdowało się na ostatnim piętrze fantastycznej kamienicy z 1898 roku. Marmurową klatkę schodową oświetlały dyskretne miedziane kinkiety, gruby dywan tłumił ich kroki. Sophia szybkim ruchem pociągnęła go do windy. Zaciągnęli za sobą misternie kute drzwi. Sophia wcisnęła guzik, szóste piętro. Zdjęła z niego palto, a on pozwolił mu upaść na podłogę. Nie zastanawiał się, czy się nie pobrudzi. Zaczął ją rozbierać. Zdjął z niej płaszcz, marynarkę, bluzkę, chwycił jej piersi. Westchnęła, wtulając twarz w jego ramię. Położyła rękę na jego kroczu, znalazła zamek. Rozpięła mu rozporek, włożyła ręce w spodnie, wyjęła członek. Thomas zamknął oczy i odchylił się do tyłu; miał wrażenie, że za chwilę straci przytomność.

Nagle winda stanęła. Sophia pocałowała go i roześmiała się.

– Proszę, panie szefie projektu. Jesteśmy prawie w domu.

Zebrali ubrania. Ona chwyciła swoją torebkę, on teczkę i wyszli z windy. Sophia zaczęła szukać kluczy, a on pochylił się nad nią i lizał jej kark.

– Muszę wyłączyć alarm – szepnęła.

Rozległ się pisk i po chwili byli w holu jej mieszkania. Objął jej talię. Po chwili przesunął ręce wyżej, dotknął jej piersi, a ona otarła się o niego pośladkami. Zaraz jednak się odwróciła i pociągnęła go w dół, na podłogę.

Jej oczy błyszczały, oddychała szybko, a kiedy w nią wszedł, spojrzała mu w oczy, jakby chciała go pochłonąć wzrokiem. A on dał się jej wciągnąć. Czuł, że tonie, ale nie protestował. Teraz mógł umrzeć. Zrobiło mu się ciemno przed oczami, doszedł.

Nagle uświadomił sobie, że głośno oddycha. Poczuł pod kolanem damski but. Zdał sobie sprawę, że nie zamknęli za sobą drzwi, chłodny powiew sprawił, że przeszył go dreszcz.

– Nie możemy tak tu leżeć – powiedział i wysunął się z niej.

– Chyba się w tobie zakochałam.

Spojrzał na nią, na jej jasne włosy rozsypane w nieładzie na dębowym parkiecie, na rozmazaną szminkę i tusz, i poczuł się skrępowany. Chciał, żeby ktoś go okrył kocem. Odwrócił wzrok i wstał, podłoga zafalowała. Pomyślał, że wypił więcej, niż powinien. Kątem oka widział, jak Sophia się podnosi i staje obok niego, w staniku i spódnicy owiniętej wokół pasa.

– Było fantastycznie, prawda?

Przełknął ślinę i zmusił się, żeby na nią spojrzeć. Była drobna i niepozorna, kiedy tak stała niemal bez ubrania. Bezbronna, zdyszana, jak małe dziecko. Musiał się uśmiechnąć, była taka śliczna.

– Ty jesteś fantastyczna – powiedział i pogładził ją po policzku.

– Napijesz się kawy? – spytała, zamykając drzwi. Rozpięła zamek i pozwoliła spódnicy i stanikowi opaść na podłogę.

– Chętnie – powiedział Thomas.

Patrzył, jak idzie nago przez mieszkanie. Po chwili wróciła, owinięta w biały szlafrok. W ręku trzymała drugi, w kolorze wina.

– Proszę, tam, po lewej, jest prysznic.

Wziął szlafrok i zastanawiał się chwilę, czy się wykąpać. Nawet jeśli Annika już spała, nie chciał ryzykować.

Sophia zniknęła. Wydawało mu się, że słyszy, jak włącza ekspres do kawy. Ostrożnie wszedł do pokoju i nagle znalazł się w studiu z widokiem na zaciągnięte niebo nad miastem. Osiem metrów do sufitu, ceglane ściany, podłoga z olejowanego dębu, taka sama jak w przedpokoju.

Był pod wrażeniem. Tak powinno wyglądać mieszkanie.

– Z cukrem? – zawołała Sophia z kuchni.

– Tak, poproszę – powiedział głośno i ruszył w stronę łazienki.

Wziął szybki prysznic. Użył najbardziej neutralnie pachnącego płynu, jaki znalazł na półce. Umył dokładnie krocze gąbką. Uważał, żeby nie zmoczyć włosów.

Kiedy wszedł do kuchni w szlafroku w kolorze wina, siedziała przy stoliku z matowego szarego szkła. Paliła mentolowego papierosa.

– Musisz wracać? – spytała.

Skinął głową. Usiadł, próbował uporządkować swoje uczucia. Był zadowolony. Uśmiechnął się do niej, dotknął jej dłoni.

– Już? Teraz?

Milczał chwilę, a potem skinął głową. Sophia zgasiła papierosa, zdjęła ręce ze stołu, zacisnęła dłonie i położyła je na kolanach.

– Kochasz swoją żonę? – spytała ze wzrokiem wbitym w blat stołu.

Thomas przełknął ślinę. Był bezradny, bo właściwie nie wiedział.

– Tak, chyba tak – wykrztusił w końcu.

Szukał w sobie obrazu Anniki, swojego uczucia do niej.

Pewnej nocy, kiedy jeszcze był z Eleonor, śnił o Annice. W jego śnie płonęły jej włosy. Cała jej głowa stała w płomieniach. Tańczyły i śpiewały wokół jej twarzy, a ona w ogóle nie zwracała na to uwagi. Ogień był częścią niej, spływał po jej ciele niczym jedwab.

Potem ten obraz często powracał, jakby Annika mieszkała w ogniu.

– Ona nie uznaje żadnych granic. Nie ma zahamowań, które ludzie zwykle mają. Jeśli coś postanowi, zrobi wszystko, żeby to osiągnąć.

– Brzmi trochę strasznie – stwierdziła Sophia.

Thomas powoli pokiwał głową.

– I fascynująco. Nigdy nie spotkałem nikogo takiego jak ona.

Sophia uśmiechnęła się do niego. Ostrożny, miły uśmiech.

– Cieszę się, że przyszedłeś.

Odwzajemnił jej uśmiech.

– Ja też.

– Zadzwonić po taksówkę?

Znów skinął głową. Spojrzał na swoje dłonie, siedział i czekał.

– Będzie za pięć minut – powiedziała.

Wypił kawę, odstawił filiżankę do zlewu. Wyszedł do przedpokoju, zebrał szybko swoje rzeczy, ubrał się. Szybkie urywane ruchy.

Kiedy włożył płaszcz i wziął do ręki teczkę, w mrocznym holu pojawiła się Sophia. Jasna nutka perfum i jabłka.

– Dziękuję za ten wieczór – wyszeptała.

Zamrugał kilka razy, odwrócił się i delikatnie ją pocałował.

– To ja dziękuję.

Wyszedł. Słyszał, jak zamyka drzwi. Czuł, że patrzy na niego przez wizjer, aż do windy.

Kiedy znalazł się na ulicy, stwierdził, że zaczął padać śnieg. Taksówki jeszcze nie było. Uniósł do góry głowę, wpatrywał się w wirujące płatki.

Ciekawe, kiedy któryś z nich trafi mnie w oko, pomyślał.

Kurt Sandström dostał prosto w oko.

Pierwsze zabójstwo polityka od czasu, kiedy powstała jego grupa.

Był zadowolony z dzisiejszego spotkania. Było krótkie, konstruktywne. Szybko doszli do wniosku, że sam projekt nie jest w żaden sposób zagrożony, także ze strony mediów. Postanowili kontynuować dyskusję jutro w ministerstwie, przy Regeringsgatan.

Taksówka podjechała niemal bezgłośnie. Wzdrygnął się, kiedy nagle się przed nim zatrzymała. Usiadł z tyłu i podał adres: Hantverkargatan 32.

Musiał się zdrzemnąć, bo nie minęła chwila i już był na miejscu. Zapłacił kartą. Z pewnym trudem zebrał swoje rzeczy, wysiadł, zamknął drzwi i stanął, żeby popatrzeć w okna.

W mieszkaniu paliło się światło. Miał wrażenie, że widzi cień Anniki.

Nie położyła się jeszcze, chociaż wieczorami zwykle bywała bardzo zmęczona. Lata pracy na nocnej zmianie zostawiły ślad.

Dlaczego nie śpi? Dlaczego chodzi nerwowo po mieszkaniu?

Są dwie możliwości, pomyślał.

Albo pracowała do późna, albo coś podejrzewa.

Poczuł wyrzuty sumienia i skruchę, jakby ktoś dał mu kopniaka w brzuch. Zamarł. Brakowało mu tchu, poczuł, jak kurczy mu się przepona. Skulił się.

Boże, co ja zrobiłem?

A jeśli się dowie?

A jeśli już wie?

Czyżby coś zobaczyła? Ktoś do niej zadzwonił? Może do redakcji?

Oddychał nierówno, z wysiłkiem, ale wiedział, że musi się opanować.

Do redakcji? Po co ktoś miałby dzwonić do redakcji?

Poczuł, że traci panowanie nad sytuacją.

Powoli się wyprostował, znów spojrzał w okna.

Światło w salonie zgasło, poszła spać.

Może wie, że wróciłem, pomyślał. Ale uda, że o niczym nie wie. Może będzie udawać, że śpi, kiedy wejdę, a potem zabije mnie we śnie.

Nagle zobaczył ją przed sobą z ogniem we włosach i żelazną rurką w ręku. Uniesioną do ciosu.

Kiedy otwierał bramę, chciało mu się płakać. Jak zdoła na nią spojrzeć?

Ruszył schodami do drzwi, do drzwi ich domu, wysokich podwójnych drzwi z kolorowymi szybkami, które Annika tak lubiła.

Stał przed nimi z kluczami w ręku i drżał. Czuł dziwne wibracje, jakby gdzieś w nim grała orkiestra jazzowa. Przyglądał się drzwiom, jakby był tu obcy, czekał, aż oddech mu się uspokoi, wyrówna, aż znów będzie w stanie się ruszać.

W przedpokoju było ciemno.

Wślizgnął się do środka i ostrożnie zamknął za sobą drzwi.

– Thomas? – Annika wysunęła głowę z łazienki, wyjęła z ust szczoteczkę do zębów. – Jak wam poszło?

Chwycił się krzesła. Absolutna pustka.

– Nie było łatwo, wszyscy są w szoku.

Znów zniknęła w łazience. Słyszał, jak płucze usta. Odgłos wtoczył się do przedpokoju, rósł, przybierał na sile, musiał zasłonić uszy rękami.

Wyszła z łazienki. Czarne stringi z trójkątem zasłaniającym łono, rozkołysane piersi.

– Doskonale to rozumiem – powiedziała. Usiadła obok niego i położyła mu rękę na karku. – Ale podejrzewam, że to zabójstwo nie miało nic wspólnego z jego działalnością polityczną. Możecie odetchnąć z ulgą.

Spojrzał na nią, czuł, jak jej piersi ocierają się o jego rękę. Chciało mu się płakać.

– Skąd wiesz?

– Nikt jeszcze nie wie niczego na pewno, ale za tymi zabójstwami kryje się coś więcej – powiedziała. Pocałowała go w policzek, pogładziła po rękawie płaszcza i wstała. – Jestem okropnie nakręcona. Wypiłam z dwieście litrów kawy.

Thomas westchnął.

– Ja też.

– Pachniesz papierosami i alkoholem – rzuciła przez ramię, idąc do sypialni.

– No i dobrze! Wszystko na koszt podatników.

Roześmiała się nieco smutno.

– Idziesz? – zawołała.

Dam radę, pomyślał.

Poradzę sobie.

Wtorek, 17 października

GAZETY KRZYCZAŁY wielkimi literami o seryjnym mordercy i policyjnym pościgu na Flemminggatan. Żółte litery na plakatach przed kioskami wyglądały jak żółte kaczeńce na szarym trawniku. Mignęły Annice przed oczami, kiedy jechała rano autobusem. Jak zawsze poczuła się dziwnie podniecona. Udało jej się stworzyć coś, co teraz żyło już własnym życiem. Jej artykuły czytały setki tysięcy ludzi, których ona nigdy nie pozna.

Przy akompaniamencie krzyczących zewsząd żółtych kaczeńców podróż nie trwała długo. Przy wejściu do redakcji – cała ściana była jedną wielką pierwszą stroną gazety – śpiewały chórem z wielkim entuzjazmem.

Kiedy dotarła na górę i zaczęła się przedzierać przez redakcyjne morze, od razu zauważyła, że temperatura się zmieniła. Gdy z pochyloną głową szła do swojego pokoju, czuła na sobie ciepłe spojrzenia zamiast zwykłego lodowatego chłodu. Narzuciła ton dzisiejszemu wydaniu, znów była w grze, musieli się z nią liczyć, przeszłość poszła w zapomnienie.

Weszła do środka, odwróciła się plecami do nagle przymilnych spojrzeń i z uśmiechem zasunęła drzwi swojej szklanej klatki.

Göran Nilsson, pomyślała, zrzucając kurtkę. Zmarszczyła czoło, jakby w ten sposób chciała się obronić przed zmęczeniem. Urodzony w 1948 w Sattajärvi, od 1969 roku zawodowy morderca na emigracji.

Uznała, że nie ma sensu sprawdzać go w systemie Dafa. Na pewno dawno został z niego wykreślony.

Poirytowana bębniła palcami o blat biurka, czekała, aż komputer się włączy. Wpisała w Google Görana Nilssona. Wyskoczyły setki wyników.

Na świecie zdawało się żyć nieskończenie wielu Göranów Nilssonów. Adiunkt Göran Nilsson był wykładowcą na politechnice. Byli też psycholog i producent drewnianych rybek, radny z Karlstad, rolnik z Hallandii, szef zarządu gminy Nörrköping. Żaden z nich nie był jednak jej Göranem Nilssonem. Jej Göran Nilsson zniknął. Mając do wyboru tyle możliwości, jej Göran Nilsson zdecydował się nieść innym śmierć.

Przeglądała kolejne wyniki. W latach czterdziestych i pięćdziesiątych popularne było łączenie imienia Göran z innymi: Stig Göran, Lars Göran, Ulf Göran i Sven Göran, żeby wymienić tylko kilka.

Zajrzała do książki telefonicznej, żeby sprawdzić poszczególne regiony.

W samym Blekinge było siedemdziesięciu trzech Göranów Nilssonów, pięćdziesięciu pięciu w Borås, dwustu pięciu w Sztokholmie i czterdziestu dziewięciu w Norrbotten.

W całym kraju kilka tysięcy.

Musi jakoś zawęzić poszukiwania.

Göran Nilsson Sattajärvi.

Nic.

Listy, pomyślała. Maoizm albo ruchy lewackie.

Bingo. Mnóstwo wyników.

Postanowiła poszukać zdjęć. Göran Nilsson Mao.

Cztery wyniki, niewielkie kwadraciki na monitorze. Zmrużyła oczy, pochyliła się i zaczęła się uważnie przyglądać.

Dwa okazały się być logo czegoś, co nie wzbudziło jej zainteresowania. Trzeci był umieszczonym na czyjejś stronie portretem samego Mistrza z okresu rewolucji kulturalnej. Ostatni przedstawiał grupę młodych ludzi ubranych zgodnie z modą z lat sześćdziesiątych. Przyjrzała się zdjęciu bliżej: 022.jpg, 501x400 pikseli – 41k, homepage/userbell/rebelhistory035.htm. Kliknęła i znalazła się na stronie autora zdjęcia. Pochodziło z lat jego młodości, którą spędził w Uppsali. Poniżej zamieszczono podpis: „Po uchwaleniu deklaracji 9 kwietnia Mats Andersson, Fredrik Svensson, Hans Larsson i Göran Nilsson mogli w imieniu Mistrza Mao zacząć mobilizować masy".

Przeczytała tekst dwa razy, dziwiąc się jego zabawnemu, nieco religijnemu charakterowi. Zaczęła się przyglądać młodemu mężczyźnie stojącemu po prawej. Krótko ostrzyżony chłopiec o łagodnych rysach, dość niskiego wzrostu. Ciemne oczy wpatrywały się w jakiś punkt na lewo od fotografa.

Kliknęła w stronę startową. Zauważyła, że na serwerze jest więcej zdjęć z Uppsali, z różnych demonstracji, ale przede wszystkim z imprez. Przejrzała je wszystkie, ale młodego mężczyzny nazwiskiem Göran Nilsson nie było na żadnym z nich.

A jeśli to on? Jeśli naprawdę w latach sześćdziesiątych był działaczem ruchu maoistycznego? Może są o nim jakieś wzmianki w mediach?

Tyle że artykułów z tamtego okresu nie przechowywano w postaci cyfrowej. Były jedynie wycinki w kopertach.

Największe archiwum w kraju miała jej redakcja. Chwyciła słuchawkę i poprosiła o sprawdzenie, czy pod koniec lat sześćdziesiątych w kręgach maoistycznych działał jakiś Göran Nilsson.

Kobieta, której przedstawiła swoją prośbę, nie odniosła się do niej z entuzjazmem.

– Na kiedy pani tego potrzebuje?

– Na wczoraj. To pilne.

– A co nie jest pilne?

– Bez tej informacji nie mogę iść dalej.

Ciche westchnienie.

– Szybko przejrzę, co mamy. Może coś znajdę. Dokładne przejrzenie całego materiału zajęłoby kilka tygodni.

Annika wstała i zaczęła się przyglądać redakcji za szybą. Czekała.

– Niestety. Nie ma żadnego Görana Nilssona, działacza ruchu maoistycznego. Ale są setki innych.

– Dzięki za pośpiech – rzuciła Annika.

Jakie inne archiwa mogły dysponować materiałami z tamtego okresu? Może w miastach, w których ruch działał szczególnie aktywnie?

Miasta uniwersyteckie, pomyślała. „Konkurrenten" już wtedy był na rynku, ale z oczywistych powodów nie mogła do nich zadzwonić. „Upsala Nya Tidning"? Nie miała żadnych kontaktów z redakcją. Co się ukazywało w Lundzie?

W Luleå?

Zanim zdążyła się zastanowić, podniosła słuchawkę i wystukała numer „Norrlands-Tidningen".

– Hasse Blomberg był wczoraj chory. Nie wiem, czy dzisiaj przyjedzie – oznajmiła recepcjonistka, gotowa na tym zakończyć rozmowę.

Annikę natychmiast ogarnął niewytłumaczalny strach. Boże, żeby tylko nie stało mu się nic złego.

– To coś poważnego? – spytała.

Recepcjonistka westchnęła, jakby miała do czynienia z osobą lekko upośledzoną.

– Wypalił się, jak wszyscy. Osobiście uważam, że to czyste lenistwo.

Annika wzdrygnęła się.

– Chyba nie mówi pani poważnie?

– Pojęcie wypalenia pojawiło się wraz z naszym wejściem do Unii. To stamtąd przychodzi wszystko, co najgorsze, te wszystkie trucizny, ci dziwnie ludzie i wypalenie. A ja byłam za. Dałam się oszukać.

– Hansa Blomberga często nie ma w pracy?

– Jest na rencie, pracuje tylko na pół etatu, ale rzeczywiście nawet kiedy powinien być, często go nie ma.

Annika zagryzła wargi. Chciała jak najszybciej dotrzeć do archiwum „Norrlands-Tidningen".

– Może pani poprosić, żeby do mnie zadzwonił, jak tylko się zjawi? – powiedziała, podając swoje nazwisko i numer telefonu.

– Jeśli się zjawi – nie omieszkała dodać recepcjonistka.

Annika odłożyła słuchawkę i znów zaczęła się przyglądać młodemu mężczyźnie na monitorze. Göran Nilsson.

To ty, Göranie?

*

Automat do kawy został naprawiony. Kawa jeszcze nigdy nie był taka gorąca. Annika jak zwykle nalała dwa kubki i oba wzięła do pokoju, mając nadzieję, że kofeina pobudzi jej umysł.

Oczy piekły ją z niewyspania, w nocy prawie nie zmrużyła oka. Leżała na łóżku obok Thomasa, który cały czas przewracał się z boku na bok, drapał się, wzdychał. Śmierć samorządowego polityka musiała nim bardzo wstrząsnąć.

Szukała dalej, próbowała poradzić sobie ze zmęczeniem. Wpisała Sattajärvi i znalazła stronę miasta z prezentacją jakiegoś projektu budowlanego. Szesnaście tysięcy siedemset osiemdziesiąt jeden odwiedzin. Znalazła mapę okolicy, zaczęła czytać nazwy sąsiednich miasteczek: Roukovaara, Ohtanajärvi, Kompeluslehto.

Nie tylko inny język, pomyślała, ale i inny kraj, rozległy, mroźny, z tundrą, za kołem polarnym.

Odchyliła się do tyłu.

Jak to było dorastać za kołem podbiegunowym w latach pięćdziesiątych, w rodzinie, w której ojciec był przywódcą ruchu religijnego o niezwykle surowych zasadach?

Przypomniała sobie słowa szwajcarskiej psychoanalityczki Alice Miller, która na podstawie badań stwierdziła, że wielu zachodnioniemieckich terrorystów wywodziło się z rodzin, w których ojcowie byli protestanckimi pastorami. Czy można doszukiwać się związku między buntem terrorystów a surowym religijnym wychowaniem?

Być może podobnie jest w Szwecji i u lestadian, pomyślała Annika, przecierając oczy.

Nagle za zakurzonymi żaluzjami dostrzegła Berit. Wstała z krzesła.

– Masz chwilę? – spytała, odsuwając nieco drzwi.

Berit zdjęła czapkę i rękawiczki.

– Pomyślałam, że zjem wczesny lunch. Może pójdziemy razem?

Annika wylogowała się, wyłowiła z torby portfel i zobaczyła, że skończyły się jej kupony na lunch.

– Musimy iść do stołówki? – spytała, jakby się bała, że ciepło, które przed chwilą poczuła, zaraz się ulotni.

Berit powiesiła płaszcz na wieszaku, wygładziła ręką materiał.

– Możemy iść do kawiarni, ale w „Siedmiu Szczurach" było pustawo. Danie dnia to kurczak z woka z orzeszkami cashew.

Annika siedziała i obgryzała paznokieć palca wskazującego. Zastanawiała się, czy da radę, w końcu skinęła głową.

– Czym się ostatnio zajmujesz? – spytała na schodach.

– Chodzą pogłoski o rekonstrukcji rządu – powiedziała Berit, poprawiając włosy przygniecione przez czapkę. – Premierowi zostało niewiele czasu. Jeśli chce wymienić ministrów przed wyborami do Parlamentu Europejskiego, musi to zrobić teraz.

Dotarły do holu i weszły do stołówki. Annika trzymała się blisko pleców Berit.

– Co zamierza? – spytała, sięgając po pomarańczową plastikową tackę.

– Wiesz, jaki jest. Pary z ust nie puści.

– Kto poleci tym razem? – drążyła Annika, starając się unikać widoku ciągnących się w nieskończoność stolików z łatwo zmywalnymi blatami.

– Oczywiście Björnlund. Najgorsza minister kultury w historii świata. Przez dziewięć lat nie udało jej się doprowadzić do uchwalenia żadnej ustawy. Minister gospodarki ma chorą żonę i chce jej poświęcić więcej czasu, więc pewnie zrezygnuje sam. Pani minister budownictwa nie przyniosła partii nic dobrego, więc też odejdzie, a stanowisko zostanie zlikwidowane.

Berit wyjęła kupony i zapłaciła za siebie i za Annikę.

– Kto przyjdzie na ich miejsce?

Usiadły przy wolnym stoliku w rogu.

– Chodzą słuchy, że Christer Lundgren powróci z wygnania z Luleå – powiedziała Berit, otwierając piwo.

Annika zakrztusiła się orzeszkiem i dostała histerycznego ataku kaszlu.

– Wszystko w porządku? Może klepnę cię w plecy?

Annika podniosła ręce do góry i pokręciła głową.

– Nic mi nie jest – zapewniła. – Myślisz, że te pogłoski są prawdziwe? – spytała po chwili.

– Nigdy nie odszedł z komisji rządowej, więc pewnie prędzej czy później ma nadzieję wrócić. Na pewno nic ci nie jest?

Annika skinęła głową i spróbowała spokojnie zaczerpnąć powietrza.

– Przyszła pora wyciągnąć go z zamrażarki. Najwyraźniej dobrze się tam sprawował – ciągnęła dalej Berit. – Minister gospodarki to świetne stanowisko. Ale nigdy nic nie wiadomo. Nie wiem, czy ludzie zdążyli już zapomnieć, że był oskarżony o zamordowanie tej striptizerki.

– Josefin Liljeberg – weszła jej w słowo Annika. – Nie zamordował jej.

– My to wiemy.

Annika czuła, jak jedzenie rośnie jej w ustach, odsunęła talerz.

Kilka lat temu opowiedziała Berit o okolicznościach odejścia Christera Lundgrena. Pokazała dokumenty i rozliczenie delegacji, które potwierdzało, że ministra handlu zagranicznego nie było w Sztokholmie tej nocy, kiedy zamordowano Josefin Liljeberg. Miał wtedy spotkanie z kimś w Tallinie, w Estonii. Sprawa była do tego stopnia tajna, że zgodził się nawet, żeby go oskarżono o morderstwo.

Annika i Berit doszły wówczas do wniosku, że wytłumaczenie jest tylko jedno: Lundgren poświęcił się dla partii. Spotkanie miało na zawsze pozostać tajemnicą.

Nikt nigdy nie udowodnił, że tak rzeczywiście było, ale prawdopodobnie chodziło o nielegalny eksport broni do byłej republiki radzieckiej. Annika nie miała wątpliwości.

Powiedziała o tym Karinie Björnlund.

Popełniła błąd. Chcąc wyciągnąć komentarz od Christera Lundgrena, opowiedziała o wszystkim jego sekretarce prasowej. Nigdy nie dostała odpowiedzi.

Natomiast Björnlund wkrótce potem awansowała.

– Moje kretyńskie pytanie utorowało jej drogę do ministerstwa.

– Prawdopodobnie tak.

– Więc to moja wina, że Szwecja prowadzi taką beznadzieją politykę kulturalną?

– Niestety – powiedziała Berit, wstając. – Chcesz coś? Jakąś sałatkę? Może jeszcze wody?

Annika pokręciła głową i otworzyła butelkę wody Ramlösa.

– O czym chciałaś ze mną porozmawiać? – spytała Berit, kiedy wróciła do stolika.

– Interesuje mnie przeszłość. Deklaracja z 9 kwietnia. Co to było?

Berit jadła chwilę w milczeniu, a potem bezradnie pokręciła głową.

– Nic mi to nie mówi. A o co chodzi?

Annika wypiła łyk wody.

– Trafiłam na zdjęcie w sieci. Lata sześćdziesiąte, jacyś faceci, którzy w imię Mistrza Mao mają poderwać masy do działania.

Berit przestała przeżuwać, spojrzała na nią uważnie.

– Pewnie rebelianci z Uppsali.

Odłożyła sztućce, wydłubała językiem kawałek mięsa, który utkwił jej między zębami, i pokiwała głową.

– Tak, to by się zgadzało. Wiosną 1968 roku ogłosili jakąś deklarację. Czy to było dziewiątego kwietnia, głowy nie dam, ale pamiętam, że byli wtedy bardzo aktywni.

Roześmiała się, pokręciła głową, sięgnęła po sztućce i wróciła do jedzenia.

– O co chodziło? – zaciekawiła się Annika. – Powiedz!

Berit westchnęła i znów się roześmiała.

– Opowiadałam ci, jak wydzwaniali do redakcji „Biuletynu Wietnamskiego" i nam grozili? To byli zapaleńcy. Organizowali ciągnące się w nieskończoność spotkania, zaczynali o pierwszej po południu, a kończyli po północy, zmieniali lokale. Ktoś mi kiedyś mówił, że polityka wcale nie była dla nich najważniejsza, to był rodzaj orgii.

– Chcieli obudzić masy?

Berit przełknęła kolejny kawałek kurczaka i popiła wodą.

– Można było odnieść takie wrażenie. Uczestniczyli w nich zdeklarowani maoiści. Opowiadali ludziom, jaką duchową bombą atomową są dla nich myśli Mao. Każde wystąpienie kończyło się burzą oklasków. Od czasu do czasu robiono przerwy, jedzono kanapki i popijano piwem, a potem następowała kolejna runda.

– O czym mówili?

– Cytowali Mistrza. Każdego, kto próbował przedstawić własne zdanie, natychmiast oskarżano o drobnomieszczańskie zapędy. Jedynym wyjątkiem było hasło „Śmierć faszystom z KFML".

Annika odchyliła się na krześle, wyjęła orzeszek spod liścia sałaty i włożyła go ostrożnie do ust.

– Ale KFML to też byli komuniści.

– To prawda – potwierdziła Berit, wycierając usta serwetką. – Dla rebeliantów najgorszym wrogiem byli ci, którzy myśleli prawie tak samo jak oni. Torbjörn Säfve napisał o tym znakomitą książkę. Nazwał to zjawisko paranoidalnym malkontenctwem. Bardzo ważne były plakaty. Jeśli ktoś powiesił portret Lenina większy od portretu Mao, z miejsca uznawano go za kontrrewolucjonistę. Wystarczyło powiesić portret Mao nieco niżej niż portret Lenina, żeby zostać oskarżonym o hołdowanie fałszywym autorytetom.

– Nie pamiętasz przypadkiem jakiegoś Görana Nilssona z tamtych czasów?

Berit sięgnęła po wykałaczkę, odpakowała ją z folii i zmarszczyła czoło.

– Nie przypominam sobie. A powinnam?

Annika westchnęła i pokręciła głową.

– Sprawdziłaś w archiwum?

– Nic nie znalazłam.

Na czole Berit znów zarysowała się głęboka zmarszczka.

– Pierwszego maja rebelianci zorganizowali pochód przez miasto. Pamiętam, że wszystkie gazety o tym pisały. Może szedł w tym pochodzie?

Annika wstała z tacką w ręku.

– Zaraz to sprawdzę. Pójdziesz ze mną?

– Czemu nie?

Wyszły ze stołówki bocznymi drzwiami i schodami pożarowymi weszły na drugie piętro, przeszły przez hol i trafiły do ogromnego archiwum. Było tam wszystko, co w ciągu stu pięćdziesięciu lat ukazało się w „Kvällspressen" i „Fina Morgontidningen".

– Zacznij od lewej – doradziła Berit.

Szybko znalazły wydania „Fina Morgontidningen" z maja 1968 roku. Annika zdjęła oprawione numery z najwyższej półki. Poczuła kurz na twarzy, skrzywiła się i zaczęła kasłać.

Drugiego maja 1968 roku pierwszą stronę gazety wypełniały zdjęcia z demonstracji z poprzedniego dnia. Annika zmarszczyła brwi i zaczęła się im przyglądać.

– To są ci rebelianci? Rewolucjoniści? – spytała zdziwiona. – Wyglądają jak porządni mieszczanie.

Berit przeciągnęła dłonią po pożółkłej stronie, zatrzymała się przy głowie przywódcy, człowieka z krótko ostrzyżonymi włosami.

– Robili to świadomie – powiedziała lekko nieobecnym tonem. – Chodziło o to, żeby się nie wyróżniać. Opracowano nawet wzorzec wykwalifikowanego robotnika. Marynarka i biała koszula. W tej Uppsali naprawdę mieli nie po kolei w głowach.

Berit oparła się plecami o półki archiwum i skrzyżowała ręce na piersi. Stała i niewidzącym wzrokiem patrzyła w sufit.

– Na początku maja 1968 roku we Francji rozpoczął się strajk generalny. W Paryżu milion ludzi demonstrowało przeciwko kapitalistycznemu państwu. Rebelianci postanowili wesprzeć swoich francuskich braci i w piątkowy wieczór zorganizowali masówkę na Wzgórzu Zamkowym w Uppsali. Wybrałam się tam razem z grupą z „Biuletynu". To było straszne. – Pokręciła głową i spuściła wzrok. – Przyszło sporo ludzi, co najmniej trzysta osób. Organizatorzy popełnili błąd. Zaczęli cytować święte pisma Mao, jak zwykle robili na swoich zebraniach. Publiczność stanowili w większości zwykli ludzie. Zareagowali normalnie, to znaczy zaczęli się śmiać, gwizdać.

– O jakich pismach mówisz?

Berit spojrzała na nią zdziwiona.

– O cytatach z Mao. O broszurce Lin Piao, o szesnastu punktach rewolucji kulturalnej ogłoszonych przez Komitet Centralny Chińskiej Partii Komunistycznej. Gdy tłum nie zareagował tak, jak oczekiwano, rewolucjonistom puściły nerwy i zaczęła się awantura. – Berit pokręciła głową, wspominając dawne czasy. – Zwykłym organizacjom lewicowym zakazano sprzedaży „Biuletynu" i „Gnistan" w miejscach pracy. I co, widzisz tu gdzieś swojego Görana?

– Zostanę jeszcze chwilę i dokładnie wszystko przejrzę – powiedziała Annika, siadając na rozchwianym drewnianym krześle.

– Gdybyś czegoś potrzebowała, wiesz, gdzie mnie znaleźć.

*

Anne Snapphane niemal frunęła korytarzem. Mijała kolejne jasne prostokąty drzwi, kopiarki i wypełnione dokumentami kartony, czuła buzowanie adrenaliny nawet w koniuszkach palców.

Wygrała! Trzy największe niezależne spółki filmowe zgodziły się wrócić do wcześniej zawartej ustnej umowy dotyczącej sprzedawania filmów TV Scandinavia.

Facet z największej z nich zdradził, że właściciele koncernu wywierali na nich presję, grozili całkowitym bojkotem, zarówno jeśli chodzi o dystrybucję, jak i finansowanie. Zapowiedzieli, że należące do nich media będą bacznie śledzić sytuację. Wszystkie działania spółki zostaną totalnie skrytykowane, a aktorzy występujący w produkcjach spółki muszą się liczyć z tym, że rozpęta się kampania oszczerstw.

– Nie lubię metod mafijnych – stwierdził szef jednej ze spółek, sam zresztą urodzony na Sycylii i nienależący do ludzi, których łatwo przestraszyć.

Musieli się poddać, dranie, pomyślała Anne. Słyszała już wystrzały szampanów.

Usiadła na krześle, nogi położyła na blacie biurka.

TV Scandinavia będzie działać dalej. Szwecja nie jest republiką bananową. Jedna rodzina nie może zarządzać całym rynkiem mediów, wykluczając z niego te, które zagrażają jej interesom. Nie na tym polega demokracja.

Anne wysunęła dolną szufladę biurka i wyjęła butelkę whisky. Ważyła ją chwilę w ręku, palec trzymała na zakrętce. Zaczęła coś nucić pod nosem, zastanawiała się, czy otworzyć.

Usłyszała dzwonek telefonu i wzdrygnęła się. Szybko włożyła butelkę z powrotem do szuflady, zamknęła ją i dopiero wtedy podniosła słuchawkę.

– Co zrobiłaś wczoraj Sylvii?

Mehmet mówił podejrzanie spokojnie, ale wiedziała, że ten spokój jest pozorny, że tak naprawdę wszystko się w nim gotuje.

– Pytanie brzmi chyba, co ona robiła w przedszkolu mojej córki – odpowiedziała Anne, czując, jak świat rozlatuje się na kawałki. Złość i rozpacz, i czarne niebo.

– Nie możemy się zachowywać jak dorośli ludzie? – ciągnął Mehmet. Temperatura wyraźnie wzrosła.

– Więc jakiż to dorosły plan usiłowaliście wczoraj zrealizować? Miałam przyjść i stwierdzić, że Miranda zniknęła? O to chodziło? O pokazanie mi, że wybrała Sylvię, a nie mnie? Czy może o to, żebym zaczęła się martwić, że ktoś porwał mi dziecko?

– Jesteś śmieszna – powiedział Mehmet. Nie próbował już ukrywać, że wszystko w nim wrze.

– Śmieszna? – powtórzyła Anne, wstając. – Śmieszna? O co wam chodzi? Najpierw przychodzisz do mnie i oświadczasz, że ty i twoja baba chcecie przejąć opiekę nad moim dzieckiem, a potem próbujecie ją porwać z przedszkola. To jakaś akcja terrorystyczna?

– Uspokój się – powiedział Mehmet.

Ze słuchawki znów powiało lodem, wściekłość zamieniła się w zimną pogardę. Anne zamarła.

– Do diabła z wami – powiedziała i odłożyła słuchawkę.

Stała, wpatrując się w aparat. Po chwili znów rozległ się dzwonek.

– Od kiedy to Miranda jest tylko twoja? Co się stało z twoimi pięknymi ideałami wspólnej odpowiedzialności? Teoriami o odpowiedzialnym rodzicielstwie, o tym, że dziecko nie należy do pojedynczej osoby, tylko do społeczeństwa?

Anne opadła na krzesło. Miała wrażenie, że pogrąża się w jakimś bagnie, w czarnej otchłani rozpaczy i goryczy, wściekłości i zazdrości, że zaczyna ją to wciągać coraz głębiej, a ona nie potrafi się przeciwstawić.

– Kochanie, zastanowiłeś się kiedyś, kto kogo zawiódł? Kto odszedł? Kto teraz się awanturuje? Chyba nie ja.

– Sylvia przepłakała cały wieczór. Nie dawała się pocieszyć – powiedział Mehmet niskim głosem, bliski płaczu.

Efekt był taki, że Anne znów się wściekła.

– Na litość boską! To moja wina, że ma słabe nerwy?

Mehmet zaczerpnął powietrza i przystąpił do frontalnego ataku.

– Powiedziała, że ją zmiażdżyłaś. Ostrzegam cię: jeśli skrzywdzisz moją rodzinę, to nie odpowiadam za siebie.

Anne poczuła, jakby całe powietrze uleciało jej z płuc, jakby cały tlen uszedł z mózgu.

– Grozisz mi? Zwariowałeś? Jak nisko można upaść? Zrobiła ci pranie mózgu?

Nawet przez słuchawkę słychać było, jak rośnie między nimi dystans. Kiedy Mehmet znów się odezwał, był od niej oddalony o całe lata świetlne.

– Rozumiem – powiedział. – Skoro tego chcesz...

Zapadła cisza. Rozmowa się urwała, a w Anne wszystko wrzało i kipiało. Położyła głowę na biurku i rozpłakała się.

*

Wracając schodami pożarowymi, do redakcji, czuła narastający niepokój. Przeglądanie starych wycinków niewiele jej dało, poza tym że była zakurzona i miała brudne ręce. W latach sześćdziesiątych media nie traktowały nurtów politycznych szczególnie serio. Już wtedy najważniejsze były nośne tytuły i reklamy.

Grafika i jakość druku były żałosne. Do tego marna jakość zdjęć, grube ziarno. Dobrze, że tamte czasy minęły.

Pewnie każda epoka ma własne ideały, pomyślała, zmierzając do swojej szklanej klatki. Ale była przekonana, że lata sześćdziesiąte nie były jej czasem.

A rok dwutysięczny?

Usłyszała dzwonek telefonu i przyspieszyła kroku.

– Podobno mnie szukałaś – usłyszała głos Hansa Blomberga, archiwisty z „Norrlands-Tidningen".

– Cieszę się, że pan się odezwał – odpowiedziała, zasuwając drzwi. – Jak pan się czuje?

Chwila ciszy.

– A dlaczego pani pyta?

Annika usiadła zdziwiona.

– Telefonistka powiedziała, że jest pan chory. Zaniepokoiłam się.

– Ach, ta kobieca troskliwość – westchnął Blomberg.

Annika się uśmiechnęła. Starszy pan był teraz taki, jakiego pamiętała. Niemal widziała, jak siedzi w swetrze przy swoim biurku z poobijanym blatem, z tablicą ogłoszeń nad głową, z dziecięcym rysunkiem i napisem zachęcającym, by wytrwał do emerytury.

– Mam nadzieję, że to nic poważnego – powiedziała, przeciągając się na krześle.

– Nie, nie. To co zawsze. Data przydatności do spożycia minęła, w lodówce mleko wytrzyma jeszcze parę dni, ale potem kwaśnieje, więc trzeba je usunąć i zrobić miejsce dla świeższych towarów. Tak to jest dzisiaj na świecie.

Uśmiech zniknął z jej twarzy. Mówił spokojnie, starał się być zabawny, ale wyczuwała frustrację.

– Dla mnie jest pan jak stare wino – powiedziała, próbując nie zwracać uwagi na gorycz w jego głosie.

– Trzeba dziewczyny ze Sztokholmu, żeby to dostrzegła – westchnął. – Czym mogę pani służyć?

– Moje pytanie też dotyczy dawnych czasów. Szukam informacji o mężczyźnie z Sattajärvi, który w latach sześćdziesiątych mieszkał w Luleå i prawdopodobnie pracował dla kościoła. Nazywał się Göran Nilsson.

– Umarł? – spytał Hans Blomberg. Annika słyszała, jak coś notuje.

– Nie sądzę.

– Więc zmarłych możemy zostawić w spokoju. Co pani chce o nim wiedzieć?

– Wszystko. Czy wygrał konkurs tańca, czy demonstrował przeciwko imperializmowi, okradł bank, ożenił się...

– Göran Nilsson, tak? Nie mogła pani wybrać pospolitszego imienia i nazwiska?

– Szukałam, ale nie znalazłam.

Westchnął ciężko. Annika niemal widziała, jak wstaje, przytrzymując się biurka.

– Kilka minut mi to zajmie – powiedział.

Ale wyraźnie nie docenił skali problemu. Annika zdążyła przejrzeć wszystkie strony z nieruchomościami, sprawdzić oferty domów na sprzedaż w całym Sztokholmie, a nawet zakochać się w fantastycznej nowo wybudowanej willi przy Vinterviksvägen w Djursholm za marne sześć milionów dziewięćset tysięcy koron, pójść po kawę, wpaść na chwilę do Berit, spróbować dodzwonić się do Thomasa, wysłać Anne SMS, zanim znów usłyszała dzwonek na biurku.

– Trafiały mi się łatwiejsze zadania – westchnął Blomberg ciężko. – Wie pani, ilu Göranów Nilssonów mamy w archiwum?

– Siedemdziesięciu dwóch i pół.

– Dokładnie. A jedyny Göran Nilsson z Sattajärvi występuje w zapowiedziach.

Annika uniosła brwi, czuła, jak opuszczają ją resztki nadziei.

– Zapowiedzi? To coś, co w XIX wieku ksiądz ogłaszał w kościele przed ślubem?

– Niezupełnie – sprostował Hans Blomberg. – Zapowiedzi obowiązywały do 1973 roku. Poza tym ma pani rację. Ksiądz odczytywał zapowiedzi przez trzy kolejne niedziele poprzedzające ślub, a lud się radował.

– I pisano o tym w gazecie?

– Taki był zwyczaj. Była nawet specjalna rubryka. Wycinek jest z dwudziestego dziewiątego września 1969 roku. Przeczytać pani?

– Poproszę.

– „Pracownik parafii Göran Nilsson, urodzony w Sattajärvi, zamieszkały w Luleå, i studentka Karina Björnlund, urodzona i zamieszkała w Karlsvik. Ślub odbędzie się w ratuszu w Luleå w piątek, dwudziestego listopada, o godzinie czternastej".

Annika ledwie nadążała notować, ołówek frunął po papierze. Czuła, że włoski jeżą jej się na ręku, brakowało jej tchu. Boże drogi, to chyba niemożliwe?

Zmusiła się do spokoju. Nie powinna się tak podniecać, zanim wszystkiego dokładnie nie sprawdzi.

– Zadowolona? – spytał Hans Blomberg.

– Jeszcze jak – zapewniła schrypniętym głosem. – Bardzo dziękuję. Jest pan jak dobry rocznik szampana.

– W razie czego znasz mój numer, kochanie.

Rozłączyli się, Annika wstała. *Yes!* Szumiało jej w uszach, czuła pulsowanie krwi w skroniach. Wybiegła ze swojego szklanego boksu. Pulsowanie przybrało na sile, spróbowała wziąć się w garść. Właściwie nadal nie miała nic konkretnego, jeszcze nie! Nalała kawy do kubka i poszła do Berit.

– Skąd pochodzi minister kultury?

Berit podniosła głowę znad monitora, okulary na czubku nosa.

– Z północy, gdzieś z Norbotten, z okolic Luleå.

– Może z Karlsvik?

Berit zdjęła okulary, położyła dłonie na kolanach.

– Nie wiem. Czemu pytasz?

– Gdzie ona teraz mieszka?

– Gdzieś na przedmieściach, w północnej części miasta.

– Z mężem?

– Z partnerem – poprawiła ją Berit. – Nie mają dzieci. A o co chodzi?

Annika stała i kiwała się, jakby próbowała otrząsnąć się z szoku.

– Muszę coś sprawdzić. Chodzi o ogłoszenie, o zapowiedzi.

– Co takiego?

Annika pozostawiła pytanie Berit bez odpowiedzi i zamyślona ruszyła z powrotem do swojego pokoju. Zasunęła drzwi, usiadła i wbiła wzrok w monitor. Czuła, że jej tętno zwalnia. Położyła palce na klawiaturze i zabrała się do odkrywania prawdy.

Weszła na stronę rządu, ściągnęła dane dotyczące ministerstwa kultury w pdf-ie. Zobaczyła uśmiechniętą twarz Kariny Björnlund i informacje o zakresie jej obowiązków: dziedzictwo narodowe, sztuka, słowo drukowane, radio i telewizja i grupy wyznaniowe.

Pani minister urodziła się w 1951 roku, dorastała w Luleå, a obecnie mieszka z partnerem w Knivsta.

Ani słowa o Karlsvik, zauważyła Annika, ale postanowiła szukać dalej, najpierw w systemie Dafa. Karina Björnlund, zamieszkała w Knivsta, jeden wynik: kobieta, urodzona w 1951 roku, miejsce urodzenia: Nederluleå, obecnie pewnie po prostu Luleå.

Annika była zawiedziona. Znów zaczęło jej szumieć w uszach.

Potarła dłonie, musi szukać dalej. Wróciła do Google, wpisała Karlsvik, Luleå: dziewiętnaście wyników. Pierwsza informacja: historyczny rys rodu właściciela tartaku Olafa Falcka z Hälleström (1758-1830). Szukając dalej, dotarła do jego żyjących potomków, między innymi niejakiej Bedy Markström, urodzonej w 1885 roku, która później osiedliła się w Karlsvik, w parafii Luleå.

Kliknęła w mapę, znalazła.

Karlsvik okazało się niewielką osadą tuż pod Luleå, po drugiej stronie rzeki.

Odchyliła się do tyłu, musiała to przetrawić. Czuła mrowienie w całym ciele, zaschło jej w ustach.

Zapisała coś w notesie i wcisnęła klawisz z zaprogramowanym numerem do gabinetu szefa.

– Masz chwilę?

Powietrze w sali konferencyjnej na siódmym piętrze Związku Gmin było całkowicie pozbawione tlenu, zapachy kawy i nikotyny mieszały się z wonią męskiego potu. Thomas otarł czoło. Podświadomie poluzował krawat, żeby w ogóle móc oddychać.

Było to pierwsze oficjalne spotkanie grupy, hierarchia nie zdążyła się jeszcze wyklarować. Na początku wszyscy poklepywali się po plecach, potem wszyscy chcieli oznaczyć swoje rewiry. Thomas ocenił, że trzeba będzie zwołać jeszcze co najmniej jedno zebranie, żeby mogli zacząć robić coś sensownego.

Ich projekt miał być ważnym punktem wspólnych obrad Związku Samorządów i Szwedzkiego Związku Gmin, które miały się odbyć w czerwcu w Norrköpingu. Oba związki organizowały wówczas swoje kongresy, ale część imprez miała być wspólna, jako wstęp do planowanego połączenia organizacji. Całe przedsięwzięcie odbywało się pod hasłem: Obywatel i przyszłość.

Thomas otworzył szeroko oczy i zaczął studiować program kongresu.

Nic z tego. Sophia nie dawała mu spokoju. Widział ją nawet między wierszami propozycji zarządu odnośnie do długofalowego planu współpracy i w projekcie dokumentu dotyczącego kongresu.

Odchylił się do tyłu, próbował się skupić na monotonnym głosie dyrektora. Powiódł wzrokiem po zebranych.

Sophia siedziała pod oknem.

Sophia w kostiumie w prążki, w jedwabnej bluzce, ze śnieżnobiałymi zębami i włosami pachnącymi jabłkiem.

Sophia w spiczastym staniku, z rozchylonymi ustami, pochylona nad notesem.

Sophia bez majtek, ujeżdżająca mikrofon.

Odchrząknął, potrząsnął głową i zmusił swój mózg do powrotu do rzeczywistości.

Po drugiej stronie, przy krótszym boku stołu, siedział dyrektor wydziału informacji, który przewodniczył grupie. Rozmawiał cicho z kierownikiem projektu i jednym z członków zespołu. Obok nich siedzieli ludzie odpowiadający za kwestie formalne i administracyjne. Popijali kawę, pogryzali ciasteczka. Pozostali uczestnicy spotkania siedzieli wciśnięci w krzesła. Widać było, że bardzo się starają nie ziewać.

Jego świat. Świat Sophii.

Nagle zmartwiał. A co teraz robi Annika? Co on wie o jej świecie?

Usłyszał szuranie krzeseł, głosy. Pogrążony we własnych myślach nie zauważył, że zebranie dobiegło końca. Wziął się w garść i zaczął powoli zbierać papiery.

– Samuelsson – rozległ się głos nad jego głową. – Jak się współpracuje ze Związkiem Samorządów?

Wstał i podał dyrektorowi rękę. Miał pustkę w głowie, sucho w ustach. Co, do diabła, miał odpowiedzieć? Przełknął głośno ślinę.

– Całkiem nieźle.

– Żadnych konfliktów?

Cofnął dłoń. Nie chciał, żeby dyrektor zauważył, że się poci.

– Dopóki mamy wspólny cel i nie ulegamy wpływom, nie powinno być problemów – stwierdził, zastanawiając się, co właściwie powiedział.

– A Sophia Grenborg? Jaka ona jest?

Thomas poczuł, że brakuje mu tchu.

– No, świetna. Wyższe sfery, bezproblemowe życie... – zaczął.

Dyrektor przyglądał mu się ze zdziwieniem.

– Chodziło mi o to, jak się z nią pracuje. Czy forsuje interesy Związku Samorządów kosztem naszych?

Thomas poczuł, że się rumieni. Był zły na siebie.

– Na pewno nie możemy oddać pola, pozwolić, żeby przejęli nasze sprawy. Przed kongresem priorytety nieco się zmieniły...

Dyrektor w skupieniu pokiwał głową.

– Rozumiem. Będę wdzięczny, jeśli przedstawisz mi swoje wnioski. Nie tylko z tego, czym się teraz zajmujesz, ale w ogóle na temat wszystkiego, co się odnosi do spraw regionalnych.

– Oczywiście – odpowiedział Thomas, poprawiając krawat. – Zaraz się tym zajmę.

Dyrektor poklepał go po ramieniu.

– To jest właściwa postawa – powiedział i ruszył do drzwi.

Sala powoli pustoszała, Thomas zamknął teczkę. Jedna z sekretarek otworzyła szeroko okno, wpuszczając do środka świeże powietrze. Poczuł chłodny powiew na nogach i pod marynarką.

Jak właściwie układała się współpraca ze Związkiem Samorządów? Sophia Grenborg. Jaka była naprawdę?

Postanowił na razie o tym nie myśleć. Chwycił teczkę i pewnym krokiem ruszył do wind. Doszedł go gwar, w holu zebrało się kilka osób. Uśmiechnął się do nich i postanowił zejść schodami pożarowymi.

Korytarz prowadzący do jego pokoju był ciemny i cichy; światło padające z wiszących na ścianach kinkietów podkreślało strukturę tynku. Wszedł do pokoju, zamknął za sobą drzwi i usiadł za biurkiem.

Nie może tak być. Jak mógł pozwolić, żeby sprawy zaszły tak daleko? Ryzykuje, że zniszczy wszystko, co do tej pory osiągnął, o co tak walczył. Rodzina przestanie mu ufać. Pracodawca też nie będzie zachwycony, jeśli ktoś w końcu znajdzie go w łóżku z działaczką Związku Samorządów. Spojrzał na zdjęcie Anniki i dzieci. Oprawione w srebrną ramkę stało na jego biurku. Zostało zrobione zeszłego lata, podczas siedemdziesiątych urodzin jego ciotki. Był w nim jakiś fałsz. Dzieci były odświętnie ubrane, stały sztywne. Annika miała na sobie sukienkę do kolan, z lekkiego materiału, który nieco maskował kanciastość jej sylwetki. Niesforne zwykle włosy splotła w warkocz.

– To zdjęcie pokazuje, jak chciałbyś nas widzieć – powiedziała Annika, kiedy je zobaczyła.

Nie skomentował tego, chciał uniknąć kolejnej dyskusji prowadzącej donikąd.

Rzeczywiście przywiązywał dużą wagę do tego, jak ludzie go postrzegają. Ignorowanie tego uważał za nieodpowiedzialne i głupie. Annika tak nie sądziła.

– Nigdy nie będzie tak, że wszyscy będą cię kochać – powiedziała kiedyś. – Lepiej mieć własne zdanie, niż próbować dogodzić innym.

Thomas przeciągnął palcem po matowej, surowej ramce. Zatrzymał się chwilę na pełnych piersiach Anniki.

Głośny dzwonek telefonu sprawił, że nagle podskoczył.

– Masz gościa. Sophia Grenborg ze Związku Samorządów. Zejdziesz po nią? – usłyszał głos recepcjonistki.

Poczuł, że zaczyna się pocić.

– Nie, możesz ją wpuścić. Trafi.

Odłożył słuchawkę, wstał i zaczął krążyć po pokoju. Uchylił drzwi, rozejrzał się, jakby widział ten pokój po raz pierwszy. Oparł się o biurko, skrzyżował nogi i zaczął nasłuchiwać. Serce biło mu coraz mocniej, próbował się rozeznać we własnych uczuciach, ale widział jedynie bezdenny chaos.

Nie wiedział, co robić. Nadzieja, ale też wstyd, pożądanie i pogarda.

Doszedł go stukot obcasów, jej obcasów. Odbijał się echem w cichym korytarzu, radośnie, lekko.

Pchnęła drzwi i weszła do środka. Jej oczy błyszczały, było w nich zażenowanie i wahanie. Nie była w stanie ich ukryć.

Thomas podszedł do niej, zgasił światło, przyciągnął ją do siebie, objął i zamknął drzwi. Zaczął ją całować, mocno, niepohamowanie, jej usta były ciepłe i miały kwaśny smak. Dotknął jej piersi, poczuł jej dłonie na swoich pośladkach.

Dysząc, zaczęli się rozbierać. Po chwili leżeli na blacie biurka, poczuł pod plecami kubek z długopisami, odsunął go na bok. Sophia usiadła na nim okrakiem, patrzyła mu w oczy, jej pełne usta drżały. Wszedł w nią miękko, delikatnie. Odchylił głowę do tyłu, zamknął oczy, a ona zaczęła go ujeżdżać. Fala gorąca przeszyła jego ciało, unosił się w powietrzu. Kiedy poczuł, że zbliża się orgazm, otworzył szeroko oczy i jego spojrzenie spotkało się ze spojrzeniem Anniki. Patrzyła na niego zrezygnowana, siedząc na rodzinnym przyjęciu, którego nie udało jej się uniknąć.

Nie był w stanie powstrzymać krzyku. Wydobył się z niego jednocześnie z wytryskiem.

W ciszy, która potem nastąpiła, słychać było tylko jednostajny szum wentylatora, zawodzenie windy i uporczywe dzwonienie porzuconego gdzieś na innym piętrze telefonu.

– Jesteśmy szaleni – wyszeptała mu w ucho Sophia, a on nie mógł się powstrzymać od śmiechu. Do diabła, naprawdę są szaleni. Pocałował ją i podniósł się. Stoczyła się z niego, śluz poplamił leżącą na blacie teczkę z dokumentami.

Usiłowali doprowadzić się do porządku, nieporadnie, z chichotem. Potem stali chwilę, uśmiechając się do siebie i patrząc sobie w oczy.

– Dziękuję za dzisiejszy wieczór – powiedziała, całując go w brodę.

Chwycił zębami jej wargi, zaczął ssać jej język.

– To ja dziękuję.

Słowa jak lekkie tchnienie.

Sophia włożyła płaszcz, wzięła teczkę i ruszyła do drzwi. Nagle się zatrzymała.

– Ojej. Byłabym zapomniała, po co przyszłam.

Thomas usiadł na krześle, odchylił się do tyłu i nagle poczuł się senny, jak zwykle po stosunku. Sophia położyła teczkę na biurku, otworzyła ją i wyjęła dokumenty z logo Ministerstwa Sprawiedliwości.

– Po południu rozmawiałam chwilę z Cramnem. Przejrzeliśmy plany dalszych działań – powiedziała i uśmiechnęła się do niego.

Thomas poczuł, jak jego twarz sztywnieje, senność znikła.

– Co takiego? Ja miałem się tym zająć.

– Nie mógł cię złapać, byłeś na zebraniu, więc zadzwonił do mnie. Przejrzyj to dzisiaj wieczorem i odezwij się do mnie rano.

Thomas spojrzał na zegarek.

– Muszę odebrać dzieci. Nie wiem, czy zdążę.

Sophia zamrugała oczami, lekko zbladła.

– Rozumiem – odpowiedziała, nieco ostrzej niż zwykle. – Zadzwoń, jeśli zdążysz.

Odwróciła się do niego plecami i wyszła, zamykając za sobą drzwi. Thomas wciąż siedział na krześle, czuł lepkość w kroczu.

Jak się układa współpraca ze Związkiem Samorządów? Sophia Grenborg, jaka ona jest?

Rzucił się do przodu, zmiął kartkę z listą zasad współpracy i wrzucił do kosza. Papiery, które przyniosła, zostawił obok kubka z długopisami i szybko wyszedł, żeby zdążyć do przedszkola.

Annika siedziała na niewygodnym krześle przed gabinetem Schymana. Kiedy w końcu otworzył drzwi, poczuła, że zdrętwiały jej nogi.

– Mam dwie minuty – oświadczył, zanim zdążyła cokolwiek powiedzieć.

Wstała, próbując odzyskać czucie w nogach. Ruszyła niepewnym krokiem po kołyszącej się podłodze za jego szerokimi ramionami, zestresowana, że nie ma dla niej czasu. Usiadła w fotelu dla gości, wyjęła z torby notatki i położyła je na wydrukach z tabelkami, które znów pokrywały blat jego biurka.

Schyman zajął swoje miejsce. Usiadł w trzeszczącym fotelu i odchylił się do tyłu.

– Widzę, że nie odpuszczasz terrorystom – powiedział, krzyżując ręce na brzuchu.

– Dotarłam do dość kontrowersyjnych informacji – powiedziała Annika. Zerknęła w notes, zauważyła, że otworzyła go w złym miejscu. Zaczęła nerwowo szukać właściwej kartki. Schyman westchnął.

– Mów, czego się dowiedziałaś.

Annika położyła notes na kolanach. Nadal miała wrażenie, że spada, podłoga falowała.

– Terrorysta nazywa się Göran Nilsson. Urodził się w Sattajärvi, w Tornedalen, w 1948 roku. Jego ojciec był lestadiańskim kaznodzieją. – Sięgnęła po bloczek, przerzuciła kilka kartek. – Kiedy skończył dziewiętnaście lat, wyjechał do Uppsali studiować teologię. Wiosną 1968 roku związał się z ruchem rewolucyjnym i został maoistą. Nie skończył studiów, wrócił na północ i zaczął pracować dla Kościoła. Wstąpił do organizacji maoistycznej i przybrał pseudonim Ragnwald. Coraz bardziej oddalał się od wiary, zdecydował się wziąć ślub cywilny. Miał coś wspólnego z zamachem na F21, chociaż policja wątpi, czy osobiście brał w nim udział. Zniknął ze Szwecji osiemnastego listopada 1969 roku i nikt go tu później nie widział. Dwudziestego listopada miał brać ślub w ratuszu w Luleå, ale uroczystość została odwołana.

Schyman skinął głową.

– Potem pojechał do Hiszpanii, związał się z ETA i został zawodowym mordercą – dokończył, zerkając na leżącą na stoliku gazetę.

Annika uniosła rękę, próbując stopami uspokoić podłogę.

– Tu właśnie dochodzimy do najciekawszego, do zamachu na F21.

– Jeśli dobrze zrozumiałem, policja uznała, że nie brał w nim udziału.

Annika skinęła głową, przełknęła głośno ślinę.

– Więc kto wysadził samolot w powietrze? – spytał Schyman tak neutralnie, jak to tylko możliwe.

Po trwającej kilka sekund ciszy padła odpowiedź:

– Karina Björnlund. Obecna minister kultury.

Twarz redaktora naczelnego zastygła. Ręce nadal miał skrzyżowane na brzuchu, plecy pochylone, oczy patrzyły w jeden punkt. Powietrze w pokoju zrobiło się nagle ciężkie.

– Zakładam – odezwał się po długiej chwili milczenia – że masz na to solidne dowody.

Annika próbowała się roześmiać, ale tylko parsknęła nerwowo.

– Właściwie nie, ale pani minister wydaje się najbardziej prawdopodobną sprawczynią.

Schyman pochylił się gwałtownie do przodu, podniósł się niemal razem z krzesłem i wyszedł na środek gabinetu.

– Nie będę tego słuchał – oświadczył.

Annika też wstała, ale poczuła, że ściany pokoju zaczynają się do niej niebezpiecznie zbliżać, więc szybko usiadła z powrotem. Sięgnęła po notatki.

– Na miejscu znaleziono ślad buta w rozmiarze trzydzieści sześć. Zostawiło go albo dziecko, albo drobna kobieta.

Dorosła drobna kobieta wydaje się bardziej prawdopodobna. Kobiety rzadko zostają terrorystkami, chyba że działają razem ze swoimi mężczyznami. Ragnwald zaplanował atak, jego narzeczona go wykonała.

Schyman przestał nerwowo chodzić po pokoju, odwrócił się do niej.

– Narzeczona?

– Mieli się pobrać. Asystent parafii Göran Nilsson, urodzony w Sattajärvi, i Karina Björnlund, pochodząca z Karlsvik, parafia Luleå. Sprawdziłam wszystkie dane, zgadza się.

– Terrorysta i pani minister kultury?

– Terrorysta i pani minister kultury.

– Mieli się pobrać dwa dni po zamachu?

Annika przytaknęła. Zobaczyła zdziwienie na twarzy szefa i poczuła, że podłoga pod jej stopami zaczyna się uspokajać.

– Skąd wiesz?

– Zawiadomienie o ślubie w „Norrlands-Tidningen", zamieszczone niespełna cztery tygodnie przed zamachem.

Anders Schyman zatrzymał się. Stał i bujając się na piętach, wpatrywał się w budynek rosyjskiej ambasady za ciemną szybą.

– Jesteś absolutnie pewna, że Karina Björnlund jesienią 1969 roku planowała ślub z człowiekiem, który potem został zawodowym mordercą?

Annika odchrząknęła i skinęła głową. Schyman ciągnął dalej.

– I z miłości do niego pani minister kultury miałaby zniszczyć własność państwa, zabić jednego żołnierza, a drugiego ranić?

– Pewności nie mam, ale wydaje się to logiczne.

Schyman wrócił na swoje miejsce przy biurku i ostrożnie usiadł na krześle.

– Ile miała wtedy lat?

– Dziewiętnaście.

– Mieszkali razem?

– Z dokumentów wynika, że mieszkała z rodzicami w Karlsvik.

– Gdzie pracowała?

– Z ogłoszenia o ślubie wynika, że była studentką.

Redaktor naczelny wziął pióro i zapisał coś w rogu jednej z tabelek.

– W życiu nie słyszałem większej bzdury – powiedział po chwili, spoglądając na Annikę.

Pozwolił pióru upaść, odgłos uderzenia plastiku o papier odbił się echem wśród ciszy. Podłoga pod Anniką znów się otworzyła, wciągała ją w otchłań.

Schyman podszedł do niej.

– Dobrze, że przyszłaś z tym wszystkim do mnie, a nie do kogoś innego. Mam nadzieję, że nikomu nie mówiłaś o tych idiotyzmach.

Annika poczuła kolejną falę ciepła, zaczęło jej się kręcić w głowie.

– Nie – wyszeptała.

– Nie rozmawiałaś o tym z Berit? Ani z Janssonem? Ani z babcią?

– Babcia nie żyje.

Szef przyglądał się jej kilka sekund, wyprostował się.

– Dobrze – powiedział, odwracając się od niej. – Od tej chwili przestajesz się zajmować terroryzmem. Masz zostawić w spokoju Karinę Björnlund, tego cholernego Ragnwalda, zamachy w Luleå czy gdziekolwiek indziej. Rozumiemy się?

Annika niemal czuła jego oddech na twarzy, odchyliła się w fotelu.

– Nie sądzisz, że warto to wszystko sprawdzić?

Schyman spojrzał na nią z takim niedowierzaniem i zdziwieniem, że poczuła, jak coś ją ściska za gardło.

– Co? Że najbardziej poszukiwany szwedzki terrorysta, poszukiwany od trzydziestu lat, okazał się terrorystką? Dziewiętnastoletnią dziewczyną mieszkającą z rodzicami w małej osadzie na północy, a potem ministrem kultury w socjaldemokratycznym rządzie?

Annika oddychała szybko z otwartymi ustami.

– Nie rozmawiałam z nikim, z policją też nie...

– To dobrze.

– Chociaż policja na pewno ją przesłuchiwała, może jest jakieś inne wytłumaczenie...

Przerwał jej głośny dzwonek telefonu.

– Przyszedł Herman Wennergren – oznajmiła sekretarka wśród trzasków.

Schyman zrobił trzy kroki w stronę aparatu i wcisnął guzik.

– Poproś, żeby wszedł.

Puścił guzik. Spojrzał na Annikę, dając jej do zrozumienia, że najchętniej wbiłby ją w ziemię.

– Ani słowa więcej na ten temat. Możesz iść.

Annika wstała, zdziwiona, że jeszcze się nie rozleciała na kawałki. Chwyciła notes rękami, które wydały się jej całkowicie obce, i ruszyła do drzwi na końcu długiego tunelu.

Szła niemal po omacku.

Anders Schyman patrzył, jak za Anniką zamykają się drzwi. Poczuł w żołądku piekący zawód.

To niewiarygodnie smutne. Zawsze była taka ambitna, dokładna. Teraz najwyraźniej całkowicie straciła kontakt z rzeczywistością. Uciekła w świat fantazji: terroryści w rządzie, zawodowi mordercy.

Poczuł, że musi usiąść. Odwrócił krzesło do okna, w ciemnej szybie widział swoją twarz, w głębi zarys betonowego budynku, nad którym powiewała rosyjska flaga.

Co w takiej sytuacji jest obowiązkiem szefa? Powinien się skontaktować z lekarzem? Czy Annika stanowi zagrożenie? Dla siebie? Dla innych?

W szybie zobaczył, że przełyka ślinę.

Nie zauważył, żeby Annika wykazywała skłonność do gwałtownych zachowań ani żeby miała myśli samobójcze. Stwierdził jedynie, że nie może jej już ufać. Będzie musiał poczynić jakieś kroki, być bardziej stanowczy, i on, i całe szefostwo.

To bardzo przykre, pomyślał znowu. Kiedyś była zdolną reporterką.

Drzwi się otworzyły i, jak zwykle bez pukania, wpadł Herman Wennergren.

– Dobrze, że przynajmniej niektóre bitwy człowiek wygrywa – powiedział gorzko, stawiając teczkę na kanapie dla gości. – Poczęstujesz mnie kawą?

Schyman schylił się, wcisnął guzik i poprosił sekretarkę o dwie filiżanki. Potem wstał i podszedł do kanapy, na której Wennergren zdążył się już rozgościć. Nieoczekiwana wizyta przewodniczącego zarządu trochę go zaniepokoiła.

– Zły dzień? – spytał, siadając w fotelu po drugiej stronie stolika.

Wennergren dotykał nerwowo zamka teczki. Uderzał paznokciem o metal, podświadomie, irytująco.

– Czasem się wygrywa, czasem przegrywa – stwierdził w końcu. – Ale mogę cię pocieszyć: tobie szczęście zdaje się sprzyjać. Wracam właśnie z zebrania Stowarzyszenia Wydawców Prasy, na którym przedstawiono twoją kandydaturę na nowego przewodniczącego. Poprzedni się nie sprawdził i właściwie wszyscy są zgodni, że należy go zmienić. Moja propozycja została przyjęta praktycznie bez sprzeciwu. Nikt nie miał zastrzeżeń, ani publicyści, ani dyrektorzy.

Wennergren sprawiał wrażenie autentycznie zdziwionego.

– Może po prostu byli w szoku – rzucił Schyman.

W tym momencie do gabinetu weszła sekretarka z tacą z filiżankami, kawą i kruchymi ciasteczkami.

– Nie sądzę – odpowiedział Wennergren, sięgając w locie po pierniczka, zanim sekretarka zdążyła postawić półmisek na stoliku. – Dyrektor nazwał cię kolektywnym kapitalistą. Domyślasz się, o co mogło mu chodzić?

– Zależy od tonu, jakim to powiedział. Od tego, jakie znaczenie przypisujemy słowom – skwitował Schyman, usiłując się wymigać od odpowiedzi.

Herman Wennergren wziął do ręki filiżankę, jego mały palec sterczał w górę.

– Niewykluczone, że postanowili zewrzeć szeregi – powiedział, wypijając łyk kawy. – Jeszcze za wcześnie otwierać szampana, chociaż uważam, że masz duże szanse. Jeśli wszystko pójdzie zgodnie z planem, poproszę, żebyś na pierwszym zebraniu zarządu podjął temat, który ma dla nas ogromne znaczenie.

Schyman wtopił się w fotel. Jego twarz pozostała nieruchoma, ale dotarło do niego, że prezes najwyraźniej oczekuje, że zostanie narzędziem właścicieli koncernu w apolitycznym i niepartyjnym z pozoru Stowarzyszeniu Wydawców Prasy.

– Ach tak. A o co chodzi? – spytał, starając się, żeby jego głos brzmiał neutralnie.

Wennergren sięgnął po kolejne ciasteczko.

– O kanał telewizyjny TV Scandinavia – powiedział, ocierając okruchy z kącików ust. – Mamy bez żadnej dyskusji wpuścić wielki amerykański kapitał na nasz rynek?

Facet jest naprawdę przestraszony, pomyślał Schyman.

– Mam wrażenie, że bez przerwy o tym dyskutujemy – powiedział głośno, nie do końca wiedząc, czy powinien być wściekły z powodu próby wywarcia nacisku, czy udać, że nic się nie stało.

– Doprawdy? A ile artykułów na ten temat ukazało się w „Kvällspressen", jeśli wolno spytać?

Zamiast wybuchnąć, Schyman wstał i wrócił do biurka.

Nigdy dotąd właściciele koncernu nie próbowali naciskać, żeby gazeta zamieszczała artykuły dotyczące przedsięwzięć, w których rodzina miała swoje interesy. Nagle dotarło do niego, jak drażliwą kwestią było wejście amerykańskiej stacji na szwedzki rynek.

– Zachowam szacunek środowiska, tylko jeśli pozostanę obiektywny i niezależny.

– To zrozumiałe.

Herman Wennergren wstał, wziął teczkę i płaszcz.

– Obiektywizm, oczywiście, na zewnątrz, jak najbardziej. Ale nie jesteś chyba taki głupi, Schyman, żeby zapomnieć, dla kogo pracujesz, prawda?

– Dla mnie najważniejsze jest dziennikarstwo – ciągnął Schyman, czując, jak narasta w nim złość. – Prawda i demokracja.

Herman Wennergren westchnął. Był zmęczony.

– Tak, tak, wiem. Ale zdajesz sobie sprawę z tego, o jaką stawkę gramy? Co mam zrobić, żeby się ich pozbyć?

– Dopilnujcie, żeby nie dostali koncesji.

Wennergren westchnął, tym razem głośno.

– Jasne. Tylko jak? Próbowaliśmy wszystkiego. Rząd pozostaje niewzruszony. Amerykańskie koncerny spełniają wszystkie kryteria. We wtorek projekt ustawy trafi pod obrady parlamentu. Ministerstwo Kultury nie zmieni zasad tylko dlatego, że my tego chcemy.

– Już we wtorek? – przerwał mu Schyman. – Rozumiem, że tekst ustawy jest wydrukowany i gotowy?

– Ustawa już dawno przeszła przez wszystkie komisje, ale znasz Björnlund. Z trudem podejmuje decyzje, rzadko na czas. Sprawdziliśmy w drukarni Riksdagu, nic jeszcze do nich nie wpłynęło.

Schyman spojrzał na biurko, na kartkę z notatką: „Karina Björnlund zaręczona z terrorystą Ringwaldem, zamach na F21????".

Patrzył na słowa, które sam zapisał, i czuł, jak rośnie mu ciśnienie.

Jak wyobraża sobie przyszłość szwedzkich mediów?

Chciałby, żeby zarządzali nimi odpowiedzialni właściciele, kontynuujący tradycję demokracji i wolności słowa? Czy dopuści, żeby zostały zduszone przez kapiące od dolarów globalne monstrum rozrywkowe? Czy zaryzykuje istnienie „Kvällspressen", „Morgontidningen", wydawnictw książkowych, stacji radiowych i telewizyjnych, żeby pozostać w zgodzie z nigdy niewyartykułowanymi zasadami etyki, których nikt nigdy nie pozna? I za jaką cenę?

No i wreszcie: czy jest gotów poświęcić własną karierę?

Sięgnął po kartkę z notatką i spojrzał na prezesa zarządu.

– Mam tu coś. Coś, o czym Karina Björnlund wolałaby raz na zawsze zapomnieć.

Herman Wennergren z zaciekawieniem uniósł brwi.

Podmuch deszczu ze śniegiem uderzył Annikę w twarz, jakby z pogardą. Zabrakło jej tchu. Drzwi zasunęły się za nią, cichy szum mieszał się z chrzęszczeniem grudek lodu w mechanizmie. Przesłoniła oczy dłonią, chroniąc się przed rozświetlonym logo gazety nad wejściem do budynku. Przed nią ciągnęła się ulica, cały świat, wielki i potężny, nie do przeniknięcia. Jej własny punkt ciężkości jakby nieco się obniżył. Czy da radę zrobić jeszcze krok, zastanawiała się. Jak wróci do domu?

W życiu nie słyszałem większej bzdury. Mam nadzieję, że nikomu nie mówiłaś o tych idiotyzmach.

Gdzieś z tyłu głowy aniołowie zaczęli już nucić swoją smutną pieśń bez słów. Dźwięki docierały do niej przez kosmiczną pustkę.

Jak mogła się tak pomylić? Czyżby naprawdę zaczynała wariować? Co się stało z jej głową? Czy to z powodu wydarzeń w tunelu? Czy coś się wtedy zepsuło, coś, czego nie można już naprawić?

Zasłoniła rękami uszy, zamknęła oczy, żeby nie dopuścić do siebie aniołów. Ale skutek był wręcz odwrotny: dopiero teraz na dobre zajęły miejsce w jej mózgu, zacisnęły pętlę wokół jej świadomości, szeptały jakieś beznadziejne pocieszenia.

„Gorące pozdrowienia od cukrowego serduszka na zawsze ci wiernego".

Nie może tak być. Nie chcę.

Gdzieś w torbie zaczęła śpiewać komórka. Zamknęła oczy, czuła wibracje przenoszone przez notes i paczkę gumy do żucia, przez paczkę podpasek i grubą podszewkę kurtki. Docierały do niej gdzieś na wysokości talii, poczuła falę ciepła.

Nie chcę tego słuchać.

Nagła cisza. Sztokholm wokół niej jakby zamarł, odgłosy ulicy zniknęły, tylko mokre zjawy przemykały pod ulicznymi latarniami i rozświetlonymi neonami. Jej stopy oderwały się od ziemi, przeszybowała nad kawałkiem wybrukowanej jezdni, nad zamarzniętym trawnikiem, betonowym krawężnikiem, w stronę zjazdu do garażu.

– Annika!

Z hukiem wylądowała na ziemi, zaczerpnęła powietrza i zobaczyła, że stoi tuż przy piszczących drzwiach. Wiatr znów chwycił ją w swoje szpony, targał za włosy, opluwał, syczał.

– Pospiesz się, przemokniesz do nitki.

Stara zielona toyota Thomasa zatrzymała się przy krawężniku, przed zjazdem do garażu. Spojrzała na nią zdziwiona.

Nagle zobaczyła męża. Machał do niej przez otwarte drzwi, blond włosy kleiły mu się do głowy, płaszcz był mokry od deszczu. Zaczęła biec, prosto w jego śmiejące się oczy; szybowała nad asfaltem i lodem, aż zatopiła się w jego bezkresnych objęciach.

– Dobrze, że odebrałaś moją wiadomość – powiedział, prowadząc ją do drzwi od strony pasażera. Otworzył je i pomógł jej wsiąść. Cały czas coś do niej mówił. – Próbowałem się do ciebie dodzwonić, ale nie odbierałaś komórki, więc zostawiłem wiadomość w recepcji, że podjadę po ciebie. Właściwie to po drodze. Zrobiłem też zakupy, pomyślałem, że… Co ci jest? Źle się czujesz?

Annika oddychała płytko, przez otwarte usta.

– Chyba jestem chora – wyszeptała.

– Jak przyjedziemy do domu, będziemy musieli położyć mamusię do łóżeczka, tak, dzieciaki?

Annika odwróciła się i zobaczyła zapięte w fotelikach dzieci. Uśmiechnęła się.

– Cześć, skarby. Kocham was.

Środa, 18 listopada

MĘŻCZYZNA MINĄŁ posuwistym krokiem recepcję kempingu. Ciało miał rozluźnione, umysł trzeźwy. Czuł się silny, mocny. Jego stopy odbijały się sprężyście od podłoża, jak kiedyś, mięśnie napinały się i rozluźniały. Napełnił płuca powietrzem, poczuł lekki skurcz, gdy przepona się poszerzyła. Powietrze tu, na północy, było dziwne, ale dobrze mu znane, jak piosenka, którą się śpiewało, będąc dzieckiem, i która potem poszła w zapomnienie. I nagle znów się ją słyszy.

Ostre, pomyślał i zatrzymał się, chłodny, wyczekujący.

Spojrzał w górę. Patrzył na niebo, mrużąc oczy. Pojedyncze płatki śniegu dążyły uparcie ku ziemi, łopocząc w powietrzu.

Przyjechał tu, żeby wrócić do domu, dołączyć do rodziny. Nie miał specjalnych oczekiwań ani co do kraju, ani co do krajobrazu. Doskonale wiedział, że młyny kapitalizmu mielą dokładnie wszystko. Dlatego radość z powrotu zaskoczyła go. Kulące się w mroźnym powietrzu domy, pokryte śniegiem drogi, bliskość nieba i samotność sosen. Nawet zmiany wydały mu się swojskie, spodziewał się dobrobytu.

Ruszył w stronę drogi, przy której kiedyś mieszkała dziewczyna. W walącym się domu z zimną wodą i wychodkiem w podwórzu. Zastanawiał się, czy dobrze idzie. Nie potrafił odpowiedzieć. Karlsvik zmieniło się w sposób, którego się obawiał, ale którego do końca nie był w stanie sobie wyobrazić. Na wrzosowisku za miastem, które latem 1969 roku pokryte było łanem jagód i po którym turlali się z Kariną, aż wylądowali w mrowisku, wznosił się teraz blaszany barak w biało-niebieskie pasy, z dumnym napisem głoszącym, że jest to największa kryta hala targowa i boisko sportowe w Europie Północnej. Nie miał żadnych wątpliwości.

Nad rzeką, tam, gdzie kiedyś gonili się po pomostach dawnej przystani kajakowej, powstał czterogwiazdkowy kemping z drewnianymi domkami. Właśnie do nich zmierzał.

W ostrym zimowym powietrzu poczuł nagle zapach wzburzonej górskiej rzeki wpadającej do zatoki. Na drugim brzegu zobaczył w oddali miasto, przypomniał sobie leżące na brzegu stosy gwoździ. Tak było w czasach, kiedy jeszcze pracowały tartaki. Zastanawiał się, czy nadal tam leżą. I czy rosnące na stromym brzegu rzeki sosny poprzewracały się i wpadły do wody.

Szedł przed siebie lekkim, zdecydowanym krokiem, odśnieżonymi ulicami, posypanymi cienką warstwą żwiru i igliwia, po bokach leżały równe pryzmy śniegu i stały domy, których nie rozpoznawał.

Wszystko zostało odnowione z wielką dbałością o szczegóły, charakterystyczną dla elit kulturalnych i wyższej klasy urzędniczej. Robotnicza szeregówka odzyskała pierwotne kolory, czerwony albo żółty odcień ochry. Tyle że fasady były gładkie, błyszczały jak plastik. Na tle szarego jak ołów nieba bieliły się wyrzeźbione z dużą czułością łuki nad oknami, gładkie i nowe, z wysokiej jakości drewna. Kolorowe huśtawki na placach zabaw, porządne pojemniki do segregowania śmieci i dokładnie wysprzątane werandy domków miały w sobie coś fałszywego, jakąś dekadencką pychę.

Miasto było puste i martwe. Gdzieś zaszczekał pies, nieco dalej z zaspy wyskoczył kot, ale Karlsvik nie było żywe; odbijało jedynie obraz ludzi, którzy tu mieszkali i uważali się za szczęśliwych.

Nagle się zamyślił. Przypomniał sobie, że przecież życie zwykłych ludzi zawsze jest w rękach wielkiego kapitału. Teraz tak samo jak wtedy, pomyślał.

Dotarł do Disponentvägen i natychmiast rozpoznał jej dom z czerwoną fasadą, kuszącą jak wilgotne usta dziwki. Jego wzrok powędrował do jej okien na piętrze. Zielone szprosy i ogromna antena na dachu, jak jakiś wielki owad.

Jego dziewczyna, jego Czerwona Wilczyca.

Kobiety zawsze miały go za nieśmiałego i wycofanego, delikatnego i ostrożnego kochanka. Tylko z Kariną był inny, wspaniały. Tylko przy niej miłość była czymś więcej niż tylko erotyką, była cudem. Z nią i z przyjaciółmi stworzył rodzinę, która przez wszystkie pospiesznie mijające lata i sekundy została z nim, na wieczność.

Nie chciała z nim rozmawiać.

Kiedy ją odwiedził, odtrąciła go. Zawód nadal go bolał. Była jego błyszczącą gwiazdą. Otrzymała swoje dumne imię, by podkreślić powiązanie grupy z północą, skąd wszyscy pochodzili, oni, komuniści z Krainy Wilka. Co prawda uważali się za część chińskiego narodu, ale podkreślali też, że walka o wolność nie zna granic.

Ale ona uległa zdradliwej słodyczy władzy i odwróciła się do niego plecami. Dlatego on teraz odwrócił się plecami do domu jej dzieciństwa – i odszedł. Potykając się lekko, dotarł do wytyczonej obok kempingu ścieżki krajoznawczej. Zatrzymał się przed wysoką pryzmą śniegu i patrzył na chude sosny.

Spomiędzy nich prześwitywały pozostałości pierwszej stalowni w Norrbotten. Widział wystające spod śniegu ostre pręty, zniekształcone pozostałości po czasach, kiedy ludzie naiwnie wierzyli, że sami mogą kierować swoim losem.

Historia stalowni była krótka i pełna nagłych zwrotów akcji. Na przełomie wieków kilkuset ludzi pracowało tu przy uszlachetnianiu rudy żelaza. Ruda pochodziła z miejscowych złóż i całe przedsięwzięcie mogło się skończyć tylko tak, jak się skończyło.

Po pierwszej wojnie światowej stalownię kupili fabrykanci ze środkowej Szwecji. Ograbili ją z maszyn i wyposażenia, sprzedali mieszkania robotników i dosłownie wysadzili wszystko w powietrze.

Niektórzy uznali, że to w porządku. Ale nie wszyscy.

Nagle znów poczuł skurcz przepony. Lekarstwo przestało działać, powinien wrócić. Uświadomił sobie, że cuchnie. Ostatnio odór stawał się coraz bardziej dokuczliwy. Żywił się już niemal wyłącznie papkami przygotowywanymi z proszku. Nie tak wyobrażał sobie godne życie.

Dzisiaj mijają dokładnie trzy miesiące od postawienia diagnozy.

Odsunął od siebie ponure myśli i ruszył dalej, w stronę huty.

Jedyne, co z niej zostało, to okryte hańbą budynki magazynów. Podczas wojny udostępniono je Niemcom.

Przechowywali w nich broń, ziarno, konserwy. W bardzo dogodnym miejscu, po drodze do Norwegii i Rosji. Trzydziestu mężczyzn z miasteczka znalazło tam pracę, wśród nich ojciec Kariny. Potem twierdziła, że to właśnie przez to wpadł w alkoholizm.

Usprawiedliwienia, pomyślał. Człowiek ma wolną wolę, dokonuje wyborów, jedynie śmierć nie jest jego własną decyzją.

On też dokonał wyboru. Postanowił walczyć z imperializmem, używając śmierci jako narzędzia, przeciwko ludziom, którzy, poddając opresji i ciemiężąc jego braci i siostry, też dokonali wyboru.

Braci i siostry, pomyślał.

Dorastał bez rodzeństwa, w końcu jednak zyskał rodzinę. Stworzył własną, jedyną, za którą kiedykolwiek czuł się odpowiedzialny, i jedyną, którą zawiódł.

Ból umiejscowił się w żołądku, obciążał całe ciało. Zawrócił na kemping. Cierpiąc, ruszył w stronę recepcji.

Jakim okazał się ojcem? Zostawił swoją rodzinę na pastwę losu, wyjechał, kiedy grunt zaczął mu się palić pod nogami.

Zatrzymał się przy pokrytym śniegiem polu do minigolfa, żeby zaczerpnąć powietrza. Czarna Pantera. To on przyjął pod swoje skrzydła opuszczoną przez niego gromadkę. Jego spadkobierca, najstarszy syn, najbardziej niespokojny i niecierpliwy ze wszystkich jego dzieci, najbardziej bezkompromisowy, wziął imię po amerykańskich bojownikach o wolność. W grupie wywiązała się wtedy dyskusja. Ktoś stwierdził, że sięganie do wzorów amerykańskich jest aktem kontrrewolucyjnym. Pantera twierdził coś wręcz przeciwnego: uważał, że przybranie imienia jednego z głównych krytyków Ameryki wręcz wspiera walkę z lokajami kapitalizmu.

On sam trzymał się z boku, pozwolił, żeby się kłócili. Gdy jednak się okazało, że nie mogą dojść do porozumienia, opowiedział się za Panterą.

Poczuł ciężar w piersi, gdy pomyślał o tym, jak młody rewolucjonista z czasem się zmienił. Bez przywódcy Czarna Pantera stał się cieniem dawnego siebie.

Reszta dzieci poszła własnymi drogami, porzuciła ideały. Najgorzej skończył Biały Tygrys. Mężczyzna w średnim wieku był tak inny od młodego chłopca, którego pamiętał, że okazał się skłonny podejrzewać, że to nie on.

Powoli ruszył do swojego domku, tego najmniejszego. Spacerował tu z Białym Tygrysem tamtego pamiętnego lata. Nagle poczuł, że znów idzie obok niego, chłopiec, który wybrał takie imię, bo biel symbolizuje czystość, niewinność, a tygrys – siłę i zręczność.

Kiedyś jego serce było czyste, pomyślał. Dzisiaj jest równie czarne jak huta, którą kieruje.

W oknach, za firankami, widział ludzi wykonujących bezsensowne czynności. Pili kawę, planowali zakupy, knuli spiski przeciwko konkurentom i marzyli o seksualnym spełnieniu. Kemping był niemal pełen, w blaszaku odbywały się jakieś targi. Bardzo mu to odpowiadało. Kiedy wrócił z Upplandu, nikt go nie zaczepił, nie zagadnął.

Zatrzymał się przed swoim domkiem, zachwiał się. Wiedział, że wkrótce zabraknie mu sił. Pomyślał o kolejnej dwójce swoich dzieci.

Lew Wolności otrzymał takie imię, ponieważ uznano, że ktoś z nich powinien dawać wyraz solidarności z Afryką.

Ale chłopak nie był w stanie temu sprostać. Z przekonaniami nie miał problemów, ale potrzebował przywódcy, który by mu wskazał właściwą drogę. Postanowili, że razem się postarają, by głos Lwa Wolności wkrótce dał się słyszeć nad Czarnym Kontynentem i przyniósł masom wolność.

Lew Wolności był zapewne tym, który go potrzebował najbardziej, a jednocześnie tym, który skończył najgorzej.

Zajmę się tobą, synu, pomyślał, wchodząc do swojego maleńkiego domku.

Usiadł na krześle przy drzwiach i z trudem zdjął buty. Bolała go przepona, schylił się i poczuł falę mdłości.

Jęknął i odchylił się na krześle, zamknął na chwilę oczy.

Jego druga córka, Ujadający Pies, była w latach sześćdziesiątych pyskata i trudna, ale przecież mogła się zmienić. Chciałby się z nią spotkać. Może należy do tych, którzy zasłużyli na swoje dziedzictwo?

Podszedł do szafy i upewnił się, że marynarski worek nadal tam stoi.

Czwartek, 19 listopada

DRZWI ZAMKNĘŁY SIĘ z trzaskiem. Kosmata cisza wpełzła do mieszkania. Annika znów była sama. Leżała w łóżku z głową wciśniętą w poduszkę i kolanami podciągniętymi pod brodę. Poszwa lepiła się od strachu. Anioły nuciły coś w tle, monotonnie i cicho.

Dzisiaj musi wstać, musi przynajmniej odebrać dzieci. Nigdy nie chorowała, Thomas nie przywykł się nimi zajmować, odprowadzać do przedszkola, przyprowadzać do domu, gotować, czytać im, kłaść spać. Był w złym humorze, poirytowany, a ona miała wyrzuty sumienia.

Schowała się głębiej pod kołdrę.

Zdarzają się gorsze rzeczy, pomyślała.

Dzieci mogą zachorować. Thomas może mnie zostawić. Redakcja może zostać rozwiązana. W Iraku wybuchnie wojna. Naprawdę są gorsze rzeczy. Moje problemy to drobiazg.

A jednak coś się stało. Jej reputacja została nadszarpnięta, powstała wyrwa, wielka dziura.

Ufała Schymanowi. Polegała na jego zdaniu.

Coś się stało, z nim albo z nią. A może z obojgiem? Może cała ta historia ich po prostu przerosła?

A może wtedy, tam, w tunelu, naprawdę zwariowała?

Zdała sobie sprawę, że mogło tak być.

Czyżby straciła zdolność właściwego oceniania sytuacji i trzeźwego myślenia? Czyżby straciła poczucie rzeczywistości?

Naciągnęła kołdrę na głowę, próbowała dopuścić do siebie taką możliwość. Myśl kołatała się w jej głowie, czuła ją przy sobie, jakby leżała obok niej na poduszce. Zerknęła na nią i natychmiast ją odrzuciła.

Fakty są faktami i to ona ma rację.

Była tego pewna.

Niewykluczone, że wcześniej Schyman miał rację, ale teraz się mylił.

Zrzuciła z siebie puchową kołdrę, z trudem łapała powietrze. Wybiegła do łazienki, załatwiła się, umyła zęby i wzięła prysznic.

Bez Thomasa i dzieci mieszkanie sprawiało wrażenie opuszczonego. Stanęła w progu kuchni i spojrzała na bałagan, który zostawili po śniadaniu, pewnie nawet go nie zauważając. Wsłuchiwała się w odgłosy ciszy. Docierały do niej dźwięki, których nie słyszała, kiedy wszyscy byli w domu. Wtedy brała na siebie przypisaną jej rolę i przestawała być sobą. Kiedy pochłaniało ją coś ważniejszego, nie zwracała uwagi na rzeczy mniej istotne, na odcienie i niuanse. Jako Odpowiedzialna Za Życie była ponad wszelkie szepty i krzyki. Docierał do niej jedynie wrzask i podstawowe żądania, ważne dla podtrzymania życia. Okrzyki: Jeść!, Gdzie Jest Taśma Klejąca? czy Gdzie Jest Mój Tygrysek!

Teraz mogła sobie pozwolić na bycie sobą, a raczej na bycie sobą na zwolnieniu. Odtrącona, uznana za niespełna rozumu, zużyta reporterka, której termin przydatności do spożycia już dawno minął.

Lodówka mruczała głucho, zaledwie o pół tonu ciszej niż wentylator na dachu sąsiedniej kamienicy. Zza okna wdzierał się zapach smażeniny, w pobliskiej restauracji smażono placki. Przygotowywano danie dnia. Autobusy na przystanku na Hantverkargatan prychały i jęczały, strażackie wozy na sygnale, stacjonujące przy parku Kronoberg, zawsze były w drodze.

Nagle dopadła ją panika.

Nie wytrzymam.

Mięśnie zrobiły się twarde jak kamień, straciła mowę i oddech.

Nic się nie dzieje, pomyślała, nie uduszę się, przeciwnie, hiperwentyluję, zaraz wszystko przejdzie, muszę tylko zachować spokój.

Podłoga przybliżyła się, napierała na jej uda i łokcie; nagle Annika zorientowała się, że zagląda pod zmywarkę.

Wyzerował mnie, przestałam się liczyć jako człowiek, pomyślała, i ta świadomość sprawiła, że nagle wszystko wróciło: dźwięki, kolory. Skasował mnie nie tylko jako reporterkę, odebrał mi godność. Po raz pierwszy. Musiał być pod silną presją, najwyraźniej bardzo mu zależało na czyjejś akceptacji. Dlatego mnie odrzucił. Nie jest teraz w stanie o mnie walczyć, zbyt dużo by go to kosztowało.

Wstała i zauważyła, że ma stłuczone kolano. Czuła kłucie w nogach i rękach, znak, że w jej organizmie było za dużo tlenu.

Od wielu lat nie miewała napadów paniki. Ustały, kiedy urodziły się dzieci, powróciły dopiero po historii z Zamachowcem. Teraz znów ją nękały. Były nawet bardziej gwałtowne i przerażające niż kiedyś.

Może potrzebuję pigułek szczęścia, pomyślała.

Na szafce w łazience Anne, w jej mieszkaniu na Lidingö, stał duży słoik.

To tylko wyobraźnia. Przerażają mnie własne lęki. Mózg płata mi figle. Jeśli je obejrzę pod światło, wypuszczę na powierzchnię, znikną.

Stała z ręką opartą o zmywarkę i czuła, jak jej krążenie powoli wraca do normy.

Była przekonana, że ma rację. Jest jakiś związek między Ragnwaldem, minister kultury, zamachem na F21 i trzema zabójstwami: chłopca, dziennikarza i działacza samorządowego.

Zrozumiała, że pod żadnym pozorem nie wolno jej dalej zajmować się tą sprawą.

„Nie będę tego słuchał".

W czasie pracy, pomyślała. Ale teraz, kiedy jestem w domu, na zwolnieniu, mogę chyba wykonać parę telefonów, pomyślała.

Poszła do sypialni, ubrała się, wróciła do kuchni i zaparzyła kawę. Nie sprzątnęła bałaganu po Thomasie i dzieciach, odsunęła tylko na bok talerze i usiadła przy stole z kubkiem w ręku, z notesem i długopisem z logo Związku Gmin.

Żeby zrozumieć tę sprawę, musi wiedzieć więcej o terroryzmie i samej pani minister. Miała w domu internet, ale działał bardzo wolno. Kiedy Thomas chciał założyć szerokopasmowy, nie zgodziła się. Uznała, że i tak za dużo czasu spędza przy komputerze.

Sprawdzić księgi parafialne, zapisała, pochodzenie i dane rodziców.

Zażądać oficjalnych dokumentów z urzędów, zaczynając od poczty, następnie danych o podróżach, wydatkach na reprezentację, deklaracji podatkowych, wyciągów z rejestru nieruchomości i tak dalej.

Dowiedzieć się czegoś więcej o ETA i lestadianach.

Spojrzała na listę.

Na dzisiaj wystarczy.

Sięgnęła po słuchawkę, zadzwoniła do biura numerów i poprosiła o podanie numeru parafii w Sattajärvi. Okazało się, że takiej parafii nie ma. Poprosiła więc o numery telefonów do wszystkich parafii w okręgu Pajala. Dostała je, łącznie z numerami parafii w Junesuando i Tärendö.

Sattajärvi podlegało okręgowi Pajala.

Göran Nilsson urodził się drugiego października 1948 roku. Był jedynym dzieckiem Toivo i Eliny Nilsson. Matka została dopisana do księgi parafialnej osiemnastego stycznia 1945 roku. Miejsce urodzenia: Kexholm. Pobrali się siedemnastego maja 1946 roku. Ojciec zmarł w 1977 roku, matka w 1989 roku.

Annika wszystko skrupulatnie zanotowała i podziękowała.

Kexholm?

Musiała skorzystać z internetu.

Käkisalmi, zwane także Kexholm, przy ujściu rzeki Vuoksi do jeziora Ładoga, na Półwyspie Karelskim, niedaleko starego szwedzkiego miasta Viborga.

Czyli na terenie obecnej Rosji.

Znalazła odpowiednią stronę i zaczęła studiować historię miasta.

Jesienią 1944 roku do Karelii wkroczyły oddziały radzieckie i cały teren został „oczyszczony” z pierwotnej ludności. Czterysta tysięcy ludzi uciekło do Finlandii, część nawet dalej, do Szwecji.

Siedziała wpatrzona w monitor.

Czystki etniczne, pomyślała. Zjawisko stare jak świat, tylko określenie nowe.

Czy to ma jakieś znaczenie? Czy fakt, że matka terrorysty została wypędzona ze swojego domu przez radzieckich żołnierzy, coś znaczy?

Nie miała pewności. Niewykluczone.

Wylogowała się i zadzwoniła do parafii Luleå. Takie informacje łatwiej zdobyć przez telefon, kiedy rozmówca nie widzi spiętej, zaciekawionej twarzy po drugiej stronie.

Karina Björnlund urodziła się dziewiątego września 1951 roku jako druga z trójki rodzeństwa. Jej rodzicami byli Hilma i Helge Björnlund. Rozwiedli się w 1968 roku, matka wyszła ponownie za mąż, mieszka obecnie przy Storgatan w Luleå, ojciec nie żyje. Karina ma dwóch braci, Pera i Alfa.

Co z tego wynika?

Nic.

Podziękowała urzędnikowi, wstała, przeszła się po mieszkaniu i postanowiła zadzwonić do „Norrlands-Tidningen".

– Hans Blomberg ma dzisiaj wolne – odezwała się skwaszona sekretarka.

– Tak czy inaczej, proszę mnie połączyć z archiwum – powiedziała szybko Annika, chcąc uniknąć kolejnego wywodu na temat Unii Europejskiej.

Odebrała młoda kobieta.

– Wiem, że szefostwo postanowiło, że mamy współpracować z „Kvällspressen", ale nikt nas nie pytał, czy damy radę – tłumaczyła jej zestresowana. – Podam pani hasło, będzie pani mogła wejść do naszego archiwum w sieci.

Powinna wyluzować, inaczej skończy jak Hans, pomyślała Annika.

– Tego, czego szukam, nie ma w sieci. Chodzi mi mianowicie o najstarsze wycinki prasowe dotyczące Kariny Björnlund.

– Kogo? Minister kultury? Mamy kilometr wycinków na jej temat.

– Interesują mnie te najstarsze. Może pani mi je przesłać faksem?

Podała numer domowy. Odnotowała, że musi włączyć faks.

– Ile? Pierwszą setkę?

Annika zaczęła się zastanawiać.

– Zacznijmy od pięciu najwcześniejszych.

– Dobrze, ale nie obiecuję, że zdążę przed lunchem – odpowiedziała dziewczyna z westchnieniem.

Annika rozłączyła się, wyszła do kuchni i zaczęła sprzątać ze stołu. Sprawdziła, co jest w lodówce, postanowiła, że na obiad będą filety z kurczaka w mleczku kokosowym.

Zawiązała buty, włożyła kurtkę.

Muszę wyjść, odetchnąć świeżym powietrzem.

W 7-Eleven przy Fleminggatan kupiła spaghetti z pieczarkami i bekonem i jedząc je powoli plastikową łyżeczką, ruszyła w stronę mostu Kungsbron do miasta.

Zjadła, wyrzuciła papierowy pojemnik do kosza na rogu Vasagatan i Kungsgatan i skierowała się w stronę Hötorget. Dotarła do Drottninggatan i zwolniła. Jedyny sztokholmski deptak z prawdziwego zdarzenia, mieszanina nieba i piekła. Uliczni sprzedawcy, śpiewacy, dziwki i zmarznięci bezdomni wypełniający pustkę między sklepami, świetlnymi girlandami i ulicą. Dała się porwać tłumowi i poczuła nagły przypływ czułości. Szła, potrącana przez ludzi. Z sentymentalną melancholią patrzyła na matki z zaciśniętymi zębami pchające przed sobą wózki z dziećmi, na grupy ładnych młodych kobiet, które wyrwały się do miasta ze swoich imigranckich gett. Słyszała ich wysokie, jasne głosy: nareszcie poza domem, poza zasięgiem wzroku rodziny, swobodny krok na wysokich obcasach, rozpięte kurtki, obcisłe topy, luźno rozpuszczone włosy tańczące wokół głów. A obok ci wszyscy ważni mężczyźni w swoich urzędniczych mundurkach, zestresowani, z teczkami w rękach, i rozpieszczone, bogate dzieciaki z Östermalmu, w markowych ciuchach, w kurtkach z naszywkami Canada Goose, ze snobistycznym nosowym „i". Turyści. Sprzedawcy hot dogów. Kurierzy, błaźni i narkomani. Wtopiła się w tłum, z nadzieją, że może i jej dane będzie znaleźć swoje miejsce we wspólnocie.

– Patrz, to ta od Zamachowca! To ona, prawda? Widziałem ją wtedy w tunelu, w telewizji…

Wiedziała, że szepty ucichną, znikną. „Jeśli dostatecznie długo będziemy siedzieć nad brzegiem rzeki, zobaczymy w jej nurcie wszystkich swoich wrogów". Wkrótce wszyscy zapomną o niej i o Zamachowcu, znów wtopi się w tłum i niewidoczna dla nikogo będzie mogła czerpać ze studni zapomnienia.

Stanęła przed szklanymi drzwiami, jednym z dyskretnych wejść do kancelarii rządu. Zewnętrzne parapety z błyszczącej miedzi, za czystymi oknami zadbane palmy i inne rośliny w doniczkach, recepcja za kuloodporną szybą, strażnik w mundurze.

Pchnęła drzwi, jedne, potem kolejne. Na marmurowej posadzce poczuła, że przyniosła żwir na butach. Zawstydzona podeszła do strażnika; czuła się jak intruz. Zastukała w mikrofon obok zamkniętego okienka.

– Działa – odezwał się siedzący w środku starszy pan. Widziała, jak jego usta się poruszają, usłyszała głos dochodzący z ukrytego gdzieś głośnika.

– Dobrze – odpowiedziała, nachylając się do mikrofonu, spróbowała się uśmiechnąć. – Chciałabym przejrzeć pocztę Kariny Björnlund.

Nareszcie to z siebie wyrzuciła. Podstępny szpieg szperający w śmieciach i skrzynkach pocztowych.

Mężczyzna sięgnął po słuchawkę, wcisnął jakieś guziki.

– Proszę usiąść, skontaktuję się z rejestracją.

Poszła do niewielkiego holu, trzy ceglastoczerwone kanapy, dwie flagi, unijna i szwedzka, dizajnerski metalowy stojak na materiały informacyjne i niewielki posąg przedstawiający dziecko. Może małą dziewczynkę.

Stała i przyglądała się posągowi. Czy to możliwe, żeby był z brązu?

Podeszła bliżej. Kim jest ta postać? Ilu ciekawskich szpiegów już widziała?

– Przepraszam, to pani chciała przejrzeć pocztę pani minister?

Podniosła głowę i spojrzała prosto w oczy mężczyźnie w średnim wieku, z kucykiem i bokobrodami.

– Tak, zgadza się, to ja.

Wyciągnęła do niego rękę i przedstawiła się niewyraźnie. Dokumenty publiczne były jawne, zgodnie z zasadą otwartego społeczeństwa każdy miał do nich dostęp, bez konieczności legitymowania się. Broniła tego prawa przy każdej okazji.

– Tędy, proszę – powiedział mężczyzna.

Minęli dwie pary zamkniętych drzwi i korytarz pomalowany w ukośne pasy, wjechali windą na szóste piętro.

– W lewo – poinformował ją.

Marmurową posadzkę zastąpiło linoleum.

– Schodami w dół.

Wytarty dębowy parkiet.

– To mój pokój. Co chce pani obejrzeć?

– Wszystko – oświadczyła Annika, zdejmując kurtkę. Doszła do wniosku, że jak szpiegować, to szpiegować.

– Jasne – powiedział mężczyzna, włączając program. – Od czasu kiedy pani minister do nas przyszła, otrzymała sześćset sześćdziesiąt osiem pism. Mam tu wykaz.

– Mogę dostać wydruki?

– Tegorocznych pozycji?

– Wszystkich.

Mężczyzna uruchomił drukarkę, niczego nie dał po sobie poznać.

Annika zerknęła na pierwszą stronę: data rejestracji, numer dziennika, data sporządzenia pisma, data wysłania. Potem nazwisko osoby, do której sprawa trafiła, dane nadawcy: nazwisko, adres, opis sprawy i treść decyzji.

Decyzja: *ad acta*, przeczytała.

– Co to oznacza?

– Brak odpowiedzi – wytłumaczył jej mężczyzna z kucykiem. – Pismo trafiło do archiwum, żadnych kroków nie podjęto. Mógł to być jakiś apel albo obraźliwy list. Takich też nie brakuje.

Sprawdziła w rubryce rodzaj sprawy: zaproszenie na festiwal filmowy w Cannes, prośba o zdjęcie z autografem, prośba o uratowanie upadającego wydawnictwa, pięć pytań od klasy 8B w Sigtunie, zaproszenie na uroczystą kolację z okazji rozdania Nagród Nobla w sztokholmskim ratuszu dziesiątego grudnia.

– Gdzie fizycznie znajdują się te listy i maile?

– To stosunkowo świeże sprawy, pewnie są jeszcze rozpatrywane.

Annika sięgnęła po kolejną stronę, spojrzała na pierwsze pozycje. Odpowiedź ze Stowarzyszenia Wydawców Prasy w sprawie zmian dotyczących telewizji cyfrowej.

Kanał Anne, pomyślała.

– Mogę spojrzeć?

Archiwista wyciągnął szyję. Zerkając na wydruk w jej ręku, poprawił okulary.

– Proszę się skontaktować z właściwym urzędnikiem – powiedział, wskazując na podpis w odpowiedniej rubryczce.

Annika przelatywała wzrokiem kolejne kartki. W końcu dotarła do pozycji z ostatnich dni.

Data rejestracji: osiemnasty listopada.

Nadawca: Herman Wennergren.

Dotyczy: prośba o spotkanie w pilnej sprawie.

– Co to takiego? – spytała Annika, kładąc wydruk przed archiwistą.

Mężczyzna czytał w milczeniu.

– To mail. Dostaliśmy go we wtorek wieczorem, wczoraj został zarejestrowany.

– Chciałabym go przeczytać.

Mężczyzna wzruszył ramionami.

– Niestety nie mogę pani pomóc. Proszę się zwrócić do urzędnika, któremu sprawa została przydzielona. Coś jeszcze?

Annika odwróciła się i wzburzona przeglądała kolejne wydruki.

Co takiego się stało, że prezes zarządu koncernu, w skład którego wchodziła „Kvällspressen", we wtorek po południu uznał, że koniecznie musi się spotkać z minister kultury?

Usiłowała stłumić niepokój.

Nadawca: anonimowy.

Dotyczy: rysunek żółtego smoka.

Decyzja: *ad acta.*

Przeczytała jeszcze raz.

– A to co takiego? – spytała, pochylając się w stronę mężczyzny.

– Anonim. Takie też się zdarzają. Najczęściej to wycinki z gazet albo czyjeś chore przemyślenia.

– Dużo żółtych smoków?

Archiwista roześmiał się.

– Nie tak znów wiele.

– Co się z nimi dzieje?

– Wkładam je do specjalnego pudełka.

Mężczyzna zdjął okulary i sięgnął po brązową papierową teczkę z napisem: „Kancelaria Rządu, anonimy". Otworzył ją i wziął do ręki leżący na wierzchu list.

– Teczki wkładamy do kartonów i trzymamy pięć lat. Potem trafiają do centralnego archiwum. Każda koperta jest stemplowana.

Podał jej kopertę, pozwolił dokładnie obejrzeć.

Data stempla pocztowego: trzydziesty pierwszy października bieżącego roku.

– Co w niej jest?

– Chyba ten smok.

Wyjął z koperty złożoną na cztery kartkę A4, rozłożył ją i pokazał Annice.

– Nie rozumiem, dlaczego nadawca zaadresował go do nas. Chociaż może to rzeczywiście ma coś wspólnego z kulturą.

Na białej kartce ktoś drżącą ręką narysował żółtym tuszem smoka.

Nagle w mózgu Anniki coś zaskoczyło.

Niedawno widziała bardzo podobny rysunek, tylko gdzie?

– Mogę dostać kopię? – poprosiła.

Mężczyzna wyszedł na korytarz zrobić ksero. Annika sięgnęła po kopertę, w której przyszedł rysunek. Zaadresowana do minister kultury Kariny Björnlund, Sztokholm, *La Suede*.

Spojrzała na znaczek.

Ostemplowany dwudziestego ósmego października w Paryżu.

Przez ostatnie trzydzieści lat Ragnwald prawdopodobnie mieszkał we francuskich Pirenejach. Zastanawiała się, gdzie widziała podobny rysunek.

Zamknęła oczy i zaczęła szukać w pamięci: jakiś przebłysk, gdzieś w odległej części mózgu.

Otworzyła oczy, zaczęła nasłuchiwać kroków archiwisty.

Rozmawiał z kimś w głębi korytarza.

Rozejrzała się po pokoju. Do komputera, pod monitorem, przyklejono małą karteczkę.

Nachyliła się i zmrużyła oczy.

„Karina" – i numer telefonu do centrali, a potem adnotacja „komórka" i znów numer w sieci GSM.

Przyjrzała mu się dokładniej: 666 66 60.

Dwa razy trzy demoniczne szóstki, imię diabła.

Przypadek, czy mówi to coś o Karinie Björnlund?

– Jeszcze w czymś mogę pani pomóc?

Annika podskoczyła, wyprostowała się i zmieszana zamrugała oczami.

– Może później – powiedziała, zbierając stertę wydruków korespondencji do minister kultury z dziesięciu lat.

Z ulgą szybkim krokiem ruszyła w stronę wind.

Mehmet stanął w progu gabinetu, wypełnił całe drzwi. Biła od niego zła energia. Anne odruchowo ucieszyła się na jego widok. Radość wybuchła jasnym płomieniem w żołądku, powędrowała do głowy, dotarła do koniuszków włosów.

– Musimy sobie pewne rzeczy wyjaśnić. Teraz, zanim sprawy zajdą tak daleko, że już nic nie będzie można zrobić – oświadczył.

Radość nie chciała zniknąć, trzymała się jej kurczowo, coś w niej śpiewało: Przyszedł tu! Przyszedł do mnie! Jestem dla niego ważna!

Zauważyła, jak opiera się o parapet z nonszalancką elegancją, którą tak uwielbiała. Jej przystojny mężczyzna, za którym tęskniła po nocach tak bardzo, że budził ją orgazm. Odsunęła do tyłu krzesło i podniosła się powoli.

– Też tak uważam – powiedziała, wyciągając do niego rękę.

Spuścił wzrok, udał, że nie widzi jej dłoni.

– Sylvia cały tydzień była na zwolnieniu – powiedział cicho, ale ostro.

Radość pękła jak szklana bańka, słyszała chrzęst szkła na podłodze.

– To nie ja zawiodłam – powiedziała szorstko.

Uniósł dłonie, jakby chciał ją powstrzymać.

– Zakończmy ten etap. Nikt nie jest winien i wszyscy są winni. Nie układało się nam, co do tego jesteśmy chyba zgodni.

W oczach Anne pokazały się łzy przekory. Zaczerpnęła głośno powietrza, za głośno.

– Ja uważam, że się układało.

– Ale ja nie. A jeśli dwoje ludzi ma być razem, to muszą oboje tego chcieć, prawda?

Zamknęła oczy, spuściła głowę i spróbowała się uśmiechnąć.

– Nic nie jest dane na zawsze, tak?

Mehmet zrobił kilka kroków w głąb pokoju.

– Anne – zaczął niemal błagalnie, gasząc jej uśmiech. – Jeśli nie będziemy potrafili ze sobą normalnie rozmawiać, to zawsze będziemy mieli do siebie pretensję, a Miranda zapłaci za to najwięcej. Nie wolno nam się tak zachowywać.

Anne wbiła czubki palców w blat stołu, przyglądała się swoim butom.

Nagle zobaczyła świat jego oczami, zrozumiała, co jest dla niego najważniejsze.

Miranda, jego córka. Jego nowa kobieta i ich nowe dziecko. Ona już się nie liczy, w każdym razie nie w ten sposób. Czułość się wyczerpała, zniknęła. Teraz była dla niego jedynie obciążeniem, kimś, z kim kiedyś dzielił łóżko i dziecko, pozostałością po dawnym życiu, która zawsze będzie mu ciążyć.

Było jej żal samej siebie. Czuła, że się dusi, z jej gardła wydobył się żałosny jęk. Zaczerpnęła powietrza.

– Przecież ja cię kocham – powiedziała, nie patrząc na niego.

Podszedł do niej i wziął ją w ramiona. Objęła go mocno, oparła twarz o jego szyję i rozpłakała się.

– Tak strasznie cię kocham – szeptała mu do ucha.

Kołysał ją lekko, gładził jej włosy, całował w czoło.

– Wiem – powiedział cicho. – Wiem, że to boli, i bardzo mi przykro. Przepraszam.

Anne otworzyła oczy, poczuła, że po nosie spływa jej łza.

– W uczuciach nie ma miejsca na dumę – powiedział znów cicho. – Poradzisz sobie?

Anne wytarła nos wierzchem dłoni.

– Nie wiem – wyszeptała.

Kiedy Annika wróciła do domu, czekało na nią pięć faksów. Zrzuciła kurtkę na podłogę, i tak zaraz będzie wychodzić, musi przecież odebrać dzieci z przedszkola.

Usiadła na drewnianym krześle obok stolika w holu – piętrzyły się na nim rachunki – i szybko przejrzała niewielką kupkę. Kobieta z archiwum „Norrlands-Tidningen" przesłała wycinki według dat publikacji.

Z pierwszego wynikało, że Karina Björnlund jako nastolatka była świetnie zapowiadającą się sportsmenką. Artykuł był sprawozdaniem z MN, zapewne Mistrzostw Norrbotten albo Mistrzostw Norrlandii, pomyślała Annika. Grube ziarno, duży kontrast. Zmrużyła oczy, próbując przyjrzeć się dokładniej chudej młodej dziewczynie z końskim ogonem i osiemnastką na piersi. Radośnie machała do fotografa bukietem kwiatów. Nawet teraz, po trzydziestu pięciu latach, czuło się, jaka była szczęśliwa. Karina Björnlund osiągnęła sukces, wygrywając wszystkie biegi mistrzostw. Wróżono jej wspaniałą karierę.

Nie wiedzieć czemu znów zrobiło się jej wstyd.

Odłożyła zdjęcie i sięgnęła po kolejne faksy.

Drugi był wycinkiem artykułu o Klubie Psa z Karlsvik. Golden retriever Misiek i jego pani, Karina Björnlund, szykowali się do wystawy w hali sportowej. Zdjęcie było mniejsze niż poprzednie, ziarno większe, właściwie widziała jedynie białe zęby pani minister i ciemny język jej psa.

Trzeci wycinek miał stempel z datą: szósty czerwca 1974. Zdjęcie grupowe słuchaczek studium sekretarek medycznych na uniwersytecie w Umeå. Karina Björnlund stała trzecia z lewej. Annika powiodła wzrokiem po grupie. Same młode dziewczęta, Szwedki, żadnych imigrantek, większość ostrzyżona na pazia, z długą grzywką zaczesaną na bok, jak skrzydło nad jedną brwią.

Czwarty wycinek, najmniejszy, okazał się krótką notatką z 1978 roku; Karina Björnlund została zatrudniona jako sekretarka w radzie samorządu.

Piąty był sprawozdaniem z najwyraźniej bardzo burzliwej publicznej debaty w siedzibie samorządu, która miała miejsce jesienią 1980 roku. Zdjęcie przedstawiało czterech mężczyzn dyskutujących na temat programu koordynacji służby zdrowia. Gestykulowali, pewnie mówili podniesionymi głosami. Za nimi, nieco z tyłu, stała kobieta w kwiecistej sukience, z rękami skrzyżowanymi na piersi.

Annika podniosła kartkę do oczu i zaczęła czytać podpis pod zdjęciem.

„Radny samorządu Christer Lundgren bronił stanowiska polityków w sprawie nowego szpitala centralnego w Norrbotten podczas dyskusji z przedstawicielami związków zawodowych i grupą Tak Dla Zdrowia, działającą na rzecz opieki zdrowotnej. Dyskusji przysłuchiwała się jego sekretarka Karina Björnlund".

No tak, pomyślała Annika, opuszczając rękę z wycinkiem na kolana. Tak to wyglądało. Karina zaczęła pracować u Christera Lundgrena, który z czasem został ministrem handlu zagranicznego. Przylgnęła do niego i, kurczowo się go trzymając, podążyła za nim aż do kancelarii rządu.

Annika znów sięgnęła po wycinek. Zwróciła uwagę, że artykuł ukazał się na stronie dwudziestej drugiej w miejscowej gazecie. Przeczytała wstęp, w którym omawiano kwestie proceduralne, przeleciała tekst wzrokiem, sprawdziła, kto go napisał.

Hans Blomberg, reporter, specjalista od samorządu.

Znów zamrugała oczami.

Rzeczywiście, to on, młodsza i znacznie szczuplejsza wersja archiwisty „Norrlands-Tidningen".

Parsknęła i nagle przed oczami stanęła jej przeszłość Hansa Blomberga: widziała ją równie wyraźnie jak bałagan na stoliku w holu. Tacy jak on są w każdej redakcji: pracowici, ale dość przeciętni reporterzy zajmujący się Ważnymi Sprawami istotnymi dla społeczeństwa. Pisują nudne teksty, broniąc podejmowanych przez polityków decyzji i gardząc tymi, którzy uprawiają dziennikarstwo zaangażowane, piszą z żarem i przekonaniem. Podejrzewała, że przez jakiś czas mógł być przewodniczącym związku zawodowego, może nawet walczył o ludzi, którzy nagle znaleźli się w trudnej sytuacji, ale nigdy o takich jak ona, bo przecież tacy zawsze w końcu jakoś sobie radzą.

A teraz siedzi w archiwum i liczy dni do chwili, kiedy jego męki dobiegną końca.

Mały Hans, napisała i podciągnęła rękaw, żeby sprawdzić, która godzina.

Pora odebrać krasnoludki.

Ellen wybiegła jej na spotkanie z szeroko otwartymi ramionami i Tygryskiem wiszącym na lewej ręce. Widząc jej radość, Annika poczuła falę ciepła, coś w niej stopniało. Już sam widok rajstopek, kucyków i czerwonej sukienki z serduszkiem w kratkę na brzuszku sprawił, że napięcie zniknęło.

Złapała córeczkę w locie, zdumiona ufnością dziecka. Zaczęła gładzić jej nóżki, rączki, miękkie ramionka i dumnie wyprostowane plecy, chłonęła boską miękkość jej włosów.

– Zrobiłam maszynę łakociową – powiedziała Ellen.

Wyzwoliła się z objęć matki, chwyciła ją za palec i pociągnęła w stronę kącika majsterkowicza. Z kartonu i taśmy klejącej zbudowała maszynę, do której z jednej strony można było włożyć łakocie. Potem rynienkami zjeżdżały do miseczki po drugiej stronie. Annika miała w torbie opakowanie gumy do żucia, wrzuciła je do maszyny. Okazało się, że maszyna działa, to znaczy prawie działa, bo paczka gumy do żucia utknęła gdzieś po drodze. Obie jednak zgodnie uznały, że to wspaniały wynalazek i że w sobotę wypróbują ją już na serio.

– Pokażemy tatusiowi – oświadczyła dziewczynka, próbując podnieść swoje kartonowe arcydzieło, które nagle niebezpiecznie się zachwiało. Annika pośpieszyła z pomocą.

– Dzisiaj nie zabierzemy jej ze sobą. Musimy kupić Kallemu nowe kalosze. Nie możemy wziąć ze sobą maszyny, bo mogłaby się popsuć – powiedziała Annika, odstawiając maszynę na półkę. Córeczka otworzyła buzię, wargi jej drżały.

– Ale wtedy tatuś jej nie zobaczy.

– Zobaczy – zapewniła Annika, pochylając się nad nią. – Postawimy ją tutaj, a jutro zabierzemy ze sobą do domu. Może zdążysz ją jeszcze pomalować?

Ellen schyliła główkę i potrząsnęła nią tak gwałtownie, że jej kucyki zaczęły tańczyć.

– Masz śliczną fryzurę – pochwaliła Annika córeczkę. – Kto ci zrobił takie piękne kucyki? – spytała i połaskotała dziewczynkę za uchem.

– Lennart! – wykrzyknęła Ellen, chichocząc. Uniosła ramiona, żeby uniknąć łaskotania. – Pomógł mi też zrobić maszynę – dodała po chwili.

– Chodź, pójdziemy po twojego braciszka.

Walka skończona. Ellen włożyła kombinezon, czapkę i rękawiczki. Pamiętała, żeby zabrać do domu Tygryska.

Zerówka Kallego znajdowała się dwie przecznice dalej, przy Pipersgatan. Annika trzymała córeczkę za rękę. Szły, omijając kałuże, i śpiewały piosenkę o lecie, jakby w ten sposób mogły przyspieszyć jego nadejście.

Kalle siedział i przeglądał książeczkę o Filonku Bezogonku. Był tak skupiony, że zauważył Annikę dopiero, kiedy usiadła obok niego i pocałowała go w główkę.

– Mamo, gdzie jest Uppsala? – spytał.

– Kawałek na północ od Sztokholmu. A dlaczego pytasz?

– Możemy tam kiedyś pojechać i odwiedzić Filonka i wszystkie kotki?

– Jasne – odpowiedziała i przypomniała sobie, że w mieście są podobno specjalne trasy spacerowe szlakiem kocich wędrówek Knutssona.

– Ta jest najsłodsza – powiedział chłopiec, wskazując na białą kotkę. – Maja Śmietanka – literował mozolnie.

Annika spojrzała na niego zdziwiona.

– Umiesz czytać? Kto cię nauczył?

Chłopiec wzruszył ramionami.

– Inaczej nie mógłbym grać na komputerze – powiedział.

Wstał, zamknął książeczkę i odstawił ją na półkę, po czym znów spojrzał na matkę.

– Kalosze – powiedział stanowczo. – Obiecałaś. Stare przeciekają.

Annika roześmiała się, chwyciła go za nogawki, przyciągnęła do siebie i przytuliła. Roześmiał się, ale nie chciał się poddać. Annika dmuchnęła mu w kark.

– Pojedziemy autobusem do Galerii. Ubierz się. Ellen czeka na nas na dworze.

Kiedy dotarli na przystanek, od razu podjechała jedynka. Usiedli z tyłu.

– Mają być zielone – oświadczył Kalle. – Nie chcę niebieskich. Tylko niemowlaki noszą niebieskie.

– Nie jestem niemowlakiem – zaprotestowała Ellen.

– Oczywiście, że kupimy zielone. Jeśli tylko będą.

Wysiedli przy Kungsträdgården i szybko przeszli przez ulicę, manewrując w śnieżnej brei wśród samochodów. Weszli do Galerii, zdjęli czapki, rękawiczki i szaliki. Annika wcisnęła je do swojej wielkiej torby. W sklepie z butami na pierwszym piętrze znaleźli ocieplane klosze w kolorze wojskowej zieleni i we właściwym rozmiarze, wysokie, z odblaskami. Kalle przymierzył je i nie chciał już zdjąć. Annika zapłaciła i poprosiła o zapakowanie starych butów.

W końcu wyszli. Ellen zdążyła się spocić i zaczęła marudzić. Przed sklepem, na ciemnej i zimnej ulicy, szybko się uspokoiła i posłusznie trzymała się Anniki. Kiedy zbliżali się do przejścia przy domu towarowym NK, Annika chwyciła synka za rękę. Próbowała osłonić dzieci przed strugami błota tryskającego spod kół samochodów. Nagle jej wzrok przykuła sylwetka mężczyzny wychodzącego z domu towarowego po drugiej stronie ulicy.

To Thomas, pomyślała. Co on tu robi?

Nie, niemożliwe, to nie on.

Mężczyzna zrobił dwa kroki do przodu, zobaczyła jego twarz w świetle latarni. To on!

Poczuła falę ciepła, jej twarz rozpromienił szeroki uśmiech. Pewnie wybrał się po prezenty. Tak wcześnie!

Roześmiała się. Wariat! W zeszłym roku zaczął kupować prezenty świąteczne już we wrześniu. Pamiętała, jaki był zły, kiedy znalazła pakunki w jego szafie i zaczęła się zastanawiać, co to jest!

Nagle uderzył ich strumień błota. Ellen krzyknęła, Annika pociągnęła dzieci do tyłu i oburzona zawołała coś do taksówkarza. Kiedy podniosła głowę, Thomasa już nie było. Spróbowała go odszukać w tłumie, i rzeczywiście, po chwili znów go zobaczyła. Odwrócił się. Jakaś kobieta, blondynka w długim płaszczu, podeszła do niego, a on objął ją ramieniem, przytulił i pocałował. Nagle zapadła cisza, ludzie tłoczący się dookoła zniknęli, miała wrażenie, że patrzy w długi tunel: po jego drugiej stronie stał jej mąż. Całował się z obcą kobietą tak żarliwie, że czuła, jak wszystko w niej pęka i rozsypuje się na kawałki.

– Mamo, zielone światło!

Ale ona stała. Ludzie ją popychali, widziała ich twarze, rozumiała, że coś do niej mówią, ale nie słyszała ich głosów. Widziała tylko, jak Thomas odchodzi z ręką na ramieniu obcej kobiety, jej ręka wokół jego pasa. Szli powoli, odwróceni do niej plecami, zamknięci w swoim własnym świecie, w środku tłumu, który natychmiast ich pochłonął.

– Nie idziemy, mamo? Znów jest czerwone.

Spojrzała na dzieci, na ich zdziwione twarze. Zdała sobie sprawę, że stoi z otwartymi ustami. Przełknęła krzyk, zamknęła usta i spojrzała na jezdnię.

– Zaraz pójdziemy – powiedziała głosem jak spod ziemi. – Poczekamy, aż zmieni się światło.

Światło zmieniło się na zielone, autobus podjechał, ale wszystkie miejsca były zajęte, musieli stać aż do Kungsholmstorg.

Kiedy weszli do klatki, dzieci zaczęły śpiewać. Melodia wydała jej się znajoma, ale nie potrafiła powiedzieć, co to za piosenka. Długo szukała klucza, potem przez chwilę nie mogła otworzyć zamka. W końcu jej się udało. Kalle spytał, czy może nie zdejmować swoich nowych kaloszy. Pozwoliła mu, pod warunkiem że wytrze je porządnie o wycieraczkę. Posłuchał, grzeczny chłopiec.

Poszła do kuchni, wzięła telefon, wybrała numer komórki Thomasa. Poczta głosowa. Wyłączył komórkę, bo spaceruje po Sztokholmie w objęciach obcej kobiety.

Zadzwoniła do niego do pracy, a potem jeszcze do Arnolda, jego partnera od tenisa. Nikt nie odbierał.

– Co będzie na obiad? – spytał Kalle, stając w drzwiach w swoich nowych kaloszach.

– Kurczak w sosie kokosowym i ryż.

– Z brokułami?

Pokręciła głową. Czuła, że zbliża się atak paniki. Przytrzymała się zlewu i spojrzała synkowi w oczy.

– Nie – odpowiedziała. – Z kasztanami, pędami bambusa i kukurydzą.

Na twarzy chłopca zobaczyła ulgę. Uśmiechnął się i podszedł do niej.

– Wiesz, mamo, że ząb mi się rusza? Dotknij!

Wyciągnęła rękę, poczuła, że drży, i dotknęła przedniego ząbka synka. Rzeczywiście, chwiał się.

– Niedługo go zgubisz.

– Wtedy wróżka przyniesie mi złoty pieniążek.

– Tak, dostaniesz złoty pieniążek od wróżki – zapewniła go Annika. Odwróciła się od niego i usiadła.

Wszystko w niej zamarło, żołądek zamienił się w dziwną, groteskową bryłę żyletek i grudek lodu, każdy oddech sprawiał jej ból. Stół zaczął się kołysać, podłoga zamieniła się we wzburzone morze. Wszystko jest bez sensu, bez sensu, dochodziły ją gdzieś z daleka słowa piosenki, w tle wtórowały anioły, cicho zawodząc: „piękna jak gorąca zimowa miłość, kwiatuszki miodem pachnące...".

Nagle zrobiło jej się niedobrze. Wybiegła do łazienki, tuż obok kuchni, i zwróciła wszystko. Niestrawione spaghetti z 7-Eleven raniło jej gardło, łzy napłynęły do oczu.

Wisiała nad sedesem, z trudem łapiąc powietrze, smród paraliżował jej umysł.

„Wieczna miłość, pełna słońca...", śpiewały anioły.

– Zamknijcie się! – wrzasnęła, zamykając klapę sedesu.

Była zła, poszła do kuchni. Gniewnym ruchem zebrała wszystkie potrzebne do obiadu składniki. Oparzyła się, nastawiając wodę na ryż, i skaleczyła w palec, dwa razy: kiedy kroiła filety i kiedy obierała cebulę. Kiedy otwierała puszkę mleka kokosowego, drżały jej ręce. Drżały jej nadal, kiedy otwierała kolejne puszki: z kasztanami i z kukurydzą.

A może się pomyliła? To możliwe. Thomas wygląda jak przeciętny Szwed, wysoki, jasny, szeroki w ramionach, z początkami brzuszka. Poza tym na ulicy było ciemno, widziała go z dość dużej odległości, może to wcale nie był on?

Oparła się o kuchenkę, zamknęła oczy i wzięła cztery głębokie wdechy.

To wcale nie musiał być on. Mogła się pomylić.

Wyprostowała się, rozluźniła, otworzyła oczy i usłyszała, jak otwierają się drzwi.

– Tata!

Radosne okrzyki dzieci i powitalne uściski, jego spokojny głos. Był w nim i zachwyt i błaganie. Annika zerknęła na okap nad kuchenką i zaczęła się zastanawiać, czy to widać, czy coś w jego twarzy da jej odpowiedź na dręczące ją pytanie.

– Cześć.

Stanął za jej plecami i pocałował ją lekko w tył głowy.

– Jak się czujesz? Lepiej?

Zaczerpnęła powietrza i odwróciła się do niego.

Wyglądał normalnie.

Tak jak zawsze.

W ciemnoszarej marynarce, granatowych dżinsach, jasnoszarej koszuli i połyskującym jedwabnym krawacie.

Jego oczy też były takie jak zawsze, nieco zmęczone, malowało się w nich lekkie rozczarowanie. Gęste włosy, nieco niesforne, ciemne brwi.

Zauważyła, że przestała oddychać, zaczerpnęła łapczywie powietrza.

– Tak sobie – powiedziała. – Trochę lepiej.

– Idziesz jutro do pracy?

Annika odwróciła się, zamieszała w garnku, zastanawiała się.

– Nie – powiedziała w końcu. – Przed chwilą wymiotowałam.

– Żebyś tylko nie zaraziła nas wszystkich tą swoją grypą żołądkową – rzucił Thomas, siadając do stołu.

To nie mógł być on. To musiał być ktoś inny.

– Jak ci dzisiaj poszło w pracy? – spytała, stawiając garnek na podstawce z dizajnerskiego sklepu.

Thomas westchnął, otworzył poranną gazetę, zasłoniła mu twarz.

– Cramne z ministerstwa to szczwany lis. Dużo gada, mało robi. Całą robotę zwala na nas, na mnie i na tę kobietę ze Związku Samorządów, a chwała spływa oczywiście na niego.

Annika zastygła z ryżem w ręce. Stała, wpatrując się w artykuł na pierwszej stronie gazety o programie dotyczącym spraw kultury, który miał zostać przedstawiony w przyszłym tygodniu.

– Ta kobieta... Jak ona ma na imię?

Thomas poruszył ręką, róg gazety opadł, na krótką chwilę ich spojrzenia się spotkały. Potem Thomas wyprostował płachtę.

– Sophia – powiedział. – Sophia Grenborg.

Annika wpatrywała się w zdjęcie minister kultury zamieszczone obok artykułu.

– Jaka ona jest?

Thomas dalej czytał gazetę, zwlekał z odpowiedzią.

– Ambitna – odezwał się w końcu. – Świetna. Często próbuje lobbować na rzecz swojego Związku. Potrafi być naprawdę irytująca.

Zamknął gazetę, wstał i rzucił ją na parapet.

– Zawołam dzieci, nie chcę się znów spóźnić na tenisa.

Kiedy wrócił do kuchni, pod każdą pachą dźwigał wrzeszczące i śmiejące się dziecko. Posadził je na krzesłach, dotknął rozchwianego zęba Kallego, chwilę podziwiał jego nowe kalosze, zażartował z mysich ogonków Ellen i uważnie wysłuchał opowieści o maszynie do łakoci i planach odwiedzenia Filonka Bezogonka w Uppsali.

Coś mi się przywidziało, pomyślała Annika. Musiałam się pomylić.

Spróbowała się roześmiać, ale nie była w stanie roztopić bryły lodu ciążącej jej w piersi.

To był ktoś inny, nie on. Jesteśmy jego rodziną. Kocha nas. Nie zawiódłby dzieci.

Które jadły jak na wyścigi, bo za chwilę zaczynał się program dla dzieci w telewizji.

– Było pyszne, dzięki – powiedział Thomas, całując ją lekko.

Razem sprzątnęli ze stołu, kilka razy ich dłonie się musnęły, ich spojrzenia się spotkały.

Nigdy mnie nie opuści.

Wsypała środek do zmywania i włączyła zmywarkę.

Thomas wziął jej twarz w dłonie i przyglądał się jej ze zmarszczonymi brwiami.

– Rzeczywiście powinnaś zostać jeszcze jeden dzień w domu. Jesteś blada.

Annika spuściła wzrok, wyswobodziła się z jego rąk.

– Czuję się kiepsko – powiedziała i wyszła z kuchni.

– Nie siedź i nie czekaj na mnie – rzucił za nią. – Obiecałem Arnoldowi, że w końcu pójdziemy na piwo.

Zastygła w progu, ostry jak żyletka kamień obrócił się w jej piersi. Słyszała bicie własnego serca.

– Dobrze – powiedziała, odzyskując władzę nad mięśniami. Stąpając powoli, wyszła z holu, dotarła do sypialni i padła na łóżko. Słyszała, jak Thomas szuka czegoś w torbie, a potem bierze rakietę tenisową z garderoby, woła cześć do niej i do dzieci. Słyszała ich obojętną odpowiedź i własne milczenie.

Czyżby zauważył, że dzieje się z nią coś dziwnego?

Czy zachowywał się inaczej niż zwykle?

Wzięła głęboki wdech, potem powoli wypuściła powietrze.

Właściwie w ostatnim roku zdarzało jej się dziwnie zachowywać. Ale nie zauważyła, żeby dzisiaj jakoś na to zareagował.

Wstała, okrążyła łóżko i podeszła do stojącego obok telefonu.

– Thomas mi powiedział, że jesteś chora. Już ci lepiej? – spytał Arnold, jedyny z dawnych przyjaciół Thomasa, który ją zaakceptował.

Annika przełknęła ślinę i wymamrotała coś pod nosem.

– Rozumiem, że nie mógł dzisiaj przyjść, skoro kiepsko się czujesz, ale to już drugi raz z rzędu – ciągnął dalej.

Annika poczuła, że spada. Podłoga usunęła się jej spod nóg, zamieniając się w czarną dziurę gdzieś w kosmosie.

– Będę musiał sobie znaleźć innego partnera, skoro jemu ciągle coś wypada. Mam nadzieję, że to rozumiesz.

– Nie możesz jeszcze zaczekać? – spytała Annika, siadając na łóżku. – Lubi z tobą grać.

Arnold westchnął poirytowany.

– Wiem, ale Thomas ciągle zmienia zdanie. Nie potrafi się zdecydować i być konsekwentny. Skoro zarezerwowaliśmy stałą godzinę na cały sezon, nie możemy się teraz wycofać.

Annika zasłoniła dłonią oczy, czuła, jak bije jej serce.

– Przekażę mu – powiedziała i odłożyła słuchawkę.

Musiało minąć trochę czasu, bo nagle dzieci stały przy niej w łóżku, po obu stronach, śpiewały jej coś. Rozpoznała melodię i zaczęła nucić razem z nimi, chociaż anioły w tle i tak śpiewały głośniej.

To moje dzieci, pomyślała. Nie odbierze mi dzieci.

– No – powiedziała. – Pora spać.

Położyła dzieci, poczytała im, sama nie bardzo rozumiejąc, co czyta. Przykryła je, pocałowała na dobranoc i zgasiła światło. Poszła do salonu i usiadła w wykuszu, oparła skroń o lodowatą szybę. Okna były nieszczelne, poczuła zimny powiew na udach. Wsłuchiwała się w zawodzenie wiatru. Czuła w środku ciszę i spokój, tylko w piersi nadal coś jej ciążyło.

Mieszkanie pogrążyło się w mroku. Kołysząca się przed domem latarnia rzucała żółty cień na ściany pokoju. Z zewnątrz okna wyglądały jak czarne dziury.

Nasłuchiwała, próbując rozróżnić oddechy dzieci, ale słyszała tylko swój własny. Wstrzymała oddech, żeby lepiej słyszeć, ale bicie jej serca zagłuszało wszystko. Krew pulsowała, szumiała i wrzała jej w głowie.

Zdradził ją.

Sven zawsze ją zdradzał.

Wiedziała o tym, ale przełykała to. Kiedy raz coś napomknęła, uderzył ją w głowę obcęgami. Mimowolnie dotknęła ręką małej blizny na czole. Była niemal niewidoczna, rzadko o niej myślała.

Przywykła do zdrady.

I nagle znów zobaczyła go przed sobą: swoją pierwszą miłość, przyjaciela z dzieciństwa, narzeczonego, gwiazdę bandy. Sven Mattsson kochał ją nad życie, ubóstwiał do tego stopnia, że nikomu nie pozwalał się do niej zbliżyć, nawet z nią rozmawiać, a jej wolno było myśleć tylko o nim, o nikim innym. Za wszystko inne ją karał. Karał ją, ciągle za coś ją karał, aż do dnia, kiedy stanął przed nią z nożem myśliwskim w ręku, przy piecu w hucie w Hälleforsnäs.

Wyparła ten obraz, wstała, otrząsnęła się ze wspomnień, tak jak otrząsała się z koszmarów, które dręczyły ją po nocy spędzonej w tunelu: mężczyźni ze Studia 6 rozmawiający o tym, co z nią zrobią, Sven z zakrwawionym nożem i jej kotek lecący w powietrzu z wnętrznościami na wierzchu.

A teraz zdradził ją Thomas.

W tej chwili leży pewnie w łóżku z jasnowłosą Sofią Grenborg, może właśnie w nią wchodzi, może leżą obok siebie, łono w łono, a może odpoczywają spoceni.

Wpatrywała się w żółte cienie, stanęła na świeżo wycyklinowanym parkiecie, który sama trzykrotnie lakierowała. Skrzyżowała ręce na piersi i uspokoiła oddech. Mieszkanie powoli przestawało się kołysać.

Co jest gotowa poświęcić, żeby ratować swoje życie?

Miała wybór. Musiała tylko podjąć decyzję.

Gdy to zrozumiała, opuściła ramiona i natychmiast zaczęła oddychać lżej. Podeszła do komputera i zalogowała się w sieci, weszła do systemu Dafa i wpisała: Sofia Grenborg, Sztokholm. Całe mnóstwo wyników.

Kobieta, z którą widziała Thomasa przed sklepem, miała koło trzydziestki. Może rok mniej, na pewno nie więcej niż trzydzieści pięć.

Zawęziła poszukiwania.

W zespole roboczym reprezentowała Związek Samorządów, musiała więc mieć co najmniej dwadzieścia pięć lat.

Odrzuciła wszystkie Sofie Grenborg urodzone po 1980 roku.

W dalszym ciągu zbyt dużo wyników.

Weszła na stronę Związku Samorządów, zaczęła szukać wśród pracowników.

Jeszcze raz wpisała jej imię, ty razem przez „ph".

Cholerne udziwnienie, niewiarygodnie żałosne.

Sophia Grenborg. Znalazła tylko jedną. Dwadzieścia dziewięć lat. Miejsce zamieszkania górny Östermalm, urodzona w parafii świętego Engelbrekta, lepiej nie można.

Annika pobrała zdjęcie, wylogowała się. Z danymi w ręku zadzwoniła do dyżurnego Komendy Głównej Policji z prośbą o zdjęcie paszportowe Sophii Grenborg i jej PESEL.

– Za dziesięć minut będzie do odebrania – poinformował ją funkcjonariusz zmęczonym głosem.

Starając się nie robić hałasu, sprawdziła, czy dzieci śpią, i wyszła w ciemną sztokholmską noc.

Zaczął padać śnieg. Na brudnoszarym niebie pokazały się nagle miękkie płatki śniegu. Uniosła głowę i poczuła je na twarzy. Wszystkie dźwięki przycichły o pół tonu, docierały do jej uszu jakby z wahaniem, brzmiały nieco fałszywie.

Ruszyła szybkim krokiem w śnieżycę, zostawiała na chodniku mokre ślady.

Wjazd do komendy znajdował się od strony Bergsgatan, dwieście metrów od domu. Zatrzymała się przy wielkiej, otwieranej elektrycznie bramie, wcisnęła guzik domofonu i weszła do podłużnej klatki prowadzącej do właściwego wejścia.

Zdjęcie jeszcze nie nadeszło, musi chwilę poczekać, proszę, niech usiądzie.

Usiadła na jednym z krzeseł stojących pod ścianą, przełknęła ślinę. Uznała, że nie ma powodu czuć się winna.

W Szwecji wszystkie zdjęcia paszportowe są ogólnie dostępne i każdy może zażądać ich wydania. Dyskutowano co prawda o ewentualnym ograniczeniu dostępu do nich, ale decyzja jeszcze nie zapadła.

Nie muszę się z niczego tłumaczyć, pomyślała. Nie muszę się usprawiedliwiać.

Dostała do ręki kopertę. Nie miała siły dłużej czekać, chciała jak najszybciej uzyskać potwierdzenie. Odwróciła się plecami do policjantów i wyjęła zdjęcie.

To była ona.

Nie miała żadnych wątpliwości.

Sophia Grenborg.

Jej mąż spacerował po mieście z Sophią Grenborg, całował się z nią na ulicy.

Włożyła zdjęcie do koperty i wróciła do domu, do dzieci.

*

Margit Axelsson przez całe życie wierzyła w wewnętrzną siłę człowieka. Była przekonana, że każdy może wpływać na swój los, musi tylko tego chcieć.

W młodości wierzyła w rewolucję światową, wierzyła, że kiedyś masy zrzucą jarzmo imperializmu i staną się wolne.

Wyprostowała się i spojrzała na salę.

Dzisiaj wiedziała, że można działać i na dużą skalę, i na małą. Wiedziała, że pracując z dziećmi, kształtuje ich przyszłość, która przecież jest wspólną sprawą całego społeczeństwa. Wiedziała, że nawet prowadząc warsztaty ceramiczne w Domu Ludowym w Pitholm, robi coś ważnego.

Robotnicze Towarzystwo Oświatowe zawsze uważało, że tym, którzy za młodu niewiele dostali od społeczeństwa, należy się rekompensata. Jego celem było umożliwienie im dalszej nauki czy, ogólnie mówiąc, uczestnictwa w kulturze. Ona nazywała to sprawiedliwością edukacyjno-kulturową.

Warsztaty były treningiem demokracji. Zakładano, że każdy człowiek ma możliwości i wolę rozwoju, może wpływać na rzeczywistość i ponosić odpowiedzialność, że każdy ma potencjał.

Obserwowała, jak uczestnicy warsztatów się rozwijali, jak rośli, i ci młodzi, i ci starsi. Gdy nauczyli się radzić sobie z gliną, zyskiwali pewność siebie, zaczynali lepiej rozumieć innych, uczyli się wpływać na to, co się wokół nich działo.

Pamiętała o tym, pracując nad swoimi rzeźbami.

Nauczyła się też żyć z błędami młodości. Nie było dnia, żeby nie wracała myślami do skutków swoich działań. Bywały dni, kiedy rany zdawały się niemal zabliźnione. Życie i codzienna praca były niczym bandaż przykrywający jej winę. Ale zdarzały się i takie, kiedy nie była w stanie wstać z łóżka, sparaliżowana poczuciem własnej marności.

Z czasem te dni stawały się coraz rzadsze, ale nadal jej dokuczały. I właściwie zawsze wiedziała, że pewnego dnia przyjdzie jej za to zapłacić najwyższą cenę. Stres powodował skoki ciśnienia. Kiedy było jej szczególnie ciężko, szukała pocieszenia w jedzeniu, ale i tak nie była w stanie zagłuszyć lęków. Często chorowała, była wyjątkowo mało odporna.

A teraz on wrócił.

Przez lata jej się śnił. W ciemnych zaułkach często odwracała się znienacka, przekonana, że za nią idzie, a teraz naprawdę tu był.

Nie zrobiło to na niej tak wielkiego wrażenia, jak się spodziewała.

Nie zaczęła krzyczeć, nie zemdlała, poczuła tylko, że jej tętno przyspiesza, i lekko zakręciło się jej w głowie. Osunęła się na krzesło z rysunkiem żółtego smoka w ręku. Oznaczał, że mają się spotkać tam, gdzie zawsze.

Wiedziała, że ją znajdzie. Wiedziała też, że tym razem chodzi o coś więcej niż zwykłe spotkanie. Żółty smok był jedynie przypomnieniem, miał zbudzić Dzikie Bestie. Wiedziała, że skontaktował się już z Czarną Panterą. To właśnie Czarna Pantera zadzwonił do niej pierwszy raz od trzydziestu lat, żeby ją poinformować o powrocie Smoka i zapytać, co o tym sądzi.

A ona odłożyła słuchawkę. Rozłączyła się bez słowa, wyciągając kabel z kontaktu.

Ale przecież nigdy od tego nie ucieknie, pomyślała, przyglądając się swojej rzeźbie. Jej też nie potrafiła skończyć. Przedstawiała dziecko i kozę, ich wzajemną relację, nie tę, która wyraża się w słowach, lecz tę, która wynika z wzajemnego zrozumienia i wrażliwości. Nie potrafiła tego oddać. Dzisiaj już nic nie wymyśli.

Bolały ją plecy, ciężkim krokiem podeszła do mokrego koca, który miał chronić rzeźbę przed wyschnięciem i spękaniem. Jak zawsze owinęła nim glinianą figurkę i zapięła paski. Zdjęła fartuch, odwiesiła go na miejsce i poszła zmyć z rąk resztki gliny. Potem przeszła się po sali, sprawdzając, czy uczniowie robią postępy i czy wszystko zostało dobrze zabezpieczone, żeby glina nie schła za szybko. Zebrała leżące gdzieniegdzie grudki, potem wstawiła do pieca to, co jutro miało być wypalane. Zostawiła trochę miejsca na górze dla piątkowej grupy.

Zatrzymała się na chwilę w drzwiach, wsłuchiwała się w ciszę. Jak zawsze w czwartki wychodziła ostatnia. Zajęcia z rysunku i kurs sternika kończyły się wcześniej, około wpół do dziesiątej.

Zmieniła buty, ubrała się, zamknęła za sobą drzwi, przekręciła klucz.

Korytarz był słabo oświetlony i pełen mrocznych cieni.

Nie lubiła ciemności. Do czasu tej historii w bazie nie miała z tym problemu. A potem krzyki i płomienie prześladowały ją, czyniąc noce trudnymi do zniesienia.

Minęła warsztat stolarski i modelarnię. Dotarła do końca korytarza i zaczęła ostrożnie schodzić trzeszczącymi schodami, przeszła obok kawiarni i biblioteki. Sprawdziła drzwi, były zamknięte.

Drzwi zewnętrzne się zacinały, jak zawsze, kiedy na dworze było zimno. Zamknięcie ich wymagało sporo siły, jęknęła. Poczuła ulgę, gdy wreszcie udało się je zamknąć. Wzięła kilka głębokich wdechów i ruszyła śliskimi schodami w stronę ulicy. Na każdym zebraniu zarządu zwracała uwagę, że schody powinno się posypywać piaskiem, za każdym razem podejmowano decyzję i przekazywano ją dozorcy.

Chwyciła się kurczowo żelaznej poręczy, posuwając powoli swoje ciężkie ciało w stronę ulicy. Jej oddech natychmiast zamieniał się w obłok pary. Kiedy w końcu stanęła na chodniku, poczuła, że ma miękkie kolana.

Płatki śniegu były cienkie, ostre, padały cicho i równo w bezwietrznym powietrzu. Wieczorem znacznie się ochłodziło. Temperatura miała nadal spadać, ale opady śniegu powinny ustać.

Świeży śnieg trzeszczał pod jej gumowymi podeszwami. Wzięła swoje fińskie sanie, stanęła na płozach, odepchnęła się i ruszyła ulicą.

Dobrze było się poruszać. Brakowało jej ruchu, niemal tak samo jak spokoju ducha. Ból pleców nasilił się, jak zwykle na początku, ale potem odpuścił.

Powinnam więcej spacerować, pomyślała.

Weranda była pokryta śniegiem, ale postanowiła zostawić odśnieżanie Thordowi. Zmarzły jej nogi. Otrzepała miotełką buty ze śniegu, otworzyła drzwi i weszła do holu.

Umierała z głodu.

Ściągnęła buty, powiesiła płaszcz, weszła do kuchni, nie zapalając światła, i otworzyła lodówkę.

Zanim wyszła z domu, przygotowała kanapkę z jajkiem i krewetkami. Teraz ją wyjęła, położyła na stole i niemal rzuciła się na jedzenie. Pobrudziła sobie nos majonezem. Potem siedziała chwilę, próbując uspokoić oddech. Spojrzała na zlew, poczuła, jak bardzo jest zmęczona.

Rano musi otworzyć. Żeby zdążyć na czas, musi wstać o wpół do szóstej.

Muszę się położyć, pomyślała, ale nie ruszyła się.

Siedziała w ciemnościach, aż zadzwonił telefon.

– Jeszcze nie śpisz? Powinnaś iść do łóżka.

Roześmiała się, słysząc głos męża.

– Właśnie jestem w drodze – skłamała.

– Zajęcia się udały?

– Młodzi zawsze domagają się uwagi – westchnęła lekko.

– A co z twoją rzeźbą?

– Nic.

Chwila ciszy.

– Nie miałaś żadnych wiadomości? – spytał w końcu Thord.

– Wiadomości?

– Od nich.

Pokręciła głową.

– Nie.

– Będę około drugiej. Nie czekaj na mnie.

Znów się roześmiała.

– Właśnie miałam się położyć…

Rozłączyli się, powoli ruszyła schodami na górę. Ostry cień pokrytej śniegiem brzozy zamajaczył na ścianie, kiedy ulicą przejechał samochód na długich światłach.

Pomyślała, że właściwie miała szczęście. Dziewczynki są już dorosłe, zdrowe, mają swoje cele w życiu, są dobrymi ludźmi, uznają społecznie ważne wartości. No i ma Thorda, który był jej wielką życiową wygraną.

Przeciągnęła palcem po ślubnym zdjęciu wiszącym na honorowym miejscu na ścianie w holu na piętrze.

Umyła twarz, zęby, oddała mocz, spuściła wodę, rozebrała się i wyszła z łazienki. Złożyła ubranie i położyła je obok kredensu.

Zdążyła włożyć nocną koszulę, kiedy nagle z garderoby wyszedł mężczyzna. Wyglądał tak, jak go pamiętała, był tylko nieco potężniejszy i bardziej szary.

– To ty! – powiedziała zdziwiona. – Co tu robisz?

Nie przestraszyła się. Nawet kiedy uniósł dłonie w rękawiczkach i złapał ją za szyję.

Panika przyszła dopiero, kiedy zaczęło jej brakować powietrza i do mózgu dotarła adrenalina. Pokój zaczął falować, sufit uniósł się nad nią, jego twarz była coraz bliżej, jego dłonie przywarły do jej szyi.

Żadnych myśli, żadnych uczuć.

Tylko zwieracz odbytu nagle przestał działać i poczuła niespodziewane ciepło w majtkach.

Piątek, 20 listopada

THOMAS WSZEDŁ do domu i poczuł się obco. Długo go nie było i nie wiedział, czy będzie potrafił się odnaleźć. Poddasze przy Grev Turegatan na Östermalmie było oddalone o lata świetlne, ale teraz wrócił do domu, czuł to całym sobą, odetchnął z ulgą.

Był w domu, był u siebie.

Mieszkanie było pełne znanych mu dźwięków, słyszał ciche oddechy śpiących ludzi, poczuł zimny ciąg powietrza od okna i zapach jedzenia. Wentylacja nie funkcjonowała najlepiej. Powiesił płaszcz na wieszaku, postawił na podłodze torbę z rakietą tenisową, zdjął buty. Rzucił okiem na torbę z nieużywanym dresem, niemy wyrzut sumienia.

Przełknął głośno, usiłując wyprzeć poczucie winy. W samych skarpetach wszedł do pokoju dzieci, nachylił się nad nimi. Otwarte buzie, dziecięce piżamki, maskotki.

To jest jego rzeczywistość. Mieszkanie na strychu na Östermalmie było zimne, wystudiowane, meble zostały starannie dobrane. Utrzymane w niebieskiej tonacji mieszkanie Sophii Grenborg było zimne. Jego dom był ciepły, z żółtym światłem latarni padającym na śpiące dzieci.

Poszedł do sypialni, jego kroki stawały się coraz cięższe. Stanął w drzwiach i zaczął się przyglądać żonie.

Zasnęła w poprzek łóżka, w bluzce i skarpetkach, z otwartymi ustami, jak dziecko. Rzęsy rzucały długie cienie na jej policzki, oddychała głęboko, spokojnie.

Powiódł wzrokiem po jej umięśnionym ciele, nieco kanciastym, silnym.

Sophia była miękka, biała, kiedy się kochali, pojękiwała cicho.

Nagle zalała go niespodziewana fala wstydu. Poczuł mdłości, wycofał się z sypialni, zostawił ją, leżącą w poprzek łóżka, niczym nieokrytą.

Ona wie, pomyślał. Ktoś jej powiedział.

Usiadł przy kuchennym stole, oparł łokcie na kolanach, przesunął palcami po włosach.

Niemożliwe, pomyślał. Gdyby wiedziała, nie spałaby tak spokojnie.

Westchnął ciężko, myśli nie dawały mu spokoju.

Wiedział, że musi się położyć obok niej. Wiedział też, że nie zaśnie, że będzie się wsłuchiwał w jej oddech i tęsknił za włosami pachnącymi jabłkiem i mentolowymi papierosami.

Wstał zdezorientowany i w ciemnościach uderzył biodrem o zlew. Czyżby tęsknił?

Na pewno?

Mała lepka dłoń dotknęła policzka Anniki.

– Mamo! Cześć!

Annika zamrugała oczami, przez chwilę nie wiedziała, gdzie jest. Nagle dotarło do niej, że usnęła w ubraniu. Rozejrzała się. Zobaczyła stojącą nad nią Ellen z oklapniętymi mysimi ogonkami i masłem orzechowym na buzi.

Rozpromieniła się w szerokim uśmiechu.

– Witaj, kochanie.

– Zostanę dzisiaj w domu.

Pogładziła córeczkę po policzku, odkaszlnęła i roześmiała się.

– Nie ma mowy. Odbiorę cię po leżakowaniu – powiedziała. Podniosła się z wysiłkiem, pocałowała córeczkę, zlizując z jej ust masło.

– Przed leżakowaniem.

– Tylko pamiętaj, że dzisiaj jest piątek, więc na obiad są lody.

Córeczka zaczęła się zastanawiać.

– Po! – wykrzyknęła i wybiegła.

Thomas wsadził głowę w drzwi, wyglądał jak zwykle: zmęczone oczy, niesfornie sterczące włosy.

– Jak się czujesz?

Uśmiechnęła się do niego, zamknęła oczy, przeciągnęła się jak kotka.

– Chyba dobrze.

– Wychodzimy.

Kiedy otworzyła oczy, już go nie było.

Nie czekała na ciszę. Zanim drzwi za jej rodziną się zamknęły, była już pod prysznicem. Umyła włosy, nałożyła odżywkę, podcięła końce, posmarowała nogi balsamem. Nałożyła tusz na rzęsy, wyrównała pilnikiem paznokcie, włożyła czysty stanik. Zaparzyła kawę, naszykowała kanapkę, nie mając pewności, czy będzie w stanie ją zjeść.

Usiadła przy kuchennym stole i czuła, jak narasta w niej paniczny strach, jak wypełza gdzieś z kąta niczym ciemna trująca chmura. Postanowiła uciec. Zostawiła na stole kawę, kanapkę i nietknięte opakowanie jogurtu. Niemal po omacku dotarła do drzwi.

Śnieg przestał już padać, ale niebo nadal było zaciągnięte, szare. Bryłki lodu wirowały w porywach wiatru, zalegały na jezdniach i chodnikach, raniły skórę. Nie była w stanie rozróżnić kolorów, świat stał się czarno-biały, ostry kamień znów obrócił się w jej piersi.

Sophia Grenborg. Grev Turegatan.

Wiedziała, gdzie to jest. Christina Furhage kiedyś tam mieszkała.

Niewiele myśląc, ruszyła w tę stronę.

Fasada była żółta, w kolorze miodu, ciężka od sztukaterii i lodowych sopli. Boki ścian zdobiły wykusze, zwisały z fasady niczym ciężkie grona, dmuchane szkło w szybach migotało, drzwi wyrzeźbiono z ciemnobrązowego drewna.

Annika poczuła, że marzną jej stopy i uszy. Zawiązała mocniej szalik i zaczęła przytupywać.

Kwintesencja mieszczaństwa, pomyślała, podchodząc do drzwi.

Domofon był bardzo nowoczesny, nie pozwalał się niczego domyślić. Odchyliła się do tyłu, spojrzała na fasadę, jakby się spodziewała zobaczyć, gdzie mieszka Sophia Grenborg. Do oczu zaczęły jej lecieć płatki śniegu.

Przeszła na drugą stronę ulicy i stanęła w bramie naprzeciwko, wyjęła komórkę, wybrała 118 118 i poprosiła o połączenie z Sophią Grenborg, zamieszkałą przy Grev Turegatan. Na wyświetlaczu Sophii pojawi się numer operatora, nie jej.

Słyszała kolejne dzwonki, przyglądała się kamienicy. Gdzieś tam w środku dzwonił telefon. Może stał przy łóżku, w którym jej mąż spędził dzisiejszą noc.

Po piątym dzwonku włączyła się automatyczna sekretarka. Annika wstrzymała oddech, słuchając jasnego, pogodnego głosu.

– Witaj, dodzwoniłeś się do Sophii, nie mogę w tej chwili odebrać…

Rozłączyła się, w uszach dźwięczał jej radosny głos, kamień w jej piersi znów zaczął się żarzyć i syczeć.

Wróciła do drzwi i zaczęła wciskać guziki przy kolejnych nazwiskach. W końcu odezwała się starsza kobieta.

– Jestem z elektrowni – przedstawiła się Annika. – Przyszłam spisać stan licznika w piwnicy. Może pani otworzyć?

Rozległ się cichy szum, pchnęła drzwi, otworzyły się.

Klatka schodowa wyłożona była żółtym i czarnym marmurem, dębowe panele, miedziane kinkiety. Gruby granatowy dywan tłumił wszystkie dźwięki.

Annika przeciągnęła palcami po drewnianych panelach, podeszła do wiszącej obok windy listy lokatorów.

Sophia Grenborg mieszkała na szóstym piętrze, sama.

Annika ruszyła powoli schodami na górę, bezszelestnie, niemal unosząc się w powietrzu.

Drzwi do jej mieszkania były nowocześniejsze niż drzwi na pozostałych piętrach. Białe, wzmocnione, osadzone w ścianie z nietynkowanej cegły.

Spojrzała na wizytówkę z nazwiskiem, zmatowiona stal.

Stała na rozstawionych szeroko nogach, jej klatka piersiowa falowała, ciężki kamień obracał się, czuła ból.

– Szukam Sophii Grenborg.

Głos, który jej odpowiedział, brzmiał równie radośnie jak ten z nagrania.

– Mam na imię Sara i dzwonię z redakcji „Świata Samorządów" – powiedziała Annika. Stała i wpatrywała się w tabliczkę z nazwiskiem. – Przeprowadzam ankietę w związku ze zbliżającymi się świętami. Mogę pani zadać kilka pytań?

Sophia Grenborg roześmiała się radośnie.

– Pewnie tak...

– Co chciałaby pani dostać pod choinkę? – spytała Annika, przesuwając ręką po drzwiach jej mieszkania.

Kobieta znów się roześmiała.

– Pocałunek od ukochanego – oświadczyła. – Ale może też być sól do kąpieli – dodała natychmiast.

Annika poczuła, że robi się jej czarno przed oczami, jakby ktoś zasłonił jej mózg czarnym prześcieradłem.

– Ukochany to mąż? – spytała głuchym głosem.

Znów śmiech.

– To na razie tajemnica. „Świat Samorządów", powiedziała pani. To dobre pismo, bardzo rzetelnie informujecie o naszych sprawach. W którym numerze to się ukaże?

Annika zamknęła oczy, przeciągnęła ręką po czole, poczuła, że klatka schodowa zaczyna falować.

– Co się ukaże?

– Ankieta! Jeszcze przed świętami?

Poczuła, że musi usiąść, oparła się plecami o drzwi.

– Nie wiemy jeszcze, gdzie znajdziemy dla niej miejsce. To zależy od ilości ogłoszeń.

Czy „Świat Samorządów" zamieszcza ogłoszenia? Nie miała pojęcia.

W słuchawce zapadła cisza. Annika słyszała rytmiczny oddech kobiety po drugiej stronie.

– No tak, rozumiem. Jeszcze coś? – spytała Sophia.

– Ja też nazywam się Grenborg. Może jesteśmy rodziną? – wypaliła Annika.

Śmiech po drugiej stronie nie brzmiał już tak serdecznie jak przed chwilą.

– Tak? A jak ma pani na imię?

– Sara. Nazywam się Sara Grenborg.

– Z której gałęzi rodziny pani pochodzi?

– Z sörmlandzkiej.

– My pochodzimy w Österbotten, z parafii Väse. Od Carla-Johana, a pani?

– Ja od Sofii Katariny.

Nagle doszła do wniosku, że nie ma siły dłużej słuchać Sophii Jaśnie Pani Cholernej Grenborg i rozłączyła się w środku zdania.

Siedziała w ciszy i czekała, aż puls się uspokoi. Dotknęła dłonią jej drzwi, włączając ją do swojego krwiobiegu.

Zamknęła oczy i skupiła się na chłodnych schodach. Słyszała jej głos, niemal widziała, jak siedzi w swoim eleganckim gabinecie i czyta „Świat Samorządów". Kobieta bezkrwista, idealnie dostosowana, doceniana, kobieta, którą jej mąż całował przed NK. Kobieta, która ma wszystko to, czego ona nigdy mieć nie będzie.

Wyszła na ulicę, nie oglądając się za siebie.

Obudził się, bo różowa narzuta zasłaniała mu nos. Kichnął, a potem jęknął, kiedy ból z trzewi dotarł do mózgu. Boazeria na suficie zaczęła lekko falować, przesunął wzrok, spojrzał na ścianę z cienkiego laminatu i nagle poczuł swój oddech. Zamarł, smród był nie do wytrzymania.

La mortr est dans cette ville, pomyślał i westchnął.

Zobaczył unoszącą się nad nim twarz lekarza, jak wtedy, gdy się obudził z narkozy. Przypomniał sobie jego napięte rysy i unikający go wzrok. Wcześniej dokładnie go poinformował o ewentualnych konsekwencjach, więc natychmiast zrozumiał.

Nieoperowalny, nieuleczalny. Okres przeżycia od diagnozy: trzy do sześciu miesięcy. Czas wypełniony bólem, mdłościami, problemami z jedzeniem, spadkiem wagi, złym samopoczuciem, ogromnym zmęczeniem i coraz gorszymi wynikami. Leczenie polegało na podawaniu środków łagodzących mdłości, przeciwbólowych i składników odżywczych.

Wiedział, że schudnie, że zacznie gnić. Fetor dobywający się z jego ciała będzie coraz bardziej dojmujący. Lekarz, jego przyjaciel, odradzał używanie perfum i wody po goleniu. To nic nie da.

Rozejrzał się po pokoju z aneksem kuchennym, po boazerii i kolorowych szmacianych dywanikach na plastikowej podłodze. Przez szparę w ciężkich zasłonach prześwitywało zimne niebieskie światło dnia. Świat zaczął się powoli uspokajać, było mu łatwiej oddychać, po chwili znów znalazł się w swojej krainie na pograniczu jawy i snu, gdzie zwykłe ludzkie ograniczenia się zacierały.

– Jestem z Towarzystwa Żeglarskiego „Boja". Chciałbym zarezerwować salę na wtorek, na dziewiętnastą. – Jego głos odbijał się dziwnym echem gdzieś w oddali.

Przed nim siedziała bibliotekarka z Ulicy Bez Imienia, ze swoją wielką księgą. Wiedział, że już mu nie ufa. Nie mógł być jednocześnie żeglarzem i wędkarzem, miłośnikiem ptaków, znawcą motyli i genealogiem amatorem.

Wszyscy, którzy przychodzili na spotkania, mieli pseudonimy. Zwykle były to pospolite imiona, jak Greger, Torsten czy Mats. On wybrał Ragnwald, co zostało przyjęte ze zmarszczeniem brwi. Nie należało się wyróżniać. Ale on się wyróżniał i oni to rozumieli, przynajmniej ci z Melderstein.

Roześmiał się cicho w półśnie i powrócił do gospodarstwa, do upalnego początku lata 1969 roku, gdy świat stał u progu wielkiej rewolucji. Byli gotowi, przygotowani nawet do walki zbrojnej. Obóz całą dobę patrolowali strażnicy, uczestnicy strugali kije przy ognisku, omawiali partyzanckie sposoby walki i ćwiczyli obronę własną.

W Norwegii spory między aktywistami ruchów lewicowych a resztą działaczy były znacznie głębsze niż w Szwecji. Kiedy do jednej z radykalnych księgarń wrzucono bombę, byli przekonani, że wkrótce przyjdzie kolei i na nich. Nie pozwolą się poprowadzić na rzeź potulnie jak owieczki.

To, że obóz zlokalizowano w Melderstein, było dość zabawne, ponieważ właściciele miejscowego gospodarstwa byli ludźmi bardzo religijnymi. Podczas pierwszej rozmowy mężczyzna przedstawił się jako urzędnik parafialny. Występował w imieniu parafii Luleå, nikt nie miał żadnych zastrzeżeń. I tak niewielka kaplica należąca do gospodarstwa stała się tamtego lata miejscem żarliwych sporów maoistów.

Przepełniło go poczucie doskonałej harmonii, jak wtedy. Niebywała pamięć, która pozwalała mu jak z rękawa rzucać cytatami z Mao, zapewniła mu centralną pozycję wśród uczestników obozu, pochodzących przecież z różnych części kraju. No i właśnie tam spotkał swoją Czerwoną Wilczycę.

Uśmiechnął się do sufitu, kołysząc się na falach. Zobaczył jej łagodną twarz i kruche, drobne ciało.

Był taki młody, taki naiwny, ale dla niej był Mistrzem. Nikt nie miał takich doświadczeń jak on, wyniesionych zarówno z ruchu buntowników, jak i okupacji Domu Studenta. Jego pozycja przywódcy była niezagrożona. Czerwona Wilczyca przyjechała na obóz z koleżanką, nie bardzo mając pojęcie, o co w tym wszystkim chodzi. Właściwie tylko dla towarzystwa. Szybko jednak dała się porwać i stała się Sługą Rewolucji szybciej, niż sądził. Zrobiła to dla niego.

Dla niego.

Karina, całująca go na tyłach kaplicy w Melderstein. Wciąż jeszcze pamiętał smak jej gumy do żucia.

Przewrócił się na drugi bok.

W Towarzystwie Żeglarskim „Boja" stworzyli komórki, w których zapadały decyzje, dokąd kogo delegować. Jedni mieli mieszkać w Örnnäset i pracować na nocną zmianę w hucie, innym kazano zamieszkać w Svartöstaden i pracować w gminie. Organizowali strajki, zgłębiali tajniki związków zawodowych i organizowali je według maoistycznej teorii frontu ludowego, ale wszystko posuwało się zbyt wolno, za dużo było dyskusji. Związek Wędkarski zapełnił się fałszywymi autorytetami, zakochanymi we własnych głosach. Na zebrania przychodziło wielu takich, którzy tylko bawili się w rewolucję, przychodzili głównie ze względu na dziewczyny i piwo. Po obozie w Melderstein wrzało. Dwóch towarzyszy rzuciło mu wyzwanie, chodziło oczywiście o władzę. Gdy inni stanęli po ich stronie, zabrał swoją rodzinę i odszedł. Porzucił małomiasteczkowy, skazany na powolną śmierć komunizm i stworzył własną grupę. Jej celem było przejęcie władzy.

Nóż znów przekręcił mu się w żołądku. Rak żołądka, rzadko spotykany w Europie, ślepy traf. Operacja, żeby ocenić, czy to nowotwór poddający się leczeniu, czy nie. Objawy jak przy wrzodach żołądka, gastroskopia wykazała brzydkie rany, diagnozę potwierdzono podczas badań laboratoryjnych. Otworzono pacjenta, znaleziono przerzuty na innych organach, zszyto brzuch. Przerzuty do płuc, do kości i do mózgu, pacjent niknie w oczach w wyniku uogólnionego procesu nowotworowego.

Trzy do sześciu miesięcy.

Nagle przy jego łóżku stanął ojciec. Zaczerpnął powietrza, nagły skurcz zamknął mu płuca. Przerażony podczołgał się do ściany.

– Grzech pierworodny – grzmiał pochylający się nad nim mężczyzna, a jego głos odbijał się od ścian. – Oskarżam cię. Czynię cię winnym grzechu Adama i Ewy.

Pejcz powędrował do góry, uderzenie trafiło go w przeponę. Gwałtowne konwulsje sprowokowały wymioty, zwrócił swoją proszkową dietę na poduszkę. Głos ojca przybrał na sile, wypełnił pokój, brzmiał jak orkiestra symfoniczna w dysonansie.

– Masz zacząć wszystko od początku, złośliwy dzieciaku, szatanie!

Próbował protestować, prosić o łaskę, całe dzieciństwo to robił. „Tatusiu, proszę, zlituj się nade mną", ale pejcz trafił go w usta. Ból sprawił, że na chwilę przestał oddychać.

– Muszę wyplenić zło z twojego serca, uratować twoją nieśmiertelną duszę, byś mógł pójść do Nieba.

Ręka z pejczem znów powędrowała do góry. Spojrzał na mężczyznę. Szybował gdzieś pod sufitem w zniszczonym garniturze kaznodziei. Wiedział, że zbawienie jest już blisko.

– Tato – wyszeptał. – Mama nie urodziła więcej dzieci. Wiesz dlaczego?

Ojciec zamilkł, dudnienie ustało. Płonący wzrok zbladł, pejcz zawisł w powietrzu.

– Pozostałem jedynakiem. A ty nigdy nie rozumiałeś dlaczego – szeptał do ojca. – Bóg wie, że wypełniałeś jego wolę, ale więcej dzieci się nie urodziło. Naprawdę nigdy się nie domyślałeś?

Ojciec nadal wisiał gdzieś pod sufitem, usta miał białe.

– Spędzała kolejne płody u Laponki w Vittangi – wyszeptał. – Moje siostry i moich braci. – Wolała, żeby Laponka wyskrobała ich z jej łona, niż żebyś ich uwalniał od grzechu pierworodnego.

Pejcz znów ożył, tym razem trafił go w głowę i ogarnęła go pustka.

Annika rzuciła ubranie na stertę w przedpokoju, przesunęła naczynia i swoje niezjedzone śniadanie, położyła laptop na kuchennym stole. Weszła na www.lf.se i zaczęła studiować strukturę Związku Samorządów. Na ostatniej stronie porannej gazety wypisała jednostki zajmujące się sprawami demokracji i polityki zdrowotnej, gospodarki i samorządów oraz finansów.

Przyłożyła rękę do ust i zaczęła się zastanawiać.

Powinno wystarczyć. Trzy działy, które pewnie nie kontaktują się ze sobą zbyt często, każdy z oddzielnym szefostwem.

Wzięła kilka głębokich wdechów i wybrała numer centrali Związku Samorządów. Najpierw poprosiła o połączenie z szefem działu do spraw demokracji i polityki zdrowotnej.

– Nazywam się Annika Bengtzon, dzwonię z redakcji „Kvällspressen"...

Zestresowany szef natychmiast jej przerwał.

– Proszę się skontaktować z działem prasowym, tam uzyska pani odpowiedź na wszystkie pytania.

Czuła, jak mocno bije jej serce, miała nadzieję, że jej rozmówca tego nie słyszy.

– Rozumiem, ale moja sprawa jest takiej natury, że dział prasowy niewiele mi pomoże. Niestety.

Pełne zdziwienia milczenie.

– Słucham? Nie rozumiem?

Annika zamknęła oczy i odpowiedziała spokojnie:

– Przede wszystkim obiecuję, że nie będę pana cytować. Poza tym jeszcze nie zaczęłam pisać artykułu. Chciałabym uporządkować informacje, które wypłynęły w związku w waszą działalnością.

– O czym pani mówi? O jaką działalność chodzi?

– O przefakturowania z konta jednego z waszych projektów.

Miała wrażenie, że mężczyzna usiadł.

– Przefakturowania? Nie rozumiem.

Annika siedziała wpatrzona w kuchenny wentylator.

– Jak powiedziałam, nie będę pana cytować. Chcę tylko wyjaśnić pewne kwestie; obiecuję, że ta rozmowa zostanie między nami. Nikomu o niej nie wspomnę, pana też proszę o zachowanie wszystkiego dla siebie.

Milczenie.

– O co chodzi?

Annika poczuła skurcz żołądka, mężczyzna najwyraźniej połknął haczyk.

– Chodzi o przefakturowania z konta projektu dotyczącego gróźb pod adresem polityków, który realizujecie wspólnie ze Związkiem Gmin i Ministerstwem Sprawiedliwości.

– Gróźb?

– Zajmuje się tym specjalna grupa robocza. Chcę podkreślić, że naszym zdaniem jest to niezwykle cenna inicjatywa. O ile nam wiadomo, zespół pracuje dobrze, problemem jest tylko księgowość.

– Powiem szczerze, że nie bardzo rozumiem.

Annika odczekała chwilę, pozwalając mówić ciszy. Chciała, żeby jej rozmówca nawet przez telefon wyczuł jej zdziwienie i żeby mu dało do myślenia.

– Odniosłam wrażenie, że jesteście zainteresowani wyjaśnieniem sprawy – zaczęła po chwili.

– O co pani chodzi? – rozzłościł się. – Kto pani powiedział, że w ogóle są jakieś nieprawidłowości?

– Chyba nie żąda pan, żebym zdradziła źródło – odpowiedziała Annika, starając się, żeby to zabrzmiało surowo i poważnie. – To wbrew konstytucji. Udam, że nie słyszałam pańskiego pytania.

Na linii znów zapadła cisza.

– Nie może pani powiedzieć, o co chodzi? – spytał w końcu mężczyzna.

Annika zaczerpnęła głośno powietrza. Zaczęła cicho, z pewnym wahaniem:

– Według mojego źródła przefakturowano środki z konta wspomnianego projektu. Jeden z członków zespołu miał się nim posłużyć, by pokryć prywatne wydatki.

– Chodzi o Sophię Grenborg? – spytał mężczyzna zdziwiony. – Ona miałaby się dopuścić czegoś takiego?

– Na to pytanie nie mogę odpowiedzieć – odpowiedziała Annika z ubolewaniem. – Czy mógłby pan mnie poinformować o wynikach waszego dochodzenia? Nie chodzi o wysokość sumy, to mnie nie interesuje, chciałabym tylko wiedzieć, czy postanowiliście zgłosić sprawę na policję.

Mężczyzna odchrząknął.

– Na razie o tym nie myślimy. Ale oczywiście przyjrzymy się sprawie, natychmiast skontaktuję się z księgowością.

Annika zamknęła oczy i głośno przełknęła ślinę.

Życzyła mu powodzenia i pożegnała się.

Potem w ciszy zastanawiała się, ile musi odczekać, zanim wykona kolejny telefon.

Uznała, że w ogóle nie musi czekać.

Sięgnęła po słuchawkę i zadzwoniła do redaktora naczelnego pisma „Gospodarka & Samorząd". Zaczęła go ostrożnie wypytywać o sprawy związane ze stanowiskiem samorządów terytorialnych wobec firm wydmuszek. Mężczyzna rozzłościł się i niewiele brakowało, żeby rzucił słuchawką. Wtedy Annika spytała, czy ktoś zainteresował się faktem, że zatrudniona u nich Sophia Grenborg w poprzednim roku zgłosiła dochód w wysokości zaledwie dwustu sześćdziesięciu dziewięciu tysięcy koron.

Mężczyzna umilkł zaskoczony.

– Związek Samorządów jest finansowany z podatków. Uważa pan, że to w porządku, że wasi pracownicy próbują oszukiwać Urząd Skarbowy?

– Oczywiście, że nie – obruszył się mężczyzna.

Annika zapowiedziała, że wróci do sprawy, będzie chciała poznać wyniki dochodzenia, i odłożyła słuchawkę.

Wstała od stołu. Mięśnie jej zesztywniały, chwycił ją skurcz. Gula w piersi, o brzegach ostrych jak nóż, znów się obróciła. Poczuła ból, cała była odrętwiała.

Uderzała pięściami w uda, aż nogi znów zaczęły jej słuchać. Podgrzała w mikrofali kawę i po raz trzeci sięgnęła po telefon. Tym razem zadzwoniła do szefa działu finansów międzynarodowych. Spytała, jak Związek Samorządów zapatruje się na skrajnie prawicowe poglądy swoich pracowników.

– Otrzymałam informację, że jeden z waszych pracowników działał kiedyś w skrajnie prawicowej organizacji. Kuzyn tej pani został skazany za podżeganie do nienawiści rasowej. Osoba, która przekazała mi tę informację, ma wątpliwości, czy aby na pewno ktoś taki powinien się zajmować projektem dotyczącym gróźb kierowanych pod adresem polityków, także gróźb ze strony prawicowych ekstremistów.

Mężczyzna nie był w stanie odpowiedzieć na pytanie od razu, ale obiecał, że zajmie się sprawą. Poprosił o telefon w poniedziałek albo we wtorek, wtedy będzie wiedział coś więcej.

Annika oparła się o krzesło. Miała pustkę w głowie, podłoga znów zaczęła falować.

Skoczyła na głęboką wodę.

Teraz musi uważać, żeby nie pójść na dno.

Niedziela, 22 listopada

THOMAS SIĘGNĄŁ po dzbanek z kawą i stwierdził, że jest pusty. Był coraz bardziej zirytowany. Napiął mięśnie twarzy i spojrzał na żonę siedzącą po drugiej stronie stołu. Kończyła właśnie czwarty kubek. Wlała w siebie cały dzbanek kawy, którą on zaparzył. I nie wypił nawet filiżanki. Pochłonięta lekturą eseju znanego islamisty, który dzielił się swoimi dociekaniami na temat tego, kim naprawdę są Irakijczycy, nie zauważyła poirytowania męża. Włosy miała luźno ściągnięte gumką, odgarnęła ręką niesforny kosmyk, który cały czas wpadał jej do oczu. Thomas widział jej delikatnie połyskującą pod szlafrokiem skórę.

Odwrócił wzrok i wstał.

– Chcesz jeszcze kawy? – spytał z ironią.

– Nie, dziękuję – odpowiedziała. Nawet nie podniosła głowy, nie zauważała go.

Jestem dla niej tylko meblem, pomyślał. Narzędziem, które jej umożliwia wygodne życie i pisanie tego, co chce.

Zagryzł wargi i dolał wody do niewielkiego dzbanka. W Vaxholmie mieli elektryczny czajnik, ale Annika uznała, że to zbytek.

– Kolejna maszyna. Nie mamy miejsca. Poza tym woda gotuje się szybciej na gazie.

Pewnie miała rację, ale nie w tym rzecz.

Problem polegał na tym, że jego przestrzeń się kurczyła. Annika potrzebowała coraz więcej miejsca, dla niego zostawało coraz mniej.

Wcześniej, przed historią z Zamachowcem, nie widział tego tak wyraźnie. Zresztą to się działo powoli, małymi kroczkami, niemal niezauważalnie. Pojawiły się dzieci, Annika awansowała, oczywiście pomagał jej, a potem przez jakiś czas wszystko znów było jak dawniej. Annika nie pracowała, zajmowała się domem, dziećmi. Teraz jednak znów przejęła stery, a on musiał się wycofać do swojego kąta.

Siedział i przyglądał się żonie, wsłuchując się w szum gotującej się wody. Annika była niska, kanciasta, ale miała obfity biust. Była wrażliwa, a jednocześnie niesamowicie twarda.

Musiała poczuć na sobie jego spojrzenie, bo podniosła głowę i spojrzała na niego zmieszana.

– O co chodzi? – spytała.

– O nic – odpowiedział, odwracając się.

– Aha.

Wzięła gazetę i wyszła z kuchni.

– Dzwoniła mama. Zaprasza nas w niedzielę na obiad – zawołał za nią. – Powiedziałem, że przyjedziemy. Mam nadzieję, że nie masz nic przeciwko temu.

Dlaczego w ogóle ją o to pytam?, pomyślał. Jakbym przepraszał, że chcę się zobaczyć z własnymi rodzicami.

– Co powiedziałeś?

Annika wróciła do kuchni. Usłyszał jej głośne kroki, odwrócił się i zobaczył, że stoi w progu z gazetą w ręku.

– O dwunastej. Obiad w Vaxholmie.

Annika pokręciła głową, jakby nie wierząc własnym uszom.

– Zgodziłeś się, nie pytając mnie o zdanie?

Thomas podszedł do kuchenki i nalał wody do ekspresu.

– Rozmawiałaś przez komórkę, jak zwykle zresztą. Nie chciałem ci przeszkadzać.

– Powiedziałabym, że zwykle nie miewasz takich oporów. Nie jadę.

Thomas nagle poczuł, że najchętniej chwyciłby ją i potrząsnął tak mocno, żeby włosy jej się rozsypały, zęby zaczęły uderzać o siebie, a szlafrok zsunął się jej z ramion i spadł na podłogę.

Ale nie zrobił tego. Zamknął tylko oczy i spróbował uspokoić oddech. W końcu odezwał się ze wzrokiem wbitym w okap:

– Twoje kiepskie relacje z rodzicami nie są dla mnie wzorem do naśladowania.

Szelest gazety zdradzał, że Annika wyszła z kuchni.

– Dobrze – rzuciła z przedpokoju. – Weź dzieci i jedźcie, ale beze mnie.

– Oczywiście, że pojedziesz z nami – powiedział, kierując swoje słowa do okapu.

Annika wróciła do kuchni, zerknął na nią przez ramię. Była naga, stała przed nim w samych skarpetkach.

– A jeśli nie, to co? Dasz mi po głowie i zawleczesz za włosy?

– Bardzo zabawne.

– Idę wziąć prysznic – oświadczyła.

Ruszyła w stronę łazienki, a jego wzrok przykuły jej falujące pośladki.

Sophia była bardziej okrągła, jej skóra miała bardziej różowy odcień. Skóra Anniki była bledsza, wręcz zielonkawa. W słońcu przybierała lekko oliwkowy odcień.

To kosmitka, pomyślał Thomas. Mała zielona kobieta z innej planety, z mnóstwem kolców, bezkształtna i odporna na wszelkie argumenty.

Można żyć z kosmitką?

Otrząsnął się, przełknął ślinę.

Dlaczego tak sobie utrudnia życie?

Istnieje rozwiązanie, ma wybór. Może odzyskać życie, którego mu tak brakuje. Może mieć u boku miłą kobietę, miękką, o różowej skórze i włosach pachnących jabłkiem. Ona przecież tylko czeka, żeby go przyjąć pod swój dach.

Boże, co mam zrobić?

Chwilę później zadzwonił telefon.

To ona, pomyślał. Po co tu dzwoni? Przecież jej zabroniłem.

Drugi dzwonek.

– Odbierzesz? – zawołała Annika spod prysznica.

Trzeci.

Chwycił słuchawkę, czuł pulsowanie krwi w skroniach, suchość w ustach.

– Mieszkanie Thomasa i Anniki – wydusił. Słowa ledwie przechodziły mu przez zaschnięte gardło.

– Muszę rozmawiać z Anniką.

Anne Snapphane. Brzmiała, jakby brakowało jej powietrza, ale on poczuł ulgę.

– Oczywiście – powiedział z lekkim westchnieniem. – Zaraz ją zawołam.

*

Annika wyszła z wanny, sięgnęła po ręcznik i ruszyła do telefonu, zostawiając za sobą mokre ślady. Kamień w piersi wykonał kolejny obrót, gdzieś w tle słyszała monotonne zawodzenie aniołów. Minęła Thomasa i unikając jego wzroku, wzięła od niego słuchawkę. Jego chłód wymuszał dystans.

– Czytałaś poranne gazety? – spytała Anne zduszonym, schrypniętym głosem.

– Masz kaca?

Annika odsunęła ser, robiąc sobie miejsce na stole. Thomas westchnął głośno i przesunął się o dwa milimetry.

– W życiu takiego nie miałam, ale wszystko mi jedno. Björnlund zlikwidowała kanał.

– Co ty mówisz? – zdziwiła się Annika i odsunęła leżący obok niej chleb.

– Pani minister wysłała mnie na bezrobocie. Piszą o tym w gazetach.

Thomas demonstracyjnie odwrócił się do niej bokiem, dystansował się od niej całym sobą.

– Gdzie? – dopytywała się Annika.

– Na pierwszej stronie, na samej górze.

Annika pochyliła się, sięgnęła po tę część gazety, którą Thomas trzymał w ręku. Wzdrygnął się poirytowany.

– Zaczekaj, chcę tylko coś sprawdzić – ciągnęła Annika niezrażona. – „Björnlund zmienia zasady emisji cyfrowej” – przeczytała. – I co z tego?

– Zarząd otrzymał wiadomość w nocy, wsiedli w ostatni samolot z Nowego Jorku do Sztokholmu, pół godziny temu wylądowali i natychmiast wydali komunikat, że wstrzymują całe przedsięwzięcie. O wpół do trzeciej odbędzie się oficjalne spotkanie, na którym zostanie ogłoszone, że TV

Scandinavia przestaje istnieć. A mnie zostaje posada regionalnej reporterki w jakimś prowincjonalnym radiu.

– Daj spokój z tym czarnowidztwem – powiedziała Annika, szturchając Thomasa kolanem, żeby zrobił jej trochę miejsca. – Nie możecie nadawać przez satelitę albo w kablówkach?

Anne zaczęła płakać. Annika zrozumiała, że sytuacja naprawdę jest poważna, i zrobiło jej się głupio.

– Zaczekaj, przejdę do drugiego aparatu.

Rzuciła słuchawkę. Zeskakując ze stołu, potrąciła Thomasa.

– Co ty, do diabła, wyprawiasz? – obruszył się i zmiął gazetę.

– Siedź, pójdę do sypialni – powiedziała i wybiegła z kuchni, ciągnąc za sobą ręcznik.

W sypialni weszła na łóżko, nakryła się kołdrą i sięgnęła po słuchawkę.

– Musi istnieć jakieś rozwiązanie. Na czym dokładnie polega problem?

Anne wyraźnie próbowała wziąć się w garść.

– Już ci mówiłam – odezwała się nadąsana.

– Wiem, ale nie słuchałam cię uważnie. Miałam wrażenie, że chodzi głównie o sprawy czysto techniczne. Opowiadaj.

Oparła się o poduszki, usłyszała, jak Anne nabiera powietrza.

– Pomysł z TV Scandinavia polega, a raczej polegał na tym, że chcieliśmy dotrzeć do całej Skandynawii. To dwadzieścia pięć milionów potencjalnych widzów, jedna dziesiąta ludności Stanów. Żeby dotrzeć do tak dużej liczby widzów, musielibyśmy być odbierani przez wszystkie gospodarstwa domowe w Szwecji, czyli emisja musiałaby iść przez maszty nadawcze Teracomu. Mniejsza grupa docelowa nie interesuje amerykańskich reklamodawców.

– Teracom?

– Państwowa firma, część dawnego Urzędu Telekomunikacyjnego, przekształconego w komercyjną spółkę.

Anioły ucichły, jakby uznały wyższość rozpaczy Anne. Annika zauważyła też, że kamień znieruchomiał, leżał ciężko gdzieś między jej żebrami.

– Musicie używać ich masztów? Nie możecie postawić własnych?

– Chyba żartujesz? Teracom jest na progu bankructwa, mimo wszystkich swoich masztów.

Annika się odprężyła. Jej mózg zaczął poszukiwać rozwiązań. Na chwilę mogła opuścić Thomasa, Sophię, dzieci, Vaxholm.

– Bardzo niewielu ludzi może oglądać telewizję cyfrową, trzeba chyba mieć dekoder. To naprawdę takie ważne?

– Za kilka lat na rynku będzie tylko telewizja cyfrowa. Rząd trzyma w ręku wszystkie karty. Jeśli telewizja cyfrowa będzie mogła funkcjonować na takich samych warunkach jak inne, to wkrótce na rynku dojdzie do eksplozji.

Histeryczne wycie Ellen poprzedziło o dwie sekundy jej wtargnięcie do sypialni. Metr za nią biegł Kalle, machał rękami z rozcapierzonymi palcami.

– Mamo, ratuj mnie! Tygrys mnie goni!

Annika próbowała powstrzymać dzieci gestem, co oczywiście z góry było skazane na niepowodzenie. Dzieci rzuciły się na nią z histerycznym śmiechem.

– Nie rozumiem, jak to wszystko się ma do likwidacji kanału – próbowała kontynuować rozmowę.

– Do tej pory to rząd decydował, kto ma mieć dostęp do państwowych nadajników, zarówno jeśli chodzi o telewizję analogową, jak i cyfrową. Analogowe kanały są trzy i jest to oczywiście wynik decyzji politycznych.

– Ellen, Kalle, ubierajcie się. Jedziecie do babci – Annika zwróciła się do dzieci.

– Telewizja cyfrowa potrzebuje mniej publiczności – mówiła niczym niezrażona Anne. – Kiedy znikną trzy kanały analogowe, zrobi się miejsce dla dwudziestu pięciu cyfrowych. Wydaje się, że rząd nareszcie zrozumiał, że nic mu do tego, co kto nadaje, i postanowił, że decyzje w sprawie koncesji na nadawanie będzie podejmował Urząd do spraw Radia i Telewizji.

– Nie chcemy jechać! – wykrzykiwał Kalle w imieniu swoim i siostry. – U dziadków jest nudno i nie wolno biegać po domu!

– Uspokójcie się. – Annika upomniała dzieci. – Umyjcie zęby i włóżcie czyste ubrania.

– Właściwie wszystko już dawno zostało ustalone – ciągnęła Anne. – Propozycja ustawy jest dyskutowana od roku w różnych komisjach. Dlatego amerykańskie szefostwo firmy zdecydowało się podjąć próbę wejścia na rynek. Ale dzisiejsza gazeta ujawnia, że dyrektywa w tej sprawie zawiera załącznik, którego wcześniej nie było.

– I co? – spytała Annika. Odesłała dzieci do łazienki, zacisnęła mocno powieki i spróbowała się skupić.

– W trakcie wcześniejszych dyskusji wypracowano dziesięciopunktowy regulamin. Spółki telewizyjne są zobowiązane go przestrzegać, zgodnie z drugim i czwartym paragrafem trzeciego rozdziału ustawy o radiu i telewizji z 1996 roku. A teraz nagle pojawił się jedenasty punkt regulaminu.

Annika opadła na poduszki.

– Czyli Karina Björnlund w ostatniej chwili dodała jeszcze jeden punkt.

– Właśnie. Punkt jedenasty brzmi: „Firma z przewagą kapitału zagranicznego nadająca w krajach skandynawskich, ale nie w innych krajach Unii, nie ma prawa nadawać w technologii cyfrowej".

– To znaczy, że…

Annika usłyszała, że Thomas krzyczy w kuchni na dzieci.

– Że wszyscy mogą nadawać, tylko my nie.

– Lex TV Scandinavia – stwierdziła Annika. – Parlament tego nie przyjmie.

– Przyjmie, bo ustawę popiera Partia Ochrony Środowiska.

– Dlaczego, na litość boską?

– Rząd wycofuje się z ceł na samochody. Od przyszłego roku wszystkie autostrady wokół Sztokholmu mają być płatne. W zamian Karina Björnlund wyeliminuje z rynku nasz kanał.

– To absurd – Annika nie była przekonana. – Dlaczego miałaby to zrobić?

– Cholernie dobre pytanie – odpowiedziała Anne i zaczęła cicho płakać.

Thomas wrzeszczał coś w przedpokoju, Ellen wyła.

Do wrzasków dzieci i rozpaczy dobiegającej przez kabel telefoniczny z Lidingö znów dołączyły anioły ze swoją pieśnią. Słowa kotłowały jej się w głowie. Nagle przed oczami zamajaczyło jej zdanie z diariusza pani minister.

„Prośba o spotkanie w pilnej sprawie".

– Piłaś coś dzisiaj? – spytała Annika głośno, żeby zagłuszyć wszystkie pozostałe głosy.

Anne wyraźnie próbowała się skupić.

– Nie – zaszlochała. – Chociaż miałam ochotę. Nalałam sobie nawet szklankę dżinu, ale wylałam wszystko do kibelka. Mam dosyć.

Rozpacz Anne zdawała się słabnąć. Annika słyszała tylko pojedyncze westchnienia. Krzyki dzieci w kuchni także ucichły.

– Najpierw ta historia z Mehmetem, a teraz to. Już nie daję rady.

– Ubierz się i przyjeżdżaj. Tylko nie samochodem.

– Nie wiem, czy mam siłę.

– Masz. Thomas i dzieci jadą do Vaxholmu, mam cały dzień dla siebie. Przyjeżdżaj.

– Nie dam rady tu dłużej mieszkać. Nie wytrzymam tego...

Kolejny atak płaczu.

– Ten cholerny podglądacz na dole. Miranda, która krąży między nami, i to odśnieżanie zimą...

– Jak przyjedziesz, sprawdzimy ogłoszenia. Musisz w końcu wrócić do miasta.

Anne umilkła, oddychała w słuchawkę, najpierw szybko, histerycznie, potem wolniej.

– Potrzebuję trochę czasu, żeby wszystko przemyśleć.

– Wiesz, gdzie mnie szukać.

Kalle podszedł do Anniki. Na nogach miał swoje nowe, zielone kalosze z odblaskami. Policzki miał czerwone, był w kombinezonie, pocił się. Patrzył na nią dużymi błyszczącymi oczami.

– Dlaczego tata jest na nas zły?

Annika pochyliła się nad synkiem i pogładziła go po policzku.

– Tatuś jest zmęczony. Dużo ostatnio pracował. Ale to się niedługo zmieni.

Uśmiechnęła się do niego. Patrzyła mu w oczy, próbując mu zapewnić poczucie bezpieczeństwa i spokój.

– Chcę zostać w domu, z tobą – oświadczyła Ellen.

Annika odwróciła się do córeczki.

– Zaprosiłam Anne. Jest jej bardzo smutno i chcę ją pocieszyć.

– Dorośli też bywają smutni – wtrącił się Kalle.

Annika odwróciła głowę, żeby się nie rozpaść na kawałki, kamień w piersi znów dał o sobie znać. Moje kochane, mądre dzieci...

– Niedługo się zobaczymy – powiedziała głuchym głosem. Wstała i zawiązała mocniej pasek szlafroka.

Thomas wparował do holu z czarną chmurą nad głową.

– Czego szukasz? – odezwała się Annika, usiłując zachować spokój.

– Komórki. Widziałaś ją?

– Musisz ją brać ze sobą?

Spojrzał na nią jak na kretynkę.

– Próbowałeś zadzwonić?

Pogarda w jego spojrzeniu zamieniła się w zdziwienie. Annika przełknęła głośno ślinę, podeszła do telefonu, wybrała numer jego komórki. W kieszeni jego kurtki rozległ się dzwonek.

– Jedź ostrożnie – powiedziała, wypychając przed siebie dzieci.

Ponure, zranione spojrzenie rzucone przez ramię.

Drzwi się zamknęły, poczuła na nogach chłodny przeciąg z klatki schodowej. Miała wrażenie, że podłoga pod nią zniknęła, że wokół jest niebo, że spada, w oddali odezwały się anioły. Wiedziała, że ziarna, które zasiała, kiełkują w umysłach szefów Związku Samorządów.

Sophia Grenborg, pomyślała. Ty wstrętna wiedźmo! Anioły zaczęły jej wtórować, wrzeszczały z siłą, której dotąd jej oszczędzały, fałszowały niemiłosiernie.

Sophia fia lia mia!

Zasłoniła uszy dłońmi, zagryzła zęby i uciekła od drzwi, od przeciągu. Wskoczyła do łóżka i naciągnęła na siebie kołdrę.

Fia lia mia Sophia!

Oddychała szybko, starając się nie dopuścić do hiperwentylacji.

Ragnwald, pomyślała. Władca bogów. Samolot w bazie F21. Wybuch. Młody mężczyzna w płomieniach. Miłość do wysportowanej dziewczyny działającej w Klubie Psów Użytkowych. Studia teologiczne w Uppsali i przebudzenie, Mao. Śmierć jako zawód. Benny Ekland, reporter wątpliwej sławy. Linus Gustafsson, czujny chłopiec z włosami postawionymi na żel. Kurt Sandström, chłopski polityk silnie osadzony w rzeczywistości.

Odrzuciła kołdrę, sięgnęła po telefon i wybrała numer Q.

Jeśli odbierze, to będzie to znak, pomyślała i natychmiast odrzuciła tę myśl. Co będzie, jeśli jednak nie odbierze?

Odebrał, wydał jej się zmęczony. Usiadła na łóżku, anioły się oddaliły.

– Coś się dzieje? – spytała drżącym głosem.

– Myślisz o czymś konkretnym?

Annika zamknęła oczy, jego głos przyniósł jej ulgę.

– Nie pytam, czy poderwałeś nową laskę.

– Ale pewnie chciałabyś wiedzieć?

Spróbowała się roześmiać.

– Nasz przyjaciel Ragnwald. Znaleźliście go?

Q udał, że ziewa.

– Mówię serio – powiedziała Annika, szarpiąc lekko kabel. – Coś chyba już wiecie. Kurt Sandström. Co z nim?

– Nie żyje, trup.

Oparła się mocno o poduszki. Czuła, jak kamień nieruchomieje w jej piersi, odprężyła się trochę.

– Göran Nilsson z Sattajärvi. Jak to możliwe, że człowiek się rozpływa w powietrzu na trzydzieści lat i nikt nic o nim nie wie, ani ty, ani Interpol, ani CIA, ani Mossad, nikt. To w ogóle możliwe?

Na kilka sekund zapadła cisza.

– Nie zasypiamy gruszek w popiele, jeśli o to ci chodzi.

– Nie? – spytała, patrząc w sufit. – Wiedzieliście, że mieszka we Francji, więc w czym problem? Wystarczy wyjąć odkurzacz i wcisnąć guzik.

– Francuska policja ma duże odkurzacze, wciągają niemal wszystkie cząsteczki kurzu. Tej jednak zawsze udawało się przeniknąć, nawet przez najgęstszy filtr.

Nagle rzeczywistość powróciła, już nie leciała w dół, wróciła cisza.

– Jak mu się to udawało? Jeśli rzeczywiście jest taki niebezpieczny, jak podejrzewacie, jeśli jest zawodowym mordercą, wykonującym mokrą robotę za grubą forsę, to jak to możliwe, że nie wpadł? Dlaczego nikt go nigdy nie przyłapał na gorącym uczynku?

– O jak dużą forsę chodzi, tego nie wiemy. Może w ogóle nie brał pieniędzy. Może morduje dla idei.

– Skąd wiecie, że to on?

– W kilku przypadkach jesteśmy tego całkowicie pewni, w niektórych wystarczająco pewni, o wiele tylko go podejrzewamy.

Annika odzyskała grunt pod nogami, znów czuła się bezpiecznie.

– Ale dlaczego Ragnwald? Zostawił odciski palców? Maleńkie serwetki z pocałunkami na miejscu zbrodni?

– Mamy swoich ludzi – powiedział Q.

– Ach tak. To znaczy, że to wszystko to plotki i spekulacje.

– Nie udawaj głupiej.

Chwilę milczeli. Annika poczuła, jak przeszywa ją fala ciepła.

– Jednej rzeczy nie rozumiem – powiedziała, kiedy cisza stała się tak dojmująca, że zaczęła się obawiać, że została na linii sama. – Ktoś musiał mieć z nim kontakt. Jak inaczej otrzymywałby zlecenia?

– To znaczy?

– Ktoś go przecież wynajmował. Jak się z nim kontaktowano?

Komisarz chwilę się wahał.

– *Off the record* – odezwał się w końcu. – Przez ETA. Hiszpańska policja od dawna podejrzewała, że jego pośrednikiem był pewien lekarz w Bilbao, ale nigdy nie zdobyli wystarczających dowodów, żeby go oskarżyć. W kraju Basków to drażliwe sprawy. Gdyby policja zaczęła podejrzewać, a nie daj Boże jeszcze oskarżać przykładnego obywatela, zostałoby to bardzo źle przyjęte. Lekarz, o którym mowa, jest przykładnym ojcem rodziny o nieposzlakowanej opinii. Internista, ma własny gabinet.

– Nie mogliście mu czegoś zlecić? Zwabić go w pułapkę?

Chwila wahania.

– Możliwe, że podejmowano takie próby, ale nic mi o tym nie wiadomo.

Annika zrozumiała, że doszła do granicy. Nie chciała go przypierać do muru. Potarła stopą o stopę, poczuła, że krążenie wróciło.

– Jeśli nie mieszkał we Francji, to gdzie?

– Sporo czasu spędził zapewne we Francji, chociaż raczej nie mieszkał tam na stałe. Podejrzewamy, że nigdzie nie mieszkał na stałe – odpowiedział Q spokojnie, znów pewny siebie.

– Więc trzydzieści lat spędził na kempingu?

Krótkie westchnienie.

– Podejrzewamy, że podawał się za człowieka pochodzącego z północnej Afryki, nielegalnego emigranta wędrującego po kraju w poszukiwaniu sezonowej pracy.

– W rolnictwie?

– Przenoszą się z miejsca na miejsce, z kraju do kraju, pracując przy kolejnych zbiorach. Mieszkają w barakach albo w specjalnych obozach, dziesiątki tysięcy ludzi, w większych lub mniejszych grupach, niemal cały czas w drodze, nigdy niekończąca się wędrówka.

Annika przytaknęła podświadomie, przed oczyma miała film Lassego Hallströma. Nie mogła sobie przypomnieć tytułu.

– I nikt nic o nikim nie powie?

– Absolutna lojalność – potwierdził Q. – Nikt też się specjalnie nie przejmie, jeśli ktoś zniknie na kilka tygodni, miesięcy, lat albo na zawsze.

– A jeśli znów się pojawi?

– Żadnych pytań.

– Po pracy gotówka do ręki.

– Żadnych przelewów.

– Nikt nie płaci czynszu, nie ma rodziny na utrzymaniu.

– Wielu robotników sezonowych ma rodziny. Niektórzy utrzymują całe rody, ale nie nasz Ragnwald.

– Zbiera winogrona i pomarańcze, a w wolnym czasie poluje na polityków.

– Pewnie bywał też dokerem w portach albo górnikiem. To zajęcia, przy których człowiek pozostaje niewidoczny.

I znów milczenie.

– Dlaczego nie został zatrzymany, kiedy wjechał do Szwecji?

Q westchnął głęboko.

– To nie takie proste, jak ci się wydaje. Mordercę trudno złapać. Pamiętasz faceta z laserem? Zanim go złapano, w ciągu półtora roku zabił w Sztokholmie dziesięcioro zupełnie przypadkowych ludzi. Jeździł po mieście samochodem, mówił grzecznie dzień dobry sąsiadom. Tak naprawdę był cholernym amatorem. Natomiast ten facet, o ile wiemy, zabił do tej pory cztery osoby. Te zabójstwa wydają się w ogóle niepowiązane, z tym wyjątkiem, że chłopiec był świadkiem pierwszego morderstwa. Zginęli w zupełnie różny sposób. Eklanda przejechał samochód, chłopcu poderżnięto gardło, Sandström został zastrzelony. Żadnych odcisków palców, niczego. Pojedyncze włókna znalezione na miejscach zbrodni też są różne.

– Co może znaczyć, że zmieniał ubrania i zakładał rękawiczki.

– Zgadza się.

– Żadnych świadków?

– Najlepszy świadek, chłopiec, nie żyje. Nikogo innego nie udało nam się znaleźć.

Annika trawiła w myślach jego słowa.

– Cztery. Powiedziałeś: cztery osoby.

Q sprawiał wrażenie zaskoczonego.

– Co?

– Doszło do kolejnego morderstwa – powiedziała Annika i wyprostowała się. – Znów kogoś zabił? Kogo? Gdzie?

– Musiałaś źle usłyszeć. Powiedziałem trzy.

– Przestań – obruszyła się Annika. – W ostatnich dniach doszło do kolejnego morderstwa, pewnie pojawił się też kolejny cytat. Albo mi powiesz, co się stało, albo będę musiała się dowiedzieć inaczej.

Q się roześmiał.

– Pudło. Gdyby doszło do morderstwa, media by się o tym rozpisywały.

Annika prychnęła.

– Bzdura. Jeśli ofiarą jest kobieta, to pewnie już zatrzymaliście jej faceta. Wątpię, żeby choćby lokalna prasa zamieściła standardową notatkę.

– Standardową notatkę?

– „Rodzinna awantura zakończyła się tragedią". Nic ciekawego, nie ma sensu o tym pisać. Powiedz, co wiesz, to ubijemy interes.

W ciszy słychać było, jak Q się waha.

– Przerażasz mnie, mówiłem ci to już. Skąd wiedziałaś?

Annika odchyliła się do tyłu i oparła o poduszki, na jej twarzy na chwilę pojawił się uśmiech.

– Rozumiem, że nie ma żadnego związku z pozostałymi trzema zabójstwami?

– Na razie niczego nie znaleźliśmy. Margit Axelsson, nauczycielka z Piteå, zamężna, dwie dorosłe córki, uduszona we własnym domu. Mąż pracuje na zmiany, znalazł ją, kiedy wrócił z pracy.

– A teraz jest podejrzany o morderstwo?

– Nie. Śmierć nastąpiła tuż przed północą, a on do pierwszej trzydzieści razem z kolegami siedział przy taśmie w bazie F21.

Annika poczuła przypływ adrenaliny. Niemal odruchowo wyprostowała kolana i usiadła na łóżku.

– F21? On tam pracuje? Więc jest jakiś związek. Wysadzenie w powietrze drakena.

– Już sprawdziliśmy. Służbę wojskową odbywał w I19, w Boden. Do bazy trafił dopiero w 1974 roku. Fakt, że miejsce pracy męża ofiary ma być może jakiś związek z Ragnwaldem, nie przyprawia mnie o skok ciśnienia. Z tobą jest inaczej, jak rozumiem.

– Cytat. Jak brzmi?

– Zaczekaj chwilę…

Q odłożył słuchawkę. Usłyszała, że wyciąga szufladę. Szelest papieru. Komisarz odchrząknął.

– „Narody świata, połączcie się i pokonajcie amerykańskich agresorów i ich lokajów! Bądźcie odważni, walczcie, pokonajcie trudności i ruszajcie: fala za falą! Wtedy cały świat będzie wasz. Bestie wszelkiej maści zostaną unicestwione".

Przez chwilę oboje zastanawiali się w milczeniu.

– Bestie wszelkiej maści zostaną unicestwione – powtórzyła Annika. – Łącznie z nauczycielkami.

– Prowadziła też kursy dla dorosłych. Warsztaty ceramiczne i kurs układania serwetek. Nie przywiązujemy szczególnej wagi do cytatu, ty też nie powinnaś. Dziewczyna, która opracowuje jego profil, uważa, że używa ich jako znaku szczególnego. Jak twoje ślady szminki na serwetce.

– Współpracujecie z kimś z FBI? – spytała Annika. Opuściła nogi na podłogę, dotknęła ciepłymi stopami chłodnych desek.

– Tak robiliśmy w latach siedemdziesiątych. Od dziesięciu lat mamy własnych specjalistów.

– *Sorry*. Do czego doszła?

– Właściwie można było się tego spodziewać. Mężczyzna, raczej starszy, wrogo nastawiony do społeczeństwa, usprawiedliwia swoje działania upokorzeniem, którego kiedyś doznał. Samotny, niewielu znajomych, trudno mu utrzymać pracę, dość inteligentny, silny fizycznie. Z grubsza tyle.

Annika zamknęła oczy, próbując jak najwięcej zapamiętać. Domyślała się, że nie podał jej wszystkich szczegółów.

– Czemu służą cytaty? Znaczy teren?

– Chce, żebyśmy wiedzieli. Jest tak pewny siebie, że pozwala sobie zostawiać drobne pamiątki.

– Nasz Ragnwald – powtórzyła Annika. – Jakbym go znała. I pomyśleć, że gdyby samolot nie wyleciał w powietrze, to za trzy tygodnie byłby w drodze na uroczystą kolację noblistów w Błękitnej Sali sztokholmskiego ratusza.

Ciężka od zdziwienia cisza po drugiej stronie uzmysłowiła jej, że Q nie ma pojęcia, o czym mówi.

– Karina Björnlund – rzuciła. – Minister kultury. Dostała zaproszenie na tegoroczną uroczystość. Gdyby Ragnar nie musiał się wtedy ulotnić, pewnie by się pobrali.

– O czym ty mówisz? – spytał Q.

– Oczywiście nie ma pewności, że małżeństwo by przetrwało, ale jeśli tak, to…

– Co ty wygadujesz? Skąd wiesz?

Annika okręciła kabel telefonu wokół palca.

– Dali ogłoszenie do prasy. Mieli wziąć ślub cywilny w ratuszu w Luleå, o drugiej, w piątek, po zamachu w bazie.

– Nie wierzę. Wiedzielibyśmy.

– Takie rzeczy były wówczas upubliczniane. Ogłosili to w gazecie.

– W której?

– W „Norrlands-Tidningen". Dostałam całą kupkę wycinków na temat Kariny Björnlund. Nie wiecie, że byli parą?

– Zauroczenie nastolatków. Nic więcej – stwierdził Q. – Poza tym zerwali ze sobą.

– Tak zapewne twierdzi Karina Björnlund. Zrobi wszystko, żeby ratować skórę.

– Naprawdę? – żachnął się Q. – Nasza specjalistka od wszystkiego zabrała głos.

Annika przypomniała sobie maila od Hermana Wennergrena. „Prośba o spotkanie w pilnej sprawie". A potem w ostatniej chwili minister kultury przedstawia propozycję zmiany ustawy dotyczącej telewizji cyfrowej, by wyeliminować z rynku TV Scandinavia, czego przecież chciał Herman Wennergren. Pytanie, jakich argumentów użyli właściciele koncernu, żeby przekonać panią minister.

Nagle Annika usłyszała swój głos proszący sekretarkę prasową ministra handlu zagranicznego, by skomentował aferę IB. Zdradziła jej wtedy wiele tajemnic, skrzętnie ukrywanych przez socjaldemokratów. Kilka tygodni później Karina Björnlund została ministrem, ku zaskoczeniu wszystkich.

– Zaufaj mi. Wiem o niej więcej, niż przypuszczasz.

– Muszę kończyć – powiedział Q.

Annika nie zaprotestowała, anioły ucichły, wróciły do siebie.

Odłożyła słuchawkę, podeszła szybko do komputera i włączyła go. Zaczęła się pospiesznie ubierać. Po chwili usiadła i zapisała to, czego się właśnie dowiedziała. Poczuła, że się poci pod kolanami i że marzną jej łydki.

Usłyszała dzwonek. Otworzyła ostrożnie drzwi, nie mając pewności, kogo za nimi zobaczy. Anioły zaczęły coś cicho nucić. Ucichły, gdy się okazało, że w drzwiach stoi Anne Snapphane. Miała czerwone oczy i niemal białe usta.

– Wejdź – powiedziała Annika, cofając się w głąb mieszkania.

Anne nie odpowiedziała. Weszła zgarbiona, zamknięta w sobie.

– Umierasz? – spytała Annika.

Przyjaciółka skinęła głową, opadła na ławkę, zdjęła z włosów wełnianą opaskę.

– Tak się czuję, ale pamiętasz, co mówili w *Uciekającym pociągu*?

– Co cię nie zabije, to cię wzmocni – zacytowała Annika, siadając obok przyjaciółki.

W kaloryferze coś zabulgotało, piętro wyżej ktoś spuścił wodę w toalecie, na dole, na przystanku, zatrzymał się autobus i po chwili znów ruszył, a one siedziały, wpatrując się w drewnianą szafkę z wyrzeźbionymi ananasami, którą Annika kupiła kiedyś na pchlim targu w Stocktorp.

– W mieście zawsze jest tyle dźwięków – odezwała się w końcu Anne.

Annika wypuściła powietrze, westchnęła.

– Przynajmniej człowiek nigdy nie jest sam – powiedziała, wstając. – Napijesz się czegoś? Kawy? Wina?

Anne siedziała dalej bez ruchu.

– Przestałam pić – powiedziała.

– Ciężki dzień, rozumiem – stwierdziła Annika.

Stała i przyglądała się balkonowi po drugiej stronie podwórka. Zauważyła, że ktoś zostawił otwarte drzwi od śmietnika, targał nimi wiatr.

– Mam wrażenie, jakby ktoś mnie wrzucił do wielkiej dziury bez dna i teraz spadam, spadam, spadam. Wszystko zaczęło się od Mehmeta i jego nowej kobiety, i opowieści o tym, jak to Miranda powinna z nimi zamieszkać. Teraz w tej dziurze zniknęła też moja praca i nic mi już nie zostało. Gdybym do tego wszystkiego zaczęła pić, to jakbym wcisnęła fast forward.

– Doskonale cię rozumiem – powiedziała Annika, chwytając się dla pewności framugi.

– Kiedy idę przez miasto, wszystko wydaje mi się dziwne. Poza tym trudno mi oddychać, wszystko jest szare, ponure. Ludzie wyglądają jak duchy, jakby połowa z nich była martwa. Czasem się zastanawiam, czy to nie ja jestem trupem. Człowiek naprawdę może się tak czuć?

Annika pokiwała głową i przełknęła głośno ślinę. Drzwi śmietnika znów uderzyły o mur.

– Witaj w ciemnościach – powiedziała. – Przykro mi, że tym razem trafiło na ciebie.

Minęło kilka sekund, zanim Anne zrozumiała sens jej słów.

– Co się stało? – spytała, wstając. Zdjęła kurtkę i szalik, powiesiła na wieszaku, stanęła obok Anniki i też zaczęła się przyglądać drzwiom od śmietnika.

– Długo by opowiadać – zaczęła Annika. – W pracy kiepsko. Schyman zabronił mi pisać o terroryzmie. Uznał, że coś mi się porobiło w mózgu po historii z Zamachowcem.

– No wiesz... – westchnęła Anne, krzyżując ręce na piersi.

– Poza tym Thomas mnie zdradza – ciągnęła dalej niemal szeptem, a słowa odbijały się echem od ścian, by przywrzeć do sufitu.

Anne spojrzała na nią z niedowierzaniem.

– Dlaczego tak uważasz?

Annika poczuła, że jej krtań się zamyka, słowa nie wydostawały się na zewnątrz. Popatrzyła na swoje dłonie, odchrząknęła i spojrzała na przyjaciółkę.

– Widziałam ich – powiedziała po dłuższej chwili. – Przed NK. Całował ją.

Anne stała z otwartymi ustami, na jej twarzy malowało się niedowierzanie.

– Jesteś pewna? Może się pomyliłaś?

Annika pokręciła głową i znów spojrzała na swoje dłonie.

– Nazywa się Sophia Grenborg, pracuje w Związku Samorządów. Jest z Thomasem w jednym zespole, groźby pod adresem polityków, takie sprawy...

– A niech to! Ale z niego drań. I co on na to? Kręci?

Annika zacisnęła powieki, przyłożyła dłonie do czoła.

– Nie powiedziałam mu jeszcze. Zamierzam to rozegrać po swojemu.

– Co ty opowiadasz? Musisz z nim porozmawiać.

Annika podniosła głowę i spojrzała na przyjaciółkę.

– Wiem, że się zastanawia, czy od nas nie odejść. Zaczął kłamać. Poza tym to nie pierwszy raz.

Anne osłupiała.

– Tak? A kto był tą pierwszą?

Annika się roześmiała, kamień w jej piersi znów wykonał obrót, poczuła, że ma łzy w oczach.

– Ja – wykrztusiła w końcu.

Anne westchnęła ciężko i popatrzyła na nią oczami jak z czarnego szkła.

– Musisz z nim porozmawiać.

– Słyszę też anioły – dodała Annika z głębokim westchnieniem. – Śpiewają mi, czasem ze mną rozmawiają. Pojawiają się, kiedy się denerwuję. – Zamknęła oczy i zaczęła nucić jedną z ich melancholijnych piosenek: – „Letni wiatr przywiewa tęsknotę i zapach kwiatów…".

Anne chwyciła ją za ramiona i odwróciła do siebie. Zobaczyła jej mroczną, nieruchomą twarz.

– Potrzebujesz pomocy. Słyszysz? Nie możesz chodzić z jakimiś krasnalami pod sufitem. – Podeszła bliżej i mocno nią potrząsnęła. – Nie możesz się poddać, nie wolno ci!

Annika oswobodziła się z jej uścisku.

– Już w porządku – powiedziała cicho. – Milkną, kiedy zaczynam myśleć o czymś innym albo kiedy jestem zajęta pracą. Napijesz się kawy?

– Zielonej herbaty. Jeśli masz.

Annika wyszła do kuchni, lekko się zataczając i potykając. Gdzieś głęboko w trzewiach czuła, że anioły są zdziwione. Zdradziła, że istnieją. Były zaskoczone, bo były pewne, że będą mogły śpiewać, pocieszać ją i terroryzować do końca świata. I nikt się nie dowie.

Nalała wody do niewielkiego miedzianego czajnika, zapaliła gaz zapalniczką, która wystrzeliła tylko jedną maleńką iskierkę, ale to wystarczyło, żeby palnik zapłonął niebieskim płomieniem.

„Kojąca tęsknota... – śpiewały anioły słabymi głosami. – Córeczka śliczna jak promyk słoneczka...".

Gwałtownie zaczerpnęła powietrza, uderzyła się dłonią w skroń, żeby uciszyć głosy.

Anne weszła do kuchni w samych skarpetkach, bez butów. Twarz miała zaróżowioną, oczy patrzyły badawczo.

Annika spróbowała się roześmiać.

– One chcą mnie przede wszystkim pocieszyć. Śpiewają tylko miłe rzeczy...

Podeszła do spiżarni i po omacku usiłowała znaleźć herbatę, którą można by uznać za zieloną.

Anne usiadła przy stole, Annika czuła na plecach jej wzrok.

– To ty śpiewasz. Nie rozumiesz tego? Sama się pocieszasz, troszczysz się o to małe dziecko, które gdzieś w tobie tkwi. Może ktoś śpiewał ci podobne piosenki, kiedy byłaś mała?

Annika powstrzymała się od złośliwego komentarza na temat domorosłych specjalistów od prania mózgu. Jeszcze raz sięgnęła w głąb półki. Udało jej się znaleźć japońską herbatę wspomagającą spalanie kalorii. Dostała ją kiedyś od kogoś z pracy.

– Naprawdę zamierzasz się przeprowadzić? – spytała z czajnikiem z wodą w ręku. Polecam ci Kungsholmen. W końcu to wyspa, a wiesz, że my, wyspiarze, uważamy się za trochę lepszych.

Anne wzięła ze stołu kilka okruszków, które zostały ze śniadania. Trzymała je w palcach i zastanawiała się.

– Prawdę mówiąc, wierzyłam, że Mehmet w końcu się do nas przeprowadzi, a w każdym razie że na pewno nadal będziemy się spotykać, już na zawsze. Był częścią nas, naszego domu. Bez niego wszystko będzie inaczej. Facet z parteru jest nie do wytrzymania. Kiedy rano schodzę po gazetę, zawsze mam wrażenie, że zagląda mi pod szlafrok.

– Co jest dla ciebie najważniejsze? – spytała Annika, lejąc przez sitko wodę do filiżanki.

– Miranda – odpowiedziała Anne bez wahania. – Ale wiem, że nie mogę zostać męczennicą i poświęcić się dla niej. Dom na Lidingö nigdy nie był dla mnie szczególnie ważny. Lubię funkcjonalizm w architekturze, ale bez tego też przeżyję.

– Kup sobie mieszkanie w jakiejś secesyjnej kamienicy – rzuciła Annika, stawiając na stole kubki.

– A jeszcze lepiej w stylu narodowego romantyzmu. Zdrowie!

Annika usiadła naprzeciwko Anne i patrzyła, jak przyjaciółka dmucha w gorący napój.

– Może znajdziesz coś na Östermalmie?

Anne skinęła głową, wypiła łyk, oparzyła się, jej usta wykrzywił grymas.

– Jak najbliżej niego, żeby Miranda mogła sama kursować między nami.

– Jak duże?

– Chciałaś powiedzieć, jak drogie? Nie mam ani korony na wkład.

Piły herbatę, wsłuchując się w nieregularne uderzenia drzwi od śmietnika o ścianę. Kuchnia falowała lekko w bladym zimowym świetle, aniołowie nucili coś niepewnie w oddali, kamień w jej piersi znów wykonał obrót.

Anne siorbała herbatę. Po chwili wstała i podeszła do komputera.

Annika usiadła i skupiła się na monitorze, na ikonach i klawiaturze. Uruchomiła internet.

– Zaczniemy od najwyższej półki. Trzy pokoje z balkonem przy Artillerigatan?

Anne westchnęła.

Mieszkanie było na sprzedaż. Sto piętnaście metrów kwadratowych w dobrym stanie, nowa kuchnia, urządzona łazienka, wanna i kabina prysznicowa, do obejrzenia w niedzielę o szesnastej.

– Cztery miliony? – spytała Anne, zerkając na monitor.

– Trzy osiemset – poprawiła ją Annika. – Ale może pójść za więcej – dodała.

– Bez sensu. Nie stać mnie. Ile musiałabym płacić miesięcznie, gdybym wzięła kredyt?

Annika zamknęła oczy i zaczęła szybko liczyć.

– Dwadzieścia tysięcy plus opłaty, ale mogłabyś to sobie odliczyć od podatku.

– Poszukaj czegoś tańszego.

Znalazły dwupokojowe mieszkanie przy Valhallavägen, po gorszej stronie ulicy, za półtora miliona.

– Jestem bezrobotna, na dobrej drodze do zostania alkoholiczką, ojciec mojego dziecka porzucił mnie i stać mnie tylko na dwupokojowe mieszkanie po gorszej stronie ulicy. Można upaść niżej?

– Reporterka z prowincjonalnego radia – przypomniała jej Annika.

– Wiesz, o co mi chodzi – powiedziała Anne, wstając. – Przejdę się na Artillerigatan. Jaki to numer?

Annika wydrukowała jej zdjęcie domu i numer telefonu pośrednika.

– Pójdziesz ze mną?

Annika pokręciła głową. Usłyszała, jak Anne wychodzi do przedpokoju, wkłada buty, sięga po kurtkę i szalik.

– Zadzwonię i wszystko ci opowiem – zawołała od drzwi, a anioły zaczęły nucić pożegnalną piosenkę. „Do zobaczenia, Anne, kochane serduszko…".

Annika szybko wróciła do komputera. Głosy ucichły. Wśród domów wystawionych na sprzedaż znalazła nowo wybudowany dom w Vinterviken, w Zimowej Zatoce, na Djursholmen, za sześć milionów dziewięćset tysięcy koron.

Dębowy parkiet we wszystkich pokojach, kuchnia połączona z jadalnią, błękitna glazura w obu łazienkach, ogród z placem zabaw, świeżo posadzone drzewa owocowe. Chcesz zobaczyć więcej, kliknij tutaj.

Kliknęła i czekała, aż zdjęcia się załadują. Życie innych ludzi: podwójne łoże małżeńskie w kremowo-białej sypialni połączonej z łazienką.

Rodzina, która tu mieszka, postanowiła się wyprowadzić, pomyślała. Skontaktowali się z pośrednikiem, ten wycenił dom, sfotografował go, zredagował kilka zdań i ogłosił w internecie. I teraz każdy może sobie obejrzeć ich sypialnię, skomentować ich gust, ocenić rozkład domu.

„Chałupka-domek...", śpiewały znów anioły.

Nagle wstała i podeszła do telefonu. Drżącymi palcami wystukała 118 118. Kobieta po drugiej stronie przedstawiła się, Annika spytała o numer Margit Axelsson z Piteå.

– Znalazłam Thorda i Margit Axelssonów z Pitholm – odpowiedziała flegmatycznie kobieta. – On inżynier, ona nauczycielka. Zgadza się?

Annika poprosiła o połączenie. Czekała, wstrzymując oddech, kolejne dzwonki wybrzmiewały, anioły milczały.

Odezwała się automatyczna sekretarka starego typu, radosny głos kobiety, szum w tle, nagranie było zapewne wielokrotnie odtwarzane.

– Cześć, dodzwoniłeś się do Axelssonów.

Do nas, tu mieszkamy, jakie to oczywiste.

– Ani Thorda, ani Margit nie ma w tej chwili w domu, dziewczęta są na uniwersytecie, zostaw wiadomość po sygnale.

Annika odchrząknęła, w słuchawce coś zabuczało, raz, potem drugi.

– Dzień dobry – nagrała się na automatyczną sekretarkę gdzieś pod Piteå. – Nazywam się Annika Bengtzon i jestem reporterką „Kvällspressen". Przede wszystkim przepraszam, że dzwonię w takiej chwili, ale mam pilną sprawę. Wiem o cytatach z Mao. – Zawahała się. Pomyślała, że rodzina ofiary może nie wiedzieć, że i inni dostali listy z podobnymi cytatami.

– Chciałabym rozmawiać z Thordem Axelssonem. Wiem, że jest pan niewinny.

Zamilkła, wsłuchiwała się w monotonny szum. Nie miała pojęcia, ile czasu minie, zanim połączenie zostanie przerwane.

– Niedawno badałam okoliczności zamachu na drakena w bazie F21 w listopadzie 1969 roku. Wiem o Ragnwaldzie, wiem też, że on i Karina Björnlund byli parą…

Ktoś podniósł słuchawkę, szum ustał, wzdrygnęła się.

– Badała pani okoliczności zamachu? – odezwał się schrypnięty męski głos. – Co pani wie?

Annika przełknęła ślinę.

– Rozmawiam z Thordem Axelssonem?

– Co pani wie o F21?

Głos mężczyzny był zimny, obcy.

– Całkiem sporo – powiedziała i czekała dalej.

– Nie może pani o tym pisać, jeśli nie ma pani pewności.

– Nie zamierzam. Dzwonię z innego powodu.

– Jakiego?

– Chodzi między innymi o cytat. „Narody świata, połączcie się i pokonajcie amerykańskich agresorów i ich lokajów! Bądźcie odważni, walczcie, pokonajcie trudności i ruszajcie: fala za falą! Wtedy cały świat będzie wasz. Bestie wszelkiej maści zostaną unicestwione". Co to znaczy?

Mężczyzna milczał dłuższą chwilę. Gdyby nie odgłosy telewizora, uznałaby, że odłożył słuchawkę.

– Czy jacyś dziennikarze już do pana dzwonili? – spytała w końcu.

Słyszała, jak głośno przełyka ślinę i ciężko wzdycha. Odsunęła słuchawkę.

– Nie – powiedział. – Ludzie już wyrobili sobie pogląd.

Cisza. Annika zawahała się. Może płakał? Czekała.

– Napisali, że przesłuchano mnie i wypuszczono z braku dowodów.

Annika w milczeniu pokiwała głową. Do mordercy nikt nie dzwoni.

– Ale pan jest niewinny. Policja to wie.

Mężczyzna zaczerpnął powietrza. Kiedy się odezwał, głos mu drżał.

– To nie ma znaczenia. Sąsiedzi widzieli, jak odjeżdżam radiowozem. Już na zawsze pozostanę mordercą Margit.

– Nie, jeśli złapią winnego – powiedziała Annika.

Axelsson zaczął płakać.

– Muszą złapać Görana Nilssona.

– Kto to jest? – spytał, wycierając nos.

Annika znów się zawahała. Nie miała pojęcia, co wie.

– Większość ludzi zna tylko pseudonim. Ragnwald.

– Ten... Ragnwald? – spytał mężczyzna. – Żółty Smok?

Annika wzdrygnęła się.

– Przepraszam, co pan powiedział?

– Znam go. Kretyn maoista, bawił się w rewolucję w Luleå w latach sześćdziesiątych. Teraz wrócił. Wiem, że to on ją zabił.

Annika pospiesznie sięgnęła po kartkę i coś do pisania.

– Nigdy nie słyszałam, żeby ktoś go nazywał Żółtym Smokiem. Dla maoistów, którzy zbierali się w piwnicy biblioteki, był Ragnwaldem.

– To było przed Bestiami – powiedział Thord Axelsson.

Annika na chwilę znieruchomiała.

– Przed Bestiami? – powtórzyła zdziwiona, pilnie notując.

Na linii znów zapadła cisza.

– Halo?

Ciężkie westchnienie zdradzało, że wciąż tam jest.

– Dziewczynki tu są – odezwał się z ustami przy słuchawce. – Nie mogę teraz o tym rozmawiać.

Przez następne trzy sekundy Annika zastanawiała się gorączkowo.

– Jutro wybieram się do Luleå, w zupełnie innej sprawie. Mogę do pana wpaść? Będziemy mogli porozmawiać?

– Margit nie żyje. Już niczego się nie boi. Ale ja nigdy jej nie zawiodę. Chcę, żeby pani to wiedziała.

Annika notowała, nie do końca rozumiejąc.

– Chcę zrozumieć, co się stało. Nie zamierzam nikogo zdradzać, ani Margit, ani nikogo innego.

Axelsson westchnął kolejny raz i znów się zamyślił.

– Proszę przyjść w porze lunchu. Dziewczęta mają się spotkać z policją, więc nikt nie będzie nam przeszkadzał.

Podał jej adres i opisał, jak dojechać. Będzie czekał około dwunastej.

Odłożyła słuchawkę. Anioły milczały, tylko w lewym uchu coś jej piszczało. Długie i nieregularne cienie skakały po ścianach, kiedy ulicą przejeżdżał samochód.

Musi się zastanowić, jak to wszystko przedstawić szefostwu.

Zadzwoniła na centralę, miała szczęście, dyżur pełnił Jansson.

– Jak się czujesz? – spytał, wydmuchując dym w słuchawkę.

– Pracuję nad pewną sprawą. Ludzki dramat. Żona jakiegoś biedaka została zamordowana i całe miasteczko myśli, że to on ją zabił.

– Ale? – spytał Jansson niezbyt zainteresowany.

– Na pewno tego nie zrobił. W chwili popełnienia zbrodni był w pracy, pięćdziesiąt kilometrów od domu, razem z trzema innymi facetami. Poza tym policja ma już podejrzanego. Niestety sąsiedzi wiedzą swoje. Widzieli, jak odjeżdżał radiowozem, i uznali, że sprawa jest oczywista. Miejscowa prasa podała, że został przesłuchany i wypuszczony z braku dowodów. Już do śmierci pozostanie winny.

– Nie jestem przekonany – powiedział Jansson.

– Spróbuj się wczuć w jego sytuację. Facet stracił nie tylko żonę, którą kochał, ale i szacunek otoczenia, ludzi, wśród których spędził całe życie. Jak ma teraz żyć?

Zamilkła, zagryzła nerwowo wargi.

– I facet zgodził się opowiedzieć ci o tym wszystkim?

Annika odchrząknęła.

– Jutro. Mogę zarezerwować bilet?

Jansson westchnął głośno.

– Rezerwuj. Jesteś niezależna.

– Sprawa nie ma nic wspólnego z terroryzmem.

Kierownik wydania roześmiał się, lekko zmieszany.

– Słyszałem, że Schyman dał ci szlaban.

– Każdy dzień przynosi coś nowego – odpowiedziała Annika i rozłączyła się.

Potem wybrała numer czynnego całą dobę działu podróży i zarezerwowała bilet na lot o dziewiątej czterdzieści do Kallax, poprosiła też o wynajęcie samochodu. Tylko nie z tych najmniejszych, zaznaczyła.

Ledwie odłożyła słuchawkę, usłyszała stuknięcie drzwi. Po chwili do domu wpadły dzieci. Tryskały nadmiarem energii. Szybko wróciła do komputera, wylogowała się, wyłączyła i pospieszyła im na spotkanie.

– Mamo! Dostaliśmy słodycze, bo byliśmy grzeczni u dziadków, w ogóle nie biegaliśmy, a tata kupił taką gazetę z gołymi paniami, a dziadka znów boli serce, możemy iść do parku? Mamooo!

Wzięła oboje w ramiona i śmiejąc się, zaczęła powoli kołysać. Chłonęła ich ciepło i zapach.

– Oczywiście, że możecie. Macie suche rękawiczki?

– Moje nie są przyjemne – oświadczyła Ellen.

– Zaraz znajdziemy inne – powiedziała Annika, otwierając szafkę w rzeźbione ananasy.

Thomas minął ją, nawet na nią nie patrząc.

– Jutro lecę do Luleå – oświadczyła, naciągając suche rękawiczki na ręce córeczki. – Będziesz musiał odprowadzić dzieci, a potem je odebrać.

Thomas zatrzymał się w drzwiach do pokoju z wysoko podniesionymi ramionami. Wyglądał, jakby za chwilę miał eksplodować. Annika czekała na wybuch, który jednak nie nastąpił.

Po chwili ruszył dalej z popołudniowymi gazetami pod pachą. Wszedł do sypialni i zamknął za sobą drzwi.

– Idziemy, mamo?

– Jasne – odpowiedziała Annika.

Włożyła kurtkę, otworzyła drzwi balkonowe i wzięła sanki.

– Idziemy.

Poniedziałek, 23 listopada

PRZED ANNIKĄ ROZCIĄGAŁ się nieskończenie biały krajobraz, wirujące w powietrzu płatki śniegu na tle błękitnego nieba. Stała naga, ze stopami uwięzionymi w bloku lodu, silne podmuchy wiatru raniły jej ciało. Całą uwagę skupiła na czymś dalekim, gdzieś na horyzoncie. Ktoś się do niej zbliżał, nie widziała go, ale czuła jego obecność jak ciężar w żołądku, zmrużyła oczy, wypatrywała go w podmuchach wiatru.

I nagle się pojawił, zamazana szara sylwetka na lekko zarysowanym tle, poły jego płaszcza falowały w rytm kroków. Rozpoznała go. Jeden z gospodarzy programu radiowego Studio 6. Próbowała oswobodzić stopy, ale bryła lodu zamieniła się w kamień. Mężczyzna zbliżał się, widziała jego ręce, myśliwski nóż błysnął mu w dłoni. To był Sven. Na ostrzu zobaczyła krew. Wiedziała, że to krew kota. Mężczyzna był coraz bliżej, wiatr rozwiewał mu włosy, zobaczyła jego twarz. To był Thomas, zatrzymał się tuż obok niej i powiedział: Dzisiaj twoja kolej odebrać dzieci.

Wyciągnęła szyję, rozejrzała się i zobaczyła Ellen i Kallego. Wisieli na hakach na stalowej belce, z rozprutymi brzuszkami, z wnętrznościami na wierzchu.

*

Annika leżała i jeszcze chwilę patrzyła w sufit, zanim dotarło do niej, że się obudziła. Czuła pulsowanie w szyi, w lewym uchu coś wyło, kołdra ześlizgnęła się z niej. Odwróciła głowę i w ciemnościach zobaczyła unoszące się rytmicznie plecy Thomasa. Usiadła ostrożnie, poczuła, że boli ją kark, zauważyła, że płakała we śnie. Anioły milczały.

Na drżących nogach przeszła przez hol, do pokoju dzieci, do ich ciepła.

Ellen spała z kciukiem w buzi, mimo że wielokrotnie zwracali jej uwagę, grozili, próbowali przekupstwa, żeby tylko przestała. Annika chwyciła jej maleńką dłoń, wyciągnęła kciuk z buzi i już po chwili zobaczyła, jak córeczka go szuka, a potem znów pogrążyła się we śnie. Patrzyła na śpiące dzieci, tak nieświadome swojego piękna, poczuła tęsknotę za poczuciem oczywistości, które one jeszcze miały. Pogładziła aksamitne włoski córeczki, poczuła na dłoni ich ciepło.

Moja maleńka, moja kochana, nic ci się nie może stać, nigdy.

Podeszła do synka. Spał na plecach w piżamce w misie, z rękami nad głową, tak jak ona w dzieciństwie. Jasne włosy Thomasa i jego szerokie ramiona. Był podobny do nich obojga.

Nachyliła się i pocałowała go w czoło, zaczerpnął powietrza i zamrugał oczami.

– Już rano?

– Niedługo – wyszeptała. – Możesz jeszcze spać.

– Śniło mi się coś okropnego – powiedział, odwracając się na drugi bok.

– Mnie też – powiedziała Annika i pogładziła go po główce.

Zerknęła na świecącą w ciemnościach wskazówkę zegarka, za niespełna godzinę zadzwoni budzik.

Wiedziała, że już nie zaśnie.

Poszła do salonu. Przeciąg sprawiał, że firanki falowały. Wyjrzała przez okno na budzącą się do życia Hantverkargatan, na żółtą latarnię kołyszącą się w wiecznej samotności między korpusami domów. Oparła stopę o grzejnik, żeby się ogrzać, najpierw jedną, potem drugą.

Poszła do kuchni, zapaliła gaz, nalała wody do czajnika, odmierzyła cztery miarki kawy, wsypała do ekspresu. Zerknęła na zamarzniętą pustynię podwórka, woda się zagotowała, termometr za oknem wskazywał minus dwadzieścia dwa stopnie. Zalała kawę wodą, włączyła radio, program pierwszy, usiadła z kubkiem przy stole. Szum radia przegonił demony, siedziała ze zmarzniętymi nogami, kawa w kubku powoli stygła.

Nie usłyszała, kiedy do kuchni wszedł Thomas, z zaspanymi oczami i sterczącymi we wszystkie strony włosami.

– Co tu robisz o tej porze? – spytał. Nalał wody do stojącej na blacie szklanki, wypił chciwie kilka łyków.

Annika odwróciła się od niego, w milczeniu wpatrywała się w radio.

– Odpuść sobie – powiedział Thomas, wracając do sypialni.

Zasłoniła oczy dłońmi, oddychała z otwartymi ustami, aż żołądek się uspokoił i znów mogła się poruszać. Wylała kawę i poszła do łazienki. Wzięła gorący prysznic, wytarła się. Włożyła ciepłą narciarską bieliznę, dwie pary wełnianych skarpet, grube dżinsy i bluzę z polaru. Znalazła klucze do piwnicy, zeszła na dół. Wyszła na pustą o tej porze ulicę i skręciła w bramę prowadzącą na podwórze. Zeszła do piwnicy i otworzyła kłódkę.

Znalazła buty na grubych podeszwach i ciepłą zimową kurtkę, otrzepała wszystko z kurzu i zaniosła na górę, do domu. Powiesiła kurtkę na wieszaku i zaczęła się jej przyglądać. Była zdecydowanie brzydka, ale w Piteå było jeszcze zimniej niż w Sztokholmie.

– Kiedy wrócisz?

Odwróciła się i zobaczyła stojącego w drzwiach sypialni Thomasa. Wkładał kalesony.

– Nie wiem, a bo co? Chciałeś czekać na mnie z obiadem?

Thomas odwrócił się i zniknął w kuchni.

Nagle poczuła, że nie może zostać w domu ani sekundy dłużej. Szybko naciągnęła kurtkę, włożyła buty, sprawdziła, czy ma klucze i portfel, rękawice i czapka były w torbie. Zamknęła bezgłośnie drzwi i zeszła na dół, oddalając się od dzieci, zostawiając je w cieple. Jej pierś wypełniła tęsknota.

Moje kochane maleństwa, zawsze jestem z wami, nic złego nie może wam się stać.

Szła tętniącymi już życiem ulicami do Arlanda Expressen, pociągu jadącego na lotnisko.

Dwie godziny do odlotu.

Postanowiła napić się kawy i przeczytać gazety, ale nadal była zdenerwowana. Litery tańczyły jej przed oczami, miała wrażenie, że się dusi.

Poddała się, podeszła do okna i zaczęła się przyglądać startującym samolotom.

Nie chciała myśleć o tym, jak szefowie poszczególnych działów Związku Samorządów zbierają się teraz na nadzwyczajnym zebraniu, żeby się zastanowić, jak rozwiązać nagły kryzys zaufania w stosunku do jednego z pracowników.

Kiedy ryczący silnik poderwał maszynę do góry, poczuła, że jej własne zagubienie nagle jakby przestało być ważne. Samolot nie był pełen, miejsce obok niej okazało się puste. Sięgnęła po „Norrlands-Tidningen", zostawione przez pasażera poprzedniego lotu.

Spod kół poleciały iskry, po chwili twarda, zamarznięta ziemia została pod nimi i z każdą sekundą oddalała się coraz bardziej.

Skupiła się na gazecie, powoli przewracała strony.

Mieszkańcy Karlsvik domagają się większej liczby autobusów w godzinach wieczornych.

Śmigłowiec wyposażony w specjalną kamerę termowizyjną odnalazł zaginionego trzylatka w lasach w pobliżu Rosvik. Wszyscy są szczęśliwi i wdzięczni policji za zaangażowanie.

Taksówkarze grożą strajkiem na lotnisku w Kallax, negocjacje zakończyły się fiaskiem, doszło do kłótni.

Drużyna hokejowa z Luleå przegrała na własnym boisku z Djurgården, dwa do pięciu. Dobrze im tak.

Annika opuściła gazetę, odchyliła głowę do tyłu, zamknęła oczy.

Musiała zasnąć, bo nagle poczuła uderzenie kół o lód i asfalt. Spojrzała na zegarek, dochodziła jedenasta. Wyprostowała się, wyjrzała przez okno, szary świat wisiał nad zamarzniętą ziemią.

Kiedy weszła do hali przylotów, poczuła dziwną pustkę. Dopiero po kilku sekundach zrozumiała, czego jej brakuje: głośnego tłumu taksówkarzy w ciemnych mundurach przy wyjściu.

Podeszła do wypożyczalni samochodów i odebrała kluczyki.

– Samochód ma ogrzewanie silnika – poinformował ją młody mężczyzna w recepcji. – Proszę nie zapomnieć kabla. Będzie pani potrzebny.

Spuściła wzrok i wymamrotała dziękuję.

Trzaskający mróz sparaliżował ją. Wzięła głęboki oddech i zdziwiona poczuła, jakby ktoś przeciągnął jej nożem po gardle. Na ekranie wiszącym nad wejściem wyświetlało się minus dwadzieścia osiem stopni.

Samochód, srebrnoszare volvo, stał przypięty grubym kablem do słupa elektrycznego. Bez tego w taki mróz by nie ruszył.

Zdjęła polar, rzuciła go na tylne siedzenie.

W samochodzie było duszno i ciepło, od razu zaczęła się pocić. Silnik zapalił w jednej chwili, ale koła ruszyły powoli, opornie.

Minęła wojskowy samolot unoszący się nad wjazdem na lotnisko, dojechała do ronda i zamiast jak zwykle w prawo tym razem skręciła w lewo w stronę Piteå. Wyglądała przez okno, usiłując wypatrzyć coś znajomego. Dziesięć lat temu jechała tędy z Anne Snapphane.

Goła, pokryta śniegiem zamarznięta ziemia zniknęła gdzieś w tyle, przed nią wyrosły zabudowania gospodarcze, na skraju lasu stało kilka dobrze utrzymanych podłużnych budynków, biła z nich chłopska duma.

Ku swojemu zdziwieniu znalazła się nagle na autostradzie, nie pamiętała jej z poprzedniego pobytu. Zdziwiła się jeszcze bardziej, kiedy się okazało, że autostrada zdaje się nie mieć końca i że jest pusta. Nie widziała żadnego innego pojazdu ani przed sobą, ani za sobą. Poczucie surrealistycznej pustki chwyciło ją za gardło, z trudem łapała oddech. Czy ktoś sobie z niej zażartował? Czy rzeczywistość wymknęła się jej z rąk? Czy to jest droga do piekła?

Po obu stronach ciągnął się las. Mijała niskie, cienkie iglaste drzewa z zamarzniętymi gałęziami. Mróz sprawiał, że powietrze w padających ukośnie promieniach słońca migotało w upale. Chwyciła mocniej kierownicę, wychyliła się do przodu.

Pomyślała, że może pod kręgiem polarnym perspektywa ulega zniekształceniu. To, co zdaje się być na górze, jest na dole, i odwrotnie. Podobnie jest ze stronami świata. Może więc rzeczywiście była jakaś logika w budowaniu czteropasmowej drogi przez arktyczny las, tam gdzie nikt nie mieszka.

Dwa razy skręciła w niewłaściwą stronę i jeszcze raz w stronę Haparandy, zanim w końcu dotarła do centrum Piteå. Miasto było niskie i ciche, przypominało jej Sköldinge, niewielkie miasteczko między Katrineholmem a Flen, tyle że tu było znacznie, znacznie zimniej. No i główna ulica była o wiele szersza, może nawet trzy razy szersza niż Sveavägen w Sztokholmie.

Margit i Thord Axelssonowie mieszkali w Pitholm, dokładnie tam, gdzie rodzice Anne. Jechała wolno szutrową drogą, aż znalazła zjazd, o którym mówił Thord.

Dom był jednym z wielu wybudowanych w latach siedemdziesiątych łudząco podobnych do siebie budynków.

Państwowe kredyty mieszkaniowe wywołały wtedy wysyp szeregowych domków o spiczastych dachach.

Annika zaparkowała za zieloną toyotą corollą, dokładnie taką, jaką jeździł Thomas. Wysiadła, włożyła kurtkę i przez jedną krótką sekundę myślała, że to ona tu mieszka, że w środku czeka na nią Thomas, dzieci studiują na uniwersytecie, a ona pracuje w „Norrlands-Tidningen". W lodowatym powietrzu trudno było oddychać, zerknęła na rzucającą wyraźny cień kalenicę.

Jej przyjaciółka, Anne Snapphane, wychowała się zaledwie kilkaset metrów stąd i prędzej by umarła, niż tu wróciła.

– Annika Bengtzon? – Mężczyzna o bujnych siwych włosach uchylił drzwi i wystawił głowę na dwór. – Niech pani wejdzie, zanim pani zamarznie na śmierć.

Podeszła do drzwi, otrzepała śnieg z butów.

– Thord Axelsson?

Jego spojrzenie było ciemne i inteligentne, wyczekujące, smutne. Usta ściągnięte.

Annika weszła do holu. Na podłodze leżało linoleum w kolisty wzór, *Anno Domini* 1976. Thord Axelsson wziął od niej kurtkę i powiesił na wieszaku, pod półką na kapelusze.

– Zaparzyłem kawę – powiedział, prowadząc ją do kuchni.

Sosnowy stół był nakryty plecionymi serwetkami. Na nich stały filiżanki w kwiatki, w koszyczku z brzozowej kory zobaczyła ciasteczka, co najmniej cztery rodzaje.

– Jak smacznie wyglądają – powiedziała Annika uprzejmie. Usiadła na krześle, torbę postawiła obok.

– Margit lubiła piec – powiedział Axelsson. Urwał i zaczął się wpatrywać w dno filiżanki. Po chwili wciągnął nosem powietrze, zacisnął usta i sięgnął po dzbanek z kawą.

– Z cukrem czy z mlekiem?

Annika pokręciła głową, nagle niezdolna wydobyć żadnego dźwięku.

Jakim prawem wchodzi z butami w życie innych ludzi? Dlaczego zajmuje czas temu człowiekowi?

Wzięła łyżeczkę i bezwiednie stuknęła nią o brzeg porcelanowej filiżanki.

– Margit była dobrym człowiekiem – powiedział Axelsson, wyglądając przez okno. – Chciała dobrze, ale kryła straszną tajemnicę. Dlatego umarła. – Wziął dwie kostki cukru z cukierniczki i wrzucił do kawy z lekkim chlupnięciem. Skrzyżował ręce na piersi i wpatrzył się w okno. – Od wczoraj cały czas o tym myślę – ciągnął dalej, nie patrząc na Annikę. – Postanowiłem pani opowiedzieć o tamtych zdarzeniach, ale nie chcę, żeby ją pani oczerniła.

Annika kiwnęła głową i wciąż milcząc, sięgnęła do torby po notes. Powiodła wzrokiem po wypucowanych szybach i starannie wytartych, pomalowanych na pomarańczowo drzwiczkach szafek. Poczuła zapach płynu do mycia.

– Jak się poznaliście? Pan i pańska żona.

Mężczyzna uniósł głowę, przez kilka sekund siedział ze wzrokiem wbitym w sufit, żeby po chwili przenieść go na kuchenkę.

– Podeszła do mnie w Pubie Miejskim w Luleå. Był rok 1975, wiosna, sobotni wieczór. Byłem tam z dawnymi kolegami ze studiów. Margit stanęła obok nas w barze. Domyśliła się, że pracuję w bazie, przy samolotach. – Axelsson jakby na chwilę stracił poczucie czasu, zapadł się w sobie. – To ona się do mnie odezwała, wydawała się zainteresowana, zaciekawiona.

Spojrzenia Axelssona i Anniki spotkały się, uśmiechnął się zawstydzony.

– Pochlebiało mi to. Była atrakcyjną dziewczyną. Mądrą. Od razu mi się spodobała.

Annika odwzajemniła jego uśmiech.

– Mieszkała wtedy w Luleå?

– W Lövskatan, studiowała w Wyższej Szkole Pedagogicznej, chciała zostać przedszkolanką, pracować z dziećmi. Twierdziła, że to one są naszą przyszłością. Poza tym lubiła tworzyć, interesowała się sztuką...

Axelsson zakrył usta dłonią i znów wyjrzał przez okno.

– Była bardzo poważna. Odpowiedzialna i lojalna. Miałem szczęście.

Cisza w kuchni rosła, słychać było tykanie zegara, czuło się mroźne powietrze za ścianą.

– Jaką tajemnicę ukrywała? – spytała w końcu Annika.

Axelsson odwrócił się i spojrzał na nią.

– Bestie – powiedział nagle mocnym głosem. – Już jako nastolatka działała w różnych organizacjach. W połowie lat sześćdziesiątych była jedną z najlepszych sportsmenek na północy.

Lekkoatletka, pomyślała Annika, przypominając sobie wycinki z „Norrlands-Tidningen".

– Znała Karinę Björnlund?

– Są kuzynkami. Skąd pani wie?

Annika wzdrygnęła się, usiłowała ukryć zdziwienie.

– Karina Björnlund też trenowała lekkoatletykę – powiedziała. – A więc były sobie bardzo bliskie?

– Karina jest od niej dwa lata młodsza, Margit była dla niej trochę jak starsza siostra. To ona ją namówiła, żeby się zajęła sportem, a potem sama się wycofała.

– Dlaczego?

– Zajęła się polityką. Karina zresztą znów poszła w jej ślady...

Zamilkł. Annika czekała cierpliwie, w końcu jednak zadała nurtujące ją pytanie.

– O co chodzi z tymi Bestiami?

– Pewna grupa się wyłamała – zaczął Thord Axelsson, ocierając ręką czoło. – Uważali się za bezpośrednich spadkobierców chińskiej partii komunistycznej. Zdecydowali się iść dalej niż maoiści, przynajmniej we własnym mniemaniu.

– Mieli pseudonimy?

Axelsson skinął głową i zamieszał w filiżance.

– Nie takie zwykłe, tylko nazwy zwierząt. Margit została Ujadającym Psem, co odebrała szalenie osobiście, poczuła się bardzo urażona. Mężczyźni uważali, że zadaje za dużo pytań, za dużo dyskutuje, krytykuje.

W kuchni zapadła cisza. Mróz trzymał dom w żelaznym uścisku, Annika znów poczuła silny zapach płynu do mycia.

– Co takiego zrobiły Bestie? – spytała.

Axelsson wstał, podszedł do zlewu i nalał sobie szklankę wody. Trzymał ją w ręku.

– Nigdy się z tym nie pogodziła. Położyło się to cieniem na całym jej życiu. – Postawił szklankę na blacie i oparł się o zmywarkę. – Opowiedziała mi o tym tylko raz, ale pamiętam każde słowo. – Skulił się i zaczął mówić, cicho, monotonnie. – To było w środku listopada. Nie było jeszcze zimno, spadł pierwszy śnieg, ale niedużo. Zakradli się od strony zatoki, od Lulviken. Są tam tylko domki letnie, w listopadzie nie ma tam żywego ducha. – Spojrzał na Annikę pustym wzrokiem, ręce miał opuszczone. – Margit nigdy wcześniej nie była w bazie, ale któryś z chłopaków dobrze znał teren. Powiedzieli jej, że nie wolno jej się zbliżać do hangarów i że musi uważać, żeby nie obudzić psów. Były naprawdę niebezpieczne.

Annika notowała dyskretnie.

– Żeby się dostać do bazy, przebiegli kilometr przez wrzosowisko. Chłopcy mieli czekać w lesie, a ona miała wejść na teren bazy. Na placu przed warsztatem stał samolot. Margit odbezpieczyła lont, zapaliła racę i wrzuciła ją do wiadra z resztką paliwa. Stało za samolotem.

Zapach płynu do mycia drażnił nos Anniki.

– Paliwo zaczęło syczeć i wtedy Margit zobaczyła dwóch szeregowców idących w jej stronę. Zaczęła uciekać w stronę parkanu, żołnierze coś do niej zawołali, schowała się za warsztatem, po chwili nastąpił wybuch.

Annika zerknęła w notatki.

To nie była Karina Björnlund. Myliła się.

– Jeden z żołnierzy płonął jak pochodnia. Krzyczał, padł na ziemię. – Axelsson zamknął oczy. – Margit nie pamiętała, jak się wydostała z bazy. Niedługo po tym zdarzeniu grupa się rozwiązała. Nigdy więcej się nie spotkali.

Axelsson wrócił do stołu, opadł na krzesło i ukrył twarz w dłoniach. Przeżywał to, w czym sam co prawda nie uczestniczył, ale co miało wpływ na całe jego życie.

Annika próbowała ułożyć sobie w głowie części układanki, czegoś jednak nadal jej brakowało.

– Dlaczego samolot wyleciał w powietrze?

Axelsson podniósł głowę, ręce opadły mu na stół.

– Widziała pani podwozie samolotu bojowego?

Annika pokręciła głową.

– Mniej więcej tak, jak Disney narysowałby rakietę lecącą na księżyc. Nie ma tam bomby, jest tylko dodatkowy zbiornik na paliwo. Ścianki są cienkie, eksplozja je przedziurawiła.

– Ale dlaczego samolot stał na płycie z pełnym zbiornikiem?

– Maszyny bojowe zawsze są zatankowane, tak jest bezpieczniej. Gazy, które się tworzą w pustych zbiornikach, są bardziej niebezpieczne od paliwa. Ten młody żołnierz stał tuż pod zbiornikiem, kiedy paliwo zaczęło płonąć.

Annika słyszała, jak drewniane ściany domu trzeszczą. Coś zasyczało, płyta kuchenki elektrycznej za bardzo się rozgrzała. Rozpacz wisiała w powietrzu niczym czarna chmura. Najchętniej uciekłaby, do domu, do dzieci, chciała je całować, czuć pod dłonią ich krągłości. Chciała uciec do Thomasa, kochać się z nim całą sobą, całym swym jestestwem.

– Kto brał udział w tej akcji? – spytała.

Twarz Thorda Axelssona poszarzała, niewiele brakowało, żeby zemdlał.

– Żółty Smok i Czarna Pantera – powiedział schrypniętym głosem.

– Smok to ich przywódca, Göran Nilsson z Sattajärvi. Kim była Czarna Pantera?

Twarz Axelssona była nieprzenikniona.

– Nie wiem – powiedział. – Karina była Czerwoną Wilczycą, kim byli chłopcy, tego nie wiem.

– Ilu ich było?

Axelsson przeciągnął dłonią po twarzy.

– O Czarnej Panterze już wspomniałem. Był też Lew Wolności, Biały Tygrys, no i Żółty Smok. To wszystko, czterech mężczyzn, dwie dziewczyny.

Annika zapisała pseudonimy. Uderzył ją ich komizm, ale nie była w stanie się uśmiechnąć, nawet w środku, w głębi duszy.

– Kariny z nimi nie było?

– Nieco wcześniej zerwała z Ragnwaldem i postanowiła opuścić grupę. Margit była na nią zła, uznała to za zdradę. Dla Margit lojalność była bardzo ważna.

Odezwał się zegar. Annika pomyślała o ogłoszeniu o ślubie w „Norrlands-Tidningen". Po co je dali, skoro ślubu miało nie być?

Spojrzała na Axelssona. Teraz będzie musiał sam nieść ciężar, który dotychczas dzielił z żoną.

– Kiedy Margit powiedziała panu o tym wszystkim? – spytała cicho.

– Kiedy zaszła w ciążę. Właściwie nie planowaliśmy dziecka, Margit po prostu zapomniała wziąć pigułkę. Ale kiedy się okazało, że jest w ciąży, bardzo się ucieszyliśmy. Pewnego wieczoru po powrocie do domu zastałem ją całą zapłakaną. Nie mogła przestać. Cały wieczór próbowałem z niej wyciągnąć, co się stało. Nie chciała mi powiedzieć, bała się, że pójdę na policję, że odejdę od niej i od dziecka.

Zamilkł.

– Ale tak się nie stało – odezwała się w końcu Annika.

– Hanna odbyła służbę wojskową w F21. Jest oficerem rezerwy, studiuje fizykę jądrową w Uppsali.

– Macie też drugą córkę?

– Emma mieszka w tym samym akademiku co siostra. Studiuje politologię.

– Wszystko się ułożyło.

Axelsson wyjrzał przez okno.

– Tak. Ale Bestie zawsze nam towarzyszyły. Margit codziennie wracała myślami do tego, co zrobiła. Nigdy się od tego nie uwolniła.

– A pan? – spytała Annika. – Codziennie szedł pan do pracy z tą świadomością.

Axelsson skinął głową.

– Dlaczego pańska żona nie zdecydowała się pójść na policję? Chybaby jej ulżyło?

Axelsson wstał.

– Żałuję, że się na to nie zdobyła – westchnął, zwrócony plecami do Anniki. – Gdy Smok zniknął, pewnego dnia dostała paczkę. Był w niej palec, palec małego dziecka, i ostrzeżenie.

Annika czuła, że brakuje jej powietrza, krew odpłynęła jej z mózgu, miała wrażenie, że zaraz zemdleje.

– Potem już nikt nigdy nie wspominał o Bestiach. Margit nie dostała już żadnej wiadomości. Dopiero teraz, niedawno, w październiku.

– Co się wtedy stało? – wyszeptała Annika.

– Została wezwana, Żółty Smok kazał jej się stawić tam, gdzie się zawsze spotykali.

Annika przypomniała sobie dziwny rysunek, który znalazła w poczcie minister kultury, w kopercie z francuskim znaczkiem.

– Spotkanie? Gdzie?

Axelsson pokręcił głową, podszedł do zlewu, wyjął z suszarki szklankę i trzymał ją chwilę w ręku.

– W końcu się z nią skontaktowali. Ktoś zadzwonił do niej do pracy i spytał, czy przyjdzie uczcić powrót Smoka. Margit odesłała ich do diabła, powiedziała, że zniszczyli jej życie i że żałuje, że w ogóle ich spotkała. – Ramiona mu drżały. – Potem nie miała już od nich żadnych wiadomości.

Annika czuła, że mdli ją coraz bardziej, i z całej siły próbowała się opanować. Patrzyła na mężczyznę. Płakał, dotykając szklanką czoła.

– Chcę, żeby ich złapali – powiedział w końcu.

Odwrócił się do Anniki, twarz miał czerwoną, rysy jakby rozmazane. Usiadł ciężko na krześle i siedział chwilę bez ruchu. Z pokoju dobiegało tykanie zegara, Annika znów poczuła ostry zapach detergentu.

– Margit nigdy nie przestała się czuć winna. Płaciła za to do końca życia. Nie mam już siły tego dźwigać.

– Powiedział pan o tym policji?

Pokręcił głową.

– Nie, ale na pewno to zrobię. Jak tylko Smok zostanie zatrzymany i będę wiedział, że dziewczęta są bezpieczne.

– Co mam zrobić? – spytała Annika.

Patrzył na nią pustym wzrokiem.

– Nie wiem. Po prostu musiałem się tym z kimś podzielić.

Nagle wyjrzał przez okno i zamarł.

– Hanna i Emma. Przyjechały. Musi pani iść.

Annika natychmiast wstała, schowała notes i ołówek do torby i pospiesznie wyszła do przedpokoju. Zdjęła kurtkę z wieszaka i szybko się ubrała. Kiedy wróciła do kuchni, Axelsson nadal siedział na swoim miejscu, nieruchomy, z błyszczącymi oczami.

– Dziękuję – powiedziała cicho.

Spojrzał na nią i spróbował się uśmiechnąć.

– Mam jeszcze jedno pytanie – powiedziała Annika. – Czy pańska żona miała bardzo małe stopy?

– Rozmiar trzydzieści sześć.

Zostawiła go w wysprzątanej sosnowej kuchni z niedopitą kawą w filiżankach.

Samochód zdążył się całkowicie wychłodzić. Annika postanowiła nie zdejmować polaru. W chwili paniki wyobraziła sobie, że silnik zastrajkuje, a ona zamieni się w sopel lodu. Utknie w wynajętym samochodzie między jednakowymi domkami jednorodzinnymi z lat siedemdziesiątych, na zawsze uwikłana w tajemnicę rodziny Axelssonów.

Przekręciła kluczyk w stacyjce tak mocno, że niemal go wygięła, silnik zachrypiał, ale w końcu zapalił. Odetchnęła z ulgą, para na szybie zamieniła się w lód. Wrzuciła wsteczny i zaczęła cofać, mając nadzieję, że nikogo nie przejedzie. Tylna szyba była całkiem oszroniona.

Młode kobiety przeszły obok samochodu, pomachała do nich. Zobaczyła zdziwienie na ich twarzach.

Opony piszczały na oblodzonej nawierzchni, kiedy ruszyła na północ, w stronę miasta. Nadal było jej niedobrze, zapach środka czyszczącego drażnił jej nos, w głowie gonitwa myśli.

Czy Thord Axelsson mówił prawdę? Może jednak przesadzał? Może coś ukrywał?

Minęła liceum, kościół, dom towarowy Åhléns i zanim się zorientowała, wyjechała z centrum.

Nie próbował usprawiedliwiać żony, nie upiększał niczego. Stwierdził jasno i wyraźnie, że jego żona podpaliła paliwo lotnicze, co doprowadziło do wybuchu maszyny. Nawet nie próbował przedstawiać tego jako wypadku.

Gdyby zamierzał kłamać, pewnie przedstawiłby wszystko inaczej.

Bestie, pomyślała. Żółty Smok. Żałosne. Kto to wszystko wymyślił? Lew Wolności, Ujadający Pies, Czerwona Wilczyca, Czarna Pantera i Biały Tygrys.

Gdzie teraz jesteście?, zastanawiała się, wyjeżdżając na pustą autostradę w stronę Luleå.

Żółty Smok, Gösta Nilsson, powracający do domu zawodowy morderca. Ujadający Pies, Margit Axelsson, zamordowana przedszkolanka. Czerwona Wilczyca, Karina Björnlund, minister kultury, która nagle wprowadza nieoczekiwane zmiany do rządowych propozycji.

A reszta? Trzech mężczyzn w średnim wieku. Co zrobiliście? Gdzie się ukrywacie?

Minęła zjazd na Norrfjärden, poczuła na nogach zimny powiew wiatru. Temperatura spadła do minus dwudziestu dziewięciu stopni, słońce właśnie zaczęło zachodzić, rozświetlając horyzont jasnożółtym światłem.

Palec dziecka? To możliwe?

Przełknęła ślinę, odkręciła szybę, musiała zaczerpnąć świeżego powietrza. Axelsson nie ujawnił, co było w liście dołączonym do przesyłki, ale przez wszystkie te lata nikt nigdy nawet jednym słowem nie zdradził istnienia grupy.

Annika wierzyła, że Margit naprawdę dostała taką przesyłkę.

W samym zamachu uczestniczyły trzy osoby: Margit, Göran i jeszcze jeden mężczyzna. Czy rzeczywiście tak było?

Rozmiar buta Margit odpowiadał śladom znalezionym na miejscu zbrodni. Opowieść Axelssona była tak szczegółowa, że wydawała się wiarygodna. Oczywiście musi jeszcze sprawdzić niektóre rzeczy, zapytać rzecznika prasowego bazy. Dlaczego miałaby nie wierzyć, że właśnie tyle osób brało w tym udział?

Kariny Björnlund nie było wśród nich.

Była niewinna, przynajmniej jeśli chodzi o sam zamach. Mogła oczywiście uczestniczyć w jego planowaniu, na pewno wiedziała, że coś takiego szykują.

Na pewno?, zastanawiała się Annika. Jeśli Axelsson mówił prawdę, to właściwie nie musiała o niczym wiedzieć. Rozstała się z Göranem, chciała zerwać z grupą.

Więc dlaczego dała się zastraszyć? Jak Hermanowi Wennergrenowi udało się ją zmusić do wprowadzenia zmian w projekcie ustawy?

I dlaczego dała ogłoszenie o ślubie?

A może to nie ona je dała?

Może ogłoszenie było częścią strategii porzuconego mężczyzny, może w ten sposób chciał jej jeszcze bardziej dokuczyć, a może liczył, że ją odzyska?

Annika przeciągnęła ręką po czole, chciało jej się pić, miała sucho w gardle. Minęła Ersnäs i znów znalazła się na autostradzie. W zapadającym zmroku dostrzegła kilka domków z lat trzydziestych. Zastygły na mrozie, z kominów leciał dym, wiatr ustał, powietrze było kryształowo czyste.

Muszę porozmawiać z Kariną Björnlund, pomyślała. Ale najpierw muszę wszystko dokładnie przemyśleć, żeby nie mogła się wywinąć. Bo na pewno będzie próbować, będzie kłamać, chronić się.

Znalazła w torbie komórkę, stwierdziła, że jest poza zasięgiem, ale nawet nie miała siły się oburzyć. Jechała dalej, w stronę Luleå i cywilizacji.

Przy zjeździe na Gäddvik znów sięgnęła po komórkę. Zamknęła oczy, próbowała sobie przypomnieć: kartka przyklejona do monitora komputera, telefon do minister kultury.

Dwa razy numer diabła, a potem zero.

Wcisnęła kierunkowy zero siedem zero, a potem sześć sześć sześć i jeszcze raz sześć sześć sześć, i zero. Spojrzała na wybrany numer i niewiele brakowało, a minęłaby zjazd.

Co ma powiedzieć?

Była pewna, że Karina Björnlund jej wysłucha, musi tylko do niej dotrzeć.

Wcisnęła zieloną słuchawkę, czuła, jak telefon się nagrzewa. Włożyła słuchawkę do ucha i zwolniła.

– Halo?

Annika była tak zdziwiona, że nagle zaczęła hamować. Karina Björnlund odebrała telefon niemal natychmiast, ledwie wybrzmiał pierwszy dzwonek.

– Karina Björnlund? – upewniła się. Zjechała na pobocze, poprawiła słuchawkę w uchu, coś zatrzeszczało, zaszumiało.

– Tak?

– Nazywam się Annika Bengtzon, pracuję w „Kvällspressen".

– Kto pani podał ten numer?

Annika wpatrywała się w pomalowaną na czerwono fasadę budynku gospodarczego. Robiła wszystko, żeby jej głos brzmiał neutralnie.

– Chciałabym wiedzieć, czy Czerwona Wilczyca spotkała się ostatnio z Żółtym Smokiem.

Gwar w tle, głosy, metaliczny dźwięk, ogłoszenie płynące z głośnika i nagle cisza, połączenie zostało przerwane.

Annika zerknęła na wyświetlacz. Wybrała numer jeszcze raz, włączyła się poczta głosowa. Rozłączyła się, nie zostawiając wiadomości.

Gdzie Karina Björnlund odebrała jej telefon?

Co mówił metaliczny głos?

Zamknęła oczy i przyłożyła palce do skroni.

Lot SK009 do Sztokholmu, wyjście numer pięć?

Czy na pewno tak to brzmiało?

SK? Czyli SAS?

Zadzwoniła do biura numerów i poprosiła o połączenie z biurem Scandinavian Airlines, z oddziałem dla firm.

Po trzydziestu sekundach ją połączono.

– SK009 to popołudniowy lot z Kallax na Arlandę – poinformował ją pracownik linii lotniczych.

Annika poczuła przypływ adrenaliny.

Karina Björnlund była parę kilometrów dalej, na lotnisku, i albo zamierzała wrócić do Sztokholmu, albo właśnie przed chwilą stamtąd przyleciała.

Annika zastanawiała się przez chwilę, czy nie przełożyć swojego lotu do Sztokholmu, uznała jednak, że zaczeka jeszcze chwilę. Podziękowała i rozłączyła się.

Jechała dalej, minęła rondo, skręciła w prawo i pokrytą lodem drogą dotarła na lotnisko Kallax.

Z powodu strajku taksówkarzy większość pasażerów zdana była na podróż autobusem. Przed terminalem wiła się długa kolejka, skuleni ludzie walczyli z mrozem i ciężkimi walizkami. Annika ruszyła do wypożyczalni samochodów, minęła autobus i nagle zobaczyła Karinę Björnlund.

Pani minister stała na samym końcu kolejki, czekała cierpliwie.

Co ona tu robi?

W mózgu Anniki rozpętała się burza. Podjechała do krawężnika, wrzuciła luz i zaciągnęła hamulec ręczny. Znów wyjęła z torby komórkę, cały czas wpatrując się w panią minister. Wybrała numer ministerstwa i poprosiła o połączenie z sekretarzem prasowym.

Poinformowano ją, że pani minister ma dzisiaj wolne.

– Mam pytanie. Chodzi o propozycję, która zostanie przedstawiona jutro – powiedziała Annika, nie spuszczając wzroku z kobiety stojącej na końcu kolejki. – Koniecznie muszę się dzisiaj z nią skontaktować.

– Niestety to niemożliwe – otrzymała grzeczną odpowiedź. – Pani minister wyjechała, wróci dopiero późnym wieczorem.

– To dziwne, że pani minister bierze urlop w takiej chwili. Jutro ustawa trafi do parlamentu – ciągnęła Annika, mając przed oczami ciemne futro Kariny Björnlund.

Wahanie po drugiej stronie.

– To sprawa prywatna – powiedziała kobieta cicho. – Pani minister została wezwana na bardzo pilne spotkanie, nie mogła go przełożyć. Zgadzam się, że to niefortunne. Pani minister też była tym bardzo zmartwiona.

– Ale wieczorem wróci?

– Miała taką nadzieję.

Jakie spotkanie może zmusić minister do wyjazdu w tak ważny dla niej dzień? Choroba kogoś bliskiego, męża, dziecka, rodzica?

Spotkanie w Luleå, na które nie mogła się nie stawić, ważniejsze od wszystkiego innego.

Czerwona Wilczyca.

Spotkanie z okazji powrotu Smoka.

Annika poczuła igiełki w palcach, zaczęła się pocić.

Podziękowała i rozłączyła się.

Usłyszała, jak autobus podjeżdża na przystanek. We wstecznym lusterku zobaczyła, że pani minister wchodzi do środka. Kiedy autobus odjechał, ruszyła za nim w pewnej odległości.

Tuż przed mostem Bergnäs doszła do wniosku, że pora podjechać bliżej.

Jesteś tam, w środku, pomyślała, wpatrując się w brudną tylną szybę autobusu. Jesteś w drodze, zmierzasz gdzieś i nie chcesz, żeby cię ktoś zobaczył, ale ja tu jestem.

I nagle znów usłyszała głosy aniołów, ciche i tęskne: „Białe zimne kryształki lodu…".

– Zamknijcie się! – wrzasnęła, uderzając się dłonią w czoło tak mocno, że zobaczyła gwiazdy. Głosy umilkły.

Przejechała za autobusem przez most. Wjechała do zamarzniętego miasta, mijając po drodze blaszaki, wały śniegu i zamarznięte samochody. Skręciła w lewo, obok stacji benzynowej, na skrzyżowaniu ze światłami.

Autobus zatrzymał się na przystanku przed ciężką fasadą Hotelu Miejskiego. Annika zahamowała i pochyliła się do przodu, żeby lepiej widzieć wysiadających pasażerów. Przednia szyba natychmiast zaparowała, wytarła ją rękawem bluzy.

Karina Björnlund wysiadła przedostatnia, szła ostrożnie, z czarną skórzaną torbą w ręku. Annika poczuła, że jej oddech znów przyspiesza, że zaraz zacznie oddychać za głęboko. Stwierdziła, że przydałaby się foliowa torebka, ale nie miała żadnej. Wstrzymała więc oddech, policzyła trzy razy do dziesięciu i serce jej się uspokoiło.

Zaczynało się robić ciemno, ale zmierzch zapadał powoli. Widziała Karinę Björnlund z Karlsvik: marzła na przystanku autobusowym, postawna, ciemna, w futrze, ale bez czapki.

Czerwona Wilczyca, pomyślała Annika. Próbując wyczytać coś z jej twarzy, zauważyła, że oczy ma niespokojne i smutne.

Co ty tu robisz?

Jej matka mieszka przy Storgatan, przypomniała sobie nagle. Może to do niej przyjechała?

I nagle: przecież jesteśmy na Storgatan, a ona stoi i czeka na przystanku.

Nie przyjechała do matki.

Nagle we wstecznym lusterku zobaczyła światła autobusu. Wrzuciła bieg i odjechała kilka metrów, żeby go przepuścić, w lusterku ujrzała, jak Karina Björnlund chwyta mocniej torbę i wsiada do autobusu.

Pojadę za nim i zobaczę, gdzie pani minister wysiądzie, pomyślała. Ruszyła i nagle się zorientowała, że o mały włos wjechałaby na deptak. Idący nim ludzie spoglądali na nią z oburzeniem. Chwyciła z całej siły kierownicę i wykręciła z piskiem opon.

Autobus minął ją, była mokra od potu. Martwiła się, że zgubi panią minister i nigdy się nie dowie, dokąd pojechała.

Jedynka, pomyślała. Autobus, którym zwykle jeździł Linus Gustafsson.

Svartöstaden.

Jechała na wschód, w stronę zakładów metalurgicznych SSAB.

Skręciła w stronę portu, potem w lewo, w kierunku huty.

Dotarła do wiaduktu nad torami, zjechała na bok i czekała. Jeśli się nie pomyliła, za chwilę na drodze powinien się pokazać autobus.

Rzeczywiście, cztery minuty później minął ją i pojechał dalej, w stronę cypla, w kierunku Malmudden.

Lövskatan, zdążyła przeczytać, kiedy skręcał w prawo. Czy nie tam mieszkała Margit Axelsson? Foreningsgatan – przeczytała na tabliczce. Autobus jechał dalej, skrajem dawnych, opuszczonych już terenów przemysłowych. Nagle niemal zniknął w cieniu czarnych jak sadza hałd świeżo wydobytej rudy. Po lewej stronie drogi ciągnęły się bliźniaczo do siebie podobne dwupiętrowe bloki z lat czterdziestych, gdzieś przed nią majaczył gigantyczny opuszczony budynek przemysłowy, wrośnięty w zbocze góry. Poszarpane otwory okienne zdawały się krzyczeć w lodowatym zmroku. Jechała dalej, skręciła w lewo. Droga prowadziła teraz wzdłuż torów kolejowych. Wysoko nad nią unosiła się ogromna stalowa rynna, gdzieniegdzie widać było pozostałości po dawnych halach przemysłowych: niszczejące budynki, pomazane ściany, porozrzucane gumowe węże, kable, stare opony, kawałki blachy, tu i ówdzie zardzewiałe przyczepy, jakiś zniszczony barak, przepełnione kontenery, walające się kawałki rur, stara drewniana łódź przykryta brezentem. Nigdzie nie było widać ludzi.

Nagle autobus zamrugał i zatrzymał się na przystanku. Annika zahamowała i stanęła przy wraku samochodu, jakieś dwadzieścia metrów dalej.

Zobaczyła, jak Karina Björnlund wysiada z autobusu, ze skórzaną torbą w ręku. Skuliła się na siedzeniu i przyglądała się jej uważnie.

Kierowca autobusu włączył kierunkowskaz i wyjechał na drogę, pani minister została. Patrzyła w stronę torów, jej oddech zamienił się w chmurę, chmura otoczyła ją ze wszystkich stron. Wyglądała, jakby się wahała.

Annika wyłączyła silnik, wyjęła kluczyk ze stacyjki, cały czas nie spuszczała jej z oka. Czekała.

Nagle Karina Björnlund się odwróciła i szybkim krokiem ruszyła w stronę szczytu wzgórza. Oddalała się od terenów przemysłowych.

Annika zamarła. Chwyciła kluczyki, usłyszała, jak pobrzękują w jej dłoni, ugryzła się w policzek.

Ma wysiąść i pójść za nią?

Podjechać i zaproponować, że ją podrzuci?

Zaczekać, żeby się przekonać, czy wróci?

Potarła nerwowo oczy.

Dokądkolwiek Karina Björnlund się wybiera, na pewno nie ma ochoty na towarzystwo.

Annika otworzyła drzwi, wyjęła z torby czapkę i rękawice narciarskie, trzasnęła drzwiami i zamknęła je pilotem. Zaczerpnęła powietrza i po raz kolejny zaczęła się zastanawiać, jak można żyć w takim klimacie.

Zamrugała oczami. Mróz sprawiał, że powietrze było bardzo suche i ostre, niemal jak szkło.

Zapadł ciemnoszary zmrok, dzień się kończył. Niebo wydawało się odległe, klarowne i pozbawione koloru, nad skałami rudy świeciło kilka gwiazd. Dwie latarnie uliczne próbowały bladym światłem rozproszyć zmrok. Annika zerknęła na jaśniejszy krąg wokół swoich stóp. Karina Björnlund zniknęła za wzgórzem, wokół nie było żywej duszy. Mroźne powietrze przenosiło odgłosy huty, wyraźnie czuła jej wibracje.

Ruszyła ostrożnie zboczem, uważając na krzaki i cienie. Tuż za szczytem ulica skręcała w lewo, zawracając w stronę dzielnicy mieszkaniowej. Na wprost prowadziła jedynie wąska dróżka. Widać było, że niedawno została odśnieżona, na poboczu stała tablica z napisem: „Wszelki ruch kołowy zabroniony".

Annika zmrużyła oczy i rozejrzała się, pani minister nie było nigdzie widać. Zrobiła kilka kroków w stronę prywatnej drogi. Ruszyła biegiem po lodzie i żwirze pokrywającym asfaltową nawierzchnię. Przeszła pod plątaniną przewodów elektrycznych prowadzących do torów kolejowych, przebiegła obok murowanego budynku z napisem „Skanska", minęła pusty parking i skręciła. Teraz droga prowadziła wzdłuż torów kolejki transportującej rudę. Gdzieś w oddali majaczyły zarysy huty, koksowni i pieców, czarne i ostre na tle zimowego nieba. Po prawej tory się rozgałęziały: miliony ton szyn. Splecione tworzyły stalowy dywan. Po lewej był tylko śnieg i błoto. Za wzgórzami wstał już księżyc, jego niebieskie światło mieszało się ze złotożółtą poświatą latarni oświetlających tory.

Annika biegła już kilka minut, w końcu musiała się zatrzymać, złapać oddech. Zakasłała cicho, zasłaniając usta rękawicą. Zamrugała i zaczęła się rozglądać za Kariną Björnlund.

Ścieżka wyglądała na rzadko używaną, Annika zauważyła pojedyncze odciski butów, jakieś ślady kół rowerowych, ale pani minister nie było.

„Słoneczko moje kochane... – usłyszała nagle śpiew aniołów. – Zimowy mróz i wieczna tęsknota...".

Potrząsnęła głową tak, że głosy ucichły. Zamknęła oczy i wzięła kilka spokojnych, głębokich wdechów. Wsłuchiwała się w pustkę w swojej głowie, tylko cisza odbijała się echem. Nagle w tej ciszy usłyszała głosy, ludzkie głosy, dochodzące od strony pobliskiego lasu. Nie rozróżniała słów, ale wyraźnie słyszała głosy rozmawiających ze sobą cicho kobiety i mężczyzny.

Szła teraz pod wiaduktem, miała nad sobą szosę albo tory kolejowe – nie potrafiła tego stwierdzić, nie miała pojęcia, gdzie jest. Głosy zbliżyły się, nagle w świetle księżyca i latarni zobaczyła ślady prowadzące do polanki wśród zarośli.

Zatrzymała się, zerknęła na niskie drzewa, dostrzegła cienie i duchy.

– Przecież przyszłam – powiedziała Karina Björnlund. – Nie rób mi krzywdy.

Rozległ się ochrypły męski głos, mówił z wyraźnym fińskim akcentem:

– Nie bój się, Karino. Nigdy nie chciałem cię skrzywdzić.

– Wierz mi, Göranie, nikt nie wyrządził mi tyle złego co ty. Powiedz, co masz mi do powiedzenia, i pozwól mi odejść.

Annika ledwie oddychała. Czuła, jak jej żołądek robi fikołka, suche wargi zamieniły się w papier ścierny. Stąpała ostrożnie po wydeptanym śniegu, powoli, krok za krokiem.

W księżycowej poświacie zobaczyła leśną polankę, na niej niewielki murowany budynek z blaszanym dachem i zabitymi oknami.

Na środku polanki, odwrócona do niej plecami, stała minister kultury w grubym futrze, a tuż obok domu niski mężczyzna o szarej twarzy, w długim płaszczu i skórzanej czapce. Obok niego stał worek marynarski.

Göran Nilsson, władca bogów, Żółty Smok.

Annika patrzyła na niego suchymi oczami.

Terrorysta, wielokrotny morderca, uosobienie zła. Zgarbiony, słaby, drżący.

Musi zawiadomić policję.

Nagle uświadomiła sobie, że zostawiła komórkę w drzwiach stojącego przy drodze volvo.

– Jak mogłaś sądzić, że kiedykolwiek chciałem cię skrzywdzić? – spytał mężczyzna. W nieruchomym powietrzu jego głos niósł się daleko. – Nikt nie był dla mnie ważniejszy niż ty.

Pani minister przytupywała nerwowo.

– Dostałam twoją wiadomość – powiedziała i nagle Annika zrozumiała, dlaczego się boi.

Pewnie dostała takie samo ostrzeżenie jak Margit Axelsson.

Mężczyzna, Żółty Smok, na kilka sekund zwiesił głowę. A potem ją podniósł i wtedy Annika zobaczyła jego oczy. W niezwykłym północnym świetle wydawały się czerwone, puste.

– Jestem tu tylko z jednego powodu i chcę, żebyście mnie wszyscy wysłuchali – powiedział. Jego głos brzmiał równie lodowato jak wiatr. – Przyjechałaś z daleka, ale ja też.

Pani minister mimo futra drżała, głos miała zalękniony, była bliska płaczu.

– Nie rób mi krzywdy.

Podszedł do niej, Annika widziała, jak wyjmuje coś z kieszeni, coś czarnego i błyszczącego.

Broń. Rewolwer.

– Już nigdy nie będę ci się naprzykrzał. To ostatni raz. Musisz mi poświęcić trochę czasu.

Wiatr powiał mocniej, targał gałęziami drzew.

– Proszę – jęknęła. – Zostaw mnie w spokoju.

– Wejdź – powiedział. – Teraz.

Karina Björnlund podniosła torbę i czując wycelowany w swoje plecy rewolwer, weszła do murowanego domku. Göran Nilsson został na zewnątrz. Kiedy się upewnił, że weszła, schował broń do kieszeni, a potem odwrócił się i chwiejnym krokiem ruszył w stronę opartego o ścianę domu marynarskiego worka.

Annika zaczerpnęła powietrza i zaczęła się cofać po wydeptanych w śniegu śladach. Kiedy doszła do drogi, rzuciła ostatnie spojrzenie na zarośla, żeby móc je dokładnie opisać policji.

Usłyszała jakiś dźwięk, ktoś szedł w jej stronę.

Zaczęła oddychać szybciej, rozejrzała się w panice.

Jakieś dziesięć metrów od niej stała metalowa skrzynka. Od spodu wchodziły do niej grube kable, za nią rosła kępka młodych choinek.

Nogi niemal same poniosły ją w stronę skrzynki, nie dotykały powierzchni śniegu. Wślizgnęła się między kłujące gałęzie. Po chwili rozsunęła je i wyjrzała.

Szary mężczyzna znalazł się w słabym świetle padającym od strony torów. Ciągnął za sobą worek, widać było, że bardzo mu ciąży.

Chwilę stał bez ruchu na śliskiej ścieżce. Nagle sięgnął ręką do brzucha, zgiął się wpół, oddychał nierówno. Annika wyciągnęła szyję, żeby lepiej widzieć. Przez chwilę miała wrażenie, że mężczyzna zaraz się przewróci.

Po chwili jego oddech się uspokoił, wyprostował się i niepewnym krokiem ruszył przed siebie.

Nagle spojrzał wprost na Annikę.

Przerażona puściła gałąź, zasłoniła usta ręką, żeby uciszyć wszelkie dźwięki. Siedziała bez ruchu w ciemnościach, patrząc, jak mężczyzna powoli podchodzi coraz bliżej. Jego sapanie i trzeszczące kroki rozbrzmiewały coraz głośniej, dudniły jej w głowie, były coraz bliżej, jeszcze chwila, a zacznie krzyczeć. Zamknęła oczy i usłyszała, jak mężczyzna zatrzymuje się niespełna metr od jej pleców, po drugiej stronie niskich choinek.

Coś zaszurało. Otworzyła oczy.

Usłyszała tarcie metalu o metal, wstrzymała oddech, nasłuchiwała.

Coś robił przy szafce z kablami. Otworzył metalowe drzwiczki. Słyszała jego ciężki oddech, poczuła, że musi zaczerpnąć powietrza, wzięła głęboki, bezgłośny oddech i omal nie zwymiotowała.

Mężczyzna cuchnął. Przez gałęzie poczuła fetor zgnilizny, zasłoniła usta dłonią.

Mężczyzna jęknął, najwyraźniej walczył z czymś po drugiej stronie choinek. Słyszała tarcie metalu o metal, potem nastąpiła cisza. Jakiś trzask, i stuknięcie.

Dziesięć sekund lżejszego oddechu, znów odgłos kroków, tym razem się oddalały.

Annika odwróciła się, rozsunęła gałęzie.

Mężczyzna szedł w stronę zarośli, już bez worka.

Zostawił go w skrzynce, pomyślała.

Pochłonął go mrok, zatarł jego obecność.

Annika wstała, szybko przebiegła przez drogę, na skraju lasu zawahała się.

Nagle zawróciła i, najciszej jak potrafiła, ruszyła wąską dróżką. Dotarła do wiaduktu, wbiegła na górę, kierując się w stronę budynku, minęła pusty parking i w tym momencie zorientowała się, że ktoś za nią idzie.

Zatrzymała się i rozejrzała; czuła, jak w jej organizmie buzuje adrenalina. Nagle rzuciła się w stronę lasu, padła na ziemię, brodą w śnieg.

Zobaczyła mężczyznę: szedł z gołą głową, w dżinsach i cienkiej skórzanej kurtce. Krok miał niepewny, potykał się jak pijak. Lata nadużywania alkoholu zostawiły wyraźny ślad.

Po kilku sekundach zniknął za domkiem, Annika znów wyszła na drogę. Nie otrzepawszy się ze śniegu, ruszyła biegiem.

W pierwszej chwili nie zauważyła swojego samochodu. Wpadła w panikę i wtedy go dojrzała, stał schowany za wrakiem na poboczu. Otworzyła pilotem, wsiadła, ściągnęła rękawiczki i z bocznej kieszeni drzwi wyjęła komórkę. Kiedy usiłowała wybrać numer komisarza Suupa, poczuła, że drżą jej ręce.

– Dyżurny Karlsson.

Dodzwoniła się do centrali.

– Suup, szukam komisarza Suupa.

– Już wyszedł – powiedział Karlsson.

Jej mózg pracował na najwyższych obrotach. Zamknęła oczy, przeciągnęła spoconą dłonią po czole.

– Forsberg. Może on jest?

– Który? Mamy trzech.

– Z wydziału kryminalnego?

– Zaraz przełączę.

Połączenie zostało zawieszone, Annika znalazła się w nieokreślonej cyberprzestrzeni, całkowicie pozbawionej dźwięków i kolorów.

Po trzech minutach poddała się i zadzwoniła ponownie.

– Szukam kogoś, kto zajmuje się sprawą Benny'ego Eklanda i Linusa Gustafssona – powiedziała lekko spanikowana, kiedy w słuchawce znów odezwał się Karlsson.

– A o co chodzi? – spytał młody funkcjonariusz bez szczególnego zainteresowania.

Annika uspokoiła nieco oddech.

– Nazywam się Annika Bengtzon, jestem reporterką „Kvällspressen" i...

– Kontaktami z prasą zajmuje się Suup – przerwał jej. – Proszę zadzwonić do niego jutro.

– Posłuchaj! – krzyknęła. – Ragnwald tu jest. Göran Nilsson, Żółty Smok. Jest tutaj, w małym ceglanym domku przy kolejce, razem z Kariną Björnlund. Musicie natychmiast tam jechać i go złapać, natychmiast!

– Björnlund? – powtórzył Karlsson. – Minister kultury?

– Tak! Ona i Göran Nilsson z Sattajärvi są w domku niedaleko huty. Nie wiem, jak to miejsce się nazywa, ale w pobliżu jest wiadukt…

– Przepraszam, ale czy pani dobrze się czuje?

Annika zamilkła. Pomyślała, że pewnie robi z siebie idiotkę. Odkaszlnęła i spróbowała się opanować.

– Wiem, że to wszystko może się panu wydać dziwne – powiedziała i roześmiała się. – Miejsce, z którego dzwonię, nazywa się Lövskatan. To niedaleko huty, tuż obok przechodzi kolejka…

– Tak, wiem, gdzie jest Lövskatan – wszedł jej w słowo. Annika słyszała, że jego cierpliwość jest na wyczerpaniu.

– Człowiek, którego policja szuka od lat, wrócił do Luleå – odezwała się już normalnym głosem. – Nazywa się Göran Nilsson, od chwili powrotu do Szwecji popełnił co najmniej cztery morderstwa, te z cytatami z Mao. Teraz jest w domku, który panu opisałam, a przynajmniej przed chwilą tam był: budynek z czerwonej cegły, z blaszanym dachem, w lesie, niedaleko wiaduktu…

Funkcjonariusz Karlsson westchnął głośno w słuchawkę.

– Dyżurna właśnie przejmuje zmianę, ale jak tylko wróci, od razu ją poinformuję.

– Nie! – krzyknęła Annika. – Musicie tam natychmiast jechać! Nie wiem, jak długo on tam będzie!

– Proszę się uspokoić – powiedział Karlsson stanowczo. – Powiedziałem, że przekażę dyżurnej.

– Dobrze – odpowiedziała Annika, jej oddech znów przyspieszył. – Czekam na was na przystanku autobusowym, wskażę wam drogę. Jestem w samochodzie, srebrne volvo.

– Dobrze, proszę czekać. – Policjant odłożył słuchawkę.

Annika wpatrywała się w wyświetlacz: zielony prostokąt świecący w ciemnościach. Wybrała numer Janssona.

– Pewnie zostanę na cały wieczór w Luleå – oznajmiła. – Rozumiem, że mogę przedłużyć pobyt w hotelu o jedną noc?

– Dlaczego chcesz zostać?

– Mam wrażenie, że coś tu się dzieje.

– Nie chcę słyszeć o żadnych terrorystach. Już mi się dostało za to, że pozwoliłem ci jechać na północ.

– Jasne – skwitowała Annika.

– Słyszysz mnie? – upewnił się Jansson. – Ani linijki o terrorystach.

Annika odczekała chwilę.

– Dobrze, obiecuję. Możesz być spokojny.

– Przenocuj w hotelu – powiedział Jansson już znacznie łagodniejszym tonem. – Zadzwoń do recepcji, zamów sobie do pokoju pornosa i odpręż się. Masz moje błogosławieństwo. Wiem, jak to jest. Czasem człowiek musi się od wszystkiego oderwać.

– Okej – rzuciła i rozłączyła się.

Po chwili wystukała 118 118, poprosiła kobietę z biura numerów o połączenie z Hotelem Miejskim w Luleå i zarezerwowała pokój na najwyższym piętrze.

Potem siedziała w samochodzie, wyglądając przez okno. Jej oddech przywierał do szyby, już po chwili pokryła się szronem.

Nic więcej nie mogła zrobić. Pozostało tylko czekać na policję.

Za chwilę będzie po wszystkim, pomyślała i poczuła, że jej tętno się uspokaja.

Przed oczami miała szarą twarz Thorda Axelssona, zapuchnięte oczy Gunnel Sandström i jej sweter w kolorze wina. Niesforne, postawione na żel włosy Linusa Gustafssona i jego czujne oczy. Poczuła, jak narasta w niej złość.

W końcu cię dopadną, sukinsynu.

Czuła, że marznie. Przez chwilę się zastanawiała, czy nie włączyć silnika i się nie ogrzać, ale zamiast tego otworzyła drzwi i wysiadła. Za bardzo się denerwowała, żeby spokojnie siedzieć w samochodzie. Sprawdziła, czy ma w kieszeni komórkę, zamknęła drzwi i ruszyła w stronę wzgórza.

Arktyczna noc trzymała przyrodę w żelaznym uścisku, równie skutecznie jak stal wytwarzana w wielkich piecach na brzegu morza. Annika obserwowała, jak jej ciepły oddech zamienia się w lekkie mroźne welony.

Pięknie tu, pomyślała. Podniosła głowę, powiodła wzrokiem po torach kolejowych, zatrzymała się dopiero na gwiazdach.

Nagle usłyszała za sobą warkot zbliżającego się pojazdu. Odwróciła się z nadzieją, że to radiowóz.

Zobaczyła autobus, jedynkę.

Jechał w jej stronę. Kiedy nagle zatrzymał się tuż przy niej, zorientowała się, że stoi na przystanku autobusowym. Cofnęła się, dając kierowcy znak, że nie wsiada.

Ale autobus i tak się zatrzymał, tylne drzwi się otworzyły i wysiadł postawny mężczyzna. Poruszał się powoli, ociężale.

Annika uniosła głowę i zrobiła krok w jego stronę.

– Hans! – zawołała. – Witaj, to ja, Annika.

Hans Blomberg, archiwista w „Norrlands-Tidningen", podniósł głowę i ich spojrzenia się spotkały.

– Co pan tu robi? – zdziwiła się.

– Ja tu mieszkam – roześmiał się ubawiony mężczyzna. – Przy Torsvägen – dodał, wskazując ręką na szereg niskich bloków z lat czterdziestych.

– Naprawdę?

Autobus odjechał, Annika podeszła bliżej i spojrzała mu w oczy. W tym momencie coś zaskoczyło w jej mózgu. Przypomniała sobie, gdzie widziała żółtego smoka. Wtedy pomyślała, że to rysunek dziecka. Żółty dinozaur wisiał na tablicy Hansa Blomberga w archiwum. Mimowolnie zrobiła dwa kroki w tył.

– Pytanie powinno chyba brzmieć: co ty tu robisz? – powiedział Hans.

Autobus zniknął za szczytem wzgórza. Blomberg zbliżał się do niej, szedł z rękami w kieszeniach. Kiedy stanął przed nią, jego oczy w świetle księżyca wydawały się niemal przezroczyste.

Annika roześmiała się nerwowo.

– Przyjechałam służbowo i zabłądziłam – zaczęła się tłumaczyć. – Wie pan może, gdzie jest Föreningsgatan?

– Właśnie pani na niej stoi. Wszyscy sztokholmczycy mają taką kiepską orientację w terenie? – zażartował.

– Widać dla mnie nie starczyło.

– Z kim się pani umówiła?

Annika wzruszyła ramionami.

– Nieważne, i tak nie zdążę już nic wysłać.

– To zapraszam do siebie, przynajmniej się pani rozgrzeje. Poczęstuje panią gorącą herbatą.

Annika nerwowo szukała wymówki, ale Blomberg najwyraźniej nie zamierzał jej słuchać. Chwycił ją mocno pod rękę i ruszył.

– Mam niewielkie dwupokojowe mieszkanie, na parterze. Nic nadzwyczajnego, ale co zrobić, kiedy człowiek nagle wypada za burtę konsumpcyjnego społeczeństwa.

Annika próbowała delikatnie wyswobodzić rękę, ale trzymał ją mocno.

– Rzadko miewam takich gości. Piękne kobiety ze stolicy raczej tu nie zaglądają.

Uśmiechnął się do niej miło, spróbowała odwzajemnić uśmiech.

– Którym z nich jesteś? – spytała. – Panterą, Tygrysem czy Lwem?

Patrzył przed siebie, nawet nie udawał, że jej słucha. Znów ścisnął jej rękę. Zostawili za sobą zabudowania, powoli zbliżali się do znaku zakazu wjazdu. Blomberg zerknął w lewo, spojrzał na przewody w górze, a potem w dół, na zarośla.

– Mieszka pan tu? W lesie?

Nie odpowiedział.

Po chwili doszli do tunelu. Annika poczuła, że ziemia kołysze się jej pod nogami. Usłyszała czyjś głośny oddech, zrozumiała, że to ona tak głośno oddycha.

– Nie – powiedziała. – Nie chcę. Proszę.

Nogi się pod nią ugięły, ale Hans złapał ją, wciąż się do niej uśmiechał.

– Jest pani reporterką, bardzo ciekawską na dodatek, więc zapewne chce pani dokończyć to, co pani zaczęła. Mam rację?

Annika podniosła głowę, zobaczyła rury pod sufitem i zaczęła płakać.

– Puść mnie! – zawołała.

Zaparła się stopami o lód i zaczęła się szarpać. Nagle poczuła uderzenie w głowę. Zobaczyła gwiazdy: ujrzała Svena, coś do niej krzyczał. Schyliła się i zrobiła unik. Osunęła się na ziemię, osłaniając głowę rękami.

– Nie bij mnie!

Nagle świat się zatrzymał, ziemia przestała się kołysać i znów usłyszała swój urywany oddech. Ostrożnie uniosła głowę i spojrzała na Hansa Blomberga: stał nad nią i zaniepokojony kiwał głową.

– Co pani wyprawia? Proszę wstać. Nasz przywódca czeka.

Ruszyła dalej niepewnie, w ciemnościach. Rozpraszało je jedynie światło księżyca i latarnie przy torach. Aniołowie milczeli. Tam, skąd zwykle dochodziły ich głosy, była jedynie ciemna pustka.

Minęli budynek z napisem „Skanska", teraz już zupełnie czarny.

– Idziemy do tego ceglanego domu, tak? Tego zaraz za wiaduktem?

– A więc znalazła już pani naszą siedzibę – odezwał się archiwista, jak zwykle dobrotliwie. – Węszyła tu pani, w krzakach, tak? Niegłupia z pani dziewczyna. Żółty Smok wezwał nas tu dzisiaj wszystkich. Oczywiście nie wszyscy mogą się stawić, ostatnio nas ubyło, ale Karina na pewno będzie, no i Yngve. On nie opuści żadnej imprezy. – Roześmiał się zadowolony. Annika poczuła, że robi jej się niedobrze. – Biedny Yngve – ciągnął dalej. – Göran prosił, żebym się nim zajął, ale co mogłem począć? Żeby pomóc nałogowcowi, trzeba by zmienić system, a tego nie byłem w stanie zrobić. Niestety muszę przyznać, że Yngve już całkiem stracił kontrolę nad sobą. To smutne, ale przyznaję, że też nie wypełniłem powierzonego mi zadania, zawiodłem…

W tym momencie Annika usłyszała za sobą głuche dudnienie, zerknęła przez ramię i oślepiły ją światła gigantycznej lokomotywy. Niemal płynęła po szynach.

– Idź dalej przed siebie – rozkazał Hans.

Posłuchała go. Cały czas zerkała na potężną lokomotywę. Dudniąc, mijała ją powoli, ciągnęła za sobą niezliczoną liczbę wypełnionych po brzegi wagoników. Zmierzała w stronę huty.

Annika czuła, jak wali jej serce. Próbowała sobie wyobrazić, jak wygląda z perspektywy maszynisty: drobna, czarna sylwetka w świetle księżyca, na tle ciemnego lasu.

Zmusiła się do zachowania spokoju. Nie odwracając głowy, próbowała się zorientować, gdzie pociąg się kończy, ale nie była w stanie dostrzec końca.

Szli pod wiaduktem, pociąg minął ich z dudnieniem, wagoniki jeden za drugim rzucały ciemne cienie. W końcu zniknął ostatni wagonik, koniuszek długiego ogona w drodze do rozżarzonego wnętrza hutniczego pieca.

Annika przełknęła ślinę, czuła, że drżą jej ręce.

Dotarli do szafki transformatorowej, w której Göran Nilsson schował swój marynarski worek. Zerknęła na nią, zauważyła, że jest zamknięta.

– W dół i w lewo – usłyszała głos Hansa. Poczuła, że pcha ją w stronę krzaków. Poślizgnęła się i byłaby upadła, ale chwyciła się gałęzi i utrzymała równowagę.

– Spokojnie – powiedziała cicho sama do siebie i ruszyła w stronę ceglanego budynku.

Okna zasłonięto stalowymi okiennicami, do uchylonych drzwi prowadziły walące się schody. Zatrzymała się.

– Wchodź, szybciej. – Hans ją pchnął. – Jest tu stary kompresor.

Annika doszła do drzwi, zauważyła dwa przyspawane żelazne haczyki, do których przyczepiono starą, zardzewiałą kłódkę. Pchnęła drzwi i weszła do środka.

Natychmiast uderzył ją ten sam odrażający fetor, który poczuła, kiedy się chowała w krzakach.

Ragnwald tam był.

Weszła w gęstą ciemność, zamrugała i nagle usłyszała oddechy. W domu było lodowato zimno, chyba nawet zimniej niż na zewnątrz.

– Kim jesteś? – spytała siedząca w lewym rogu Karina Björnlund.

– Mamy dzisiaj ważnego gościa – oznajmił Hans Blomberg.

Pchnął Annikę i zamknął drzwi.

Minister kultury zapaliła zapalniczkę, słaby płomień oświetlił pomieszczenie. Cienie wokół jej nosa i oczu sprawiły, że wyglądała jak potwór. Obok niej siedział alkoholik Yngve, nieco dalej, oparty o ścianę, Göran Nilsson. Na ścianie obok niego wisiał zakurzony plakat przedstawiający przewodniczącego Mao.

Annika czuła, że wpada w panikę. Zdrętwiały jej palce, kręciło jej się w głowie, krew pulsowała w skroniach.

Muszę zachować spokój, tłumaczyła sobie. Wstrzymała na chwilę oddech.

Karina Björnlund schyliła się, zapaliła stojącą u jej stóp małą świeczkę, wzięła ją do ręki i wstała.

– Co to ma znaczyć? – spytała, patrząc na Hansa. – Dlaczego ją tu przyprowadziłeś?

Postawiła świeczkę na zardzewiałym urządzeniu, zapewne starym kompresorze. Oddechy zebranych zamieniały się w obłoki pary.

Nie jestem sama, pomyślała Annika. Jest inaczej niż wtedy, w tunelu.

– Pozwólcie, że przedstawię wam naszego gościa – zaczął Hans. – To Annika Bengtzon, dziennikarka śledcza z „Kvällspressen".

Karina Björnlund wzdrygnęła się, jakby rażona prądem, cofnęła się.

– Zwariowałeś? – powiedziała głośno. – Po co nam tu dziennikarka? Nie rozumiesz, na co mnie narażasz?

Göran Nilsson przyglądał im się mętnym, zmęczonym wzrokiem.

– Nie chcę tu nikogo z zewnątrz – odezwał się nadspodziewanie ostro. – Czy ty myślisz, Pantera?

Hans Blomberg alias Czarna Pantera zamknął za sobą drzwi i roześmiał się.

– Panna Bengtzon już wszystko o nas wie. Spotkałem ją na drodze, nie mogłem pozwolić, żeby narobiła szumu.

Karina Björnlund podeszła do Hansa.

– Wszystko na nic – zaczęła łamiącym się głosem. – Wszystko, o co przez tyle lat walczyłam. Niech to diabli! – zaklęła. Wzięła torbę i ruszyła do drzwi.

Göran Nilsson wstał i wszedł w krąg światła. Annika nie zauważyła, żeby nosił przy sobie broń. Twarz miał zapadniętą, jakby trawioną chorobą.

Mimo to na jego widok Karina zatrzymała się w pół kroku, nagle niepewna, przestraszona.

– Zaczekaj – powstrzymał ją i zwrócił się do Hansa: – Ręczysz za nią? Gwarantujesz nam bezpieczeństwo?

Annika patrzyła na niego: niepozorny, schorowany, wysławiający się z trudem, jakby musiał szukać słów i zwrotów.

– Oczywiście – zapewnił Hans niemal z entuzjazmem. – Zajmę się nią później.

Annika poczuła, jak jej nogi zamieniają się w ołów, ciało robi się ciężkie i zastyga w bezruchu. Czuła, jak wzbiera w niej jakiś błagalny jęk, jęk, który nie jest w stanie wydostać się na zewnątrz.

Żółty Smok patrzył na Annikę, a ona niemal bała się oddychać.

– Stań w rogu!

– To chyba oczywiste, że żadnego dziennikarza nie może tu być – powiedziała Karina Björnlund. Była zdenerwowana. – Nie zgadzam się na to!

Żółty Smok uniósł dłoń.

– Dość! – uciął. – Nasz głównodowodzący ponosi pełną odpowiedzialność – oświadczył, chowając ręce do kieszeni.

Ma broń, pomyślała Annika.

– Jest bardzo zimno, będę się streszczał.

– Wszystko dobrze, ale może ktoś ma coś do picia? – odezwał się nagle Yngve, pochodząc bliżej.

Hans Blomberg odpiął guzik kurtki i z wewnętrznej kieszeni wyciągnął flaszeczkę absoluta. Yngve, zachwycony, otworzył szeroko oczy i wziął flaszkę, ostrożnie, jakby to było dziecko.

– Pomyślałem, że powinniśmy uczcić nasze spotkanie – rzucił Hans.

Yngve zaczął otwierać butelkę, w oczach miał łzy. Annika spuściła głowę i zaczęła poruszać palcami u stóp, żeby nie zamarzły.

Co z nią zrobią?

To nie to samo co wtedy, w tunelu, powtarzała sobie.

Karina Björnlund postawiła torbę na podłodze.

– Nie wiem, po co się tu zebraliśmy.

– Władza sprawiła, że zrobiłaś się niecierpliwa – powiedział Göran Nilsson, patrząc jej w oczy. Odczekał chwilę, aż wszyscy umilkli, uniósł głowę i spojrzał w sufit. – Zdaję sobie sprawę, że niektórych z was zdziwiło moje wezwanie. Dawno się nie widzieliśmy, więc rozumiem, że macie mieszane uczucia. Ale niepotrzebnie się obawiacie.

Mówiąc to, spojrzał na panią minister.

– Nie przyjechałem, żeby wam zrobić krzywdę. Tylko żeby wam podziękować. Jesteście moją jedyną rodziną. Stwierdzam to bez żadnych sentymentów.

– Dlaczego zabiłeś Margit? – odezwała się nagle Karina. W jej głosie słychać było strach.

Göran Nilsson pokręcił głową, swoją żółtą głową smoka, cuchnącą, władczą głową boga.

– Nie słuchasz mnie. Za dużo mówisz. Kiedyś byłaś inna. Władza cię zmieniła.

Hans Blomberg zrobił krok do przodu, wyraźnie znudzony nieistotnymi dywagacjami.

– Powiedz, co mam zrobić – zwrócił się do przywódcy. – Jestem uzbrojony i gotów do walki.

Göran Nilsson odwrócił się i spojrzał na niego ze smutkiem.

– Nie przyjechałem walczyć. Przyjechałem umrzeć.

Hans otworzył szeroko oczy, na jego twarzy pojawił się wyraz niedowierzania.

– Ale przecież znów jesteś z nami. Ty, nasz wódz, na którego tak długo czekaliśmy. Zbliża się rewolucja.

– Rewolucja umarła – przerwał mu Göran Nilsson. – Społeczeństwo kapitalistyczne, które traktuje ludzi jak bydło, wygrało, a tym samym wygrały zakłamane ideologie i pseudowartości: demokracja, wolność słowa, sprawiedliwość i prawa kobiet.

Hans Blomberg słuchał go z nabożeństwem, Karina kuliła się po każdym jego słowie, Yngve był całkowicie pochłonięty myślą o czekających go wkrótce błogich doznaniach.

– Klasa robotnicza została zredukowana do wypranej z rozumu tłuszczy, hordy skretyniałych konsumentów. Nikt nie będzie walczył o godność. Plenią się fałszywe autorytety i nikt nawet nie protestuje. – Wbił spojrzenie w Karinę. – Władza wykorzystuje ludzi – mówił jasnym, pewnym głosem. – Wyciska z nas wszystko, a potem wyrzuca jak szmatę. Jak zawsze, tylko że teraz to wybrane przez ludzi rządy pozwalają nas eksploatować. Pogodziłem się z tym, że tak jest, i usiłowałem z tym walczyć na swój sposób. – Pokiwał smutno głową. – Rewolucja? – odezwał się po chwili. – Żadnej rewolucji nie będzie. Ludzie sprzedali ją za coca-colę i kablówkę.

Hans Blomberg patrzył na niego z rozpaczą.

– To nieprawda. Wróciłeś. Spodziewałem się tego. Podobnie jak ty nie zmarnowałem tych lat. Jestem gotów. Nie jest jeszcze za późno.

Göran Nilsson uniósł dłoń.

– Nie zostało mi już wiele życia – powiedział. – Pogodziłem się ze swoimi ograniczeniami. Właściwie nie ma różnicy między mną a zakłamanym mieszczaństwem. Będę żył dalej w swoich dzieciach, dlatego chcę im przekazać spadek. – Zachwiał się i dotknął ręką żołądka. – Nikt już nie będzie was wykorzystywał. Możecie wyjść ze swoich dziupli.

– Jak mamy to rozumieć? – spytała Karina Björnlund, już nieco mniej przerażona.

– Ma dla nas prezenty – powiedział Hans Blomberg, a w jego głosie było zdziwienie i niedowierzanie. – Czyżby już była Wigilia? A może to stypa? Rewolucja umarła, sami słyszeliście.

– Przestań, Hasse – powiedziała Karina Björnlund, chwytając go za rękę. – Mao nie żyje, w Chinach mają kapitalizm.

– Kiedyś ty też wierzyłaś – przerwał jej Hans. – Byłaś rewolucjonistką.

– Boże, byliśmy wtedy strasznymi dzieciakami. Wszyscy wierzyliśmy w rewolucję, ale te czasy dawno minęły.

– Nie dla mnie! – krzyknął Hans.

Göran Nilsson podszedł do niego chwiejnym krokiem.

– Źle to wszystko zrozumiałeś.

– Nie! – wrzasnął Hans. Oczy miał przekrwione i mokre od łez. – Dlaczego mi to robicie? Rewolucja jest najważniejsza!

– Uspokój się – ofuknęła go pani minister. Była poirytowana.

Chwyciła go za rękę, ale on wyswobodził się gwałtownym ruchem. Nagle zacisnął pięść i uderzył ją w twarz. Ktoś krzyknął, może to była Karina, może Yngve, a może Annika.

Hans się odwrócił, był wściekły. Z całej siły pchnął Görana na ścianę z Mao. Nilsson upadł, uderzył głową o betonową posadzkę. Rozległ się trzask łamanych kości i syk uchodzącego z jego płuc powietrza.

– Cholerni zdrajcy! – krzyczał Hans.

Nagle głos mu się załamał. Rzucił się na drzwi – otworzyły się z hukiem – i wybiegł w ciemność.

Płomień świeczki zadrżał, ale już po chwili znów świecił równo.

– Krwawię! – płakała Karina. – Pomóżcie mi.

Nagle zapadła cisza, zrobiło się jeszcze zimniej. Annika miała wrażenie, że słyszy, jak Hans przeklina, idąc pospiesznie w stronę torów. Podeszła do Nilssona. Leżał nieprzytomny pod ścianą, z prawą nogą zgiętą pod dziwnym kątem. Obok stał lekko już zamroczony Yngve. Chwiejąc się, przyglądał mu się ze zdziwieniem. Krew odpłynęła mu z twarzy, był blady, szczękał zębami z zimna. Karina Björnlund usiadła z trudem, trzymała rękę przy twarzy, krew spływała jej po palcach, plamiąc futro.

– Mam złamany nos. Muszę jechać do szpitala! – Znów zaczęła płakać, ale szybko przestała, płacz potęgował ból.

Annika podeszła do niej, położyła jej dłoń na ramieniu i próbowała ją pocieszyć.

– To nic takiego – powiedziała, przyglądając się jej twarzy. – Szybko się zagoi.

– A jeśli będę miała krzywy nos?

Annika odwróciła się od niej i podeszła do leżącego na zimnej posadzce Nilssona. Odór był niemal nie do wytrzymania.

– Göran – powiedziała głośno. – Göran Nilsson, słyszy mnie pan?

Nie czekając na odpowiedź, nachyliła się nad nim, zdjęła rękawice i z kieszeni jego płaszcza wyciągnęła broń. Odwrócona plecami do pozostałych, wsunęła ją ostrożnie do kieszeni polaru. Nie znała się na broni, ale miała nadzieję, że rewolwer jest zabezpieczony.

Ranny mężczyzna jęknął. Annika położyła dłoń na lodowatej, wilgotnej cementowej posadzce i natychmiast ją cofnęła. Miała wrażenie, że palce jej zamarzną.

– Nie może pan tu leżeć. Musi pan wstać. Może pan stanąć na tej nodze?

Spojrzała na Karinę Björnlund.

– Musimy się stąd wydostać. Tu jest zimniej niż w zamrażarce. Pomoże mi go pani nieść?

– Jestem ranna – jęczała Karina. – Poza tym czemu miałabym mu pomagać? Za to zło, które mi wyrządził? Niech Yngve go weźmie.

Yngve siedział na podłodze, ściskając kurczowo opróżnioną do połowy butelkę.

– Nie wolno panu zasnąć – próbowała go przekonać Annika.

Miała wrażenie, że traci poczucie rzeczywistości, że się dusi.

– Gdyby pani wiedziała, ile wycierpiałam – odezwała się nagle Karina Björnlund spod zdezelowanej sprężarki. – Cały czas się bałam, że w końcu ktoś odkryje, że kiedyś zadawałam się z tymi durniami. Kiedy się jest młodym, robi się różne dziwne rzeczy, prawda? Człowiek miewa głupie pomysły, zadaje się z niewłaściwymi ludźmi.

Göran Nilsson próbował usiąść, ale tylko jęknął i osunął się na betonową posadzkę.

– Chyba złamałem biodro – wyszeptał, a Annika przypomniała sobie, jak pewnej śnieżnej zimy jej babcia złamała szyjkę kości udowej.

– Sprowadzę pomoc – powiedziała.

Nagle poczuła, że chwycił ją za nadgarstek i trzyma w żelaznym uścisku.

– Gdzie jest Karina? – wymamrotał.

– Jest tutaj – odpowiedziała Annika cicho. Przestraszona wyswobodziła się z jego uścisku, wstała i zwróciła się do pani minister.

– Chce z panią rozmawiać.

– O czym? Nie mamy sobie nic do powiedzenia.

Najwyraźniej gardło jej spuchło, bo głos miała schrypnięty i niski. Zrobiła kilka kroków w stronę Nilssona. Annika zauważyła, że bardzo krwawi. Twarz miała niemal niebieską, spuchniętą od ust aż po oczy. Ich spojrzenia się spotkały. W jej oczach Annika dostrzegła niepewność. Sama też nie wiedziała, co robić, i nagle znów pomyślała, że nie jest sama.

– Proszę mu dotrzymać towarzystwa – powiedziała.

Pani minister podeszła do Nilssona niepewnym krokiem. Kiedy się nad nim pochyliła, zaczął krzyczeć.

– Krew, zetrzyj krew! – wołał.

W tym momencie w głowie Anniki nastąpiło zwarcie. Zawodowy morderca, terrorysta, sadysta wzdryga się na widok krwi! Podbiegła do niego i chwyciła go za kurtkę.

– Nie znosisz widoku krwi, sukinsynu! Ale mordować mogłeś, tak?

Głowa Nilssona opadła, zamknął oczy.

– Jestem żołnierzem – odpowiedział słabym głosem. – Moja wina jest niewspółmierna do winy wielkich przywódców wolnego świata.

Annika poczuła, że ma łzy w oczach.

– Dlaczego Margit? Dlaczego chłopiec?

Nilsson pokręcił głową.

– To nie ja – wyszeptał.

Annika spojrzała na Karinę. Stała obok niej, chwiejąc się na nogach.

– Kłamie. Oczywiście, że to on ich zabił.

– Ja walczę tylko z wrogiem. Nie z przyjaciółmi, nie z niewinnymi ludźmi.

Annika spojrzała w jego pełną cierpienia twarz i zrozumiała, że mówi prawdę. To nie on ich zamordował. Nie miał żadnego powodu, żeby zabić Benny'ego Eklanda, Linusa Gustafssona, Kurta Sandströma i Margit Axelsson.

Ale jeśli nie on, to kto?

Przeszły ją ciarki. Wstała i odrętwiała ruszyła do drzwi.

Były zamknięte, nawet nie drgnęły.

Przypomniała sobie o kłódce i nagle wszystko stało się jasne.

Hans Blomberg ich zamknął.

W tej zamrażarce, ją i ich troje. Dwoje rannych, jeden pijany, a na dworze trzydzieści stopni mrozu.

Hans Blomberg. To możliwe?

Nagle znów była w tunelu, widziała rury pod sufitem, czuła ciężar dynamitu na plecach. Gdzieś z daleka doszedł ją płacz kobiety, pełen bólu i rozpaczy. Po raz kolejny uzmysłowiła sobie, że nie jest sama.

Opuściła tunel i wróciła do rzeczywistości.

Nie wolno jej się poddać. Jeśli się załamie, zginie.

Ależ tu zimno, pomyślała. Jak długo człowiek może wytrzymać w takiej temperaturze?

Uspokoiła oddech.

Miała na sobie ciepły polar, wytrzyma, w najgorszym razie nawet całą noc. Karina miała na sobie futro, gorzej z mężczyznami.

Alkoholik właściwie już spał, może przeżyje jeszcze godzinę? Terrorysta był trochę cieplej ubrany, ale leżał na betonowej posadzce, zimnej jak lód.

Muszą się wydostać. Natychmiast. Tylko jak?

– Komórka! – krzyknęła niemal radośnie, sięgnęła do kieszeni i wyciągnęła telefon.

Brak zasięgu.

Oświetliła wyświetlacz świeczką, zaczęła chodzić w tę i z powrotem.

Nic. Niech szlag trafi Tele2!

Mimo to wystukała 112. Nic.

Tylko nie panikuj.

Myśl.

Karina Björnlund też miała przy sobie telefon. Annika przypomniała sobie, że dzwoniła do niej zaledwie kilka godzin temu.

– Pani numer zaczyna się od szóstki. To znaczy, że jest pani w Telii. Proszę sprawdzić, czy ma pani zasięg.

– Co?

– Mówię o telefonie komórkowym. Dzwoniłam niedawno do pani.

– Rzeczywiście.

Pani minister sięgnęła do czarnej skórzanej torby, wyjęła komórkę, wstukała PIN, odczekała chwilę i spojrzała na wyświetlacz.

– Nie mam zasięgu – stwierdziła zdziwiona.

Annika zasłoniła twarz dłońmi, czuła szczypiący mróz.

Wszystko będzie dobrze. Nie ma żadnego niebezpieczeństwa. Zawiadomiłam policję, zaraz powinni tu być.

Spojrzała na panią minister, zauważyła, że jest zdenerwowana. Odwróciła się i zerknęła na Yngvego. W migoczącym płomieniu świeczki jego usta zdawały się niemal granatowe, drżał w cienkiej kurtce.

– No dobrze – powiedziała Annika głośno, zmuszając się do racjonalnego myślenia. – Wiemy, na czym stoimy. Jest tu może jakiś koc? Jakaś plandeka, derka, cokolwiek?

– Dokąd poszedł Hasse? – spytał Yngve.

– Zamknął nas? – zaniepokoiła się pani minister.

Trzęsąc się z zimna, Annika obeszła niewielki zakurzony domek. Znalazła zardzewiałe puszki po piwie, brud i szkielet szczura.

– Nie mógł zamknąć drzwi – powiedziała Karina Björnlund. – Göran ma klucz.

Podeszła do drzwi i spróbowała je otworzyć.

– Żeby zamknąć kłódkę, nie potrzeba klucza – wtrąciła Annika. – A w ogóle to co to za miejsce?

Patrzyła na ściany, na zabite deskami okna, przypomniała sobie, że na zewnątrz są stalowe okiennice.

– Budynek jest nieużywany od dobrych czterdziestu lat – odezwała się Karina Björnlund. – Mój ojciec pracował na kolei, czasem tu z nim przychodziłam.

– Co tu było?

– Stał tu kompresor, czyścili sprężonym powietrzem zwrotnice ze śniegu i lodu. Kiedy przebudowano linię kolejową, postawiono nowy budynek. Jak się stąd wydostaniemy?

– szlochała z zapuchniętymi oczami. – Zamknął nas! Boże, co z nami będzie?

– Są tu jakieś narzędzia? – spytała Annika, sama nie bardzo w to wierząc. Nawet jeśli kiedyś były, na pewno dawno zniknęły.

Drzwi były nie do sforsowania.

– Musimy cały czas się ruszać. Żeby nie zamarznąć – powiedziała.

Nagle znów poczuła, że wpada w panikę, przełknęła głośno ślinę.

A jeśli policja się nie zjawi?

A jeśli Karlsson zapomniał o jej telefonie?

Podeszła do cuchnącego mężczyzny siedzącego pod plakatem Mao. Göran Nilsson oddychał płytko, rzęził, z ust ciekła mu ślina.

– Göran – powiedziała, pochylając się nad nim. – Göran, słyszy mnie pan?

Chwyciła go za ramię. Spojrzał na nią niewidzącymi oczami, wargi drżały mu z zimna.

– *J'ai trés froid* – wyszeptał.

– *Je comprends* – odpowiedziała Annika cicho. – Proszę usiąść obok niego – zwróciła się do pani minister. – Proszę go okryć futrem.

Karina Björnlund zaczęła się cofać za starą sprężarkę.

– Nigdy – powiedziała. – Nigdy w życiu. Za bardzo mnie skrzywdził.

Annika spojrzała na mężczyznę, na jego bladą jak wosk twarz i drżące ręce.

Może powinna pozwolić mu umrzeć?

Czy nie zasłużył na to?

Zostawiła Nilssona i podeszła do drugiego mężczyzny. Stał oparty o ścianę.

– Yngve? – spytała. – Ma pan na imię Yngve, prawda? – upewniła się.

Mężczyzna skinął głową. Stał z dłońmi pod pachami, żeby choć trochę je ogrzać.

– Proszę do mnie podejść – powiedziała Annika, rozpinając polar. – Proszę się do mnie przytulić, ogrzeję pana.

Mężczyzna zaczął energicznie kręcić głową, w ręku ściskał niemal już pustą butelkę.

– Nie to nie – powiedziała Annika. Zapięła polar i spojrzała na Karinę Björnlund.

– On ma broń, możemy spróbować przestrzelić zamek – zaproponowała pani minister.

Annika pokręciła głową.

– To stalowe drzwi. Pocisk odbije się od nich i może nas trafić rykoszetem. Poza tym musielibyśmy trafić w kłódkę.

– A okna?

– Ten sam problem.

Mam powiedzieć, że zawiadomiłam policję, zastanawiała się Annika.

Jak by zareagowali?

– Wiedziałam, że tak się to skończy – powiedziała Karina Björnlund, pociągając nosem. – Cała ta historia od początku do końca była jednym wielkim nieporozumieniem. Powinnam była odejść, kiedy nastąpił rozłam.

Sięgnęła do torby i wyjęła z niej coś, co wyglądało na kawałek czarnego materiału, pewnie bluzkę, i przyłożyła do nosa.

– Dlaczego? – spytała Annika, obserwując jej migoczący na ścianie cień.

– W latach sześćdziesiątych pani pewnie jeszcze nie było na świecie – powiedziała, przyglądając się Annice uważniej. – Pani pokoleniu trudno zrozumieć tamte czasy. To były fantastyczne lata.

– Domyślam się. Była pani młoda, Göran Nilsson był waszym przywódcą.

– Był silny, mądry – ciągnęła dalej pani minister. – Porywał ludzi. Wszystkie dziewczyny były w niego wpatrzone, faceci go podziwiali. Ale, jak powiedziałam, kiedy opuścili partię, powinnam była dać sobie z nimi spokój. Ten jego pomysł z Dzikimi Bestiami był bez sensu.

Na chwilę pochłonęły ją wspomnienia. Annika miała wrażenie, że zaczyna ją lepiej rozumieć.

– Jak to możliwe, że nigdy was nie złapano? – dopytywała.

Karina Björnlund podniosła głowę i spojrzała na nią.

– Osobiście nigdy nie popełniłam żadnego przestępstwa, a Göran był bardzo ostrożny. Porozumiewaliśmy się jedynie za pomocą symboli. To stary, sprawdzony sposób, jasny i czytelny dla wszystkich, niezależnie od narodowości czy rasy.

– Żadnych sprawozdań ze spotkań?

– Żadnych notatek, listów ani rozmów telefonicznych – potwierdziła Karina Björnlund. – Zawiadomieniem o spotkaniu była kartka z narysowanym żółtym smokiem. Kilka dni później otrzymywaliśmy kombinację cyfr, zaszyfrowaną informację o dniu i godzinie spotkania. Dwadzieścia trzy jedenaście siedemnaście oznaczało, że spotykamy się dwudziestego trzeciego listopada o siedemnastej, to znaczy dzisiaj.

– Każdy z was miał własny symbol?

Pani minister skinęła ostrożnie głową, cały czas z bluzką przy nosie.

– Ale tylko Żółty Smok mógł zwoływać zebrania.

– Wezwał was pod koniec października, do ministerstwa przyszedł anonim.

W oczach kobiety pojawił się cień strachu.

– Patrzyłam na tę kartkę i dopiero po kilku sekundach zorientowałam się, co mam przed oczyma. Zrobiło mi się niedobrze.

– Ale mimo to pani przyjechała.

– Pani tego nie zrozumie – wyszeptała Karina Björnlund. – Nie ma pani pojęcia, jak bardzo się bałam przez te wszystkie lata. Po zamachu na F21, kiedy Göran zniknął, dostałam ostrzeżenie, pocztą... – nagle urwała i zasłoniła twarz.

– Palec dziecka – dokończyła Annika.

Karina Björnlund spojrzała na nią zdziwiona.

– Skąd pani wie?

– Rozmawiałam z mężem Margit Axelsson, z Thordem. Przekaz był oczywisty.

Karina Björnlund skinęła głową.

– Gdybym zaczęła mówić, sprowadziłabym nieszczęście na swoje przyszłe dzieci, na najbliższych.

Göran Nilsson poruszył lewą nogą, jęknął.

Annika i Karina Björnlund spojrzały na niego pustym wzrokiem.

– Chodził za mną. Pewnego wieczoru stał przed moim domem w Knivsta. Następnego dnia zobaczyłam go w domu towarowym w Åhléns, w Uppsali. A w piątek przyszedł kolejny list.

– Kolejne ostrzeżenie?

Karina Björnlund zamknęła na chwilę oczy.

– Rysunek, pies. I krzyż. Domyślałam się, co to może znaczyć, ale nie chciałam w to uwierzyć.

– Że Margit nie żyje?

Karina Björnlund skinęła głową.

– Właściwie od dawna nie utrzymywałyśmy kontaktów, ale następnego ranka zadzwoniłam do Thorda. Powiedział, że Margit została zamordowana. Wtedy zyskałam pewność. Albo się stawię, albo zginę. Więc przyjechałam – powiedziała.

Spojrzała na Annikę, odłożyła na bok bluzkę.

– Gdyby pani wiedziała, jak bardzo się bałam. Ile wycierpiałam. Nie było dnia, żebym o tym nie myślała. Bałam się, że w końcu ktoś odkryje tajemnicę, która zatruła mi życie.

Annika patrzyła na tę władczą kobietę, która całe życie wykorzystywała swoją kuzynkę, weszła za nią do świata polityki, związała się z przywódcą, silnym, charyzmatycznym mężczyzną, a potem go rzuciła, gdy utracił pozycję.

– Jeśli pani myśli, że likwidując TV-Scandinavia, zamiecie pani wszystko pod dywan, to się pani myli – powiedziała.

Karina Björnlund sprawiała wrażenie, jakby nie rozumiała, o czym Annika mówi. Zapadła gęsta cisza.

– O co pani chodzi? – spytała w końcu.

– Mam maila, który pani dostała od Hermana Wennergrena. Wiem, dlaczego wprowadziła pani poprawkę do ustawy.

Karina Björnlund podniosła się, zrobiła trzy kroki w stronę Anniki, jej spuchnięte oczy wyglądały jak szparki.

– Ty cholerna zdziro! Za kogo ty się masz? – wysyczała.

Annika widziała jej zakrwawioną twarzą, ale nie cofnęła się, wytrzymała jej spojrzenie.

– Nie pamięta mnie pani? Już się kiedyś spotkałyśmy. To było dawno, prawie dziesięć lat temu.

– Nic takiego sobie nie przypominam.

– Skontaktowałam się z panią, chodziło mi o komentarz w sprawie podróży Christera Lundgrena do Tallina, chodziło o tę noc, kiedy Josefin Liljeberg została zamordowana. Opowiedziałam pani, co się stało z zaginionym archiwum IB. Moim zdaniem rządowi zależało wtedy na ukryciu nielegalnego eksportu broni. Poprosiłam, żeby pani przekazała moje pytania ministrowi handlu zagranicznego, ale pani tego nie zrobiła, poszła pani z tym do premiera, prawda?

Karina Björnlund zbladła. Patrzyła na Annikę, jakby zobaczyła ducha.

– To byłaś ty?

– Wykorzystała pani to, czego się ode mnie dowiedziała, żeby sobie załatwić posadę ministra, mam rację?

Karina Björnlund zaczerpnęła powietrza, jej twarz odzyskała dawny kolor.

– Jak śmiesz?! – krzyczała. – Podam cię do sądu!

– Zadałam tylko pytanie. Co panią tak zdenerwowało?

– Jak śmiesz coś takiego insynuować? Miałabym dzwonić do Harpsund i wymuszać coś na premierze?

– A więc tam go pani zastała? I jak zareagował? Rozzłościł się? A może nie? Podobno jest bardzo praktyczny i zachowuje się racjonalnie.

Karina Björnlund zamilkła, patrzyła na Annikę szeroko otwartymi oczami.

W następnej sekundzie cisza pękła na kawałki: Yngve upuścił na podłogę pustą butelkę po alkoholu, która z hukiem roztrzaskała się o betonową posadzkę. Ledwie przytomny mężczyzna szedł chwilę wzdłuż ściany, aż w końcu osunął się na podłogę.

Annika odwróciła się i podbiegła do niego.

– Wstawaj! – zawołała, uderzając go lekko rękawiczką w policzek.

Mężczyzna zamrugał oczami.

– Co jest? – spytał.

Annika odpięła kurtkę, chwyciła go pod ręce i postawiła na nogi.

– Obejmij mnie – powiedziała, okrywając go kurtką.

Yngve przylgnął do niej. Był tak wychudzony, że chyba byłaby w stanie zapiąć kurtkę na jego plecach.

– Możesz poruszać stopami? Jeśli będziemy stać w miejscu, zamarzniemy.

– Nie myśl, że puszczę ci to płazem – odezwała się znów Karina Björnlund.

Annika nie zwracała na nią uwagi, skupiła się na Yngvem. Byli zdani na siebie, nie mogła pozwolić, żeby się przewrócił, więc trwali w swoim makabrycznym tańcu.

– Kim jesteś? – wyszeptała cicho. – Lwem czy Tygrysem?

– Lwem Wolności – wydukał.

– A gdzie Tygrys?

– Nie wiem – wymamrotał.

– Był na tyle rozsądny, żeby się nie pojawić – rzuciła Karina. – Zawsze był sprytny.

Nagle spod ściany doszedł ich jęk. Göran Nilsson próbował wstać. Poruszył zdrową nogą, usiłował zdjąć kurtkę.

– *C'est trés chaud* – powiedział po chwili i znowu się położył.

– Niech pan się ubierze!

Annika próbowała podejść do niego, ale pijaczyna przywarł do niej i nie puszczał.

– Niech pan włoży kurtkę!

Göran Nilsson osunął się na podłogę. Jego ciałem wstrząsały dreszcze, noga mu drgała. Po chwili się uspokoił, zasnął. Jego klatka piersiowa unosiła się miarowo pod lnianą koszulą w kolorze kości słoniowej.

– Musi mu pani pomóc – zwróciła się Annika do pani minister. – Proszę go przynajmniej okryć futrem.

Karina Björnlund pokręciła głową. Chwilę później zgasła świeczka.

– Proszę ją zapalić – poprosiła Annika, w jej głosie słychać było strach.

– Knot się wypalił.

Wraz z ciemnością przyszła cisza, chłód stał się jeszcze bardziej dotkliwy.

Annika otworzyła szeroko oczy, ale nie była w stanie niczego wypatrzyć. Jakby się unosiła w pustej lodowatej przestrzeni, całkowicie osamotniona. Miała wrażenie, że nic gorszego nie może jej już spotkać. Zniesie wszystko, tylko nie całkowite odcięcie od świata.

– Musimy się ruszać. Niech pani nie stoi w miejscu!

Po chwili usłyszała, jak kobieta siada na podłodze. Doszedł ją stłumiony płacz.

Karina Björnlund płakała, szlochała, pociągała nosem. Annika trzymała w objęciach drżącego mężczyznę. Czuła, jak jego członki robią się coraz cięższe, jak coraz trudniej mu oddychać. Chwyciła go mocniej, zaczęły jej drętwieć ręce. Wciąż chodzili, ale coraz wolniej.

Odpowiadać za drugiego człowieka, pomyślała, wpatrując się w ciemność. Zobaczyła twarze Ellen i Kallego, czuła zapach ich skóry, jej aksamitną gładkość.

Niedługo do was wrócę, już niedługo.

Usłyszała, że pani minister przestała płakać, uspokoiła się.

Zapadła jeszcze głębsza cisza.

Minęło kilka sekund, zanim zrozumiała dlaczego.

Göran Nilsson przestał oddychać.

Kiedy to do niej dotarło, poczuła kłucie w palcach. Jęknęła, była bliska paniki.

Chwilę potem Yngve zaczął jej się lać przez ręce, nogi się pod nim ugięły, głowa opadła na jej ramiona.

– Cholera! – krzyknęła mu do ucha. – Nie umieraj! Ratunku! Niech mi ktoś pomoże!

Nie miała siły dłużej go trzymać, osunął się i padł u jej stóp. Zrobiło jej się ciemno przed oczami.

– Ratunku! – wrzasnęła. – Pomocy!

– Przestań się łudzić! – odezwała się Karina.

Ale Annika krzyczała dalej. Odwróciła się i po omacku próbowała dojść do drzwi. Trafiła na sprężarkę, uderzyła się w kolano.

– Ratunku!

Nagle gdzieś w oddali usłyszała głosy. Najpierw pomyślała, że znów odezwały się anioły, ale to były ludzkie głosy, po chwili rozległo się pukanie.

– Halo! – usłyszeli męski głos. – Jest tam ktoś?

Annika odwróciła się w ciemnościach w stronę, z której dochodził.

– Tak! – krzyknęła. Ruszyła biegiem i potknęła się o leżącego na podłodze Yngvego. – Tutaj! Jesteśmy tutaj! Zamknięci, ratunku! – wołała.

– Musimy przeciąć kłódkę. To może trochę potrwać – odezwał się mężczyzna. – Ile osób jest w środku?

– Jest nas czworo – odpowiedziała Annika. – Ale jeden chyba nie żyje, a drugi zaraz zaśnie, nie jestem w stanie go docucić. Pospieszcie się!

– Zaraz przyniosę narzędzia – doszedł ich głos zza ściany.

W tym momencie Karina Björnlund się ocknęła.

– Nie zostawiajcie nas! Muszę stąd wyjść! Natychmiast!

Annika podpełzła do leżącego na podłodze Yngvego, słyszała jego urywany oddech. Pogładziła go po szorstkich włosach. Zagryzła zęby, położyła się obok niego na podłodze, wciągnęła go na siebie i okryła swoim polarem.

– Nie umieraj – szeptała, kołysząc go jak dziecko.

Leżeli tak, aż usłyszeli przecinarkę. Po chwili drzwi się otworzyły i oślepiło ją światło reflektorów.

– Weźcie najpierw jego – powiedziała. – Chyba już się poddał.

Policjanci zdjęli z niej Yngvego i położyli go na noszach, straciła go z oczu.

– Co z panią? Może pani wstać?

Annika zmrużyła oczy, w silnym świetle reflektorów zobaczyła potężną sylwetkę policjanta.

– Nic mi nie jest – powiedziała i spróbowała wstać.

Inspektor Forsberg przyglądał się jej uważnie.

– Powinna pani pójść do szpitala na obserwację – powiedział. – Potem będę chciał z panią porozmawiać.

Annika skinęła głową, nagle nie była w stanie wydobyć słowa, wskazała na Görana Nilssona, zauważyła, że ręka jej drży.

– Trzęsie się pani z zimna.

– On chyba nie żyje – wyszeptała.

Załoga karetki wróciła, podeszli do leżącego na podłodze mężczyzny, sprawdzili puls.

– Chyba złamał nogę – powiedziała Annika. – Poza tym jest chory, mówił, że zostało mu niewiele życia.

Ratownicy położyli go na noszach i zanieśli do karetki.

Z cienia wyłoniła się Karina Björnlund, wsparta na jednym z ratowników. Twarz we łzach, z nosa leciała jej krew.

Annika spojrzała w jej zapuchnięte oczy, wytrzymała jej spojrzenie.

Pani minister podeszła do niej.

– Sama o wszystkim powiem – wyszeptała. – Nie dostaniesz nic na wyłączność – dodała i wyszła. W świetle reflektorów czekały radiowozy i karetki.

Gabinet inspektora Forsberga okazał się niewielkim, zabałaganionym pokojem mieszczącym się na drugim piętrze żółtobrązowego baraku Centrum Prawnego. Annika musiała przysnąć na krześle, bo wzdrygnęła się, gdy nagle otworzyły się drzwi.

– Przepraszam, że musiała pani czekać – powiedział inspektor. – Bez mleka i bez cukru – dodał, stawiając przed nią plastikowy kubek parującej kawy. Obszedł biurko dookoła i usiadł na obrotowym krześle.

Annika chwyciła gorący kubek i sparzyła sobie palce. Podmuchała i zaczęła ostrożnie siorbać gorący napój.

Kawa z automatu, najgorsza, jaka może być.

– To przesłuchanie? – spytała, odstawiając kubek.

Forsberg szukał czegoś w szufladzie.

– Przesłuchanie świadka – powiedział, nie podnosząc głowy. – Co ja, do diabła, z nim zrobiłem? – mruczał. – Jest!

Wyciągnął z szuflady niewielki magnetofon i całe mnóstwo kabli, wyprostował się, spojrzał jej w oczy i roześmiał się.

– Nie jest pani zmarzluchem!

Annika uciekła spojrzeniem.

– Po prostu nauczyłam się odpowiednio ubierać. Co z resztą?

– Ragnwald nie żyje, tak jak pani przypuszczała. Yngve Gustafsson leży na intensywnej terapii, temperatura spadła mu do dwudziestu ośmiu stopni. Wiedziała pani, że to ojciec Linusa, tego chłopca, którego zamordowano?

Annika spojrzała na policjanta, poczuła gulę w gardle, pokręciła głową.

– Co z Kariną Björnlund? – spytała po chwili.

– Opatrzono jej twarz, ma odmrożone stopy. Co tak naprawdę się stało? – spytał. Pochylił się do przodu i wcisnął nagrywanie.

– Mam zaczynać? – upewniła się Annika.

Inspektor przyglądał jej się uważnie kilka sekund, a potem odwrócił wzrok i sięgnął po jej dane.

– Przesłuchanie świadka, Anniki Bengtzon, zamieszkałej w Sztokholmie przy Hantverkargatan 32. Przesłuchanie odbywa się w gabinecie prowadzącego śledztwo, początek przesłuchania: dwudziesta druga piętnaście. Jak to się stało, że dzisiaj wieczorem znalazła się pani w Luleå, w opuszczonym budynku w pobliżu zakładów metalurgicznych SSAB?

Annika kaszlnęła do ustawionego na teczce z dokumentami mikrofonu.

– Chciałam przeprowadzić wywiad z minister kultury Kariną Björnlund. Przypadkiem zauważyłam ją na lotnisku Kallax i postanowiłam jechać za nią.

Inspektor spojrzał na nią i uśmiechnął się.

– Wywiad – powtórzył. – O czym chciała pani z nią rozmawiać?

Annika chciała odwzajemnić jego uśmiech, ale nie miała siły.

– Chodziło o nowe prawo biblioteczne.

Inspektor milczał, wyraźnie zastanawiał się nad jej odpowiedzią. Po chwili nachylił się i wyłączył magnetofon.

– Teraz lepiej?

Annika skinęła głową i sięgnęła po kubek z kawą, gotowa zacząć opowieść od nowa.

– Co się stało? – spytał inspektor.

– Proponuję zacząć od początku, ale najpierw chciałabym, żebyśmy sobie wyjaśnili kilka rzeczy – powiedziała Annika. Wypiła łyk kawy, opanowała grymas i odstawiła kubek. – Jestem dziennikarką. Muszę chronić źródła. Pan reprezentuje władzę i jeśli zacznie pan czegoś dociekać, będzie to wbrew konstytucji.

Inspektor przestał się uśmiechać.

– Prowadzę dochodzenie. Może mi pani powiedzieć, dlaczego znalazła się pani w Luleå?

– Przyjechałam tu służbowo. Nagle przyszło mi do głowy, żeby zadzwonić do minister kultury i spytać ją o jej związek z Ragnwaldem. Kiedy rozmawiałyśmy, domyśliłam się, że pani minister jest na lotnisku Kallax, i postanowiłam jechać za nią.

– Dlaczego?

– Powiedzmy, że nie chciała rozmawiać przez telefon.

Inspektor pokiwał głową i coś zanotował.

– Pani minister udała się na wycieczkę do lasu, a pani poszła za nią?

Annika skinęła głową.

– Pojechałam do Lövskatan, mój samochód nadal tam stoi.

Inspektor sięgnął po notatkę, przeczytał ją i zmarszczył brwi.

– Z raportu wynika, że ktoś, kto się przedstawił pani imieniem i nazwiskiem, zadzwonił do centrali o siedemnastej dwanaście i zgłosił, że pewna poszukiwana osoba znajduje się w bliżej nieokreślonym budynku w pobliżu wiaduktu. Co pani na to?

– Facet, który odebrał telefon, nie był niestety Einsteinem – powiedziała Annika i nagle poczuła, że mimo zabiegów, którym poddano ją w szpitalu, nadal jest przemarznięta. – Próbowałam mu wytłumaczyć, co się dzieje, ale chyba z nie najlepszym skutkiem.

Inspektor zagłębił się w raporcie.

– Osoba zgłaszająca sprawę, czyli pani, została określona jako zachowująca się histerycznie i niezbyt logicznie.

Annika nie odpowiedziała. Przyglądała się swoim dłoniom, czerwonym i suchym.

– Jak rozpoznała pani Görana Nilssona?

Annika wzruszyła ramionami, nawet nie podniosła głowy.

– Karina Björnlund mówiła do niego po imieniu. Wiedziałam, że kiedyś byli parą.

– A ten rewolwer, który nam pani zwróciła, sam pani oddał? Dobrowolnie?

– Wyjęłam mu go z kieszeni, kiedy osunął się na podłogę...

Nagle poczuła, że ma dosyć. Wstała i zaczęła nerwowo spacerować po pokoju.

– Od kilku tygodni zajmowałam się tą sprawą, nagle wszystko zaczęło się układać w całość – tłumaczyła. – Znaleźliście Hansa Blomberga? – spytała nagle, biorąc się pod boki.

Inspektor zawahał się.

– Nie – powiedział w końcu.

– To Blomberg nas tam zamknął.

– Tak, słyszałem. Znam też historię o Bestiach i o zamachu w F21.

– Mogę już iść? Padam z nóg.

– Musimy dokładniej panią przepytać. Nadal nie wiemy, co naprawdę się tam stało.

Annika patrzyła na niego. Wydawało jej się, że widzi go na końcu długiej rury.

– Nic więcej nie pamiętam.

– Nie wierzę. Zanim pani wyjdzie, proszę nam wszystko opowiedzieć.

– Zostałam zatrzymana? Jestem o coś podejrzana?

– Oczywiście, że nie.

– Więc wychodzę.

– Nakazuję pani zostać!

– To proszę mnie aresztować – odpowiedziała Annika i wyszła.

*

Pojechała taksówką do Lövskatan po samochód, zapłaciła redakcyjną kartą kredytową. Jeden z przywilejów, które zachowała, po tym jak sama zrzekła się stanowiska szefa.

Taksówka odjechała i Annika została sama. Wokół niej rozciągała się bezkresna przestrzeń, z dala dochodziło dudnienie huty.

Przez cały dzień ani razu nie pomyślała o Thomasie. Jedna z pielęgniarek zadzwoniła i poinformowała go, że jest na obserwacji w szpitalu w Luleå, co nie było do końca prawdą, bo po badaniach od razu ją wypuszczono. Ale nie protestowała. Niech Thomas myśli, że jest chora.

Zaczerpnęła powietrza, mróz w krtani był jak papier ścierny.

Zauważyła, że światło wokół niej się zmieniło, uniosła głowę, zobaczyła osłonięty welonem księżyc, sekundę później niebo wybuchło feerią barw, jakiej nie widziała nigdy w życiu.

Przez cały horyzont ciągnął się łuk jasnoniebieskiego światła. Falowało, dzieląc się na mniejsze kolorowe plamy rozrzucone po całym nieboskłonie.

Kaskady różu i bieli, światło i gwiazdy mieszały się, nabierały mocy, by nagle znów się rozpłynąć.

Zorza polarna, zdążyła pomyśleć, i niebo wybuchło.

Widok zaparł jej dech, cofnęła się.

Plama fioletu zmieszała się z zielenią, kolory jakby bawiły się ze sobą, okrążały się, mieszały, żyły.

Cóż to za dziwny świat, pomyślała. Gdy ziemia zamarza, niebo zaczyna śpiewać i tańczyć.

Roześmiała się cicho, spokojnie, inaczej niż zwykle.

To był niezwykły dzień.

Otworzyła pilotem samochód, wsiadła, przekręciła kluczyk w stacyjce. Silnik zaprotestował, ale w końcu zdecydował się współpracować. Znalazła w schowku skrobaczkę do szyb, wysiadła. Zaczęła czyścić szyby ze szronu i lodu, skończyła, wsiadła do samochodu i włączyła światła.

Przed nią wznosiło się wzgórze, na które kilka godzin wcześniej wspinała się Karina Björnlund. Na horyzoncie pojawił się świetlny łuk, zabłysnął różem i zniknął. Nagle przypomniała sobie o szafce transformatorowej i marynarskim worku.

Wszystko rozegrało się niecały kilometr stąd.

Wrzuciła jedynkę i ruszyła mozolnie przed siebie. Minęła zakaz wjazdu, przejechała pod drutami wysokiego napięcia, minęła domek i pusty parking. Droga zrobiła się węższa. Jechała powoli, oświetlając niskie drzewa i nierówne hałdy śniegu.

Minęła wiadukt, wrzuciła luz, zaciągnęła hamulec ręczny i zatrzymała się. Wyszła i podeszła do szafki. Była zamknięta na metalową wajchę. Dotknęła jej, przekręciła. Drzwiczki otworzyły się niemal same, worek wypadł i wylądował u jej stóp.

Był ciężki, ale nie tak bardzo, jak jej się wydawało, kiedy patrzyła, jak Nilsson ciągnie go za sobą.

Rozejrzała się, czuła się trochę jak skradający się nocą złodziej. Była sama: ona, gwiazdy i zorza polarna. Oddech natychmiast zamieniał się w białą parę, ograniczając widoczność.

Spadek Ragnwalda dla dzieci, cokolwiek to miało znaczyć. Zebrał ich tu wszystkich, żeby im odczytać swój testament. Wstrzymała oddech i zaczęła rozsupływać węzeł, podniosła się, postawiła worek, otworzyła go.

Z bijącym sercem zerknęła do środka, ale nie była w stanie niczego dojrzeć. Sięgnęła ręką, wyjęła pudełko z hiszpańskimi lekami. Położyła je ostrożnie na ziemi i ponownie sięgnęła do worka.

Wyjęła słoik dużych żółtych tabletek.

Göran Nilsson pod koniec życia przyjmował duże dawki leków.

Opakowanie środków przeczyszczających.

Pudełko czerwono-białych kapsułek.

Westchnęła i sięgnęła ostatni raz.

Pięciocentymetrowej grubości plik banknotów.

W osłupieniu wpatrywała się w banknoty.

Euro. Banknoty po sto euro.

Rozejrzała się dookoła, niebo mieniło się kolorami zorzy, słyszała sapanie hutniczego pieca.

Ile ich jest?

Zdjęła rękawiczki i przesunęła palcem po banknotach. Nowe, chyba w ogóle nieużywane, co najmniej sto sztuk.

Sto banknotów po sto euro.

Dziesięć tysięcy euro, prawie dwieście tysięcy koron.

Znów włożyła rękawiczki, schyliła się i wyjęła z worka kolejne pliki.

Odwinęła brzegi worka i z otwartymi ustami, wstrzymując oddech, przyglądała się jego zawartości.

Pliki banknotów euro, setki plików.

Dotknęła worka, próbując zgadnąć, ile warstw może mieścić.

Dużo. Niewyobrażalnie dużo.

Nagle zrobiło jej się niedobrze.

Podarunek kata dla dzieci.

Nie zastanawiając się dłużej, chwyciła worek i wrzuciła go do bagażnika wynajętego samochodu.

Przezroczyste wewnętrzne drzwi Hotelu Miejskiego rozsunęły się z lekkim świstem. Annika weszła do środka, stanęła pod kryształowym żyrandolem i oślepiona światłem zamrugała oczami.

– Chyba właśnie weszła – usłyszała głos recepcjonistki rozmawiającej przez telefon, a po chwili pytanie: – Annika Bengtzon?

Odwróciła głowę.

– To pani, prawda? – spytała młoda recepcjonistka. – Jest pani dziennikarką „Kvällspressen". Rozmawiałyśmy, kiedy była tu pani dwa tygodnie temu. Dzwoni pani szef.

– Który?

– Anders Schyman – zawołała kobieta przez hotelowy hol.

Annika poprawiła torbę na ramieniu i podeszła do recepcji.

– Proszę mu przekazać, że oddzwonię z pokoju. Muszę odebrać klucz.

Dziesięć sekund ciszy.

– Pani szef chce rozmawiać teraz.

Annika wyciągnęła rękę po słuchawkę.

– O co chodzi?

Schyman był skupiony i poważny.

– Agencja Telegraficzna podała właśnie, że policja rozbiła działającą od trzydziestu lat siatkę terrorystyczną. Podobno udało się w końcu wyjaśnić kulisy zamachu na F21. Znaleziono ciało terrorysty, trwają poszukiwania innego, który nadal jest na wolności.

Annika zerknęła na zaciekawioną twarz recepcjonistki. Odwróciła się i oddaliła na tyle, na ile jej pozwalał kabel słuchawki.

– Ojej – powiedziała.

– Podobno umarł przy tobie. Zostałaś zamknięta razem z terrorystami, do których należała także minister kultury Karina Björnlund. Zawiadomiłaś policję, co umożliwiło ich zatrzymanie.

– No proszę – odpowiedziała Annika, przestępując z nogi na nogę.

– Co masz na jutro?

Annika zerknęła przez ramię na recepcjonistkę, przeczytała, że ma na imię Linda. Dziewczyna przekładała papiery z jednej kupki na drugą, udając, że tocząca się obok rozmowa w ogóle jej nie interesuje.

– Nic – odpowiedziała Annika do słuchawki. – Zabroniłeś mi zajmować się terroryzmem, a ja cię słucham.

– Tak, wiem – odezwał się Schyman. – Więc co napiszesz? Trzymamy dla ciebie pół gazety.

– Ani pół wiersza – odpowiedziała przez zaciśnięte zęby. – Nie do „Kvällspressen". Mam mnóstwo materiału, ale skoro zabroniłeś mi zajmować się tą sprawą, to oczywiście nie zrobię z niego użytku.

W słuchawce zapanowała pełna zdziwienia cisza.

– Nie wygłupiaj się – odezwał się Schyman po chwili. – Popełniasz błąd.

– Przepraszam, ale kto tu popełnił błąd?

Znów cisza po obu stronach. Annika wiedziała, że najchętniej posłałby ją do diabła i rzucił słuchawką, ale nie może sobie na to pozwolić.

– Właśnie zamierzałam się położyć. Masz coś jeszcze? – spytała w końcu.

Schyman zaczął coś mówić, ale najwyraźniej zmienił zdanie. Słyszała jego oddech.

– Dostałem dzisiaj dobrą wiadomość – odezwał się, usiłując załagodzić sytuację.

– Jaką? – spytała Annika, przełykając pogardę.

– Zostanę szefem Stowarzyszenia Wydawców Prasy.

– Gratuluję.

– Pomyślałem, że się ucieszysz. A tak przy okazji, dlaczego nie odbierasz komórki?

– Tu często nie ma zasięgu. Dobranoc – powiedziała i oddała słuchawkę recepcjonistce. – Mogę prosić o klucz? – spytała.

Drzwi windy były ciężkie, musiała włożyć sporo siły, żeby je otworzyć. Dotarła na czwarte piętro, gruby dywan tłumił jej kroki.

Jestem w domu, pomyślała, nareszcie jestem w domu.

Minęła salę konferencyjną po lewej stronie, ruszyła przed siebie długim hotelowym korytarzem. Miała wrażenie, że ściany zaczynają na nią napierać, dwa razy przystanęła. W końcu dotarła do swojego pokoju. Przeciągnęła kartę przez czytnik, poczekała, aż zabłyśnie zielona lampka, weszła.

Usłyszała cichy szum, przez zaciągnięte zasłony sączyły się blade promienie. Jej miejsce na ziemi.

Zamknęła za sobą drzwi, usłyszała stuknięcie zamka, postawiła torbę na podłodze, włączyła górne światło.

Na jej łóżku siedział Hans Blomberg.

Zastygła w bezruchu, z trudem łapała powietrze.

– Dobry wieczór – odezwał się archiwista, celując w nią z pistoletu.

Patrzyła na niego, na jego szary sweter i miłą, łagodną twarz i próbowała zmusić mózg do funkcjonowania.

– Strasznie długo to wszystko trwało. Czekam już kilka godzin.

Annika poruszyła nogami, zrobiła krok w tył, położyła dłoń na klamce.

Hans Blomberg wstał.

– Wybij to sobie z głowy, moja droga – powiedział. – Natychmiast zaczyna mnie świerzbić palec.

Annika zatrzymała się, opuściła rękę.

– Wierzę, że jesteś w stanie to zrobić – powiedziała cienkim, wysokim głosem. – Jeszcze nigdy się nie zawahałeś.

Blomberg się roześmiał.

– To prawda – potwierdził. – Gdzie są pieniądze?

Annika oparła się o ścianę.

– Co takiego?

– Pieniądze. Spadek Żółtego Smoka.

Szum w uszach, gonitwa myśli, przed oczyma przesunęły jej się obrazy z całego dnia.

– Dlaczego sądzisz, że są jakieś pieniądze? I dlaczego ja miałabym coś o nich wiedzieć?

– Wszędobylska Annika, detektyw amator. Jeśli ktoś coś wie, to na pewno ty.

Podszedł do niej i uśmiechnął się przymilnie, podniosła wzrok.

– Dlaczego? – spytała, przekrzywiając głowę. – Dlaczego zabiłeś tych wszystkich ludzi?

– Trwa wojna. Jesteś dziennikarką, czyżby ci coś umknęło? Wojna z terroryzmem. Strony stają do walki – oznajmił zadowolony. – To nie był mój pomysł – dodał po chwili. – Po prostu nagle zaczęto eliminować dyktatorów i przeróżnych uzurpatorów, których zresztą nigdy nie brakowało. – Spojrzał na nią i znów się uśmiechnął. – Jako dziennikarka, Anniko, powinnaś wiedzieć, że historie leżą na ulicy, nie trzeba daleko szukać. Podobnie jest z uzurpatorami.

– Takimi jak Benny Ekland?

Hans Blomberg cofnął się kilka kroków i znów usiadł na łóżku. Machnął pistoletem, dając jej znak, że ma usiąść przy biurku. Posłuchała. Idąc przez pokój, miała wrażenie, że brnie przez powietrze ciężkie jak beton. Puściła polar, upadł na podłogę.

– Chyba nie do końca mnie zrozumiałaś. Hans Blomberg to mój pseudonim. Tak naprawdę jestem Czarna Pantera, od zawsze.

Pokiwał głową, jakby chciał nadać swoim słowom dodatkowy ciężar. Annika szukała nerwowo czegoś, co mogłoby go zbić z tropu.

– To chyba nie do końca prawda – powiedziała. – Przez jakiś czas byłeś też reporterem Hansem Blombergiem. Czytałam twoje artykuły o samorządzie.

Twarz mężczyzny wykrzywił grymas złości.

– Musiałem dbać o pozory. Smok obiecał wrócić. Jego powrót miał dać sygnał do walki. – Nagle się roześmiał. – To zasługa Benny'ego, że wylądowałem w archiwum. Chociaż nie mam mu tego za złe, bo w końcu to ja wygrałem.

Annika walczyła z mdłościami.

– A czym zawinił chłopiec?

Hans Blomberg pokręcił smutno głową.

– To przykra sprawa, ale wojna wymaga ofiar, także wśród cywilów.

– Rozpoznał cię? Znaliście się, prawda?

Nie odpowiedział, uśmiechnął się zasmucony.

– A Kurt Sandström? – drążyła dalej Annika, czując w żołądku narastający strach i coraz większy ucisk na pęcherz.

– Fałszywy autorytet. Zdrajca.

– Jak go poznałeś?

– Przez Nylanda. Chłopaka z sąsiedniego gospodarstwa, był starszy od niego o rok. W Uppsali trzymaliśmy się razem, obaj działaliśmy w ruchu. Ale Kurt był słabej wiary, przeszedł na stronę kapitalistów i wyzyskiwaczy, do ruchu chłopskiego. Dałem mu szansę, mógł się zastanowić. Sam zdecydował o swoim losie.

Annika chwyciła się blatu biurka.

– A Margit Axelsson?

Blomberg westchnął, zaczesał włosy, żeby przykryły łysinę.

– Mała Margit. Chciała naprawiać świat, zawsze chciała dobrze. Szkoda tylko, że była taka głośna i uparta.

– Dlatego ją udusiłeś?

– Zdezerterowała.

Annika przesunęła się na krześle. Poczuła, że musi iść do toalety.

– Możesz mi powiedzieć, dlaczego wysadziliście ten samolot?

Blomberg wzruszył ramionami.

– To był test. Chcieliśmy sprawdzić, czy Pies jest lojalny.

– A ona wykonała polecenie?

Roześmiał się na to wspomnienie.

– Była wściekła na Wilczycę, że się wycofała. Zrobiłaby wszystko, była zawiedziona, wiesz, jakie są dziewczyny. A rozrywkowa Karina chciała po prostu zdobyć faceta, o którym wszystkie marzyły.

– Dlaczego nie doszło do ślubu?

Hans Blomberg roześmiał się głośno.

– Dałaś się nabrać? Na ogłoszenie? Sfabrykowałem je, żeby ci dać do myślenia. Połknęłaś haczyk.

Pokiwał głową, po chwili wyraźnie się uspokoił.

Annika wstała.

– Muszę iść do toalety.

– Wykluczone.

– Zsikam się.

Blomberg zrobił krok w tył, znów był przy łóżku.

– Dobrze, idź, ale żadnych sztuczek. Zostaw drzwi otwarte.

Annika zrobiła, jak kazał. Poszła do łazienki, zdjęła spodnie i majtki i głośno oddała mocz.

Spojrzała w lustro i nagle pojęła, co ma zrobić. Zrozumiała, że jeśli zostanie z nim w pokoju, zginie. Musi za wszelką cenę wyjść, nawet jeśli Blomberg pójdzie za nią.

– Kim jest Tygrys? – spytała.

Odwróciła wzrok, bała się, że wyczyta coś z jej oczu. Poczuła jego pożądliwe spojrzenie na swoim łonie.

– To Kenneth Uusitalo, szef jednego z działów SSAB – odpowiedział po chwili spokojnie. – Zabawny facet, działa w Związku Pracodawców, zawiera niewolnicze umowy w krajach Trzeciego Świata. Niestety od jakiegoś czasu przebywa za granicą.

Blomberg oblizał wargi.

Annika wróciła do biurka, oparła się o blat.

– Ty właściwie wcale nie jesteś lepszy. Zależy ci tylko na pieniądzach Nilssona.

Blomberg błyskawicznie się podniósł, przebiegł przez pokój i przystawił jej pistolet do czoła.

– Nie sil się na złośliwości – powiedział, odbezpieczając broń.

Annika poczuła ucisk na pęcherz, tym razem ze strachu. Ze wszystkich sił starała się nie popuścić tych paru kropelek.

– Powodzenia podczas polowania na skarby – wydusiła. Miała sucho w ustach.

Blomberg przyglądał się jej chwilę, opuścił rękę, wycelował lufę w sufit.

– Co wyniuchałaś?

– Nie jestem pewna – zaczęła Annika. – Wydaje mi się, że widziałam, jak Nilsson chował swój marynarski worek do szafki transformatorowej przy torach kolejki. Myślisz, że to o ten worek chodzi?

Przełknęła głośno ślinę, Blomberg uniósł brwi.

– No proszę, co za szczerość.

– Mogę usiąść?

Blomberg się cofnął, pozwolił, żeby usiadła, ale nadal trzymał ją na celowniku.

– Gdzie dokładnie jest ta szafka?

Minęło kilka sekund, zanim Annika odzyskała oddech.

– W pobliżu wiaduktu. Przy kępce choinek.

– Jak to możliwe, że wszystko widziałaś?

– Szłam za Kariną Björnlund, potem się ukryłam i zobaczyłam, jak Nilsson wkłada worek do szafki.

Blomberg podszedł do niej, położył jej dłoń na karku, poczuła jego oddech na twarzy.

– Mam wrażenie, że mówisz prawdę. Ubieraj się.

Cofnął się do drzwi.

– Pamiętaj, że mam w kieszeni pistolet. Jeśli przyjdzie ci do głowy jakiś głupi pomysł, to zapewnię ci towarzystwo. Zabierzemy ze sobą do piekła dziewczynę z recepcji. Rozumiemy się?

Annika skinęła głową i włożyła kurtkę.

Wyszli z pokoju. Korytarz falował, załamywał się. W windzie Blomberg stanął tuż obok niej, czuła jego tułów przy piersiach.

– Skąd wiedziałeś, który pokój dostałam?

– Twój sympatyczny szef mi to zdradził. Jansson, jeśli dobrze pamiętam.

Winda szarpnęła i zatrzymała się.

– Będę szedł tuż za tobą. Jeśli będziesz grzeczna, dasz dziewczynce z recepcji szansę, żeby mogła dorosnąć.

Przywarł do niej, włożył ręce do jej kieszeni, dotknął jej łona.

Annika kopnęła drzwi, otworzyły się z hukiem.

Blomberg szybko wyjął ręce z kieszeni jej kurtki, w dłoni trzymał telefon komórkowy.

– Spokojnie i powoli – wyszeptał.

Wyszli do holu, minęli Lindę. Szła z kuchni, rozmawiając przez telefon, uśmiechnęła się do nich.

Zadzwoń na policję, usiłowała jej powiedzieć spojrzeniem. Zadzwoń na policję, mówiły jej oczy. Na policję!

Ale młoda kobieta tylko im pomachała i z telefonem w dłoni weszła do pokoju za recepcją.

– Wychodzimy – szepnął Hans Blomberg.

Mróz szczypał ją w twarz, na plecach czuła lufę pistoletu.

– Teraz w prawo – powiedział.

Annika skręciła. Szła, lekko się zataczając. Minęli jej wypożyczony samochód z milionami Ragnwalda w bagażniku. Blomberg pociągnął ją za rękę w stronę starego passata zaparkowanego przed księgarnią.

– Jest otwarty. Wskakuj.

Annika posłuchała. Siedzenia były lodowate, Blomberg obszedł samochód i usiadł za kierownicą.

– Komu go zwinąłeś? – spytała Annika.

– Przestań – powiedział i uruchomił silnik drucikiem.

Ruszyli w stronę wybrzeża i huty.

Annika jechała tą drogą już trzeci raz tego dnia.

– Jak ci się udało wejść do mojego pokoju? – spytała, zerkając w lusterko. Gdzieś z tyłu zauważyła zbliżające się światła.

Blomberg się roześmiał.

– To moje hobby. Nie ma zamka, z którym bym sobie nie poradził. Masz jeszcze jakieś pytania?

Annika zamknęła oczy, przełknęła ślinę. Zastanawiała się.

– Dlaczego za każdym razem mordowałeś inaczej?

Blomberg wzruszył ramionami. Zwolnił na wąskiej drodze, w zasadzie nie wolno było nią jeździć. Wyciągnął szyję i rozejrzał się.

– Nie potrafiłem się zdecydować. Na obozie w Melderstein, latem 1969 roku, Żółty Smok mianował mnie głównodowodzącym. Miałem stanąć na czele walki zbrojnej. Całe lato zapoznawaliśmy się z różnymi sposobami prowadzenia walki i zabijania. Potem jeszcze się doszkalałem. Jak daleko mam jechać?

– Do wiaduktu – powiedziała Annika, znów zerkając w lusterko. Światła były bliżej. – Kiedy Göran zniknął, Margit Axelsson dostała ostrzeżenie. Ty też? – spytała głośno.

Blomberg znów się roześmiał.

– Kochanie, to ja je rozesłałem, do wszystkich.

– Skąd wziąłeś palce?

– Ofiara wypadku. Chłopiec wpadł pod samochód. Zakradłem się do kostnicy i odciąłem mu palce. Nie musisz się tym tak przejmować.

Annika spojrzała przez okno. Odczekała chwilę, aż znów była w stanie mówić.

– Dlaczego nagle zacząłeś mordować?

Blomberg zerknął na nią spod oka i uśmiechnął się.

– Nie słuchasz mnie. Mamy rewolucję. Powrót Smoka miał być znakiem. Obiecał nam to, zanim wyjechał. No a teraz wrócił.

– Göran Nilsson nie żyje.

Hans Blomberg wzruszył ramionami.

– No tak – westchnął. – Wszyscy fałszywi prorocy odchodzą, wcześniej czy później.

Zwolnił, wrzucił luz, zaciągnął hamulec ręczny, silnik pracował teraz na jałowym biegu. Odwrócił się do Anniki, patrzył na nią, pogrążony we własnych myślach.

– Żółty Smok obiecał wrócić. Czekałem na niego wiele lat. Bywałem bliski zwątpienia, ale w końcu zwyciężyłem.

– Naprawdę w to wierzysz?

Blomberg podniósł głowę i uderzył ją w twarz.

– Idziemy do szafki – oznajmił. Sięgając do drzwi, na chwilę oparł rękę na jej brzuchu.

Annika uniosła się nieco, rzuciła szybkie spojrzenie do tyłu.

Jeszcze nie pora.

Odwróciła się i wskazała na szafkę.

– To ta.

– Wysiadaj.

Wysiadła, ruszyła w stronę szafki, nogi miała jak z ołowiu.

To koniec, pomyślała. Nie przeżyję tego.

Zaczęła nasłuchiwać. Miała wrażenie, że dudnienie przybiera na sile, za chwilę powinno się stać wyraźniejsze.

Chwyciła za wajchę, próbowała ją przekręcić, najpierw jedną ręką, potem dwiema, mocniej, zaparła się nogami, jęknęła głośno.

– Nie mogę otworzyć – powiedziała i puściła metalowy uchwyt.

Dźwięk był teraz wyraźny, dudnienie się nasiliło, mieszało się z odległym sapaniem huty. Jeszcze trochę, już niedługo, niedługo.

Hans Blomberg podszedł do niej poirytowany.

– Odsuń się.

W prawej ręce trzymał pistolet, lewą chwycił wajchę, zaparł się i przekręcił. Drzwiczki się otworzyły, schylił się, wpatrywał się w ciemność. Annika zrzuciła kurtkę i puściła się biegiem.

Rzuciła się w stronę torów, poślizgnęła się na oszronionym podkładzie kolejowym, biegła dalej. Krzyczała, nie wiedząc o tym.

Kula świsnęła obok jej lewego ucha, jedna, potem druga, zaraz potem omiotły ją ostre światła zbliżającej się kolejki z rudą. Znów biegła, niemal rzuciła się na tory, przeleciała w powietrzu kilka metrów przed ogromną lokomotywą. Maszynista zagwizdał przeraźliwie. Upadła po drugiej stronie torów. Leżała i wsłuchiwała się w dudnienie ciągnących się w nieskończoność wagoników. Stworzyły kilometrowy mur między nią a Hansem Blombergiem.

Podniosła się i pobiegła tam, skąd dochodził głuchy dźwięk. Wpatrzona w błyszczące czerwone oczy hutniczego pieca pięła się w górę po hałdzie węgla. Ostre powietrze raniło jej krtań, gdzieś w dole widziała drogę, a w oddali świecący napis: „Wartownia Zachodnia".

Wtorek, 24 listopada

THOMAS POŁOŻYŁ gazety na biurku, zdjął płaszcz i powiesił go na wieszaku. Zerknął przez ramię na biurko i zobaczył poważną twarz Anniki. Patrzyła na niego z pierwszej strony „Kvällspressen". Pierwszy raz po Zamachowcu znów była na pierwszej stronie, starsza, smutniejsza.

„Reporterka «Kvällspressen» demaskuje terrorystów", krzyczał tytuł. Thomas poczuł, jak jego tętno przyspiesza, usiadł i przeciągnął palcem po jej twarzy.

Jego żona, matka jego dzieci, wyjątkowa nie tylko w jego oczach.

Otworzył gazetę, połowę numeru zajmował opis dochodzenia Anniki, które doprowadziło do rozbicia siatki terrorystycznej z Norrbotten.

Na pierwszej stronie, a potem na szóstej i siódmej, zamieszczono zdjęcie lotnicze pogrążonego w ciemnościach północnego krajobrazu. W kręgu światła reflektorów widać było samotnego uciekającego mężczyznę.

„Nocne polowanie na terrorystę. Seryjny morderca wytropiony przez śmigłowiec z kamerą termowizyjną" – głosił podpis pod zdjęciem.

W długim artykule opisano, jak samotny mężczyzna, mieszkaniec Luleå, w ostatnich tygodniach zamordował co najmniej cztery osoby. Dziennikarka Annika Bengtzon zaalarmowała Wartownię Zachodnią SSAB. Policja ogrodziła teren wokół Lövskatan, więc mężczyzna musiał się skierować w stronę zamarzniętej zatoki i uciekać po lodzie. Na szczęście policja dysponowała śmigłowcem i kamerą termowizyjną. Dzień wcześniej użyto jej przy poszukiwaniach zaginionego trzylatka. Thomas przeleciał wzrokiem artykuł i odwrócił stronę.

Zaczął czytać o tym, jak Annika spędziła kilka godzin zamknięta w starym porzuconym budynku z grupą terrorystów, jak wcześniej udało jej się zawiadomić policję i jak uratowała życie jednemu z uwięzionych, Yngvemu Gustafssonowi, ogrzewając go własnym ciałem.

Czytając to, Thomas poczuł ukłucie w podbrzuszu. Przełknął ślinę i zaczął oglądać zdjęcia.

Annika przy pracy w redakcji.

I zrobione z fleszem zdjęcie budynku z czerwonej cegły.

Jego żona mogła tam umrzeć.

Przeciągnął dłonią po włosach, poprawił krawat.

Annika uciekła mordercy, rzucając się pod pociąg transportujący rudę, potem biegła ponad kilometr do zakładów metalurgicznych, dotarła do wartowni i wszczęła alarm. Artykuł napisał Patrik Nilsson, przeprowadził z nią wywiad. Powiedziała, że czuje się dobrze, ale cieszy się, że jest już po wszystkim.

Thomas odetchnął głęboko. Czy ona zwariowała? O czym myślała? Jak mogła tak się narażać, wiedząc, że ma dzieci i jego?

Muszą o tym porozmawiać, nie może tak być.

Na następnych stronach minister kultury Karina Björnlund opowiadała o tym, jak została wciągnięta do maoistycznej grupy działającej pod koniec lat sześćdziesiątych w Luleå. Kiedy odeszła, grupa stała się bardziej radykalna, nad czym bardzo ubolewała. Pani minister próbowała opisać ducha tamtych czasów, dążenie do sprawiedliwości i wolności, które niekiedy przybierało niepożądane formy. Premier przyjął jej wyjaśnienia ze zrozumieniem, oświadczył, że pani minister ma jego pełne poparcie.

Na kolejnej stronie opisano historię zamachu na bazę F21. To właśnie schwytany wczoraj seryjny morderca wrzucił racę do zbiornika z resztką paliwa, powodując wybuch.

Thomas przeczytał wstęp i podpisy pod zdjęciami i odwrócił stronę.

Znalazł artykuł o Ragnwaldzie, jednym z najbardziej bezwzględnych terrorystów ETA. Przez wiele lat bawił się z policją w kotka i myszkę. Zamarzł na śmierć, podczas gdy Annika i inni przyglądali się temu bezradnie.

Thomas spojrzał na lekko zamazane zdjęcie młodego mężczyzny, ciemne włosy, delikatne rysy.

Następna strona znów poświęcona Annice: czym się zajmowała, co robiła, podobnie jak po incydencie z Zamachowcem. O nim oczywiście też wspomniano.

Thomas położył dłoń na jej twarzy, zamknął oczy.

Nagle poczuł dziwne ciepło.

Jesteś ze mną, pomyślał.

W tym momencie odezwał się dzwonek telefonu. Uśmiechnął się i podniósł słuchawkę.

– Muszę się z tobą zobaczyć – usłyszał zapłakaną Sophię. – Stało się coś strasznego. Zaraz u ciebie będę.

Wpadł w panikę, czuł, że ma ściśnięte gardło. Terroryści, seryjni mordercy, zamarzający ludzie.

Szybko wziął się w garść. Problemy Sophii nie mają nic wspólnego z przeżyciami Anniki. Odchrząknął, spojrzał na zegarek, szukając pretekstu, żeby się wymigać.

– Za kwadrans mam zebranie komisji – skłamał, rumieniąc się.

– Będę u ciebie za pięć minut.

Odłożyła słuchawkę, wciąż słyszał szum połączenia.

Jeszcze w piątek była wesoła jak skowronek, opowiadała mu o ankiecie, która miała się ukazać w „Świecie Samorządów". Dziennikarka spytała ją, co chciałaby dostać pod choinkę.

– Odpowiedziałam, że ciebie – wyszeptała, całując go lekko w ucho.

Znów spojrzał na pierwszą stronę „Kvällspressen", jednego z największych dzienników w Skandynawii. Patrzył na zdjęcie swojej poważnej żony, która rozbiła siatkę terrorystów. Ona zmieniała rzeczywistość, podczas gdy on i jego koledzy próbowali ją okiełznać. Ona działała, oni tworzyli zasłony dymne.

Znów zadzwonił telefon, tym razem z recepcji.

– Masz gościa.

Thomas wstał, podszedł do okna, spojrzał na cmentarz, pokryty szronem, zimny. Podniósł do góry ramiona, opuścił, jakby chciał się pozbyć kłopotów, strząsnąć z siebie nieprzyjemne uczucie.

Chwilę później do pokoju weszła Sophia Grenborg z oczami czerwonymi od płaczu i spuchniętym nosem. Podszedł do niej, pomógł jej się rozebrać.

– Nie rozumiem, co się stało – szlochała, wyjmując z torebki chusteczkę. – Co ich napadło?

Thomas pogładził ją po policzku, próbował się uśmiechnąć.

– Co się stało?

Sophia usiadła na krześle dla gości z chusteczką przy ustach.

– Szef chce mnie przenieść – wydusiła w końcu. – Mam dostać etat w dziale bezpieczeństwa drogowego.

Schyliła głowę, jej ramiona zaczęły drżeć. Thomas stał, przestępując z nogi na nogę, w końcu pochylił się nad nią.

– Sophia, kochanie, posłuchaj…

Przestała płakać, patrzyła na niego prawdziwie zrozpaczona.

– Tak się starałam, pięć lat pracowałam nad tym projektem. Jak mogli mnie tak zdegradować?

– Jesteś pewna, że to nie jest awans? – spytał Thomas.

Usiadł za biurkiem, położył rękę na jej plecach.

– Awans? Stracę dodatek za kierowanie projektem, będę musiała się przenieść do filii w Kista, otwarta przestrzeń w biurze, pracownicy sami sprzątają miejsca pracy.

Thomas gładził jej ramiona, pochylił się nad nią, poczuł zapach jabłek.

– Jaki podali powód?

Sophia znów zaczęła płakać. Thomas wstał i domknął drzwi.

Podszedł do niej, pochylił się, odgarnął jej włosy z twarzy.

– Powiedz, kochanie, co się stało.

Sophia wytarła nos, próbowała się uspokoić.

– Mów – zachęcał ją Thomas. – Zastanowimy się, co robić.

– Zostałam wezwana do szefa. Najpierw oczywiście bardzo się ucieszyłam. Pomyślałam, że zaproponują mi wejście do grupy kongresowej albo udział w którejś z komisji, a tu taka niespodzianka.

– Ale dlaczego?

– Podobno przed połączeniem się z wami postanowiono przeprowadzić reorganizację. Nic z tego nie rozumiem. Co się dzieje?

Thomas pocałował ją w czoło, pogładził po włosach i zerknął na zegarek.

– Kochanie, muszę iść na spotkanie, poza tym nie mam żadnych kontaktów w Związku Samorządów... – zawiesił głos.

Sophia patrzyła na niego wielkimi oczami.

– Nie mógłbyś pociągnąć za jakieś sznurki?

Thomas poklepał ją po policzku.

– Spróbować zawsze można. Zobaczysz, na pewno wszystko się wyjaśni.

– Tak myślisz?

Sophia wstała, Thomas odprowadził ją do drzwi, chłonął jabłkowy zapach jej włosów.

– Jestem pewien – powiedział, podając jej płaszcz.

Odwróciła się i pocałowała go lekko.

– Przyjdziesz do mnie wieczorem? – wyszeptała mu w szyję. – Przygotuję coś włoskiego.

Thomas poczuł pot między łopatkami.

– Nie dzisiaj – powiedział szybko. – Moja żona właśnie wróciła do domu. Nie czytasz gazet?

– Co? – spytała Sophia, otwierając szeroko oczy. – O czym ty mówisz?

Thomas podszedł do biurka, pokazał jej pierwszą stronę „Kvällspressen". Ciemne oczy Anniki wpatrywały się w nią niewidzącym wzrokiem.

– „Dziennikarka zdemaskowała siatkę terrorystyczną" – czytała Sophia, zdziwiona, z niedowierzaniem. – Czym się zajmuje twoja żona? – spytała.

Thomas spojrzał na zdjęcie Anniki.

– Kiedyś była szefem działu kryminalnego, ale okazało się to zbyt czasochłonne, więc teraz pracuje jako samodzielna dziennikarka śledcza. Zajmuje się kwestiami nadużywania władzy, skandalami politycznymi. Tą sprawą zajmowała się od kilku tygodni. – Kiedy odkładał gazetę, biła z niego duma. – Miała wrócić wczoraj, ale ostatnie wydarzenia wszystko zmieniły. Przylatuje dzisiaj przed południem.

– No tak, rozumiem, że wieczorem będziesz zajęty – powiedziała Sophia i wyszła, nie mówiąc nic więcej.

Thomas poczuł ulgę tak ogromną, że sam był zdziwiony.

Z okien Arlanda Expressen, szybkiego pociągu łączącego lotnisko z centrum Sztokholmu, Annika obserwowała zamarznięte pola i oszronione gospodarstwa. Patrzyła na nie niewidzącym, zmęczonym wzrokiem.

Noc minęła jej na analizowaniu danych, sformułowań, faktów, szukaniu argumentów.

Szkic artykułu miała już gotowy.

Pomyślała o domu.

Zamknęła oczy i znów zaczęła się zastanawiać nad swoimi ostatnimi decyzjami.

Pierwsza: opublikuje artykuł.

Druga dotyczyła mieszkania. Od dziesięciu lat mieszkała przy Hantverkargatan, co jednak wcale nie oznaczało, że czuła się tam jak u siebie. Thomas nigdy nie polubił mieszkania w centrum miasta, na pewno poczuje ulgę, pomyślała.

Chodzi o to, żeby wygrać. Okazać się silniejszą. Nie dać tej drugiej szansy. Thomas zawsze wybierał zwycięzców.

Poczuła wibracje w kieszeni, wyjęła telefon, zobaczyła, że dzwoni Q, z prywatnej komórki.

– Gratuluję – powitał ją.

– Czego? – spytała.

– Słyszałem, że odzyskałaś komórkę.

Annika roześmiała się.

– Odzyskali ją twoi dzielni koledzy z Luleå. Kiedy złapali Hansa Blomberga, okazało się, że ma ją w kieszeni. Rozumiem, że masz do mnie jakąś sprawę.

– Jest coś, co mi nie daje spokoju. Chodzi o pieniądze.

– Jakie pieniądze?

– Ragnwalda. Worek euro.

Annika przyglądała się mijanym z prędkością stu sześćdziesięciu kilometrów na godzinę budynkom przemysłowym z niebieskiej blachy.

– Nie rozumiem...

– Jak je znalazłaś?

Zamknęła oczy, poddała się kołysaniu pociągu.

– Wykorzystałam wolną chwilę i wybrałam się na spacer. Potknęłam się o worek z forsą, który ktoś najwyraźniej zgubił. Oddałam go policji. Jeszcze coś nie daje ci spokoju?

– To dzieło życia Ragnwalda. Całe życie mordował dla pieniędzy, ale nie wydał franka, żeby żyć wygodniej. Dlatego nigdy go nie złapano. Gromadził pieniądze na koncie znajomego lekarza z Bilbao, miesiąc temu wszystko podjął.

– No tak – powiedziała Annika, wyglądając przez okno. – Ciekawe, co potem z nimi zrobił.

– Może je zgubił? Zostawił w szafce transformatorowej i zapomniał?

– Może, kto wie.

Policjant się roześmiał.

– Wiesz, ile tego jest?

– Około dwunastu milionów?

– Prawie czternaście, sto dwadzieścia osiem milionów koron.

– Ojej.

– Jeśli w ciągu pół roku prawowity właściciel nie zażąda zwrotu, cała suma powinna przypaść osobie, która ją znalazła.

– Ale? – dokończyła Annika.

– Ale ponieważ prokurator z Luleå podejrzewa, że pieniądze mogą pochodzić z działalności przestępczej, to będzie chciał je zarekwirować.

– Pech.

– Daj mi dokończyć – przerwał jej Q. – Ponieważ nie chce, żebyś musiała o nie walczyć, postanowił przyznać ci znaleźne, czyli dziesięć procent sumy.

Nagle w wagonie i na całym świecie zapadła cisza, za oknem mignęło centrum handlowe i szkółka ogrodnicza.

– Naprawdę? – upewniła się Annika.

– Musisz poczekać pół roku. Potem pieniądze są twoje.

Annika zaczęła szybko liczyć, potykała się o kolejne zera.

– A jeśli ktoś zażąda zwrotu?

– Będzie musiał dokładnie opisać miejsce, w którym znaleziono pieniądze, no i oczywiście udowodnić, że ma do nich prawo. Lubisz pieniądze?

– Niespecjalnie. Ciekawiej jest, kiedy się ich nie ma.

– To prawda.

– Ja też mam pytanie – powiedziała Annika, rozkładając gazetę na wolnym miejscu obok. – Kto powiedział, że to Blomberg wysadził samolot?

– Sam się do tego przyznał. Czemu pytasz? Wiesz coś o tym?

Annika zobaczyła przed sobą twarz Thorda Axelssona, poszarzałą od skrywanej całe życie tajemnicy.

– Nie – powiedziała pospiesznie. – Po prostu byłam ciekawa...

– Hmm... – powiedział Q, odkładając słuchawkę.

Annika siedziała z telefonem w dłoni, czuła jego ciężar.

Dwanaście milionów osiemset tysięcy.

Koron. Prawie trzynaście milionów.

Trzynaście.

Milionów.

Za pół roku.

Czy ktoś się przyzna do tych pieniędzy? Kto? Kto będzie potrafił dokładnie opisać worek? I szafkę transformatorową, w której go schowano?

Ragnwald i ona. Nikt więcej.

Kto podniesie rękę i powie: pieniądze seryjnego mordercy należą się mnie?

Trzynaście milionów koron.

Wybrała numer przyjaciółki.

– Jak mieszkanie przy Artillerigatan?

Anne wyraźnie próbowała się dobudzić.

– Która godzina?

– Wczesna. Podobało ci się?

– Strasznie się nakręciłam.

– Zaklep je sobie. Pożyczę ci cztery miliony. Znalazłam mnóstwo kasy.

– Zaczekaj, muszę się wysikać.

Annika usłyszała uderzenie słuchawki o blat nocnego stolika w mieszkaniu na Lidingö. Za oknami pociągu pojawiły się pierwsze kamienice, przed jej oczami przesuwały się zatłoczone ulice, pełne samochodów, spalin i ludzi.

– Za trzy minuty stacja Sztokholm Główny – rozległ się głos z głośnika.

Annika zarzuciła na ramiona kurtkę.

– Co powiedziałaś? – usłyszała w słuchawce głos Anne. – Znalazłaś jakieś pieniądze?

– Nie zamierzam tego publicznie ogłaszać, ale latem dostanę kilka milionów znaleźnego. Pożyczę ci cztery i możesz zamieszkać na Östermalmie.

Zagryzła wargi i pomyślała, że nikt nie musi wiedzieć, ile dokładnie dostanie.

W słuchawce coś zatrzeszczało.

– Chyba zwariowałaś.

Pociąg zwolnił, oczom Anniki ukazała się plątanina szyn.

– No dobrze, to ci je kupię i wynajmę.

– Na to na pewno się nie zgodzę – powiedziała Anne.

Annika wstała, zarzuciła torbę na ramię.

– Nie czytałaś gazet? – spytała przyjaciółkę.

– Przed chwilą mnie obudziłaś.

– „Kvällspressen" podaje, że Karina Björnlund nie zamierza się podać do dymisji.

– O czym ty mówisz?

– To nieprawda – powiedziała Annika. Zachwiała się, kiedy pociąg nagle zahamował. – Jutro poda się do dymisji.

– Nie rozumiem. Dlaczego?

– Muszę lecieć...

Rozłączyła się. Zeskoczyła na peron, cofnęła się do wyjścia na Kungsbron. Powietrze było zimne, ale znacznie łagodniejsze niż w Luleå. Oddychała głęboko, niemal chciwie. Torba podskakiwała i uderzała ją w plecy, ziemia przestała się kołysać. Szła przed siebie pewnym krokiem.

Musiała zrobić zakupy, napisać artykuł, wysłać go mailem Schymanowi i odebrać dzieci nieco wcześniej niż zwykle. Może coś upiecze albo wypożyczy film i obejrzy go razem z dziećmi, czekając na Thomasa. Może nawet zrobi wyjątek i kupi chipsy i dużą butelkę coca-coli, przygotuje trzydaniowy obiad, zrobi prawdziwy sos berneński.

Weszła na most, na Kungsbron, a potem ruszyła dalej Fleminggatan. Aniołowie milczeli. Miejsce, które zwykle zajmowali w jej głowie, teraz zajęły ważniejsze sprawy.

Może zniknęły na zawsze.

A może tylko na chwilę.

Najważniejsze to mieć gdzieś swoje miejsce, gdzieś przynależeć.

Thomas wysiadł z autobusu przed bramą domu, podniósł głowę.

We wszystkich oknach paliło się światło. W jednym oknie salonu stała gwiazda betlejemska, w drugim świecznik. Poczuł ciepło w piersi.

Jak dobrze, że już wróciła.

Niemal wbiegł na górę, wcisnął dzwonek i jeszcze zanim otworzył drzwi, usłyszał radosne okrzyki dzieci.

– Tata!

Dzieci rzuciły mu się w objęcia, zaczęły pokazywać rysunki, opowiadać o filmie, który przed chwilą obejrzały i który był super. Mama kupiła im chipsy i colę. Ellen przygotowała sałatę na obiad, a Kalle upiekł roladę z kremem, będzie na deser.

Thomas rozebrał się, odstawił teczkę, poluzował krawat i poszedł do kuchni.

Annika smażyła antrykoty. Uchyliła okno, żeby się pozbyć przykrego zapachu.

– W samą porę – powiedziała. – Zaraz siadamy do stołu.

Podszedł do niej, chwycił za ramiona i pocałował w kark. Poczuł jej pośladki przy swoim łonie, przyciągnął ją mocniej do siebie.

– Musisz bardziej na siebie uważać. Wiesz chyba, ile dla nas znaczysz?

Annika odwróciła się, spojrzała mu w oczy i pocałowała go.

– Mam ci coś miłego do powiedzenia. Usiądź.

Thomas usiadł przy nakrytym stole, nalał wody do szklanki i sięgnął po gazetę.

– Znalazłam dla nas dom – zakomunikowała Annika, stawiając patelnię na dizajnerskiej podkładce. W Djursholmie. Po remoncie, za niecałe siedem milionów.

– Co takiego? – spytał Thomas, przyglądając się jej zaróżowionym policzkom.

– Z widokiem na morze, znów będziesz je miał za oknem. Vinterviken, Zimowa Zatoka. Wiesz, gdzie to jest? Duży ogród, drzewa owocowe, dębowy parkiet we wszystkich pokojach, kuchnia otwarta na pokój, błękitna glazura w łazienkach, cztery sypialnie.

Oczy Anniki błyszczały, było w nich coś ciemnego, mętnego. Thomas poczuł ciarki na plecach.

– Skąd weźmiemy na to pieniądze? – spytał, wpatrując się w stojący na stole koszyczek z pieczywem. Odłamał kawałek chleba, zaczął gryźć.

– Ellen, Kalle! – zawołała Annika w głąb mieszkania. Odczekała chwilę, usiadła przed Thomasem. – Znalazłam mnóstwo pieniędzy, dostanę duże znaleźne.

Thomas przestał jeść, spojrzał na nią zdziwiony.

– Jak to znalazłaś?

Spojrzała mu w oczy i roześmiała się.

– Siedem milionów.

Thomas zmarszczył czoło.

– Jak to?

– Worek pieniędzy.

– Pieniędzy?

Skinęła głową i uśmiechnęła się.

– To jakieś szaleństwo – powiedział, odkładając chleb na bok. – Nie żartujesz?

– Po obiedzie muszę jeszcze zajrzeć do redakcji – powiedziała, nakładając sobie pieczonych ziemniaków. – Mogę wrócić późno.

– Nie szkodzi. Będę czekał.

Annika nachyliła się, przesunęła ręką po jego włosach, pogładziła go po policzku.

– Nie musisz – powiedziała.

– Siedem milionów. Gdzie je znalazłaś?

W tym momencie wbiegły do kuchni dzieci, zaczęły się kłócić, kto ma siedzieć obok mamy.

– Później ci wszystko opowiem – wyszeptała.

– Poza tym sporo zarobimy na sprzedaży mieszkania – dodał Thomas.

Wstał, żeby przynieść sos, i nagle poczuł, że rzeczywistość wymyka mu się z rąk. Annika naprawdę jest zieloną kobietą z innej planety. Jest twarda, nie daje się kształtować, nie negocjuje. Jest niezniszczalna jak atom uranu. Jeśli się kiedyś załamie, pociągnie za sobą cały świat.

Nie ma drugiej takiej jak ona.

Nagle zrozumiał to bardzo wyraźnie.

Poczuł, że coś go chwyta za gardło, może szczęście.

Annika siedziała przed gabinetem Andersa Schymana i miała poczucie, że spada. Osuwała się po ścianie, była już gdzieś pod piwnicą. Stłumione odgłosy redakcji, dzienna zmiana poszła już do domu, nocna dopiero budziła się do życia. Padające z korytarza światło tworzyło na podłodze ruchome plamy.

Tu pracuje. Tu przynależy.

– Może pani już wejść – powiedziała sekretarka Schymana. Wyszła, ubrana do wyjścia, zamknęła za sobą drzwi.

Annika wstała, weszła do pokoju szefa. Czuła, że drży.

Schyman stał przy biurku i wpatrywał się w wydruk z drukarki. Był czerwony i chyba się pocił.

Podeszła bliżej, zerknęła na kartkę. Kopia jej artykułu. Usiadła wyprostowana.

– Co ty wyprawiasz? – spytał szef, nie podnosząc głowy. W jego głosie usłyszała troskę i pogardę.

Spojrzała na niego, wciąż czując, że spada, zmęczenie pulsowało jej w skroniach.

– Napisałam artykuł do jutrzejszego wydania – powiedziała bezdźwięcznym głosem.

Schyman wziął ołówek i zaczął nim stukać w wydruk.

– Nie jest chyba dla ciebie nowiną, że to ja jestem redaktorem odpowiedzialnym i to ja decyduję, czy artykuł trafi do druku, czy nie.

– I? – spytała Annika, przełykając głośno ślinę.

– Nie zgadzam się.

– To pójdę gdzie indziej – odpowiedziała. Starała się, żeby to zabrzmiało obojętnie.

– Nie możesz.

– Oczywiście, że mogę. W „Arbetaren" na pewno go przyjmą. Opublikowali artykuły Vilhelma Moberga o systemie sprawiedliwości w latach pięćdziesiątych, opublikują i mój.

– Zabraniam ci.

– Wolność słowa. Znasz takie pojęcie? Demokracja, swoboda wypowiedzi. Jeśli mój stały zleceniodawca, czyli „Kvällspressen", nie przyjmie mojego artykułu, mam prawo dać go komuś innemu.

Annika czuła, jak jej tętno przyspiesza. Jego zwątpienie zawisło w powietrzu. Na kilka sekund zapadła cisza.

– Miałem dzisiaj bardzo nieprzyjemną rozmowę – odezwał się w końcu Schyman. – Kim jest Sophia Grenborg?

Annika gwałtownie zaczerpnęła powietrza, zbladła, podłoga rozstąpiła się pod nią.

– A o co chodzi?

– Znasz ją?

– To znajoma mojego męża, z pracy.

– Ach tak, współpracowała z twoim mężem. Blisko?

Myśli kłębiły się jej w głowie, wirowały.

– Dzwoniła tutaj? – spytała. Słyszała strach w swoim głosie.

– Nie ona, jej szef ze Związku Samorządów. Wiesz, o czym mówię?

Annika pokręciła głową, czuła suchość w ustach.

– Podobno dzwoniłaś do różnych działów Związku i sugerowałaś pewne rzeczy co do tej kobiety. To prawda?

Annika wzięła głęboki oddech.

– Dostałam cynk.

Schyman pokiwał głową. Stał, wpatrywał się w biurko i stukał ołówkiem w blat.

– Rozumiem. Dostałaś cynk, że oszukuje na podatkach, należy do skrajnej prawicy, a do tego trwoni państwowe pieniądze.

Annika chwyciła się mocniej oparcia krzesła, rozmowa przyjęła obrót, którego się nie spodziewała.

– Jak blisko ona i twój mąż współpracowali?

– Nie bardzo blisko. Byli członkami tej samej grupy roboczej.

– Dużo nadgodzin? Do późna w nocy?

Skinęła głową.

– Zdarzało się.

Cisza była gęsta, niemal namacalna. Annika przełknęła głośno ślinę.

– Przejrzeli cię – powiedział szef spokojnie. – Wiedzą, że chciałaś ją oczernić. Ale i tak ją zwolnią. A wiesz dlaczego?

Annika wpatrywała się w Schymana, ogłuszona, zdezorientowana. Zwolnią Sophię? Zniknie?

– Wiosną Związek Samorządów łączy się ze Związkiem Gmin – powiedział chłodno. – Nie chcą ryzykować, że pojawią się jakieś plotki na ich temat, za nic na świecie. Kryzys zaufania zniszczyłby to, na co kilka lat pracowali.

Schyman nie był w stanie usiedzieć spokojnie. Wstał i zaczął spacerować po pokoju, w końcu pochylił się nad nią.

– Myślisz, że nie wiem, o co chodzi? Za bardzo się zbliżyła do twojego męża, prawda? Pieprzyli się w twoim łóżku?

Annika zasłoniła uszy rękami i zamknęła oczy.

– Przestań!

– Co ty wprawiasz? – wykrzyczał jej w twarz. – Jak śmiesz wykorzystywać swoją pozycję w redakcji do takich celów?

Annika opuściła ręce i otworzyła szeroko oczy.

– I ty to mówisz?

Schyman trząsł się ze złości i oburzenia. Wpatrywał się w jej oczy, jakby się spodziewał znaleźć w nich wytłumaczenie.

– Nigdzie nie pójdziesz z tym artykułem – odezwał się w końcu. – Jeśli ten tekst wyjdzie z redakcji, natychmiast wzywam policję. Oskarżę cię.

Annika miała wrażenie, że jej mózg za chwilę eksploduje. Podniosła się gwałtownie, jej twarz znalazła się dziesięć centymetrów od jego twarzy, Schyman się cofnął.

– W porządku – powiedziała schrypniętym głosem. – Poradzę sobie. Bo widzisz, to ja mam rację. Dlatego nie mogę przegrać.

Schyman osłupiał.

– Tak? A pomyślałaś, co powiesz mężowi, kiedy policja oskarży cię o zniesławienie i samowolę? I jak zareaguje twój mąż, kiedy się dowie, dlaczego to zrobiłaś? Zastanawiałaś się, kto dostanie opiekę nad dziećmi? I co się stanie z twoją pracą? Bo chyba nie sądzisz, że po opublikowaniu artykułu w „Arbetaren" nadal będziesz mogła dla nas pisać?

Annika czuła, jak buzuje w niej adrenalina. Obeszła biurko i chwiejąc się lekko na nogach, stanęła przed szefem.

– A zastanawiałeś się, co się stanie z tobą? – spytała cicho. – Myślisz, że zachowasz stołek, kiedy opowiem, że groziłeś, że mnie zniszczysz, bo desperacko walczyłam o utrzymanie swojego małżeństwa? Myślisz, że zachowasz wiarygodność, jeśli zatrzymasz artykuł, który obnaża największe nadużycie władzy w mediach w naszych czasach? Kiedy wyjdzie na jaw, że wykorzystujesz to, co wiesz dzięki pracy w redakcji, do walki z medialnym konkurentem? Co się stanie z twoją posadą w Stowarzyszeniu Wydawców Prasy? Myślisz, że pozwolą ci zachować stanowisko przewodniczącego? Jesteś umoczony, Schyman. Ja stracę dużo, ale ty nieporównanie więcej.

Schyman patrzył na nią, czuła na sobie jego wściekły wzrok. Podniosła głowę i spojrzała mu w oczy. Zobaczyła w nich ciemną otchłań, cienie pożądania i żądzy sławy połączone z patosem, kształtowaną przez lata doświadczeń głęboką wiedzę. Myśli kłębiły się w jego głowie, potykały się o siebie, krążyły w koleinach wcześniejszych potyczek, zawsze do bólu logiczne.

Anders Schyman jest człowiekiem praktycznym. Zrobi wszystko, żeby on sam i jego podwładni jak najlepiej znieśli kryzys.

Uśmiechnęła się.

– Co się stanie, jeśli to damy? – spytał nagle Schyman. W jego głosie słychać było strach, ale patrzył znów spokojnie.

– „Kvällspressen" umocni swoją pozycję jako ostatni bastion wolności słowa. Ukrócimy wszelkie spekulacje na temat naszej przydatności na rynku, bo jako jedyni opowiemy się po stronie prawdy i demokracji. Gdyby nie my, władzę przejęliby barbarzyńcy.

– Żałosne.

– Zależy, jak to przedstawimy. Jeśli uwierzymy w siebie, inni uwierzą w nas – stwierdziła Annika.

Schyman usiadł, sięgnął po butelkę wody mineralnej, wypił łyk. Przyglądał się jej spod oka.

– Blefujesz – powiedział, odstawiając butelkę. – Nie zrobiłabyś czegoś takiego własnej gazecie.

Annika zamyśliła się.

– Kiedyś nie, ale teraz nawet bym się nie zawahała.

– Zwariowałaś.

Annika usiadła na biurku, oparła łokcie na kolanach, złożyła dłonie i wychyliła się do przodu.

– Możliwe, że masz rację, ale o tym wiemy tylko my dwoje, ty i ja. Jeśli spróbujesz zatrzymać publikację artykułu, twierdząc, że zwariowałam, tylko pogorszysz sprawę.

Schyman pokręcił głową.

– Jeśli go puszczę, będzie po mnie – powiedział głosem, którego Annika prawie nie poznała.

– Nawet nie wiesz, jak bardzo się mylisz. Jeśli dobrze to rozegramy, zostaniesz na tym stołku do końca życia, nikt cię nie ruszy.

Spojrzał na nią, w mrocznej otchłani jego oczu cienie toczyły swoją walkę.

– Zastanów się – powiedziała Annika, a jej oczy zwęziły się w szparki. – Przedstawimy wszystko zgodnie z prawdą, napiszemy o działalności Kariny Björnlund w organizacji terrorystycznej. Ja ci o tym opowiedziałam, a ty zawiadomiłeś prezesa, który napisał do pani minister maila, żądając pilnego spotkania. Mam nawet numer, pod którym ten mail został zarejestrowany. Wykorzystał informacje zdobyte przez redakcję, twoje i moje, żeby szantażować panią minister i wymusić zmianę rządowej propozycji, doprowadzając do likwidacji kanału telewizyjnego zagrażającego interesom właścicieli koncernu. Ale my postanowiliśmy pokazać prawdę. Nie przejąłeś się groźbami, w końcu jesteś redaktorem odpowiedzialnym, a wkrótce też przewodniczącym Stowarzyszenia Wydawców Prasy.

– To nie przejdzie – powiedział Schyman cicho.

– Przejdzie, a wiesz dlaczego? Bo to prawda.

– Nie jest warta takiego ryzyka.

– A co jest go warte? Po co tu jesteśmy? Żeby dbać o zyski właścicieli koncernu czy żeby bronić demokracji?

– To nie takie proste.

– Mylisz się. To jest proste.

Annika wstała, sięgnęła po torbę, przewiesiła ją przez ramię.

– Idę – powiedziała.

– To gówniany amerykański kanał komercyjny.

– Nieważne.

Z Schymana uszło całe powietrze, zgarbił się.

– Zaczekaj – powiedział, unosząc rękę. – Nie idź jeszcze. Chyba nie mówisz tego serio?

– Jak najbardziej serio – potwierdziła Annika i lekko się zachwiała.

Zapadła cisza, ciężka i ponura.

Annika zatrzymała się w pół drogi do drzwi, spojrzała na Schymana. Widziała, jak kłębią się w nim wątpliwości.

– Właściciel może wycofać nakład.

– To prawda.

– Dlatego nic nie może wyciec.

– Racja.

– Nie możemy o tym rozmawiać w redakcji.

Annika nie odezwała się, czekała.

– Wszystko musi się odbyć tutaj, u mnie. Wszystko zrobimy sami. Umiesz składać?

– Radzę sobie.

Schyman zamknął powieki, zasłonił oczy dłońmi.

– Ile miejsca potrzebujemy?

Annika poczuła ulgę, kamień przestał obracać się w jej piersi, już nie leciała w dół.

– Cztery szpalty, pierwsza strona i wstępniak.

Schyman milczał dobrą minutę, zdawała się nie mieć końca.

– Zawiadomię drukarnię – odezwał się w końcu. – Muszą się przygotować na zmiany. Wystarczą dwie płyty, osiem stron.

– Zachowają to w tajemnicy?

– Porozmawiam z Bobem. Poproszę go o przygotowanie płyt. Pracujesz w Quarku?

Annika postawiła torbę na podłodze.

– Tak, ale wolno – powiedziała.

Spojrzała w oczy szefa, skupione, zdecydowane, świadome celu. Cienie zaprzestały walki, zajęły miejsce w szeregu, gotowe do wymarszu.

– Czeka nas długa noc – powiedział Schyman.

– Wiem – odpowiedziała Annika.

Podziękowania

WSZYSTKO TO JEST FIKCJĄ. Wszystkie zdarzenia i osoby występujące w powieści są wytworem mojej szalonej wyobraźni. Jak wszyscy mam oczywiście wspomnienia i doświadczenia, z których niekiedy, tak jak je pamiętam, korzystam.

Każdą moją książkę poprzedzają czasochłonne badania. Mimo że każdy wiersz jest fikcją, bardzo szczegółowo zapoznaję się z topografią miejsc, o których piszę. Opisywane przeze mnie instytucje istnieją naprawdę i powinny zostać przedstawione możliwie wiernie. To sprawia, że czasem ludzie rozpoznają się w przedstawionych przeze mnie postaciach, co właściwie nie powinno dziwić, bo to, o czym piszę, mogłoby się zdarzyć naprawdę.

Czasem natomiast pozwalam sobie zmieniać różne szczegóły: trasę autobusu, lokalizację starego budynku, wystrój urzędów i tak dalej.

Baza lotnicza w Norbotten jest zamknięta dla ludzi z zewnątrz, nie wolno jej fotografować ani w żaden inny sposób opisywać, dlatego jej opis powstał w mojej wyobraźni.

Ani „Kvällspressen", ani „Norrlands-Tidningen" nie istnieją, ale mają cechy naprawdę istniejącej redakcji. „Katrineholms-

-Kuriren" istnieje, ale opis redakcji i jej pracowników jest całkowicie fikcyjny.

Szwedzki Związek Gmin i Związek Samorządów są organizacjami istniejącymi naprawdę, ale nie było moim zamiarem opisywanie pracy ich urzędników.

Projekt dotyczący gróźb pod adresem polityków, w który zaangażowane były między innymi Szwedzki Związek Gmin, Związek Samorządów oraz Ministerstwo Sprawiedliwości, był realizowany w latach 2002–2003, ale grupa robocza, w której pracach uczestniczy Thomas, jest w całości moim wymysłem.

Powieść ta nie powstałaby, gdyby nie wnikliwy opis ruchu buntowników autorstwa Torbjörna Säfvego, zatytułowany *Rebellerna i Sverige* (Buntownicy w Szwecji), wydany w 1971 roku przez wydawnictwo Författarförlaget. Dziękuję Janowi za cenne wskazówki, a Mattiasowi za to, że znalazł tę książkę w antykwariacie w Vadstena!

Cenną lekturą była dla mnie także książka Björna Kumma o historii terroryzmu *Historiska media*, wydania z 1997, 1998 i 2002 roku.

Pragnę też podziękować wszystkim, którzy podzielili się ze mną swoją wiedzą. Bez ich cierpliwości i pomocy ta książka nie mogłaby powstać. Oto oni:

Dan Swärdh, dyrektor Teater Scratch w Luleå, maoista w stanie spoczynku, pseudonimy Greger i Mats. Wprowadził mnie w oficjalną i tę mniej oficjalną działalność organizacji w Luleå na początku lat siedemdziesiątych.

Mikael Niemi, pisarz i stary znajomy z Pajala. Dużo rozmawialiśmy o pochodzeniu poszczególnych postaci, opowiedział mi o lestadianach z Tornedalen.

Christer L. Lundin, dyrektor działu informacji Teracom, opowiedział mi o telewizji cyfrowej, o stronie technicznej, rynkowej i politycznej, przeanalizował możliwe skutki czysto hipotetycznych decyzji politycznych.

Stefan Helsing, dyrektor działu informacji eskadry lotniczej Norrbotten stacjonującej w bazie F21 w Luleå, dostarczył mi informacji i danych na temat historii bazy oraz opisał, jak mógłby wyglądać ewentualny zamach.

Anders Linnér, szef działu informacji sił lotniczych, opowiedział mi o politycznych i wojskowych aspektach zamachów na cele wojskowe oraz o bezpieczeństwie i codziennej pracy bazy.

Peter Svensson, osobisty doradca głównodowodzącego bazy, udzielił mi wielu cennych wskazówek.

Thorbjörn Larsson, prezes zarządu „Expressen" i TV4 i mój kolega z zarządu wydawnictwa Piratförlaget, podzielił się ze mną ciekawymi obserwacjami na temat mediów.

Per-Erik Rödin, szef administracji Domu Studenta w Uppsali, pomógł mi, dzieląc się ze mną swoją znajomością tamtejszych obyczajów.

Sakari Pitkänen, ordynator i doradca medyczny sztokholmskiego samorządu, służył mi informacjami na temat metod leczenia nowotworu żołądka i odmrożeń.

Lotta Snickare, szefowa działu rozwoju Föreningssparbanken. Przeprowadziłam z nią wiele rozmów na przeróżne tematy – od kapitalizmu do ceramiki.

Lena Törnberg, szefowa sztokholmskiego biura rzeczy znalezionych, Niclas Abrahamsson, inspektor z komisariatu dzielnicy Norrmalm, i inspektor Tor Petrell opowiedzieli mi, co się dzieje z rzeczami znalezionymi.

Anna Borné, Mattias Boström, Sofia Brattselius-Thunfors, Cherie Fusser, Madeleine Lawass i Anna Carin Sigling z wydawnictwa Piratförlaget udzielali mi nieustającego wsparcia.

Arne Öström odpowiadała za layout i łamanie.

Lotta Byqvist, moja współpracownica, odpowiedzialna za kontakty z prasą i zawsze trzymająca rękę na pulsie.

Karin Kihlberg, dzięki której wszystko działa, jak trzeba.

Bengt Nordin, mój agent, który wprowadził Annikę w świat.

Jenny Nordin, moja kreatywna redaktorka, która dba o mnie w sieci, umieszczając ciągle nowe materiały na lizamarklund.com. Hasło mojej strony to wolfextra.

Ann-Marie Skarp, moja fantastyczna wydawczyni, której jestem wdzięczna za wsparcie i niezawodne wyczucie języka.

Johanne Hildebrandt, pisarka, felietonistka i moja przyjaciółka. Dziękuję jej za długie spacery po południowych przedmieściach Sztokholmu.

Tove Alsterdal, dramatopisarka, która towarzyszy mi na każdym etapie mojej podróży i jest pierwszą czytelniczką moich książek. Bez ciebie nie powstałaby żadna z nich.

Wszystkie ewentualne błędy rzeczowe, które mogłyby się wkraść do tekstu, są zawsze i wyłącznie moimi własnymi błędami.

Polecamy książki **Lizy Marklund**

Cykle kryminalne w **CZARNEJ SERII**

Stieg Larsson – TRYLOGIA MILLENNIUM

MĘŻCZYŹNI, KTÓRZY NIENAWIDZĄ KOBIET
DZIEWCZYNA, KTÓRA IGRAŁA Z OGNIEM
ZAMEK Z PIASKU, KTÓRY RUNĄŁ

Camilla Läckberg

KSIĘŻNICZKA Z LODU
KAZNODZIEJA
KAMIENIARZ
OFIARA LOSU
NIEMIECKI BĘKART
SYRENKA
LATARNIK (w przygotowaniu)

Åke Edwardson

TANIEC Z ANIOŁEM
WOŁANIE Z ODDALI
SŁOŃCE I CIEŃ (w przygotowaniu)
NIECH TO SIĘ NIGDY NIE KOŃCZY (w przygotowaniu)
NIEBO TO MIEJSCE NA ZIEMI (nowe wydanie w przygotowaniu)

Håkan Nesser

CZŁOWIEK BEZ PSA
CAŁKIEM INNA HITORIA (w przygotowaniu)
DRUGIE ŻYCIE PANA ROOSA (w przygotowaniu)

Michael Hjorth i Hans Rosenfeldt

CIEMNE SEKRETY
NEMEZIS (w przygotowaniu)